오십에 듣는 클래식

오십에 듣는 클래식

클래식이 내 인생에 들어온 날

펴낸날 │ 2023년 10월 25일 초판 1쇄

지은이 │ 유승준
펴낸이 │ 이태권

책임편집 │ 윤주영
북디자인 │ 고현정

펴낸곳 │ 소담출판사
　　　　서울특별시 성북구 성북로5길 12 소담빌딩 301호 (우)02880
　　　　전화 │ 02-745-8566　　팩스 │ 02-747-3238
　　　　등록번호 │ 1979년 11월 14일 제2-42호
　　　　e-mail │ sodambooks@naver.com
　　　　홈페이지 │ www.dreamsodam.co.kr

ISBN　　979-11-6027-314-4　03810

오십에 듣는 클래식

클래식이 내 인생에 들어온 날

유승준 음악 에세이

소담출판사

음악과 함께하는 삶에 절망이란 없다

좋은 음악은 맑은 공기와 같습니다. 사람이 공기 없이 한시도 살 수 없듯 우리 삶에 아름다운 음악이 없다면 산다는 게 얼마나 건조하고 척박하겠습니까? 현대인의 삶이 빌딩으로 둘러싸인 도심과 같다면 음악은 아름드리나무로 가득 찬 숲과 같습니다. 제가 클래식 음악 전도사를 자처하며 보다 많은 사람에게 다가가고자 하는 것은 이 때문입니다. 음악에는 세상을 바꾸는 힘이 있습니다. 음악을 통해 세상을 얼마든지 더 자유롭고 평등하며 평화롭고 행복하게 바꿀 수 있습니다. 자신의 처지나 상황이 어떻든지 음악과 함께하는 삶을 산다면 절망이란 있을 수 없습니다. 음악은 우리를 다시 일어서게 하며 희망이 샘솟게 만듭니다.

이 책은 음악을 전공한 연주자나 직업적으로 음악에 관한 글을 쓰는 평론가가 쓴 책이 아닙니다. 편집자로 작가로 살아온 한 평범한 음악 애호가가 자신의 삶 속에서 클래식 음악이 어떤 용기와 위로를 주었는지 담담하게 고백하고 있는 산문집입니다. 그래서 어렵지 않습니다. 그러나 읽다 보면 울림은 단순하지 않습니다. 생활의 고단함과 피곤함은 누구나 겪는 일이지만, 저자는 그 속에서 희망과 행복을 발견합니다. 이것이 음악의 힘입니다. 음악은 과거를 돌아보고 반성하게 할 뿐만 아니라 아직 가 보지 않은 미지의 세계에 대한 도전도 품게 합니다. 이 책이 많은 사람에게 읽히길 바랍니다. 음악에는 세상을 바꾸는 힘이 있으며, 음악과 함께하는 삶에 절망이란 없다는 사실을 생생하게 증명해 주는 책이기 때문입니다.

지휘자 금난새

차
례

제1악장 **왜 나만 이렇게 힘든 걸까?**
───────────────── 두려움이 한없이 밀려올 때

제2악장　다른 사람도 나만큼 아파하며 살아갈까?

──────────── 울고 싶어도 눈물이 나오지 않을 때

오십 대를 위한 전주곡

흔들리는
나를
위로할
음악 수업

386이 어느새 586으로

지금의 오십 대가 386으로 불리던 시절이 있었습니다. 30대의 나이로 1980년대에 대학을 다닌 1960년대에 출생한 사람들을 일컫는 신조어였습니다. 개인용 컴퓨터가 막 보급되기 시작한 1990년대에는 32비트 CPU인 인텔 80386을 줄여서 '386 컴퓨터'라고 불렀는데, 이를 특정 세대를 지칭하는 용어로 사용하게 된 겁니다. 386은 젊음, 패기, 자유, 개혁 등을 상징하는 말이기도 했습니다. 일제 강점기를 살아 낸 부모 세대나 6·25 전쟁을 겪은 선배 세대와 달리 권위주의를 배격하고 민주주의에 목말라하던 세대였습니다. 1960년대와 1970년대 대한민국은 대단히 가난했지만, 그래도 386

들은 밥 굶지 않고 희망을 품고 자랐습니다.

태어나 보니 대통령은 박정희였습니다. 국가 원수인 대통령이라는 직위와 박정희라는 특정 인물은 동의어였습니다. 의심의 여지 없는 이 등식이 허물어진 것은 1970년대가 저물어 가는 시점이었습니다. 그의 부재에도 불구하고 권력은 여전히 군부에 있었습니다. 전두환 정권이 들어선 겁니다. 1980년대 대학가는 용광로처럼 들끓었습니다. 매일 크고 작은 시위가 있었고, 강의는 툭하면 휴강이었습니다. 1987년 6·10 민주 항쟁은 386세대를 상징하는 사건이자 자부심이기도 합니다. 이로써 체육관 대통령 시대가 막을 내리고 국민이 직접 대통령을 뽑는 시대가 시작되었지만, 군부가 거머쥔 정권은 노태우로 계속 연장되었습니다.

대부분 학점에 별로 신경 쓰지 않았고 데모하느라 공부에 목을 매지도 않았습니다. 그런데도 무사히 졸업만 하면 취직하는 데 큰 어려움이 없었습니다. 경제가 호황이고 일자리가 늘어나던 때라 기업에서 선호하던 학과 졸업생들은 추천서를 여러 장 가지고 원하는 회사를 골라 가기까지 했습니다. 시간이 지나 신입 사원 티를 벗은 386은 대리, 과장으로 진급하며 결혼도 했습니다. 그렇게 열심히 살다 보니 486이 되었습니다. 베이비 붐 세대라 집에서는 동기간끼리 학교에서는 동년배끼리 치열하게 경쟁하며 자라야 했기에 적응력은 탁월했습니다. 인해 전술로 각계각층에 진출한 386들은 어느덧 사회의 주류 세력으로 자리 잡았습니다.

이제 386은 586이 되었습니다. 1960년대 초반에 태어난 사람들은 60대로 접어들었습니다. 386으로 불리던 시절 이들에게서 느껴졌던 풋풋함, 신선함, 뜨거움은 찾아보기 힘든 나이가 되었습니다. MZ세대에게 586은 꼰대와 동의어입니다. 후배 세대는 586을 '단군 이래 가장 복을 많이 받은 세대'라고 부릅니다. 민주화 운동을 이끌었고, 쉽사리 취직해 돈을 벌었으며, 운동권 경력을 발판으로 정계에 대거 진출했고, IMF 외환 위기 당시 선배들이 물러난 일터에서 승진 가도를 달려 오늘날 기득권을 다 차지한 위치에 서게 되었다는 겁니다. 반론을 제기할 수도 있겠지만, 그 전에 586세대 스스로 물어야만 하는 질문이 있습니다.

"우리는 386으로 불리던 시절에 우리가 그토록 꿈꾸고 갈망하던 세상에서 살고 있나요?"

보니 엠과 조용필

"당신들은 모두 잃어버린 세대입니다."

미국의 시인 겸 소설가였던 거트루드 스타인이 한 말입니다. 어니스트 헤밍웨이가 『해는 또다시 떠오른다』라는 그의 소설 서문에 인용하면서 유명해졌습니다. '잃어버린 세대Lost Generation'는 제1차 세계 대전이 끝난 뒤 인생의 의미나 목표를 잃고 방황하던 젊은 세대를 가리킵니다. 기성세대가 일으킨 전쟁으로 수많은 젊은이가 전쟁터로 끌려가 목숨을 잃거나 다쳤습니다. 삶과 죽음이 한순간에 좌우되는 세상에 희망이라곤 없었습니다. 절망과 허무뿐이었죠. 자신들이 가장 불행하다고 느꼈습니다. 그러나 얼마 후 이들이 기성세대가 되었을 무렵 제2차 세계 대전이 터지고 맙니다. 이전보다 훨씬 크고 잔혹한 전쟁이었습니다.

　모든 세대는 자신들이 살던 시대가 가장 어렵고 힘들었다고 말합니다. 세대 이기주의입니다. 자신들의 경험과 가치관만으로 타인들의 세대를 평가하기 때문입니다. MZ세대는 자신들이 '가장 시대를 잘못 타고난 불운한 세대'라고 합니다. '해방 후 부모보다 못살게 된 첫 번째 세대'라고도 합니다. '잃어버린 세대'라는 것이죠. 반면 일제 강점기를 살았던 세대는 나라 없는 설움이야말로 무엇과도 비길 수 없는 고통이라며 자신들이 잃어버린 세대라고 합니다. 6·25 전쟁을 겪은 세대는 전쟁의 수난은 당해 보지 않으면 모른다며 자신들이 잃어버린 세대라고 합니다. 이들에게 지금의 오십 대는 '가장 시대를 잘 타고난 행복한 세대'입니다.

　위아래로 긴 세대인 오십 대도 나름대로 괴로운 시절을 보냈습니다. 수많은 사례가 있겠지만, 음악도 그중 하나입니다. 다양한 음악을 자유롭게 듣기가 어려웠습니다. 시대적 한계 또는 분위기 때문이었습니다. 어렸을 때는 새마을운동 노래를 들으며 등교했습니다. "새벽종이 울렸네. 새 아침이 밝았네. 너도나도 일어나 새마을을 가꾸세. 살기 좋은 내 마을 우리 힘으로 만드세." 4분의 2박자 행진곡풍의 이 노래는 대단히 흥겨웠습니다. 어린 마음에도 뭔가 해야겠다는 의지를 북돋워 주었죠. 중고등학생 때는 팝송을 즐겨 들었습니다. 사이먼 앤 가펑클, 아바, 보니 엠 등에 열광했습니다. 1980년에 내한했던 레이프 가렛도 있었죠.

　대학생이 되고 나서 상황은 급변했습니다. 캠퍼스 안에서는 운동권 노래만 울려 퍼졌습니다. "사랑도 명예도 이름도 남김없이 한평생 나가자던 뜨거운 맹세……"로 이어지는 '임을 위한 행진곡'이나 "눈이 부시네 저기 난만히 멧등마다. 그날 쓰러져 간 젊음 같은 꽃 사태가. 맺혔던 한이 터지듯 여울여울 붉었네……"로 연결되는 '진달래' 그리고 "와서 모여 함께 하나가 되자. 와서 모여 함께 하나가 되자. 물가에 심어진 나무같이 흔들리지 않게……"처럼 빠른 리듬의 '흔들리지 않게' 등은 누구라도 줄줄 외울 정도였습니다. 당시 유행하던 조용필의 노래는 대놓고 들을 수가 없었습니다. 집에서 나 홀로 '창밖의 여자'를 들어야 했습니다.

베토벤이 열어젖힌 신세계

집안 형편이 괜찮은 친구 집에 놀러 갔다가 고급 전축을 보게 되었습니다. 웅장함에 압도되었습니다. 턴테이블 위에 LP 음반을 올려놓자 기막힌 화음이 들려왔습니다. 베토벤이었습니다. 가슴이 먹먹했습니다. 집에 있는 카세트 플레이어와는 비교가 되지 않았습니다. 교회에서 피아노와 기타 정도는 언제든 접할 수 있는 악기였고, 큰 교회에서 열리는 문학의 밤 때는 바이올린이나 현악 4중주까지도 들을 수 있었지만, 대규모 오케스트라의 연주는 처음이었습니다. 신세계를 접하게 된 것이죠. 그 후 쭈뼛거리면서 친구 집에 자꾸 놀러 가기도 하고, 여유가 생기면 고전 음악 감상실도 드나들며 조금씩 클래식 음악을 듣곤 했습니다.

억지로 듣는 음악이 아니고, 뭔가를 주장하거나 강요하는 음악이 아니어서 좋았습니다. 가사가 없어서 더 좋았습니다. 물론 클래식 음악에도 가사가 있는 장르가 있지만, 팝송이나 가요처럼 자극적이거나 직설적이지 않았습니다. 멜로디와 하모니를 따라서 느끼고 싶은 대로 느끼고 해석하고 싶은 대로 해석하면 되니 편안했습니다. 어렵게 생각하면 난해한 측면이 없는 건 아니지만, 쉽게 생각하니 가볍게 즐길 수 있었습니다. 대학을 졸업하고 사회생활을 하면서 콘서트홀에도 갈 수 있게 되었습니다. 현장에서 직접 듣는 음악은 차원이 달랐습니다. 야구장과 축구장을 처음 갔을 때 느꼈던 설렘과 흥분보다 더한 충격이었습니다.

클래식 음악은 삶의 소중한 동반자가 되었습니다. 주머니 사정상 콘서트홀을 자주 갈 수 없기에 카세트테이프나 CD를 듣기도 했고, 시간이 나면 종일 음악만 틀어 주는 KBS 클래식 FM에 귀 기울이기도 했습니다. 비가 오면 쇼팽을 듣고, 눈이 내리면 슈베르트를 들었습니다. 연애가 잘되지 않을 때, 회사 일이 잘 풀리지 않을 때, 사표를 쓰고 싶을 때, 혼자 있는 시간에 나를 위로해 준 건 모차르트였고 브람스였고 비발디였습니다. 사십 대에 결혼에는 성공했으나 사업에는 실패했습니다. 가장 행복한 순간에도, 가장 비참한 순간에도 변함없이 내 곁을 지켜 준 건 차이콥스키였고 베르디였습니다. 덕분에 큰 탈 없이 586이 되었습니다.

생전에 영화를 누린 화가가 별로 없듯 음악가들 역시 많은 시련과 아픔을 겪으며 살았습니다. 지독하게 가난하기도 했고, 불치의 병을 앓기도 했으며, 실연으로 가슴앓이를 했고, 배반에 치를 떨기도 했습니다. 그 같은 극한의 고통 속에서 명곡들이 하나하나 탄생했습니다. 그들이 남긴 불멸의 음악을 들으면 이겨 내지 못할 고난이 없음을 깨닿게 됩니다. 인생의 전반전을 힘겹게 끝마친 오십 대들에게 제가 사랑하는 이 음악을 선물합니다. 명곡의 선율과 이야기 속으로 들어가 피와 눈물과 땀을 느끼고, 기쁨과 환희와 감격을 맛볼 수 있다면 우리의 남은 생은 조금 더 빛나고 조금 더 멋지고 조금 더 행복해질 수 있을 겁니다.

"우리가 꿈꾸고 갈망하던 세상에 대한 희망이, 아직 다 사그라든 건 아니지 않나요?"

바닷바람이 점점 싱그러워지는
강릉 송정숲에서 유승준

왜 나만 이렇게 힘든 걸까?

두려움이
한없이
밀려올
때

겨우 일어섰는데
또 넘어졌을 때
느끼는 절망감

자유와 환희는 결코
거저 얻어지지 않는다
베토벤의 교향곡 제9번 **합창**

어느 해 여름, 청량리역 앞 사거리 건널목에서
하루하루 사는 게 너무 힘들었습니다. 지금 이야기가 아닙니다.
대학생 때 이야기입니다. 학교에 가면 매일 취업보도실을 서성거렸
습니다. 괜찮은 아르바이트 자리가 났나 살피기 위해서였습니다. 신
통한 게 없으면 아무거라도 해야만 했습니다. 돈을 벌어야 학교를 계
속 다닐 수 있었으니까요. 낮에는 청량리역 앞 사거리 건널목에서 깃
발을 들고 교통 안내하는 아르바이트를 했고, 밤에는 경찰서에 가서
야간에 거리를 순찰하는 아르바이트를 했습니다. 한꺼번에 두 가지
를 다 했으면 좋았겠지만, 한 학생에게 특혜를 몰아주지 않았기에 한
학기에 한 가지만 할 수 있었습니다. 어느 한 가지라도 할 수 있게만

되면 운 좋은 학기였습니다.

어느 해 여름 방학이었습니다. 몹시 더운 날이었습니다. 여느 때처럼 청량리역 앞 사거리 건널목에서 신호등에 맞춰 깃발을 들었다 내렸다 하면서 보행자들을 안전하게 인도하고 있었습니다. 누군가 제 등을 툭 쳤습니다. 돌아보니 같은 과 친구였습니다. 옆에 선 낯선 여학생이 수줍은 표정으로 인사를 건넸습니다. 극장에서 영화를 보고 나오는 중이라고 했습니다. 사거리 옆에 오래된 극장이 있었습니다. 녀석은 수고하라는 말을 남긴 채 여학생의 손을 잡고 건널목을 건너갔습니다. 짧은 순간이었습니다. 친구는 대수롭지 않은 조우로 생각했을지 모르지만, 저는 그렇지 않았습니다. 하늘을 올려다보는 제 눈가에 눈물이 핑 맺혔습니다.

허구한 날 데모에 열심을 내는 친구가 있었습니다. 얼굴은 신념에 불타올랐고, 입만 열면 과격한 단어들이 쏟아졌습니다. 저는 그 친구의 말보다 그가 사 준 구내식당 밥 한 끼에 더 감격했습니다. '네가 참 부럽다.' 속으로 생각했습니다. 한 학기 한 학기 견디는 게 버거웠습니다. 결국 군대에 갔습니다. 몸은 괴로웠으나 '무엇을 먹을까, 무엇을 마실까, 무엇을 입을까?' 하고 걱정할 필요가 없었습니다. 생전 들어 본 적 없는 상욕을 듣고, 이유도 없이 모진 매를 맞았지만, 마음은 참 편안했습니다. 잠자리에서 생각했습니다. '왜 나만 이렇게 힘든 걸까?' 그때 친구 집에서 들었던 베토벤이 생각났습니다. 그에 비하면 저는 정말 약과였습니다.

무언가를 추구하거나 목표를 달성하고자 상당히 노력했음에도 불구하고 그것을 이루지 못했을 때 우리는 종종 좌절에 빠집니다. '좌절挫折'이란 마음이나 기운이 확 꺾이는 것을 말합니다. 좌절의 원인은 물리적 장애, 사회 경제적 요인, 신체적 요인, 심리적 결함 등 여러 가지입니다. 이에 대한 반응으로는 공격, 고착, 퇴행, 우울 등이 있습니다. 인생이 마음먹은 대로 되지 않을 때, 야심 차게 준비한 일이 순식간에 엉망이 되었을 때, 가능할 듯하다가도 원하던 것이 끝끝내 손에 잡히지 않을 때 우리는 쉽사리 좌절을 경험하고 낙담에 빠집니다.

이와 비슷한 개념으로 절망이 있습니다. '절망絶望'은 미래에 대한 희망을 상실한 정신적 상태를 의미합니다. 절망에 빠지면 살아갈 의욕을 잃어버린 채 정신이 혼미하고 삭막해집니다. 전후좌우를 아무리 둘러봐도 한 줄기 빛을 발견할 수 없는 순간입니다. 19세기 덴마크 철학자 키에르케고르는 이를 '죽음에 이르는 병'이라고 불렀습니다. 그에 따르면 인간에게 가장 무서운 일은 죽음이지만, 이보다 더 두려운 것은 스스로 생의 지고한 목표를 잃는 것입니다. 그에게 절망이란 인간을 인간답게 만드는 인격을 상실한 상태를 가리키죠.

좌절과 절망에 처했을 때 음악 한 곡이 우리에게 위로가 될 수 있을까요? 낙담과 실의에 빠진 사람들, 마음의 갈피를 잡을 수 없는 사람들에게 힘을 줄 수 있는 곡이 있을까요?

있습니다. 베토벤입니다. 베토벤은 인생에서 한 인간이 겪을 수 있는 온갖 고난을 두루 경험한 인물입니다. 그렇지만 그는 좌절하거나 절망하지 않았습니다. 고통스럽지만 자신에게 닥친 현실을 당당히 마주했고, 있는 그대로 받아들였습니다. 그가 만약 좌절과 절망에 빠져 죽음에 이르는 병에 이르렀더라면 어떻게 되었을까요? 우리는 불멸의 음악을 듣는 환희를 모른 채 덤덤하게 살아가야 했을 겁니다. 여전히 우울하고 울적한 기분으로 말이죠.

매년 연말이면 세계 곳곳에서 베토벤의 교향곡 제9번이 연주됩니다. 한 해를 돌아보고, 새해를 소망 속에 맞이하기에 이보다 더 좋은 곡이 없기 때문이죠. 베를린 필하모닉 오케스트라 지휘자였던 카라얀의 말처럼 그의 교향곡은 매일매일 젊어지는 까닭에 아무리 듣고 또 들어도 언제나 새로운 전율을 느끼게 합니다. 모든 인류는 하나라는 이 아름다운 사랑과 평화의 메시지 속에 사람들은 저마다 꿈과 희망을 품습니다. 베토벤은 오랜 세월에 걸쳐 만들어진 이 마지막 교향곡의 대미를 사람의 목소리로 완성함으로써 음악을 통해 인류의 구원에까지 다가갔습니다. 형언할 수 없는 고통의 심연 속에서 예술의 극치가 탄생한 것입니다.

베토벤의 삶과 음악이 고스란히 녹아 있는 곡

2020년은 베토벤 탄생 250주년이 되는 해였습니다. 전 세계 내로라하는 음악가와 오케스트라들이 베토벤의 곡을 연주하기 위해 대대적인 준비를 했죠. 그러나 계획은 대부분 취소되었습니다. 코로나 때문입니다. 코로나만 아니었더라면 2020년 클래식 음악계는 베토벤으로 뜨겁게 달궈졌을 겁니다. 대신 관련 서적과 음반 등이 대거 출시되고 팔려 나갔습니다.

음악의 신, 악성樂聖 등으로 불리는 베토벤은 클래식 음악과 담을 쌓고 사는 사람이라 할지라도 모르는 사람이 없을 만큼 잘 알려진 음악가입니다. 그가 남긴 명곡은 손에 꼽기 버거울 만큼 많습니다. 그중에 딱 한 곡만 감상해야 한다면 저는 주저 없이 제9번 교향곡을 고를 겁니다. 이 곡이야말로 베토벤의 삶과 음악이 고스란히 녹아 있는 곡인 까닭입니다.

제1악장은 고요 속에 시작됩니다. 이전 교향곡들과 자못 분위기가 다르죠. 나지막이 들려오는 작은 손짓 같은 음은 호른입니다. 귀에서 가슴으로 전해지는 은근한 느낌은 바야흐로 미지의 세계로 들어가는 듯한 황홀감과 신비로움입니다. 지상을 떠난 비행 물체는 거대한 구름을 헤치고 어딘가를 날고 또 날아 알 수 없는 어느 행성에 도착합니다. 안도감에 마음이 평온해집니다. 베토벤은 음악을 지구에서 우주로, 지상에서 천상으로 옮겨 놓았습니다.

두 번째와 세 번째 악장은 뜨거운 열정과 해학 그리고 감미로운 사랑과 평화가 가득합니다. 새처럼 먼지처럼 하늘을 날던 나는 어느 틈엔가 가뿐히 땅에 내려와 있네요. 인생에는 허다한 웅덩이와 가시덤불이 놓여 있습니다. 내 뜻이나 의지와는 무관하죠. 때로는 폭우도 내리고 눈보라도 칩니다. 하지만 가끔은 햇살도 비치고 바람도 불죠. 이에 자족하고 행복을 느끼며 사는 게 인생입니다. 내게 주어진 사랑과 내 앞에 놓인 평화가 바로 내 삶입니다.

제9번 교향곡이 베토벤 음악의 하이라이트이며 교향곡의 완성이라고 한다면, 제4악장은 제9번 교향곡의 하이라이트이며 완성입니다. 4악장에서는 마침내 지구와 우주, 지상과 천상이 하나가 됩니다.

인생의 고통과 기쁨, 고난과 환희가 한꺼번에 녹아듭니다. 첼로에서 바이올린을 거쳐 인간의 음성을 통해 완결되는 거대한 멜로디는 반복에 반복을 거듭해도 마법처럼 매번 새롭게 들립니다. 그 하모니는 안주하는 하모니가 아니라 끝없이 도전하며 질주하는 하모니입니다. 교향곡에 기악과 성악이 합쳐짐으로써 음악에 마침표가 찍힌 듯합니다.

거장의 쓸쓸한 뒷모습

베토벤은 독일 시인 프리드리히 실러가 1785년에 쓴 '환희의 송가'에 곡을 붙여 성악가들이 합창하게 했습니다. 이런 탄생 배경으로 이 교향곡은 '합창'이라는 부제를 달게 되었습니다. 평소 군주제에 반대하던 실러는 이 시를 '자유Freiheit'의 송가로 기획했는데, 당시 검열의 강도가 워낙 세서 '환희Freude'로 바꿀 수밖에 없었습니다. "환희여, 아름다운 신들의 불꽃이여, 낙원의 딸이여. 우리는 들어갑니다. 불길에 취해, 천상으로, 당신의 거룩한 성소로. 당신의 불가사의함이 다시 이어 줍니다. 가혹한 현실이 갈라놓은 것들을. 모든 인간은 형제가 됩니다. 당신의 온유한 날개가 머무는 어디서든……."으로 이어지는 장엄한 노래는 인류의 영원한 단결과 우애를 찬양하는 내용을 담고 있어 세계 모든 국가와 민족에게 평화의 상징으로 통하죠.

무엇보다 4악장에 등장하는 합창은 미국의 시인이자 목사였던 헨리 반 다이크가 작사한 가사에 덧입혀져 찬송가로 불림으로써 크리스천들에게 더없이 친숙한 노래가 되었습니다.

기뻐하며 경배하세. 영광의 주 하나님
주 앞에서 우리 마음 피어나는 꽃 같아
죄와 슬픔 사라지고 의심 구름 걷히니
변함없는 기쁨의 주 밝은 빛을 주시네.

땅과 하늘 만물들이 주의 솜씨 빛내고
별과 천사 노랫소리 끊임없이 드높아
물과 숲과 산과 골짝 들판이나 바다나
모든 만물 주의 사랑 기뻐 찬양하여라.

우리 주는 사랑이요 복의 근원이시니
삶이 기쁜 샘이 되어 바다처럼 넘치네.
아버지의 사랑 안에 우리 모두 형제니
서로서로 사랑하게 도와주시옵소서.

새벽 별의 노래 따라 힘찬 찬송 부르니
주의 사랑 줄이 되어 한맘 되게 하시네.
노래하며 행진하여 싸움에서 이기고
승전가를 높이 불러 주께 영광 돌리세.

1824년 5월 7일, 오스트리아 빈의 케른트너토르 극장에서 제9번 교향곡이 초연되었을 때, 작곡자인 베토벤은 이 위대하고 찬란한 음악을 듣지 못했습니다. 출타 중이어서가 아닙니다. 현장에 있었으나 들을 수 없었습니다. 이미 청력을 상실한 상태였기 때문이죠. 자신이 만든 음악을 들을 수 없는 비운의 작곡가. 그렇지만 그는 청력보다 더 예민하고 감각적인 영혼의 귀를 통해 지상과 천상을 오르락내리락하는 이 대곡을 감상하고 있었을 것입니다.

첫 번째 연주가 끝났을 무렵, 극장 안은 탄성과 감격으로 물결쳤습니다. 박수가 끝없이 이어졌습니다. 음악사에 길이 남을 명곡의 탄생을 축하하는 장엄한 의식 같았습니다. 무대 위의 지휘자가 베토벤을 돌아보았습니다. 그는 아무 소리도 듣지 못한 채 멍하니 서 있었죠. 거장의 뒷모습을 보며 많은 관객이 눈시울을 적셨습니다. 보다 못한 여성 성악가들이 그를 관객들에게 돌려세웠고, 비로소 베토벤은 열광하는 청중들에게 화답할 수 있었습니다.

어떤 수식어로도 담아낼 수 없는 음악가 베토벤. 그의 삶은 음악만큼이나 화려했을까요?

전혀 그렇지 않습니다. 그는 가난하고 불행했습니다. 아버지는 술주정뱅이였으며, 어머니는 병약했습니다. 장남인 베토벤은 열다섯 살 때부터 동생들을 위해 피아노 교습으로 돈을 벌어야만 했습니다. 소년 가장이었던 셈이죠. 천부적 재능과 불굴의 열정을 타고났다는 것 외에, 그의 주변 환경에 남들보다 나은 건 단 한 가지도 없었습니다. 삶은 언제나 힘겨웠고, 부양해야 할 가족들의 무게는 천근만근 버거웠습니다. 설상가상으로 그는 1796년과 1800년 사이에 점점 청력을 잃어 가고 있었습니다. 앞으로 그 어떤 소리도 듣지 못하게 된다는 것은, 음악가에게 있어 사형 선고와 같습니다. 앞을 보지 못하는 화가가 그림을 제대로 그리기 어렵듯, 연주를 들을 수 없는 음악가가 좋은 곡을 작곡한다는 건 불가능해 보였죠. 시련과 역경, 그의 인생 앞에는 잘 차려진 밥상처럼 항상 그것들이 기다리고 있었습니다.

끝없는 투쟁과 행진을 통해 얻어지는 자유와 환희

우리나라 사람들의 베토벤 사랑은 대단합니다. 험난한 인생 속에 위대한 음악을 탄생시킨 그를 보며 수많은 질곡을 뚫고 지금의 대한민국을 이룬 한국인들이 일종의 동질감을 느끼는 듯합니다. KBS 클래식 FM에서는 주기적으로 한국인이 가장 사랑하는 클래식 음악이 무엇인지를 조사해 발표합니다. 1982년에는 베토벤 교향곡 제9번 '합창'이 1위에 올랐고, 2009년에는 베토벤 피아노 소나타 제14번 '월광'이 1위에 올랐으며, 2021년에는 베토벤 피아노 협주곡 제5번 '황제'가 1위에 선정되었습니다. 이만큼 베토벤에 열광적입니다.

2022년은 임윤찬의 해였습니다. 미국 대통령 취임식이 열리는 해에 맞춰 4년 단위로 개최되는 반 클라이번 국제 피아노 콩쿠르에서 우승했기 때문입니다. 그는 이 대회 60년 역사상 최연소인 18세의 나이로 우승자가 되었습니다. 2022년 말 광주시립교향악단과 협연한 그의 우승 기념 음반이 발매되었습니다. 음반에 실린 곡은 결승에서 연주했던 라흐마니노프의 피아노 협주곡 제3번이 아니라 베토벤 피아노 협주곡 제5번 '황제'였습니다. 1809년 베토벤이 38세에 완성한 이 곡은 그의 피아노 협주곡 다섯 편 가운데 가장 규모가 크고 장중한 작품입니다. 오스트리아 빈의 성벽 근처에 거주했던 그는 나폴레옹 군의 침공으로 도시 전체가 아수라장이 된 상황에도 지하실에서 이 곡을 작곡하는 데 열중했다고 전해집니다.

"예전에는 지나치게 화려해서 감동이 느껴지지 않았습니다. 최근 인류에게 큰 시련이 닥치면서 저도 방 안에서만 연습하고 밖에 나가지를 못했습니다. 그러다 이 곡을 다시 듣게 되었습니다. 그저 자유롭고 화려한 곡이 아니라 베토벤이 꿈꾸는 어떤 유토피아 혹은 베토벤이 바라본 우주 같다는 느낌을 받았습니다. 이 곡에 대한 인식이 완전히 바뀌었습니다."

임윤찬은 우승 기념 음반에 베토벤 피아노 협주곡 제5번 '황제'를 수록한 이유를 이렇게 말했습니다. 베토벤이 꿈꾸고 표현하려 했던 우주와 자유와 희망이 이 곡에 담겨 있다는 겁니다. 어린 나이에 베토벤을 어떻게 저렇게 이해할 수 있나 탄복하지 않을 수 없었습니다.

광주시립교향악단을 지휘했던 구자범은 2020년 KBS TV에 출연해 이런 말을 했습니다.

"저는 베토벤 9번 교향곡을 지휘하고 싶어서 지휘자가 됐어요. 그런데 제가 한국에 들어온 이후로 단 한 번도 베토벤 교향곡 9번은커녕 베토벤의 모든 곡을 하나도 지휘해 본 적이 없어요. 감히 함부로 할 수 없을 만큼 경외심이 크고 그를 너무 존경하기 때문입니다."

그는 언젠가 베토벤 교향곡 제9번을 지휘하게 된다면 4악장의 독일어 가사를 한국어로 번역해서 부르게 하고 싶다고 했습니다. 베토벤을 진정으로 이해하려면 베토벤이 원했던 것처럼 음악에 담긴 본래 의미에 공감할 수 있어야 한다는 겁니다. 계급과 신분과 세대와 성별을 뛰어넘는 자유와 환희는 결코 거저 얻어지지 않습니다. 끝없는 투쟁과 행진을 통해 얻어지는 것이죠. 넘어지면 일어서고, 조금 가다

넘어지면 또 일어서기를 반복해야 합니다. 포기한다면 어떤 자유도 환희도 주어지지 않습니다. 임윤찬과 구자범이 베토벤에게서 발견한 건 아마도 이것일 겁니다. 그가 음악에 담아 놓은 우주는 그만큼 광활하고 찬란했습니다.

우리말로 부르는 최초의 베토벤 교향곡 제9번 연주회

2023년 5월 7일 오후 5시. 연주회가 시작되기 전 예술의 전당 콘서트홀 주변은 싱그러우면서도 약간 달뜬 분위기였습니다. 이 묘한 설렘의 정체는 뭘까 잠시 생각했습니다. 2020년 텔레비전에서 했던 구자범의 말이 떠오르더군요. 그의 무대 복귀를 누구보다 바라면서도 과연 그런 날이 올까 싶었습니다. 그런데 이렇게 빨리 그날이 올 줄은 정말로 몰랐습니다.

'우리말로 부르는 최초의 베토벤 교향곡 제9번 연주회' 이날 공연에 붙은 수식어였습니다. 매년 세밑이면 어김없이 연주되는 이 곡의 연주회에 언론과 관객이 이토록 많은 관심을 보이는 건 특이한 일이었습니다. 대규모 합창단의 수, 오케스트라의 편성, 긴 침묵을 깨고 등장한 지휘자, 무엇보다 우리말로 부르게 될 4악장 연주에 사람들 관심이 집중되었습니다.

1악장부터 3악장까지의 연주가 하룻밤 꿈처럼 지나간 후 마침내 4악장이 들려왔습니다.

"오, 벗들이여! 이 소리가 아니오! 좀 더 즐겁고 환희에 찬 노래를 부르지 않겠는가!"

그전까지는 베이스 독창자의 독일어 가사를 들으며 스크린에 뜬 자막을 읽어야 했습니다. 그러나 이날은 그렇지 않았죠. 한국인 독창자가 또렷또렷한 우리말로 이렇게 불렀습니다.

"오 벗이여, 이런 소린 그만! 이제 우리 참 목소리를 내보세. 더 자유롭게!"

게다가 한쪽 귀퉁이가 아닌 정면에 등장한 스크린에는 상세한 해설까지 곁들여졌습니다.

〔시인: 베토벤〕(거짓된 삶에 진저리치며)

이 대목은 프리드리히 실러의 시가 아니라 베토벤이 쓴 가사로 거짓이 난무하는 삶에 진저리치는 심정으로 썼다는 설명입니다. 참 목소리는 베토벤이 꿈꾸는 자유로운 세상이었죠.

"자유, 삶의 참 빛이여! 하늘 고운 님이여! 우리 가슴 불에 취해 그 빛 따르나이다. 부드러운 그대 품에 억센 사슬 깨어져, 모든 사람 형제 되는 큰 뜻 이루어지이다!"

"참된 벗을 맺어 낸 자, 이제 여기 서리니, 사랑할 줄 아는 자면, 모두 함께할지라. '나의 얼은 내 것이요' 말할 자는 남으라! 이마저도 못하는 자, 흐느끼며 떠나라!"

"뭇사람들 자유 찾아 장밋빛을 따르나, 무릇 자유 향한 길은 핏빛임을 아노라! 받은 것은 술과 사랑, 죽음 견딜 벗 하나. 헛된 욕망 다 버리고 인간답게 서리라!"

독창, 중창, 합창으로 이 같은 연주가 홀을 가득 채울 때 전율이 느껴졌습니다. 베토벤 교향곡 제9번을 셀 수 없이 들었지만, 이런 느낌은 처음이었죠. 그전까지는 기악과 성악의 아름다운 조화로만 들렸다면 이번에는 구체적인 의미와 가치로 들린 것입니다. 단순한 소리의 울림이 아니라 마음에 비수처럼 꽂히는 강렬한 메시지로 다가왔습니다. 충격이었습니다.

구자범은 베토벤이 4악장 노랫말로 부분 인용한 프리드리히 실러의 '환희의 송가'가 사실은 '자유의 송가'라는 전제하에 기존 시를 완전히 다시 번역했습니다. 시인이 말하고자 한 자유는 '거지가 왕의 형제가 되는', 즉 신분과 계급의 차이 없이 누구나 숨 쉬듯 자유를 누리는 '평등과 형제애를 포함하는 총체적인 혁명 정신으로서의 자유'라고 해석했습니다. 젊은 시절 이 시에 크게 감동한 베토벤은 오랜 세월 가슴에 품어 왔던 자신의 구상을 인생 말년에 조심스럽게 펼쳐 보였죠. 나폴레옹 실각 이후 유럽 사회가 혁명 전으로 돌아가려는 움직임이 있었기에 '인류 보편 정신으로서의 자유'를 지켜 내려는 심정으로 쓴 곡이라는 겁니다.

프리드리히 실러는 1759년에 태어나 1805년 마흔여섯 살 때 세상을 떠났습니다. 뿌리 깊은 전제 군주제 아래서 종교의 자유는 물론 문학의 자유도 허용되지 않던 시절이었죠. 그런데도 그는 격렬한 사회 비판과 자유에 대한 동경, 폭정에 대한 분노와 공화주의에 대한 갈망, 계급을 초월한 순애보 등을 작품 안에 직간접적으로 녹여 냈습니다. 절친했던 괴테가 기존 질서와 조화를 중시함으로써 여든세 살까지 온갖 영화를 누리며 살았던 것과 대조적이죠.

연주가 끝났습니다. 벼락처럼 박수가 쏟아졌습니다. 앞에도 뒤에도 옆에도 앉아 있는 사람이 없었습니다. 2층과 3층을 올려다보았습니다. 전부 기립해서 박수하고 있었습니다. 여간해서 기립 박수를 잘 보내지 않는 한국 관객들이었기에 매우 이채로운 광경이었죠. 악장과 악장 사이에도 박수가 나왔고, 4악장에서는 중간 박수까지 나온 터라 이날 공연은 보통 때와 달랐습니다. 마치 조용필이나 BTS 콘서트에 온 것 같았습니다. 물론 급조된 합창단과 오케스트라여서 몇 가지 실수와 어색함은 있었으나 전체 공연의 완성도는 놀라웠습니다.

베토벤, 오십의 얼굴

　루트비히 판 베토벤. 그의 이름을 부르면 떠오르는 이미지가 있습니다. 바이에른의 궁정 화가로 초상화를 주로 그렸던 요제프 칼 슈틸러가 1820년에 그린 베토벤 초상화입니다. 뮌헨을 방문해 장엄 미사를 작곡하고 있던 베토벤을 화폭에 담았습니다. 수사자의 갈기처럼 거침없이 뻗어 있는 백발의 베토벤이 뭔가를 뚫어지게 응시하고 있습니다. 듣지는 못하지만, 모든 걸 알고 있다는 듯한 강렬한 눈빛입니다. 앙다문 입술에 발그레한 볼이 결연합니다. 흰 셔츠에 빨간색 스카프를 두른 채 검은색 재킷을 입고 있어 더 근엄해 보입니다. 오른손에 연필을 끼고 있고, 왼손에 악보를 들고 있죠. 막 오십 대로 접어든 베토벤 얼굴입니다.

　지금은 오십 대가 젊은 나이이지만, 약 200년 전에는 말 그대로 노년이었습니다. 19세기 중반 인간의 평균 수명은 40대였습니다. 의학이 발달하지 않은 데다 먹을 게 풍족하지 않아 일찍 죽는 사람들이 많았습니다. 우리나라는 1950년대까지 평균 수명이 50세가 되지 않았습니다. 1960년대에 이르러서야 54세 정도로 올라갔죠. 그러니까 베토벤은 당시 평균 수명 이상인 57세까지 산 겁니다. 일찍 세상을 떠난 게 아니라는 거죠. 교향곡 제9번 '합창'을 작곡하기 몇 년 전 그의 얼굴에서 느껴지는 건 결코 멈출 수 없는 사람들을 향한 깊은 연민입니다. 어디서든 자유와 환희를 마음껏 누릴 수 있기를 바라는 간절한 마음입니다.

"교향곡이 연주되자 미친 듯이 열광적인 반응이 쏟아져 나왔다. 엉엉 우는 사람도 많았다. 베토벤은 연주회가 끝나고 가슴이 벅차 기절했다. 사람들이 그를 집으로 떠메어 갔다. 베토벤은 연주복을 차려 입은 채로 먹지도 마시지도 않고 내내 그날 밤과 이튿날 아침까지 축 늘어져 있었다. 그러나 곡의 대대적 성공은 잠시였고, 베토벤에게 돌아오는 이득은 전혀 없었다. 연주회를 했다 하여 실제로 그에게 생기는 것은 아무것도 없었다. 베토벤의 삶에서 물질적 궁핍은 연주회를 했다 하여 달라지지 않았다. 그는 여전히 가난했고 몸이 아팠고 외로웠지만 승자였다. 인간의 용렬함을 이겨 낸 승자였고, 자기 자신의 운명을 이겨 낸 승자였으며, 고통을 이겨 낸 승자였다. 그러니까 베토벤은 평생을 두고 추구한 것을 드디어 손아귀에 넣은 것이다. 그는 '환희'를 쟁취했다."

베토벤을 모델로 쓴 대하소설 『장 크리스토프』로 1915년 노벨 문학상을 받았던 프랑스 작가 로맹 롤랑은 베토벤에 관한 연구서인 『베토벤의 생애』에서 이런 말을 남겼습니다.

오십 대로 접어든 베토벤은 자신의 생의 마지막 불꽃을 남김없이 태우며 오랫동안 꿈꾸고 구상해 왔던 교향곡 제9번 '합창'을 완성해 냅니다. 그것은 자유와 환희를 쟁취한 역사적 사건이었습니다. 초상화에 담긴 오십 대의 베토벤 얼굴에서는 그 같은 불꽃이 느껴집니다.

거울에 제 얼굴을 비춰 보았습니다. 그리고 베토벤의 초상화와 비교해 봤습니다. 하얀 머리칼은 비슷한 듯했지만, 결기 혹은 투쟁심은 감히 비할 바가 아니었습니다. 오십 대에 걸맞은 얼굴은 어때야 할까요? 베토벤의 음악을 들으며 자신만의 얼굴을 발견하면 좋겠습니다.

저는 사람들이 이 곡을 더 많이 듣기를 원합니다. 지구촌이 큰 환란에 처해 있는 까닭입니다. 코로나로 많은 사람이 희생되었고, 이동이 제한되었으며, 경제가 곤두박질쳤고, 먹고사는 일이 힘들어졌습니다. 엔데믹이 선언되었지만, 아직 그 여파에서 완전히 벗어난 건 아닙니다. 지구 온난화로 기상 이변이 속출하고 곳곳에 화재와 홍수가 이어집니다. 러시아의 침공으로 우크라이나에서 무고한 사람들이 죽거나 다쳤으며 피비린내 나는 참사는 지금도 현재 진행형입니다. 돌아보면 주변이 온통 좌절의 요소요, 절망의 동기뿐인 것 같습니다.

그러나 우리는 좌절도 절망도 할 수 없습니다. 힘들다고 그냥 쓰러져 있어서는 안 됩니다. 시간이 멈추지 않는 한, 우리 삶은 계속되어야 하기 때문이죠. 키에르케고르의 말처럼 우리의 관심사는 그 자신이 그것을 위해 살고, 그것을 위해 죽을 수도 있는 진실을 발견하고, 그것을 자기 것으로 만들어 생활하는 것입니다. 베토벤이 그랬던 것처럼. 그의 삶은 좌절과 절망의 연속이었으나 그의 음악은 언제나 자유와 환희와 희망이었던 것처럼 말입니다.

세상이 유독
나에게만 가혹하다고
여겨지는 순간

슬픔과 슬픔 사이에는
미소가 있다
슈베르트의 **겨울 나그네**

눈발이 휘날리던 서울역 광장

2021년 1월 19일 아침, 한겨레신문을 보다가 멈칫했습니다. 이게 뭐지, 하는 생각 속에서도 글을 읽기보다 사진 한 장에 오랫동안 시선이 머물렀습니다. 읽지 않아도 무슨 일이 일어난 것인지 다 안다는 듯……. 펄펄 눈이 내리는 날 어떤 남자가 마주 선 다른 남자에게 긴 외투를 입혀 주는 장면이었습니다. 가족 같지는 않았습니다. 남모를 사연이 있는 듯했죠.

기자의 글을 읽은 뒤 한동안 멍한 기분이었습니다. 어떻게 이런 일이 일어날 수 있을까? 그 전날은 대통령 신년 기자 회견이 있는 날이었습니다. 텔레비전으로 기자 회견을 시청하는 시민들의 표정을 담기 위해 언론사 사진 기자들이 서울역 대합실로 모여들었죠. 취재를 마치고 대합실을 나설 무렵, 소낙눈이 앞이 보이지 않을 정도로 내리고 있었습니다. 다들 총총걸음으로 제 갈 길을 갔습니다. 느지막이 서울역 광장으로 들어서던 한 사진 기자의 귀에 사람들이 웅성거리는 소리가 들렸습니다. 자세히 보니 눈발이 휘날리는 먼발치에서 사진 속 장면이 연출되고 있었습니다. 사진 기자는 정신없이 카메라 셔터를 눌렀죠. 그 사이 외투를 벗어 준 신사는 어디론가 사라졌습니다. 사진 기자가 황급히 외투 입은 남자에게 가서 물었습니다.

"선생님, 저 선생님이 잠바랑 장갑이랑 돈도 다 주신 거예요?"

외투를 걸친 허름한 노숙자의 손에는 5만 원짜리 지폐 한 장이 쥐어져 있었습니다.

"네, 너무 추워 커피 한 잔 사 달라고 부탁했는데……."

너무 추워서 지나던 행인에게 따뜻한 커피 한 잔 뽑아 먹을 동전 몇 닢을 구걸했을 뿐인데, 뜻하지 않게 귀한 외투를 벗어 입혀 준 데다 주머니 속에 있는 장갑을 건네주고는 돈 5만 원까지 쥐어 준 다음 홀연히 사라졌다는 것입니다. 사진 기자는 신사를 찾아 헤맸지만 찾을 수 없었습니다. 기자는 한동안 꿈처럼 아름다운 동화 속을 거닐다 깨어난 듯했습니다.

가난한 사람에게 가장 힘겨운 계절

신문을 보는 동안 귓가에 나지막한 선율이 들리는 듯했습니다. 뭘까? 눈을 감았습니다. 익숙한 멜로디였어요. 아, 그것은 슈베르트의

'겨울 나그네'였습니다. 가난했던 천재. 겨울만 되면 떠오르는 음악가. 그날 아침 한 장의 사진 속에서 불현듯 그가 되살아난 것입니다.

오스트리아 출신 작곡가로 '가곡의 왕'이라 불릴 만큼 수많은 가곡을 작곡한 슈베르트는 겨울에 태어나 31년이라는 짧은 생애를 살다가 겨울에 세상을 떠났습니다. 세상에 많은 고통과 고생이 있지만, 춥고 배고픈 것처럼 가엾고 절박한 어려움도 없을 겁니다. 춥지만 배고프지 않거나, 배고프지만 춥지 않다면 덜 불쌍할 텐데, 춥고 배고픈 건 항상 같이 따라다니죠. 그래서 가난한 사람에게는 겨울이 가장 힘겨운 계절입니다. 슈베르트는 겨울로 상징되는 춥고 배고픈 예술가의 삶을 힘겹게 견디다가 끝내 불씨처럼 서서히 사그라졌습니다.

초상화를 보면 슈베르트는 꽤 잘생긴 청년처럼 그려져 있습니다. 하지만 실상은 못생긴 외모의 소유자였다고 하네요. 어렸을 때는 그럭저럭 미남 축에 들었으나 워낙 고생을 많이 하다 보니 얼굴이 망가졌다는 것이죠. 그의 키는 156센티미터에 불과했습니다. 서양 남자치고는 눈에 띄는 단신입니다. 게다가 그는 고수머리였죠. 헝클어진 머리에 못생긴 얼굴을 한 키 작고 비쩍 마른 남자가 여기저기 먹을 것을 찾아 헤매는 모습은 보기만 해도 가련합니다. 누구라도 도와주고 싶은 마음이 들 정도였습니다. 그는 만나는 사람에게 불쑥 밥 사 달라는 말을 건넸을 정도로 배고픈 삶을 살았습니다. 돈이 없어 밤에 팔다 남은 음식을 떨이로 싸게 사서 먹었다고 하죠. 얼마나 사는 게 고달팠는지 매일 밤 잠자리에 들 때마다 이튿날 아침 눈을 뜰 수 없으면 좋겠다고 말하곤 했답니다. 당연히 여자들에게도 인기가 없었겠죠. 돈 없고 못생긴 음악가를 사랑할 여자가 있을까요? 그는 독신으로 생을 마쳤습니다.

그는 열여섯 명이나 되는 동기간 중 열세 번째로 태어났습니다. 어릴 때부터 음악을 즐기던 집안 분위기 속에서 자연스럽게 음악을 접하게 된 그는 탁월한 미성을 가지고 있었다고 합니다. 덕분에 열한 살 때 궁정 신학원에 장학생으로 입학할 수 있었고, 빈 궁정 예배당의 어린이 합창단 단원에 선발되기도 했죠. 그러나 거기까지였습니다. 변성기에 이르러 특유의 미성이 사라져 버린 것이죠. 합창단에서 노래를 부를 수 없게 된 그는 학교를 그만둬야 했습니다. 당시 오스트리아는 징병제였기에 슈베르트는 군대에 가지 않기 위해 아버지가 운영하는 초등학교에서 보조 교사로 일했습니다. 이때 최초로 장례 미사곡을 작곡했는데, 독창을 맡은 테레제 그로브와 사랑에 빠지게 됩니다. 두 사람은 결혼을 생각할 만큼 사랑했으나 여자 쪽 부모의 반대로 헤어져야만 했죠. 슈베르트가 유일하게 사랑했던 여인 테레제 그로브. 그녀의 부모가 그토록 반대한 이유는 그가 변변한 벌이가 없는 가난뱅이였기 때문입니다.

음악의 상상력과 서사의 아름다움

사랑을 잃은 슈베르트는 가곡을 작곡하기 시작합니다. 이 무렵 괴테의 시 가운데 애인을 잃은 소녀의 마음을 노래한 '실을 잣는 그레트헨', 아버지와 아이가 마차를 타고 가던 도중 아이가 마왕에게 목숨을 빼앗기는 내용의 '마왕' 등이 만들어졌습니다. 사랑하는 여인을 지킬 수 없었던 남자로서의 무력감, 삶의 방향에 대해 아버지와 갈등하는 아들의 심정을 괴테의 시에 맞춰 음악으로 표현해 낸 거죠. 슈베르트는 시를 참 좋아했습니다. 음악을 사랑했지만, 그에 못지않게 문학도 사랑한 거죠. 문자화할 수 없는 음악의 상상력에 매료되었으나 메시지를 전달할 수 있는 서사의 아름다움에도 매료된 것입니다. 그가 짧은 생애에도 불구하고 무려 998개의 곡을 썼으며, 그중 가곡이 633곡에 달한다는 사실이 이를 입증합니다.

시와 음악이 결합한 가곡을 독일어로 '리트Lied'라고 합니다. 중세부터 음유 시인들은 유럽의 여러 궁정에서 전쟁 영웅이나 사랑을 주제로 한 노래를 불렀습니다. 이런 민요풍의 노래들이 세월이 흐르면서 정제된 예술가곡으로 변모합니다. 민요는 작사가나 작곡가의 이름을 알 수 없는 경우가 많고, 단순한 멜로디와 가사가 반복되어 따라 부르기 쉽습니다. 반면 예술가곡은 시인과 작곡가의 이름이 대부분 알려져 있으며, 수준이 높아 따라 부르기 어렵습니다. 슈베르트는 고전주의에서 낭만주의로 가는 길목에 다리를 놓으며 리트의 차원을 예술가곡으로 한 단계 끌어올렸습니다. 슈베르트 이전까지 가곡은 시가 잘 전달되도록 적절히 반주를 곁들이는 수준이었다면, 슈베르트에 이르러 가곡은 시와 음악이 동등한 위치에 서게 되었으며, 나아가 음악을 통해 시를 해석하는 경지에까지 이르게 되었죠. 이를 가능하게 만든 악기가 피아노입니다. 피아노는 단순히 시의 운율에 맞춰 선율적으로 뒤를 받쳐 주는 존재가 아니라 성악 파트와 동등한 자격으로 음악적 분위기를 연출하는 존재가 되었습니다.

슈베르트는 순식간에 곡을 써 내려가는 스타일이었습니다. 누구보다 작곡 속도가 빨랐죠. 그의 머릿속에는 항상 멜로디들이 흘러넘쳤습니다. 그는 그것들을 받아 적느라 바빴습니다. 길을 걸어가다도 멜로디가 떠오르면 입으로 흥얼거렸어요. 가난했던 화가 이중섭

이 종이가 없어 담뱃갑 속에 든 작은 은종이에 그림을 그렸듯 슈베르트 역시 피아노가 없어 연주해 보지도 못한 채 머릿속에 떠오르는 그대로를 악보에 옮겨 적었습니다. 그가 피아노를 장만한 건 죽기 1년 전이었다고 합니다. 그가 얼마나 천재였는지를 잘 알 수 있는 장면이긴 하지만, 그래서 그의 음악은 형식과 문법에 얽매이지 않아 난해하거나 어려운 부분이 많을 수밖에 없습니다. 연주자들에게 깊은 좌절감을 안겨 주는 곡이 많은 건 이 때문이죠. 그의 머릿속에서 흘러나온 아름다운 멜로디는 가히 천상의 멜로디라 할 정도로 감미롭습니다.

슈베르트는 독일의 대문호 괴테를 존경하고 흠모했습니다. 그래서 그가 만든 가곡 중에는 괴테의 시에 곡을 붙인 게 많습니다. 그중 일부를 추려 괴테에게 보낸 일도 있죠. 자신이 만든 가곡을 본 괴테가 어떤 반응을 보일지 떨리는 마음으로 기대했을 겁니다. 그러나 괴테의 반응은 신통치 않았어요. 그는 슈베르트가 보낸 악보를 되돌려 보냈습니다. 슈베르트가 받은 상처는 대단했죠. 괴테는 당대 최고의 지성이었습니다. 그를 보고 싶어 하는 사람이 줄을 이었고, 그를 칭송하는 편지가 산더미처럼 쌓였을 것입니다. 그 속에서 무명의 음악가인 슈베르트에게 관심을 보이기는 어려웠을 겁니다. 괴테는 슈베르트가 세상을 떠난 뒤 자신의 시를 바탕으로 작곡한 그의 가곡을 들으며 그를 인정하고 칭찬했다고 합니다. 생전에 괴테로부터 인정받지는 못했지만, 슈베르트는 굴하지 않고 엄청난 창작열을 불태웠습니다.

비애와 체념이 가득한 나그네의 여행

누구에게도 인정받지 못한다는 자괴감과 뼈에 사무치는 처절한 가난은 슈베르트를 점점 궁지로 몰아넣었습니다. 1827년 그는 죽음을 예감한 듯 마지막 불꽃을 태워 연가곡집 '겨울 나그네'를 작곡합니다. 연가곡이란 하나의 이야기를 이루는 가곡 모음을 말합니다. 24개의 노래로 이루어진 이 작품은 슈베르트라고 하면 가장 먼저 떠오를 만큼 사랑받는 곡이지만, 분위기가 시종일관 어둡고 음울해 어느 곡을 들어도 눈물이 뚝뚝 떨어질 것만 같습니다.

나는 이방인으로 왔다가 다시 이방인으로 떠나네.

5월은 수많은 꽃다발로 나를 맞아 주었지.

소녀는 사랑을 이야기했고 어머니는 결혼까지도 이야기했지만,

이제 온 세상이 슬픔으로 가득 차고 길은 눈으로 덮여 있네.

가야 할 길조차도 나 자신이 선택할 수 없으나

그래도 이 어둠 속에서 나는 길을 가야만 하네.

달그림자가 길동무로 함께하고 하얀 풀밭 위로

나는 들짐승의 발자국을 따라가네.

사람들이 나를 내쫓을 때까지 머물러 있을 필요가 있을까?

길 잃은 개들아, 마음대로 짖어 보렴.

사랑은 방랑을 좋아해. 여기저기 정처 없이 헤매도록 신께서 예비하셨지.

아름다운 아가씨여, 이제 안녕히.

그대의 꿈을 방해하지 않으리. 그대의 안식을 해하지 않으리.
발걸음 소리 들리지 않도록 살며시 다가가 그대 방문을 닫고
'안녕히'라고 적어 놓은 다음 그대로 떠나리라.
그러면 그대는 알게 되겠지. 내가 그대를 생각했다는 것을.

첫 번째 곡 '안녕히Gute Nacht'의 노랫말입니다. 사랑하는 여인에게
버림받은 한 청년이 추위가 몰아치는 어느 날 연인의 집 앞에서 이별을
고한 뒤 겨울 들판으로 방랑을 떠납니다. 눈과 얼음이 가득한 벌판을 헤
매는 청년은 극심한 추위와 고통을 느끼지만, 그것보다 더 힘든 건 고독
과 절망뿐인 텅 빈 마음입니다. 그의 마음은 점점 죽음으로 채워집니다.

얼어붙은 눈물이 내 뺨 위로 흘러내리네.
나도 모르는 사이에 울고 있었단 말인가.

눈물아, 눈물아. 차가운 아침 이슬처럼
그대로 얼어 버리기에는 네가 너무 따뜻한 것일까.

눈물은 샘처럼 솟아나고 가슴은 뜨겁게 불타오른다.
한겨울의 얼음을 다 녹이려는 듯이.

세 번째 곡 '얼어붙은 눈물Gefror'ne Tränen'입니다. 눈물이 흘러내

리자마자 얼어 버릴 정도로 추운 날씨 속에서도 청년은 자신도 모르게 쏟아지는 눈물을 주체할 수 없습니다. 춥고 배고픈 현실 속에 나오는 건 눈물과 한숨뿐이지만, 가슴만은 뜨겁게 활활 타오릅니다.

한국인들에게 널리 알려진 '보리수Der Lindenbaum'는 다섯 번째 곡입니다. 여기서 보리수는 석가모니가 깨달음을 얻었다는 인도보리수가 아니라, 린덴나무라는 피나무 속의 활엽수를 지칭합니다. 보통 20미터 이상 자라고 때로는 40미터까지도 자란다고 하네요. 사랑과 평화의 나무로 알려져 유럽에 많이 심어졌습니다. 상실에 빠진 청년이 성문 앞 우물가에 서 있는 린덴나무 앞에 이르러 지난봄 사랑을 속삭이던 당시를 회상하는 내용입니다. 줄기에 사랑의 말을 새겨 놓고 기쁠 때나 즐거울 때 찾아와 살펴보던 희망의 나무였으나, 이제는 돌아갈 수 없는 아픈 기억으로만 남게 된 나무입니다. 나무는 청년에게 위로의 말을 건네지만, 청년은 차마 그 나무를 바라볼 수 없어 거센 바람이 불어도 돌아보지 않고 그곳을 지나칩니다. 나뭇가지의 움직임과 매서운 바람 소리를 표현한 피아노 연주가 돋보입니다.

성문 앞 우물가에 보리수가 한 그루 서 있어.
그 그늘 아래서 수없이 달콤한 꿈을 꾸었지.

줄기에 사랑의 말 새겨 놓고서
기쁠 때나 즐거울 때나 이곳에 찾아왔지.
이 깊은 밤에도 나는 이곳을 서성이네.
어둠 속에서도 두 눈을 꼭 감고.

가지는 산들 흔들려 내게 속삭이는 것 같아.
"친구여 이리 와, 내 곁에서 안식을 취하지 않으련?"

찬바람 세차게 불어와 내 뺨을 스쳐도
모자가 날아가도 나는 돌아보지 않았네.

오랫동안 그곳을 떠나 있었건만
내 귀에는 아직도 속삭임이 들리네.
"이곳에서 안식을 찾으라."

마지막 곡은 '거리의 악사Der Leiermann'입니다. 쓸쓸함이 넘쳐나는 '겨울 나그네' 중에서도 가장 처절하게 비애와 체념이 흘러넘치는 곡이죠. 청년이 한 마을에 다다랐을 때 손풍금을 연주하는 노인이 보입니다. 그는 얼음 위에 맨발로 서서 곱은 손으로 손풍금을 연주하고 있습니다. 늙은 악사는 너무 괴로워 비틀거립니다. 청년은 그 노인에게서 자신을 발견하죠. 아무도 알아주지 않는 음악에 자신의 생을 건사내. 접시는 텅 비어 있고, 아무도 들어 주지 않지만, 그는 있는 힘을 다 쏟아 연주합니다. 거리의 악사는 곧 슈베르트 자신이죠. 청년은 노인에게 함께 여행을 떠나자고 제안합니다. 자신은 노래하고 노인은 연주하는 여행이었어요. 그것은 즐거운 여행이 아닙니다. 죽음으로 향하는 비애와 체념이 가득한 여행입니다.

마을 저편에 손풍금을 연주하는 노인이 서 있어

곱은 손으로 힘껏 손풍금을 연주하고 있네.

얼음 위에 맨발로 서서 이리저리 비틀거리네.

조그마한 접시는 언제나 텅 비어 있고

아무도 들어 주지 않고 아무도 쳐다보지 않네.

개들은 그를 보고 으르렁거리지만

그는 신경도 쓰지 않네.

오로지 연주를 계속할 뿐, 그의 손풍금은 멈추질 않네.

기이한 노인이여, 내 당신과 동행해도 될는지?

내 노래에 맞추어 당신의 손풍금으로 반주를 해 줄 순 없는지?

슈베르트는 낭만시인 빌헬름 뮐러의 시에 곡을 붙여 '겨울 나그네'를 완성했습니다. 원제목인 'Winterreise'를 직역하면 '겨울 여행'이라는 뜻이죠. 그러나 누가 번역했는지 우리나라에서는 '겨울 나그네'로 알려졌습니다. 내용을 보자면 '겨울 여행'보다는 '겨울 나그네'가 더 잘 어울립니다. 음악처럼 고달팠던 슈베르트의 나그네 인생도 여기서 끝이 났습니다.

세상으로부터 외면받은 영원한 미완의 청년

춥고 배고픈 사람에겐 병도 많은 법입니다. 슈베르트는 내성적이고 예민한 사람이었죠. 이루어지지 못한 사랑에 대한 회한과 천재적음악성을 아무도 알아주지 않는 데 대한 실망은 고독과 슬픔을 낳으며 몸과 마음을 아프게 했습니다. 결국 슈베르트는 원인을 알 수 없는 병에 걸렸고 형과 함께 시골로 내려가 요양을 하게 되었습니다. 그러나 갈수록 건강이 악화하던 그는 1828년 11월 19일 혼수상태에서 깨어나지 못한 채 삶을 마감했습니다. 공식 사인은 장티푸스지만, 매독으로 죽었다는 등 식중독으로 죽었다는 등 설이 다양합니다.

1961년 영국 옥스퍼드 대학에서 슈베르트의 무대 음악을 주제로 박사 학위를 받은 후 버밍엄 음악원의 객원 교수를 지낸 엘리자베스 노먼 맥케이는 『슈베르트 평전』이라는 저작을 남겼습니다. 이 책에서 그는 슈베르트의 건강과 죽음에 관해 다음과 같이 묘사했습니다.

"병증이 본격적으로 시작된 1823년 이후의 음악에는 고통스러운 육체와 비통한 정신, 비참한 현재와 불안한 미래상에서 비롯된 새로운 요소가 보인다. 그의 초창기 음악에서 자주 발견되었던 순수함, 매력, 활기찬 기쁨, 열정, 유머 등이 자취를 감춘 빈자리에는 진지함, 음울한 비애, 체념, 엄격함, 결의, 심지어는 강압적인 에너지와 난폭한 분노가 들어찼다."

"1822년 말경 매독에 걸리면서 건강이 악화하고 그로 인해 생활 습관이 바뀌면서 순환 기분 장애 역시 악화한 것으로 보인다. 완만했던 경사가 급해지고, 증상 시기가 길어지고 정상 시기가 짧아진 것이다. 순환 기분 장애 증상 가운데 하나인 알코올 및 니코틴 남용은 그의 정신 건강 악화를 부채질했다. 이렇게 원인과 결과가 서로 꼬리를 물고 악순환했다. 심지어 사망 당시 슈베르트가 이미 극심한 조울증을 겪고 있었을 가능성도 배제할 수 없다."

순환 기분 장애Cyclothymic Disorder는 우울 장애, 조증, 경조증의 명확한 진단 기준에는 한 번도 해당한 적 없으면서 애매한 정도의 약한 우울감과 고양감이 번갈아 나타나는 장애를 가리킵니다. 감정 기복이 심한 거죠. 2년 이상 동안 적어도 절반 이상의 기간에 걸쳐 증상이 있고, 증상이 없는 기간이 2개월 이내여야 합니다. 때에 따라 기분이 지나치게 들뜨는 조증과 급속히 가라앉는 우울증이 반복되는 양극성 장애로 발전하거나 극도의 변덕스러움으로 계속 진행될 수도 있습니다. 어떤 경우 순환 기분 장애는 예술적 창의력에 기여하기도 합니다. 감정의 폭이 일반인들보다 넓어서 예술적으로 뭔가를 만들어 낼 수 있는 토양이 마련되는 것이죠. 이것이 잘 발휘되면 남다른 성취감을 맛볼 수 있습니다. 그러나 업무 성과와 학교 성적이 일정하지 않고, 거주지를 자주 옮기게 되며, 애정 관계가 반복적으로 중단되거나 일상생활에 지장이 초래될 수도 있습니다. 슈베르트는 순환 기분 장애와 매독 등에 시달리며 짧은 시간 고도의 창의력을 뿜어냄으로써 영원히 미완의 청년으로 남게 되었습니다.

우상 베토벤과 함께한 영면

슈베르트의 우상은 베토벤이었습니다. 그는 진정으로 베토벤을 닮고 싶어 했습니다. '겨울 나그네'를 작곡하던 해 그는 꿈을 이뤘습니다. 베토벤과의 만남이 이루어진 것입니다. 그는 자신의 악보를 베토벤에게 전달했습니다. 베토벤은 진심으로 그를 칭찬했습니다. 병상에서 슈베르트의 '아름다운 물방앗간의 아가씨' 악보를 살펴본 베토벤은 이렇게 말했다고 합니다.

"자네를 모르고 있었다니 정말 아쉽네. 10년 전에만 만났더라도 정말 좋았을 텐데……."

슈베르트는 괴테에게 받았던 냉대를 해소하고도 남을 만큼 기뻐했습니다.

하지만 슈베르트는 죽어 가는 베토벤의 초췌한 모습에 충격을 받아 울면서 뛰쳐나갔습니다. 그로부터 일주일 뒤 베토벤은 세상을 떠났습니다. 베토벤이 세상을 등진 다음 해 슈베르트 역시 베토벤의 뒤를 따랐습니다. 그는 혼수상태였을 때도 마치 유언처럼 베토벤의 이름을 불렀다고 합니다. 슈베르트의 바람대로 친구들은 그가 베토벤이 잠들어 있는 빈 벨링크 공동묘지에 묻힐 수 있도록 손을 써 주었습니다. 살아서 베토벤 가까이에 갈 수 없었던 슈베르트는 죽어서 비로소 베토벤 옆에 안장될 수 있었습니다. 여인의 사랑도, 생활의 안락함도, 음악적 명성도, 건강과 장수도 그의 몫이 아니었지만, 베토벤의 옆자리만큼은 오롯이 그의 몫이었습니다. 1888년 두 거장의 묘는 빈의 지멜링크 중앙 묘지로 옮겨졌습니다.

나는 왜 내 인생을
통제하고 조절할 수
없는 걸까?

인생은
변주와 론도의 연속이다
모차르트의 피아노 소나타 제11번 3악장 **터키 행진곡**

터키에 얽힌 나만의 기억들

어른이 되기 전 터키에 관해 알고 있던 거라고는 6·25 전쟁이 발발했을 때 우리나라를 돕기 위해 미국, 영국에 이어 세 번째로 많은 1만 4,936명의 전투병을 즉각 파병해 이 중 721명이 전사하고 2,147명이 부상했던 고마운 나라라는 사실 정도였습니다. 부산 유엔기념공원에는 전쟁 당시 장렬히 전사한 터키 장병 462명의 유해가 안장되어 있다고 했습니다.

터키에 대해 직접 인식하게 된 것은 대학생이 되고 나서였습니다. 고등학교 동문회에 갔더니 가장 나이 많은 선배가 터키어과 4학년 복학생이었습니다. 올려다볼 수도 없는 까마득한 선배였으나 늘 온화한 미소로 친동생처럼 대해 주었죠. 학내의 스산하고 살벌한 분위기는 고등학교 동문회에서도 그대로 이어지는 경우가 많았습니다. 술잔이 몇 순배 돌고 나면 노래가 나오고 흥이 돋는 것 같지만, 서로 언성을 높이며 토론이 이어지기도 했습니다. 시국을 보는 시각이 달랐기 때문이죠. 화장실을 가는 척하며 밖으로 나가 멱살잡이하는 선배들도 있었습니다. 학생 운동에 적극적인 선배와 소극적인 선배들은 만나기만 하면 티격태격했습니다. 그럴 때마다 이들을 말리고 타이르면서 화해시키기 위해 애쓴 사람이 터키어과 복학생 선배였습니다. 그 선배가 졸업한 뒤부터 저는 고등학교 동문회에 발길을 끊었습니다.

한동안 잊고 지냈던 터키가 다시 화두가 된 건 2002년 한·일월드컵 때였습니다. 16강 진출이 목표였던 대한민국은 가뿐히 16강에 진출하더니 강호 이탈리아와 스페인마저 물리치고 4강에 진출하는 기염을 토했습니다. 온 나라가 붉은 물결로 뒤덮였죠. 6월 29일 대구에서 한국과 터키의 3·4위전이 펼쳐졌습니다. 저는 회사 동료들과 함께 종로에 있는 식당에서 저녁을 먹으며 텔레비전으로 경기를 지켜봤습니다. 말 그대로 승패에 연연하지 않는 즐거운 분위기였습니다. 결과는 3대2로 터키의 승리였습니다. 그렇지만 기분 나쁘지 않았습니다. 지고도 유쾌한 건 흔치 않은 일이었습니다. 한국 응원단은 태극기와 함께 터키 국기를 내걸고 양쪽 모두를 응원했습니다. 그런데 터키 국기가 태극기보다 더 컸습니다. 월드컵 역사상 자국 국기가 아닌 상대팀의 국기를 더 크게 제작해 내건 사례는 이것이 최초라고 합니다. 터키 선수들은 경기가 끝나고 태극기를 흔들며 한국 선수들과 어깨동무를 했습니다.

음악은 사람의 마음을 반영하기도 하고 대변하기도 합니다. 기분이 우울할 때 듣고 싶은 음악이 있고, 기쁠 때 듣고 싶은 음악이 있습니다. 들으면 눈물이 나는 음악이 있고, 춤을 추게 되는 음악이 있죠. 날씨나 계절 혹은 장소에 따라 적절히 어울리는 음악이 있습니다.

사람을 가장 신나게 만드는 음악 중 하나가 행진곡行進曲, march일 겁니다. 행진곡은 행진을 위해 작곡된 음악을 가리킵니다. 군대나 스포츠 시합 등에서 군중을 질서정연하게 걷게 하려는 목적으로 만들어진 곡들이죠. 군인들이 전쟁에 나갈 때나 운동선수들이 경기에 임할 때 산책하듯 우왕좌왕 걷는 것보다는 일사불란하게 오와 열을 맞춰 행진하는 게 보기도 좋고 정신 자세도 갖춰진 것처럼 여겨집니다. 이 때 상황에 딱 맞는 음악이 있다면 사람들이 행진하는 데 큰 도움이 됩니다. 음악 없이 그냥 행진하려면 여간 힘들지 않을 겁니다.

이렇듯 특정 집단을 위해 만들어지던 행진곡이 르네상스 시대 이후 순수 기악에서 연주용으로 작곡되기 시작합니다. 하지만 행진을 돕기 위한 곡이니만큼 단순한 리듬과 경쾌한 빠르기 그리고 규칙적인 악절 구조라는 기본 틀은 그대로 유지됩니다. 이런 곡들이 대중의 많은 사랑을 받았습니다. 군대나 스포츠 시합이 아닌 콘서트홀에서 행진곡이 연주된 것이죠.

슈베르트도 행진곡을 썼습니다. 피아노 연탄곡 세 개로 이루어진 '군대 행진곡'입니다. 어깨가 저절로 들썩여지는 유쾌한 곡입니다. 바람에 깃발이 휘날리는 것 같은 행진곡 특유의 분위기에 슈베르트만이 가지고 있는 자유분방함이 잘 드러난 곡이죠. 차이콥스키는 '슬라브 행진곡'을 만들었습니다. 전쟁 중인 세르비아의 승리를 염원하며 나아가 러시아의 영광과 번영을 기원하기 위해 만든 관현악곡입니다. 처음에는 마치 장송곡처럼 어둡고 무거운 음악이 전개되지만, 점점 고조되면서 극적이고 박진감 넘치는 음악으로 이어지는 명곡입니다.

베르디의 오페라 '아이다' 제2막 2장에 나오는 행진곡을 '개선 행진곡'이라고 하죠. 모르는 사람이 없을 정도로 유명한 곡입니다. '아이다'는 1869년 11월 수에즈 운하의 개통을 기념해 카이로에 세운 오페라 극장의 개장식에서 상연하기 위해 작곡된 작품입니다. 웅장한 합창과 화려한 트럼펫 선율이 무척 인상적입니다. 프랑스 작곡가 조르주 비제가 스페인을 배경으로 탐욕적인 사랑이 부른 비극을 그린 오페라가 '카르멘'입니다. 1875년 3월 초연 당시 무자비한 혹평을 받는 바람에 3개월 후 비제는 한창나이인 36세로 세상을 떠납니다. 사인이 심혈을 기울인 '카르멘'에 대한 싸늘한 반응 때문이라는 소문이 돌았습니다. 하지만 '카르멘'은 오늘날 세계에서 가장 사랑받는 오페라 중 하나가 되었죠. 이 오페라의 서곡은 오페라보다 더 많은 팬을 확보하고 있습니다. 깜짝 놀랄 만큼 상쾌한 리듬이 나올 때는 어깨춤을 덩실거리다가 감미로운 사랑의 선율로 바뀌면 한없는 달콤함에 푹 빠져들고 맙니다.

오스트리아 작곡가 프란츠 폰 주페의 코믹 오페레타 '경기병輕騎兵'의 서곡 역시 이름난 행진곡입니다. 화려한 군대 이야기인 '경기병'의 서곡은 트럼펫과 호른으로 우렁차게 시작해 트롬본이 화답한 후 4분의 2박자 경쾌한 리듬이 이어집니다. 2부에서는 헝가리 집시풍의 단조 선율이 등장한 뒤 엘레지풍의 첼로와 서정적인 바이올린이 숙연한 분위기를 이끌어 가죠. 3부에 이르러 다시 장대하고 역동적인 분위기가 재현됩니다. 빈 필하모닉 오케스트라의 신년 음악회에서 마지막으로 연주되는 '라데츠키 행진곡'은 나폴레옹 전쟁 당시 오스트리아의 명장이었던 요제프 라데츠키 장군을 기리기 위해 요한 슈트라우스 1세가 작곡했습니다. 신년 음악회에서는 이 곡을 연주할 때 관객들이 박자에 맞춰 박수하는 관례가 생겨났는데, 이것이 유명해져서 다른 곳에서도 이 곡을 연주할 때 박수를 유도하는 경우가 많습니다.

엘가의 '위풍당당 행진곡'은 영국 제2의 국가로 여겨질 정도로 많은 사랑을 받고 있습니다. 생전에 그가 완성한 것은 다섯 곡이지만 미완성이었던 6번을 보필하여 새롭게 추가되었죠. 1번 중간 선율을 영국에서는 '희망과 영광의 나라'라고 부릅니다. 영국은 물론 미국에서도 해마다 고등학교와 대학교 졸업식에서 연주되고 있습니다. 런던에서 매년 열리는 음악 축제인 BBC 프롬스 마지막 날에는 항상 이 곡이 연주되는데, 오케스트라에 맞춰 로열 앨버트 홀과 하이드 파크를 가득 메운 청중이 국기를 흔들며 트리오 부분을 합창하곤 합니다.

클래식 음악을 전혀 모르는 사람이라도 첫 소절만 들으면 단박에 "아하~" 하고 알 수 있는 행진곡이 있습니다. 대부분 결혼식장에서 신부가 입장할 때 연주되는 '결혼 행진곡'입니다. "딴딴따단 딴딴따단~" 이렇게 시작하죠. 독일 작곡가 리하르트 바그너의 오페라 '로엔그린' 중 3막에 나오는 '혼례의 합창'입니다. '로엔그린'은 몰라도 '결혼 행진곡'을 모르는 사람은 없을 겁니다. 1858년 영국의 공주 빅토리아 아델레이드 메리 루이즈가 프로이센의 프리드리히 왕세자와 결혼하면서 이 음악을 선곡한 뒤 세계적으로 널리 연주되었습니다.

모차르트와 베토벤, 두 거장의 '터키 행진곡'

1812년 헝가리 부다페스트에 독일 극장이 새로 문을 열었습니다. 이를 기념하는 축제가 벌어졌죠. 여기서 '아테네의 폐허'라는 극음악이 연주되었습니다. 서곡과 열 개의 곡으로 이루어진 오케스트라 연주곡입니다. 제우스의 분노를 사서 2천 년 동안 잠에 빠져 있던 지혜의 신 미네르바가 깨어나 보니 아테네가 터키의 지배를 받는 데다 폐허로 변해 있었습니다. 이때 새 극장이 세워지면서 실러와 괴테 등이 만들어 낸 극 중 인물들이 모이자, 미네르바가 고마움의 표시로 예술을 보호해 준 프란츠 황제의 흉상에 월계수를 수여한다는 내용입니다.

이 극음악을 작곡한 사람은 베토벤입니다. 헝가리 시인 코체부의 의뢰를 받아 1811년에 완성했습니다. 이 중 네 번째 곡이 바로 '터키 행진곡'입니다. 오케스트라 연주도 좋지만, 피아노 편곡도 아름답습니다. 처음에는 가볍고 산뜻한 멜로디가 반복됩니다. 이어 점점 정적이고 사색적인 음악이 펼쳐지죠. 자못 숙연한 분위기에 빠져들게 됩니다. 그러다가 다시 명랑하고 흥겨운 멜로디로 마무리되죠. 피아니시모로 시작해서 포르티시모까지 피치를 올려 화려하게 행진한 후 고요함 속으로 사라지듯 끝납니다. '아테네의 폐허'는 베토벤의 작품임에도 오늘날 거의 연주되지 않지만, '터키 행진곡'만큼은 변함없는 사랑을 받고 있습니다.

베토벤보다 앞서 '터키 행진곡'을 작곡한 사람이 있습니다. 모차르트입니다. 모차르트의 피아노 소나타 제11번 A장조 작품 331번은 그가 1778년 파리를 여행하다 작곡한 것으로 알려져 있기도 하고, 1783년 빈이나 잘츠부르크에서 작곡한 것으로 추정하기도 합니다. 1

악장은 안단테 그라치오소, 즉 느리고 우아하게 연주됩니다. 독일 민요에서 멜로디를 따온 것이라고 하죠. 하나의 주제와 여섯 개의 변주곡으로 구성된 밝고 간결한 곡입니다. 변주곡變奏曲, Variation이란 어떤 주제를 바탕으로 선율, 리듬, 화성 등을 여러 가지로 변화시켜 연주하는 것입니다. 2악장은 미뉴에트와 트리오입니다. 1악장과 달리 아기자기하면서도 박진감이 넘칩니다. 3악장은 알라 투르카Alla Turca, 즉 터키풍으로 연주하라는 지시어가 붙어 있습니다. 4분의 2박자 행진곡풍 리듬이 조금 빠르게 이어집니다. 이 3악장이 훗날 '터키 행진곡'이라고 불리며 모차르트가 남긴 피아노곡 중 가장 많이 알려진 곡이 됩니다.

악보에는 알레그레토, 즉 조금 빠르게 연주하라고 표기되어 있지만, '터키 행진곡'은 엄청 빠른 느낌으로 절도 있게 연주해야 제맛이 납니다. 왼손과 오른손 손가락을 쉴 새 없이 움직여야 하죠. 듣는 사람은 신이 나고 흥겨우나 연주하는 사람은 무척 힘이 들 겁니다. 게다가 워낙 많이 알려진 곡이라 어지간히 잘 연주하지 않으면 좋은 평을 받기도 어렵습니다. 피아노 소나타 제11번이 전형적인 틀을 벗어난 자유로운 형식을 취하고 있지만, 그중에서도 3악장은 터키풍의 론도 형식이라 더욱 자유분방하고 파격적입니다. 이탈리아어 론도rondo는 하나의 주제를 끊임없이 제시하면서 그 중간중간에 새로운 주제를 계속 끼워 넣는 작법입니다. 주제부 A 사이에 삽입부 B와 C가 되풀이되며 A-B-A-C-A 같은 형식을 취하죠. 17세기 프랑스에서 시작되어 18세기에는 독주용 소나타와 교향곡 끝 악장에 쓰였습니다.

당대 음악가들의 마음을 사로잡은 터키 스타일

그렇다면 모차르트와 베토벤 같은 최고의 작곡가들이 왜 '터키 행진곡'을 만든 걸까요?

여기서 터키는 지금의 튀르키예가 아니라 과거의 오스만 제국을 일컫습니다. 오스만 제국은 유럽, 아시아, 아프리카 세 대륙에 걸쳐 많은 민족과 인구를 거느리며, 이슬람 정신으로 페르시아의 전통과 튀르크의 기질, 아라비아의 솜씨를 아울러 거대한 문화를 발달시킨 강대국입니다. 1299년 아나톨리아 내륙의 오스만 가지라는 작은 나라에서 시작된 오스만 왕조는 정복 전쟁을 통해 여러 소국을 병합하면서 아나톨리아 일대를 차지했습니다. 그러다가 1453년 로마 제국을 정복하며 교통과 무역의 중심지인 콘스탄티노폴리스를 장악해 수도로 삼았습니다. 이후 북쪽으로는 러시아와 폴란드, 서쪽으로는 오스트리아와 모로코, 남쪽으로는 에티오피아, 동쪽으로는 이란과 접하는 영토를 확보하며 강력한 패권 국가로 성장했죠.

오스만 제국은 유럽인들에게 위협적인 존재였을 뿐만 아니라 부러움과 동경의 대상이기도 했습니다. 오스만 제국의 군사력은 막강했고 경제력도 풍부했으며 동서양 문물을 융합한 독특한 문화 예술 또한 매우 발달해 있었기 때문입니다. 오스만 제국 사람들은 '카웨'라는 곳에서 커피를 마시며 대화를 즐겼고, 터키가 원산지인 튤립을 아주 좋아했습니다. 유럽인들에게 친숙한 카페와 네덜란드의 상징인 튤립이 오스만 제국에서 비롯된 것이죠. 17세기 유럽이 닮고 싶은 나라가 바로 오스만 제국이었습니다. 파리를 동경하는 사람들은 파리지엔을, 뉴욕을 좋아하는 사람들은 뉴요커를 선망하듯 당시 유럽인들은 튀르크인, 영어식 발음으로는 터키인들을 동경했습니다. 오스만 제국의 중추를 이루는 민족이 튀르크족이었던 까닭입니다.

오스만 제국은 세계 최초로 군악대를 정규 병과로 개설한 국가였습니다. 오스만 제국의 군악대를 '메흐테르mehter'라고 불렀습니다. 오스만 제국의 군대가 유럽을 침공했을 때 메흐테르가 보여 준 당당한 모습과 이색적인 음악은 유럽인들에게 강렬한 인상을 남겼습니다. 터키 군악대의 음악은 오스트리아 빈을 중심으로 유럽에 폭넓게 유행했습니다. 터키 군악대의 음악은 리듬, 형식, 악기 편성 등에서 기존 유럽 음악과는 상당히 달랐습니다. 팀파니와 비슷하게 생긴 큰북 같은 타악기를 연주하면서 다이내믹하고 힘찬 소리를 만들어 냈죠. 하이든, 모차르트, 베토벤 같은 당대 최고 음악가들이 터키 스타일에 매료되었습니다. 특히 모차르트는 터키풍의 행진곡 리듬과 이국적인 풍물을 자신의 음악에 적극적으로 활용했습니다.

이처럼 전성기를 구가하던 오스만 제국은 빠르게 변화하는 시대의 흐름을 읽어 내지 못한 데다 연이어 무능한 술탄들이 배출되면서 쇠락의 길을 걷기 시작했죠. 제1차 세계 대전이 끝난 뒤에 소수 민족 대다수가 독립의 길을 걸었고, 그리스에 아나톨리아 해안가까지 점령당했습니다. 강대국들에 의해 튀르크족 전체가 식민지로 전락할 위기에 처했으나 무스타파 케말 아타튀르크의 지휘 아래 기사회생해 아나톨리아를 중심으로 1922년 11월 1일 튀르크족의 국민 국가인 터키 공화국을 건국했죠. 이로써 오스만 제국은 역사의 뒤안길로 사라졌습니다. 소아시아의 튀르크인들이 오스만 제국을 계승해 터키 공화국을 세웠지만, 터키는 오스만 제국의 많은 특성을 부정하고 세워졌기에 두 나라 사이의 공통점을 찾기는 어렵습니다.

천상에서나 들을 수 있는 아름다운 음악을 남기고 간 사람

볼프강 아마데우스 모차르트는 1756년 1월 27일 오스트리아 잘츠부르크에서 음악가인 아버지 레오폴트 모차르트와 어머니 마리아 안나 사이에서 3남 4녀 중 막내로 태어났습니다. 다른 형제들이 모두 유아기에 세상을 떠나 누나인 난네를과 함께 성장했습니다. 그는 음악 역사상 가장 재능이 뛰어난 불세출의 천재였습니다. 세 살 때 클라비어 연주를 터득했고 네 살 때 여러 곡의 소품을 외워서 나무랄 데 없이 피아노를 연주했으며 다섯 살 때 아버지를 울릴 만큼 감동적인 협주곡 등을 작곡했다고 합니다. 음악을 배우는 속도가 너무 빨랐죠. 배운다기보다는 선천적으로 모든 음악에 통달한 채 태어났다고 해야 맞을 것 같습니다. 아들의 천재성을 알게 된 레오폴트는 "유레카!"를 외쳤습니다. 자신의 능력으로는 도저히 손에 쥘 수 없던 돈과 명예를 아들 덕분에 충분히 누릴 수 있게 되었다고 여겼습니다.

레오폴트는 모차르트가 여섯 살이 되자 온 가족을 데리고 유럽 연주 여행길에 올랐습니다. 레오폴트는 신동인 아들을 앞세워 돈과 명예를 손아귀에 넣는 데 천부적인 수완을 발휘했습니다. 이후 10년 동안 모차르트는 유럽 각지를 여행하면서 아버지가 시키는 대로 자신의 재능을 유감없이 선보였습니다. 이 여행을 통해 모차르트의 이름은 유럽 각지에 알려졌고 모차르트 또한 유명한 음악가들로부터 한 수 배울 기회를 얻었습니다. 비록 출세라는 세속적인 목적은 달성하지 못했지만, 이때 모차르트의 음악적 지평이 넓어진 건 확실합니다.

여행에서 모차르트는 자신보다 스물네 살이나 위인 요제프 하이든과 교류하게 됩니다. 천재는 천재를 알아보는 법이죠. 하이든은 레오폴트를 만난 자리에서 이렇게 이야기합니다.

"하느님의 이름을 걸고 정직하게 말씀드리지만, 댁의 아들은 제 사견으로나 평판으로나 최고 작곡가입니다. 그는 자기만의 색깔을 가졌을 뿐 아니라 작곡에 완전히 통달했습니다."

성인이 된 모차르트는 아버지의 그늘에서 벗어나려 애를 썼습니다. 그 뒤 아들에게 빨대를 꽂고 여생을 편히 지내려는 레오폴트와 모차르트의 갈등은 계속됩니다. 모차르트에게 기대어 살려는 의존성은 레오폴트에게만 국한된 건 아니었습니다. 어머니나 누나도 대동소이했죠. 이 와중에 모차르트는 콘스탄체와 사랑에 빠져 결혼하게 됩니다. 레오폴트는 당연히 결사반대했습니다. 결혼하면 모차르트가 처자식을 먹여 살려야 하니 빨대를 꽂는 데 지장이 생기기 때문이었죠. 우여곡절 끝에 두 사람은 1782년 8월 4일 결혼식을 올렸습니다. 모차르트의 가족들은 한 명도 참석하지 않았고, 신부 측 하객들만 참석한 결혼식이었습니다.

모차르트는 전업 작곡가로 활동했습니다. 당시로서는 획기적인 일이었습니다. 대부분 음악가가 궁정 악사나 악장 혹은 교회 전속 음악가로 활동했기 때문입니다. 안정적인 수입을 얻을 수 있는 길은 그것뿐이었습니다. 그러나 모차르트의 능력이 워낙 출중했기에 수입은 충분했습니다. 작곡료나 연주료도 넉넉히 받았고 유력가 자제들을 대상으로 피아노 과외를 하면서 쏠쏠하게 돈을 벌었습니다. 하지만 도박과 사치가 문제였죠. 돈을 벌 줄만 알았지, 잘 관리할 줄을 몰랐습니다. 아내 콘스탄체의 낭비벽은 모차르트보다 한술 더 떴습니다. 임대료가 비싼 집에 살았고 하녀와 요리사와 미용사를 고용했으며 아들을 비싼 사립 학교에 보냈습니다. 화려한 사교 모임도 즐겼죠. 모차르트가 죽을 때 많은 빚을 남겼던 이유입니다.

음악가의 생애를 추적해 기술하는 작가이자 음악가인 제러미 시프먼은 『모차르트, 그 삶과 음악』이라는 책에서 모차르트의 남다른 위대함에 대해 다음과 같이 묘사하고 있습니다.

"모차르트의 천재성은 음악에만 국한되지 않았다. 오페라 작곡가로서 그가 위대한 이유 중 중요한 하나는, 복잡다단한 인간성에 대한 뛰어난 통찰력이다. 극 중 인물의 심리 묘사가 어떻게 이루어져야 할지를 판단하는 그의 감각에는 한 치 오차도 없다. 오늘날이라면 영화감독이 되었어도 대성했을 것이다. 그는 정말 그럴 법한 인물만 창조해 냈다. 특징적인 부분만을 캐리커처로 묘사한 게 아니라 완전한 인물 묘사를 했다. 따라서 실제 삶에서 만나게 되는 인물들처럼 생생하다. 그들의 성격은 흔히 그렇듯이 그들이 부르는 노랫말에서 드러나는 것이 아니라 노랫말이 실린 음악에서 드러난다. 오페라 역사상 가장 빼어난 걸작을 꼽으라면 '피가로의 결혼' 3막에 나오는 그 유명한 6중창을 꼽지 않을 수 없다. 모차르트는 이 곡에서 등장인물 여섯 사람이 동시에 저마다 다른 노래를 부르게 했을뿐더러 그 노래들이 각각 일관된 성격을 유지하도록 했다. 드라마 작가로서 그는 셰익스피어에 비견할 만하다."

그의 음악에는 멜로디와 화음 같은 서정뿐만 아니라 인생의 희로 애락을 망라한 서사까지 매우 세밀하게 조직되어 들어가 있다는 이야 기입니다. 이러니 그를 음악사상 최고의 천재로 꼽을 수밖에 없습니 다. 현대 심리학자들은 모차르트의 아이큐가 230에서 250 정도일 것 으로 추정합니다. 고뇌 끝에 떠오른 악상을 고치고 또 고치는 게 아니 라 머릿속에 가득한 악상을 그대로 술술 뽑아내 수정하지 않고 오선 지에 담아내는 것이죠. 그래서 사람들이 베토벤은 하늘로 올라간 천 재고, 모차르트는 하늘에서 내려온 천재라고 하는가 봅니다. 이런 말 도 있습니다. "모차르트는 하늘에서 말썽을 피우다 인간 세상으로 잠 시 쫓겨나 천상에서나 들을 수 있는 아름다운 음악을 남기고 돌아간 음악 천사다." 부인하기 어려운 찬사입니다.

애정 결핍에서 오는 불안과 투렛 증후군

1791년 9월 6일 모차르트는 보헤미아의 왕이자 요절한 요제프 2 세의 후임으로 신성 로마 제국의 황제가 된 레오폴트 2세의 대관식 축제에 맞춰 프라하에서 오페라 '티토 황제의 자비'를 상연했습니 다. 그런데 이때 병을 얻어 심한 고열로 괴로워하게 됩니다. 요양해 도 모자랄 판에 그는 아픈 몸을 이끌고 빈으로 돌아와 오페라 '마술 피리'를 초연했습니다. 마지막 오페라를 성공적으로 마쳤지만, 건강 은 극도로 악화했습니다. 새 작품 '클라리넷 협주곡 A장조'를 완성 한 것도 이 무렵입니다. 설상가상으로 발제크 백작이 거액을 주고 의 뢰한 '레퀴엠'의 작곡에도 매달려야 했죠. 모차르트는 작곡료의 절반을 미리 받았기에 빨리 완성해 달라는 독촉에 시달렸습니다. 도저히 몸이 견뎌 낼 수 없었죠. 그는 고열과 부종으로 신음하던 중 급기야 설사와 구토를 하면서 쓰러졌고, 1791년 12월 5일 세상을 떠나고 말았습니다.

빈에서 모차르트가 눈을 감았을 때 그의 나이 불과 서른다섯 살이었습니다. '레퀴엠'을 완성하지 못한 상태였죠. 콘스탄체의 말대로 '레퀴엠'은 모차르트 자신을 위한 곡이었던 셈입니다. 모차르트도 죽음을 예감했던지 제자인 쥐스마이어에게 '레퀴엠'을 어떻게 완성해야 할지 가르쳤습니다. 콘스탄체는 쥐스마이어가 완성한 '레퀴엠'의 악보 표지에 모차르트의 사인을 위조해서 써넣은 다음 발제크 백작에게 전달했습니다. 장례식은 그의 결혼식이 치러졌던 슈테판 대성당에서 거행되었습니다. 이후 그의 시신은 당시 관습에 따라 성 마르크스 공동묘지로 옮겨져 리넨 자루에 담긴 상태로 다른 주검들과 함께 매장되었습니다. 그래서 그가 어디에 묻혔는지 정확한 위치를 알 수 없습니다. 1874년에 만들어진 오스트리아 빈 중앙 묘지에는 모차르트의 묘가 있습니다. 하지만 시신이 묻히지 않은 가묘입니다. 주변에는 베토벤, 슈베르트, 요한 슈트라우스 1세, 브람스 등 후배 음악가들의 묘가 조성되어 있습니다.

모차르트는 여성 편력이 심했다는 오해를 많이 받습니다. 아마도 영화 '아마데우스'를 통해 그런 이미지가 만들어졌을 겁니다. 하지만 그가 다른 여자를 사귀었거나 향락에 빠져 살았다는 증거는 없습니다. 가톨릭교회와 깊은 인연을 맺고 살았기에 그는 교회의 교리와 윤리관에 상당한 영향을 받았습니다. 때로는 굉장히 보수적이고 완고하기도 했습니다. 장난기가 많고 사교 모임을 즐겼기 때문에 악동이나 한량처럼 보일 뿐입니다. 오히려 그는 애정에 굶주려 있었습니다. 아버지 레오폴트에 의해 일거수일투족을 감시당하고 조종당했기에 진정한 사랑이 그리웠던 것이죠. 사람들은 그를 신동이나 천재로 부르며 열광했지만, 자신을 있는 그대로 좋아한 게 아니었습니다. 그는 평생 불안과 두려움에 둘러싸인 채 살았습니다.

제러미 시프먼은 위의 책에서 모차르트가 투렛 증후군을 앓았을지도 모른다고 말합니다.

"그의 처형의 말을 기억하자. '대화할 때 말고는 거의 가만히 서 있지 않았어. 아침에 손을 씻을 때조차도 무엇인가에 열중한 표정으로 번갈아 한 발을 다른 발에 올려놨다 내려놨다 하는 동작으로 오르락내리락했지.' 그의 동서인 궁정 배우 요제프 랑게의 증언도 있다. '중요한 작업으로 바쁠 때 위대한 인간 모차르트의 말이나 행동은 정말이지 이해하기 어려웠다. 아무렇게나 혼란스럽게 말할 뿐만 아니라 때로는 다른 사람은 알아듣지 못할 조크를 날렸다. 사실 그는 일부러 아무렇게나 행동하기까지 했다.' 작가 카롤리네 피흘러는 더 구체적이고 당황스럽게 묘사하고 있다. 이를테면 '탁자들과 의자들 위로 뛰어다니며 고양이처럼 야옹거리고 아이들처럼 제멋대로 공중에서 재주를 넘고' 하는 식이다. 이런 종류의 증거들로 말미암아 모차르트가 투렛 증후군을 앓았다는 주장이 나왔다. 배설물에 관한 유머나 음담패설을 좋아하던 그의 성향이 이러한 추측을 더욱더 굳혔다."

아이들이 자신도 모르게 신체 일부분을 아주 빠르게 반복적으로 움직이거나 이상한 소리를 내는 것을 틱 장애Tic Disorder라고 합니다.

전자를 운동 틱이라 하고 후자를 음성 틱이라고 하죠. 두 가지 틱 증상이 모두 나타나면서 전체 유병 기간이 1년을 넘는 것을 투렛 증후군Tourette's Syndrome이라고 합니다. 단순한 운동 틱은 얼굴 찡그리기, 눈 깜박거리기, 어깨 으쓱대기, 코 킁킁거리기, 기침하기 등이며, 복잡한 운동 틱은 몸 냄새 맡기, 손 흔들기, 발로 차기 등입니다. 음성 틱은 욕하기, 음담패설 내뱉기, 말 따라 하기 등이죠. 여러 원인이 있지만, 스트레스에 민감하며 감수성이 예민한 아이에게 많이 나타납니다. 부모에게 지나치게 간섭받거나 과보호 받을 때, 스트레스, 긴장, 불안 등이 쌓여 틱을 통해 방출되기도 합니다. 간혹 성인이 되어서까지 증상이 이어지기도 하는데, 어른에게 이런 장애가 있으면 삶이 피폐해지고 타인의 시선을 지나치게 의식해 사회생활에 지장을 초래합니다.

건반 위에 남겨 놓은 인생의 수많은 변주와 론도들

짧았던 생애에도 불구하고 모차르트는 626편에 이르는 많은 곡을 남겼습니다. 그처럼 기악곡과 성악곡 전 분야에 걸쳐 뛰어난 걸작을 남긴 음악가는 드뭅니다. 그는 예술성과 대중성이라는 두 마리 토끼를 다 잡은 작곡가였습니다. 그의 곡은 쉽고 편안하면서도 수준 높은 음악성을 갖추고 있습니다. 그의 음악은 콘서트홀에서만 연주되는 것이 아니라 영화, BGM, 광고, 텔레비전 드라마 등에 끊임없이 등장하고 있습니다. 오스트리아의 전설적인 피아니스트 아르투르 슈나벨이 남긴 말 속에는 모차르트에 대한 이 같은 평이 함축되어 있습니다.

"그의 피아노 소나타들은 초보자에게는 너무 쉽고 전문 연주자에게는 너무 어렵다."

모차르트는 위대한 피아니스트이기도 했습니다. 대다수 작품은 의뢰를 받거나 지시를 받아서 또는 생활의 방편으로 만들었지만, 피아노 소나타는 자신이 직접 연주하기 위해 곡을 썼습니다. 좋은 곡을 만들려는 욕심만큼 자신의 곡을 마음껏 연주하고 싶은 욕망이 있었던 것이죠. 그래서 저는 그가 남긴 불멸의 음악 중에 특히 피아노 소나타를 좋아하고, 그 가운데서도 '터키 행진곡'을 즐겨 듣습니다. 시대와 공간을 초월해 모차르트가 건반 위에서 펼쳐 보이고자 했던 무한한 상상력과 역동성이 잘 녹아 있기 때문입니다. 비록 그의 삶에 우울하고 불안했던 흔적이 남아 있다 해도 그는 주어진 시간 동안 유쾌하게 살다 갔다고 생각합니다. 그래서 아름답고 감미로운 곡보다는 신바람이 나는 행진곡에 더 귀가 기울여집니다.

인생은 수많은 변주와 론도의 연속입니다. 하나의 방향과 노선으로 살기 어렵습니다. 한 가지 자세와 태도로 일관하기 힘들죠. 끝없이 새로운 시련과 파도가 밀려오는 까닭입니다. 그때마다 유연하게 변주와 론도를 반복해야 합니다. 그런데 그게 쉽지 않습니다. 그래서 좌절하고 넘어지고 꺾이게 되죠. 그럴 때면 모차르트의 '터키 행진곡'을 듣습니다. 어쩌면 이렇게 자유자재로 무한대의 변화를 구현해 냈을까 감탄하면서 말이죠. 나는 왜 인생을 좀 더 유연하고 부드럽게 통제하고 조절할 수 없는 걸까요? 모차르트를 통해 아니 그의 음악을 통해 삶을 대하는 변화무쌍함과 경쾌함을 더 배우고 싶습니다. 그래서일까요? 터키가 2022년부터 국가 영문 표기를 튀르키예로 변경함에 따라 우리나라에서도 튀르키예로 부르기 시작했지만, '터키 행진곡'을 '튀르키예 행진곡'이라고 바꿔 부르고 싶은 마음이 들지 않습니다.

돌아가고 싶어도
다시는
돌아갈 수 없는 시절

누구에게나 아름다운
동화 속 세상이 있다
차이콥스키의 **호두까기 인형**

한강에서 썰매 타고 뚝섬에서 압구정까지

예전에는 서울 사는 아이들에게 한강만 한 놀이터도 드물었습니다. 강추위가 몰아닥치면 한강은 매번 꽁꽁 얼어붙었습니다. 공해가 없어서 그랬는지 한겨울 추위는 정말 매서웠죠. 한강이 얼었다는 소식이 들리면 아이들은 썰매를 가지고 강으로 모여들었습니다. 강북에서 강남까지 한강을 가로지르며 썰매를 탔습니다. 뚝섬에 살던 나는 뚝섬 유원지 인근 강기슭에서 썰매를 타며 놀았습니다. 옷이나 양말, 운동화 등이 요즘처럼 품질이 좋지 못해 아무리 껴입어도 추위를 이길 수 없었죠. 그런데도 우리는 아랑곳없이 썰매놀이를 즐겼습니다.

썰매는 어디서 파는 게 아니었습니다. 어른이나 형들이 만들어 주었습니다. 여기저기 돌아다니며 널빤지 등을 주워 모아 책상다리하고 앉을 만한 네모난 공간을 만든 다음 밑에 가로로 기둥 두 개를 나란히 박고 철사를 휘어 붙여 날을 만들었습니다. 짤따란 막대기 끝에 대못을 거꾸로 박아 지팡이 두 개를 마련하면 그해 겨우내 썰매 탈 준비가 끝난 셈이었습니다. 덩치 큰 형들은 썰매 밑에 날이 달린 기둥을 한 개만 만들어 외날 썰매를 탔습니다. 썰매 위에 앉아 지팡이 끝으로 얼음을 찍어 제쳐 속도를 내면 썰매는 씽씽 잘도 달렸습니다.

어린아이들은 한쪽 기슭에서 안전하게 쌍날 썰매를 탔지만, 나이 먹은 형들은 위태로워 보이는 외날 썰매를 타고 자유자재로 강북과 강남을 오고 갔습니다. 영동대교 밑으로 얼음을 지치면 지금의 청담동이나 압구정동까지도 갈 수 있었습니다. 당시 강남 일대는 아파트 건설이 한창이었으나 대부분은 논과 밭이었습니다. 1973년 영동대교가 완공되기 전에는 청담 나루터에서 뚝섬 나루터까지 그리고 압구정 나루터에서 금호동 나루터까지 나룻배가 왕래했습니다. 강남이 현재의 모습처럼 발전하리라고는 상상조차 할 수 없던 시절이었습니다.

겨울만 되면, 특히 오랜만에 한강이 얼어붙었다는 뉴스를 접하면 그때 생각이 나곤 합니다. 전철을 타고 한강을 건너다 문득 창밖을 내다보면 얼음 위로 이를 앙다문 채 썰매를 지치느라 여념이 없는 볼 빨간 소년의 모습이 떠오르기도 하고요. 다시는 돌아갈 수 없는 시절이죠. 춥고 배고프고 모든 게 부족했지만, 겨울이 오면 동심은 두근거렸습니다. 흰 눈이 있고 크리스마스가 있고 한강에서 썰매를 탈 수 있었기 때문입니다. 가난해도 한가하거나 우울할 틈이 없었습니다. 겨울은 꿈과 환상이 가득한 아름다운 동화 속 세상이었습니다.

얼마 전 우리나라의 우울증 환자가 100만 명을 넘어섰다는 뉴스를 접했습니다. 그중 상당수가 20~30대 젊은이들이라고 합니다. 그 소식이 또 많은 사람을 우울하게 합니다. 우울증이 전염병도 아닌데, 점점 전염되어 가는 것 같습니다. 힘들고 아픈 사람들이 많습니다.

우울증Depressive Disorder은 마음의 감기라고 불릴 만큼 흔한 정신 질환입니다. 하지만 일상생활과 대인 관계에 심각한 문제를 일으킬 수 있는 병으로 심할 경우 자살이라는 돌이킬 수 없는 결과를 초래할 수도 있습니다. 한 개인의 삶 전반에 영향을 끼치는 우울증은 자신의 의지만으로 극복할 수 있는 병이 아닙니다. '기분이 약간 안 좋은가 보다.', '너무 힘들어서 마음이 좀 울적해진 거겠지.' 하고 가볍게 여기면 큰 오산입니다. 반드시 전문의 진료를 거쳐 치료해야 할 뇌 질환입니다. 다행히 우울증은 효과적인 치료가 가능합니다. 최근 개발된 항우울제는 뇌에 저하된 세로토닌을 증가시켜 증상을 호전시키며, 부작용도 거의 없어 안전하게 치료할 수 있죠. 주변에 우울증으로 힘들어하는 사람이 있으면 무심히 대하거나 다그치지 말고 관심과 배려와 지지를 보내 줘야 합니다. 그리고 당사자는 희망을 품고 생활 습관을 개선해야 합니다. 약물과 함께 생활 습관을 점검하고 관리하는 게 필수입니다.

음악가 중에는 신경 쇠약을 앓았던 사람이 많습니다. 신경 쇠약은 신경에 문제가 생겨 발생하는 심리적 상태를 총칭하는 용어입니다. 신체적, 정신적으로 허약해지고 만성 피로와 신체 여러 부위에 동통을 호소하는 증상이죠. 영어의 'Nervous Breakdown'을 일본에서 번역한 용어인데, 정신 질환에 관한 연구가 충분히 진행되지 않았던 현대 초기까지 쓰이던 표현으로 요즘은 신경증으로 통칭하고 있습니다. 정신 분석에서는 도덕적 불안을 과하게 느낄 때 나타난다고 파악하고 있죠. 오스트리아의 정신 분석학자인 프로이트는 신경증적 장애가 성생활의 장애 혹은 성적인 생각이나 기억에 대한 갈등과 불안 때문에 유발된다고 믿었다고 합니다.

우울증을 앓으며 신경 쇠약에 시달린다면 얼마나 힘들까요? 그런 사람이 불후의 명곡을 작곡할 수 있을까요? 물론 있습니다. 쉽지는 않았겠지만 말입니다. 바로 차이콥스키입니다. 그는 우울증을 달고 살았습니다. 수차례에 걸쳐 자살을 시도하기도 했죠. 그가 평생 신경증에서 벗어나지 못한 것은 동성애와 밀접하게 연관되어 있다고 보는 사람이 많습니다. 그는 사는 동안 대인 공포증, 피해망상증, 우울증 등에 시달렸습니다. 그의 생활 태도는 검소 또는 절제와는 거리가 멀었죠. 교향곡, 피아노곡, 실내악, 협주곡 등 클래식 음악의 전 장르를 아우르며 낭만적이고 아름다운 곡들을 끊임없이 만들어 냈지만, 정작 자신은 고독과 외로움에 신음했던 겁니다. 차이콥스키의 음악이 한국인들에게 유독 많은 사랑을 받는 것은 그의 음악에 스며들어 있는 이런 한恨 같은 정서가 은연중에 통했기 때문이 아닐까 생각합니다.

발레를 완성된 하나의 장르로 만든 곡

러시아는 발레의 나라입니다. 발레는 이탈리아와 프랑스에서 시작되었지만, 러시아에서 만개했죠. 황실에서 무용 학교를 세우는 등

앞장서서 발레를 지원함으로써 발레의 대중화를 선도한 영향이 큽니다. 200년 역사가 훌쩍 넘는 키로프 마린스키 발레단이나 볼쇼이 발레단은 이름만으로도 관객들을 설레게 만드는 명품입니다. 내한 공연도 여러 번 가졌습니다.

러시아를 발레의 나라로 만든 일등 공신은 누가 뭐래도 차이콥스키입니다. 그가 작곡한 '백조의 호수Swan Lake', '잠자는 숲속의 미녀 The Sleeping Beauty', '호두까기 인형The Nutcracker'은 러시아 발레의 백미입니다. 그를 빼고 아니 그가 작곡한 이 세 곡을 제외하고 러시아 발레를 논할 수는 없습니다. 지금도 전 세계에 걸쳐 이 곡들이 수없이 연주되며 많은 사랑을 받고 있죠. 차이콥스키 이전의 발레곡이 단순히 춤을 꾸며 주는 배경 음악에 지나지 않았다면, 차이콥스키에 이르러 발레곡은 비로소 완성된 장르가 되었습니다.

차이콥스키의 발레곡 중 겨울, 특히 크리스마스를 앞두고 많이 연주되는 곡은 '호두까기 인형'입니다. 호두는 딱딱한 껍질에 둘러싸인 견과류죠. 까먹기 어렵습니다. 그래서 호두를 쉽게 깔 수 있는 도구가 발달했어요. 중부 유럽에서는 15세기 무렵부터 호두를 까는 도구를 겸한 장식용 목각 인형이 만들어지기 시작했습니다. 그게 호두까기 인형이죠. 이후 호두까기 인형은 기독교 문화권에서 크리스마스와 연결되어 선물용으로 많이 제작되었습니다. 호두까기 인형의 전통적인 형태는 카이저수염을 기른 정복 차림의 군인 모습입니다. 등에 있는 레버를 올리면 입이 열리는데, 그 안에 호두를 넣고 레버를 내리면 호두가 깨지는 구조죠.

차이콥스키는 1890년 마린스키 극장 감독관으로부터 발레곡 작곡을 의뢰받습니다. 원작은 1816년 독일 작가 에른스트 호프만이 쓴 동화『호두까기 인형과 생쥐 대왕』이었습니다. 이 작품을 발레에 맞게 프랑스 작가 뒤마 피스가 수정한 것을 다시 마린스키 극장 수석 안무사인 프티파가 2막 3장의 발레로 구성했죠. 그가 병으로 일을 끝내지 못하자 이바노프가 수정을 가했습니다. 복잡하게 완성된 대본을 바탕으로 1891년 1월부터 곡을 만들기 시작한 차이콥스키는 1892년 4월 18일 작업을 마무리했습니다. 그해 12월 18일 마린스키 극장에서는 이 위대한 발레곡이 사상 처음으로 연주되며 발레 음악의 역사가 새로 쓰이게 되었죠.

꿈과 환상이라는 양쪽 날개를 달고

1막의 배경은 어느 독일의 화이트 크리스마스이브입니다. 실버하우스 씨 저택에서 열리는 크리스마스 파티에서 클라라와 프리츠 남매는 마술사인 드로셀마이어 아저씨에게 선물을 받습니다. 못생긴 호두까기 인형이었죠. 자정이 되자 사람들은 자기 집으로 돌아갑니다. 호두까기 인형을 안고 잠든 클라라는 꿈을 꾸죠. 크리스마스트리가 거실을 채울 만큼 커지자 쥐 떼의 습격이 시작됩니다. 이때 호두까기 인형을 대장으로 한 병정들이 등장해 쥐 떼와 격전을 벌입니다. 용감한 클라라는 생쥐 대왕을 빗자루로 제압하죠. 덕분에 마법이 풀리면서 호두까기 인형은 멋진 왕자로 변신하고, 클라라는 아름다운 숙녀로 변신합니다. 왕자는 자신의 왕국으로 클라라를 초대하고, 두 사람은 겨울 솔밭을 지나서 눈의 왕국까지 이릅니다.

2막에서 돌아온 생쥐 대왕이 이들을 공격하지만, 쉽게 물리친 후 나비와 함께 여행을 계속합니다. 마침내 왕자가 살고 있던 마법의 성에 도착하죠. 왕자는 여왕에게 클라라를 자기 생명의 은인으로 소개합니다. 이윽고 클라라를 환영하는 축제가 시작됩니다. 요정들이 추는 스페인 춤, 아라비아 춤, 중국 춤, 러시아 춤, 갈잎 피리의 춤 등이 현란하게 이어집니다. 사탕 요정의 시녀들이 꽃의 왈츠를 추면서 환상적인 분위기는 더욱 고조되죠. 왕자와 클라라가 춤을 추고, 이어서 왕자와 여왕이 춤을 추며, 마지막으로 모두가 함께 춤을 추면서 발레는 끝이 납니다. 아름다운 꿈에서 깨어난 클라라는 행복한 크리스마스 아침을 맞습니다.

발레는 들리지 않는 선율입니다. 섬세하고 부드러운 손짓과 발짓, 표정과 몸짓이 엮어 내는 보디랭귀지는 신비로 가득 찬 무음의 음악이죠. 음악은 귀로 들어야 하지만, 발레는 눈으로 들어야 합니다. 오감이 모두 동원되어야만 제대로 감상할 수 있는 게 발레라는 예술입니다. 발레는 꿈과 환상이라는 양쪽 날개로 관객들을 품고 미지의 세계로 날아오릅니다.

하지만 발레를 감상할 수 없을 때 음악만 들어도 좋습니다. 차이콥스키의 '호두까기 인형'이 바로 그런 곡이죠. 그래서 작은 무대에서도 얼마든지 이 작품을 연주할 수 있습니다. 전곡을 들어도 좋지만, 모음곡으로 들어도 좋아요. 모음곡을 들으면 누구보다 뛰어난 차이콥스키만의 낭만적인 멜로디에 흠뻑 빠져들 수 있습니다. 모음곡은 여덟 곡이죠. 제1곡 '작은 서곡Miniature Overture'은 현악기와 목관 악기만으로 한껏 들떠 있는 어린아이들의 마음을 표현합니다. 제2곡 '행진곡

March'은 크리스마스 파티를 즐기는 천진난만한 아이들의 즐겁고 흥겨운 모습을 그립니다. 제3곡 '사탕 요정의 춤Dance Of the Sugar Plum Fairy'은 첼레스타가 동원되면서 신비로운 분위기를 연출하죠. 제4곡 '러시아의 춤. 트레파크Russian Dance. Trépak'는 러시아의 민속 춤곡인 3박자의 트레파크가 강렬하게 반복됩니다. 제5곡 '아라비아의 춤 Arabian Dance'에서는 나직한 아라비아풍의 선율 속에 은은한 커피 향이 풍기는 분위기가 이어지죠. 아라비아는 유럽에 커피를 전파한 원산지입니다. 제6곡 '중국의 춤Chinese Dance'은 왕자가 클라라에게 권하는 중국의 차를 묘사합니다. 러시아는 당시 중국에서 차를 수입하고 있었죠. 실제 뜨거운 차를 따르는 것처럼 실감 나는 장면입니다. 제7곡 '갈잎 피리의 춤Reed Flutes'은 여자 목동이 장난감 피리를 불면서 춤을 추는 밝고 경쾌한 모습입니다. 플루트 3중주가 인상적이죠. 제8곡 '꽃의 왈츠Waltz Of The Flower'는 발레에서도 전원이 등장하는 마침 곡으로 사탕 요정의 시녀들이 우아한 왈츠 선율에 맞춰 춤추는 모습이 펼쳐집니다. 가장 유명한 곡으로 웅장하면서도 화려합니다.

차이콥스키와 네 명의 여인

아름다운 음악을 듣고 있으면 '호두까기 인형'처럼 동심의 세계를 곱고 순수하고 매력적으로 표현해 낸 작곡가가 왜 평생 우울증과 신경 쇠약을 안고 살았는지 믿기지 않지만, 이는 엄연한 사실입니다. 그리고 그의 이런 고통은 네 명의 여인들과 깊이 관련되어 있습니다.

첫 번째는 어머니입니다. 그의 어머니는 프랑스계 러시아인이었죠. 피아노와 노래를 좋아하는 어머니 덕분에 그는 어릴 때부터 문학, 미술, 음악에 친숙해질 수 있었습니다. 차이콥스키 음악에 담긴 풍부한 감성과 낭만주의적 경향은 어머니에게서 받은 영향이 큽니다. 감수성이 풍부하고 음악을 사랑했던 그는 자신의 재능을 살리고 싶었으나 아버지는 그를 법률가로 키우려고 했죠. 그는 자신의 의사와 관계없이 1850년 상트페테르부르크의 법률 학교에 입학했습니다. 그 바람에 절대적 사랑을 베풀어 주던 어머니와 헤어졌습니다. 그에게 어머니와의 이별은 상상할 수 없는 일이었습니다. 그가 받은 충격은 일생을 지배하게 되었습니다. 그가 동성애에 빠지게 된 것도 어머니 이외의 여성에 대한 사랑을 숙명적으로 거부했기 때문이라고 보는 사람이 많습니다. 방황하던 그를 더욱 충격에 몰아넣은 것은 어머니의 죽음이었어요. 1854년 그가 열네 살 되던 해에 그의 어머니는 콜레라로 세상을 떠났습니다. 광산의 감독관이었던 아버지와 친밀감을 유지하지 못했던 차이콥스키에게 어머니는 사랑을 주고받는 유일한 대상이었죠. 어머니의 사랑에 광적으로 집착하던 그에게 어머니의 죽음은 받아들일 수 없는 극한의 슬픔이었습니다. 이후 그는 우울증에 더욱 시달리게 되었습니다.

두 번째 여인은 그의 아내입니다. 동성애자였기에 여성과의 연애나 결혼은 생각하지도 않았던 그는 아홉 살이나 어린 음악원 제자 안토니나 미류코바와 1877년 7월 급하게 결혼식을 치릅니다. 그의 나이 서른일곱 살 때였죠. 미류코바가 워낙 열성적으로 구애하며 결혼해 주지 않으면 죽어 버리겠다고 협박까지 한 탓에 어쩔 수 없이 결혼하게 된 것입니다. 그가 동성애자라는 사실이 드러날까 두려웠기 때문에 도피처로 결혼을 택한 거라는 이야기도 있고, 미류코바가 결혼해 주지 않으면 동성애자라는 사실을 폭로하겠다고 위협해 결혼할 수밖에 없었다는 이야기도 있습니다. 아무튼 마음에도 없이 성사된 결혼이 온전히 이어질 리 없었습니다. 차이콥스키가 석 달을 못 버티고 도망쳐 버리면서 파탄에 이른 것이죠. 불행한 결혼 생활은 그를 심각한 우울증과 신경쇠약으로 내몰았고, 그는 자살을 기도하기도 했습니다.

예술적으로는 물론 인간적으로도 서로를 전혀 이해하지 못했음에도 불구하고 미류코바가 차이콥스키와 결혼 생활을 지속할 것을 원했기 때문에 둘은 법적으로 이혼하지는 않았습니다. 미류코바가 자신이 동성애자라는 사실을 폭로할까 봐 두려워한 차이콥스키가 이혼을 포기했다고 믿는 사람들도 있죠. 이 불행하고 복잡한 결혼 관계는 차이콥스키가 세상을 떠나면서 매듭지어지게 됩니다. 이 일이 얼마나 정신적으로 많은 고뇌와 스트레스를 주었던지 이후 차이콥스키의 음악은 더더욱 염세주의적인 분위기를 띠기에 이릅니다. 신경 쇠약으로 힘들어하던 그는 유럽으로 도피성 여행을 떠났고, 이탈리아에 이르러 심신을 회복할 수 있었습니다.

세 번째는 그의 은인이자 동지였던 폰 메크 부인입니다. 1877년 악몽 같은 결혼 생활로부터 탈출한 그는 스위스에서 요양하는 동안 폰 메크 부인과 편지 왕래를 시작하게 되었죠. 철도 경영자의 아내였던 폰 메크 부인은 전부터 그의 음악에 호감이 있었는데, 그즈음 1년에 6,000루블씩 후원하겠다고 제의해 온 것입니다. 당시 차이콥스키는 경제적으로 많은 어려움을 겪고 있었기에 천군만마를 얻은 기분이었죠. 폰 메크 부인의 도움으로 차이콥스키의 삶은 새로운 전기를 맞게 됩니다. 용기와 활력을 얻은 그는 창작에만 몰두해 폰 메크 부인에게 바친 '교향곡 제4번'을 비롯한 대표적인 작품들을 작곡할 수 있었습니다. '예브게니 오네긴', '바이올린 협주곡', '이탈리아 카프리치오' 등은 이 시기에 만들어진 명작입니다. 1876년 '백조의 호수'를 작곡한 데 이어 1889년에는 '잠자는 숲속의 미녀'를 완성함으로써 차이콥스키는 바야흐로 러시아를 넘어 세계적인 음악가로서의 명성을 얻게 되었습니다.

그런데 폰 메크 부인과 차이콥스키는 일반적으로 상상할 수 없는 특별한 관계였습니다. 오랫동안 편지와 돈을 주고받으며 돈독한 우정 혹은 사랑을 나누었지만, 단 한 번도 직접 만난 적이 없었으니까요. 처음부터 폰 메크 부인이 그 같은 관계를 원했기 때문이죠. 딱 한 차례 우연한 만남이 있었으나 대화를 나누거나 식사를 하지는 않았습니다. 두 사람은 약 13년 동안 1,200여 통의 편지를 주고받으면서 요즘 말로 하면 순수한 비대면 교분을 나누었습니다. 그러다가 1890년 폰 메크 부인이 갑자기 후원을 중단하면서 차이콥스키와의 인연이 끊기고 말았죠. 표면적인 이유는 폰 메크 부인의 파산이었지만, 사실은 차이콥스키가 동성애자라는 사실을 알게 된 그녀의 가족이 그와의 관계를 정리하라고 압박했기 때문에 폰 메크 부인도 어쩔 수 없이 후원을 중단했다고 합니다. 물질적 후원을 넘어 정신적 의지의 대상이었던 폰 메크 부인으로부터 일방적인 결별 선언을 받은 차이콥스키는 극심한 괴로움에 휩싸였고 다시금 심각한 우울증에 빠져들었습니다. 차이콥스키가 아무리 편지를 보내도 폰 메크 부인은 답장을 보내지 않았습니다. 차이콥스키가 느꼈을 상실감과 배신감은 어머니의 죽음 못지않은 것이었죠. 그는 생을 마감하는 순간까지 그녀에 대해 강한 애증을 가지고 있었다고 합니다. 임종 직전 폰 메크 부인의 이름을 부르면서 "저주받을 여자!"라고 외쳤다는 이야기가 전해지는 걸 보면 당시 그가 받은 상처가 얼마나 깊었는지 알 수 있습니다.

여동생 사샤와 첼레스타

네 번째 여인은 친동생 사샤입니다. 폰 메크 부인에게 결별을 통보받고 괴로워하던 차이콥스키에게 마린스키 극장으로부터 발레곡 작곡 의뢰가 들어옵니다. 힘들고 복잡한 그의 마음 어디에도 그럴 만한 여유가 없었죠. 마린스키 극장과의 관계를 생각해서 호프만의 작품을 읽어 봤지만, 별다른 흥미를 느끼지 못했습니다. 프티파가 수정한 대본은 좀 나아 보였으나 차분히 곡을 쓸 기분이 아니었어요. 그는 모든 것을 훌훌 털어 버리고 미국으로 연주 여행을 떠났습니다. 그러나 프랑스를 경유하던 중 여동생 사샤의 부음을 접하죠. 하늘이 무너지는 것 같은 비극이었습니다. 가족 중 유일하게 감정을 공유하던 친동생의 죽음은 뭐라 형언할 수 없는 비통함 그 자체였습니다. 그의 신경은 날카로워졌고 우울증은 깊어만 갔습니다.

차이콥스키는 '호두까기 인형' 작곡에 몰두했습니다. 사샤를 위해서였죠. 어여쁜 소녀 클라라와 왕자로 변신한 호두까기 인형의 아름다운 여행에 대한 악상이 떠오른 겁니다. 세상을 떠난 여동생은 사탕요정으로, 사샤의 집은 요정들이 사는 나라로, 사샤의 딸 타티아나는 클라라로, 차이콥스키 자신은 마술사 드로셀마이어로 묘사했습니다.

여동생의 죽음을 애도하면서 곡을 쓰려고 하자 악상이 꼬리에 꼬리를 물고 이어졌습니다. 그가 가장 고심한 대목은 사샤의 상징인 사탕 요정의 춤을 가장 적절하게 표현해 줄 악기가 없다는 것이었습니다. 기존의 평범한 악기 말고 신비롭고 환상적인 느낌을 줄 새로운 악기가 필요했던 거죠.

그때 그가 파리에서 발견한 악기가 첼레스타Celesta입니다. 영롱하고 청아하며 멀리까지 울려 퍼지는 첼레스타의 낭만적인 소리는 그가 기대하는 소리였습니다. 1886년에 처음 제작된 첼레스타는 건반으로 철제 울림 판을 때려 연주하는 타악기로 피아노처럼 생겼으나 이보다 작습니다. 첼레스타는 '하늘의' 혹은 '천상의'라는 뜻의 프랑스어에서 유래했습니다. 차이콥스키는 첼레스타야말로 사탕 요정을 표현하는 데 안성맞춤인 악기라고 생각했습니다. 그는 다른 작곡가가 첼레스타의 존재를 알지 못하게 철저히 비밀에 부쳤습니다. 사샤를 위해 사탕 요정의 춤에 맨 처음 사용되어야 했기 때문이죠. '호두까기 인형'이 초연될 때 첼레스타의 청명한 음에 맞춰 우아하게 춤을 추는 사탕 요정을 보면서 차이콥스키는 조용히 눈물을 떨구었을지도 모릅니다. 프랑스 외부에서 이 악기가 사용된 것은 그때가 처음이었습니다. 이후 다른 작곡가에게도 알려지며 이 매력적인 악기는 비로소 대중성을 갖게 됩니다.

고단한 삶의 끈을 놓아 버리려는 몸부림

누구보다 여린 심성의 소유자였던 차이콥스키. 그는 자신의 정신적인 질병을 음악으로 승화시켜 치유에 이르고자 애썼던 인물입니다. 예민한 성격에다 동성애를 숨기고 살아야 했던 그는 늘 다른 사람의 시선을 의식하며 감정의 부담을 안고 살아야 했죠. 이런 그에게 음악은 유일한 탈출구였던 셈입니다. 특히나 '호두까기 인형'은 어둡고 침체한 자신의 내면을 깨고 잃어버린 동심을 회복하고자 초인적인 에너지를 모아 완성해 낸 불멸의 작품입니다.

'호두까기 인형'을 무대 위에 올린 이듬해인 1893년, 차이콥스키는 자신의 마지막 걸작인 '교향곡 제6번' 일명 '비창'을 작곡한 다음 그해 11월 6일, 의문의 죽음으로 어머니와 여동생이 있는 곳을 찾아 기나긴 여행을 떠났습니다. '비창悲愴'이란 마음이 몹시 상하고 슬픈 상태를 의미하기에 이 곡은 그의 '음악적 유서'로도 불립니다. 그의 사인에 대한 추리와 해석은 지금까지도 분분하지만, '호두까기 인형'에서부터 '비창'에 이르기까지 그가 남긴 음악을 통해 고단한 삶의 끈을 놓아 버리려는 그의 몸부림을 어렴풋이나마 느껴 볼 수 있습니다.

언제든지
선택의 순간은
찾아온다

삶과 죽음을 가르는 건
한순간이다
이바노비치의 **도나우강의 잔물결**

아름다운 항구 도시 목포의 추억

산속에 있는 마을을 산촌, 어민들이 사는 바닷가 마을을 어촌이라 부릅니다. 왠지 산촌 하면 고립감이 느껴지고, 어촌 하면 고독감이 느껴집니다. 어촌 중에서도 무역선이나 여객선이 빈번하게 드나드는 항구 도시는 항상 번잡스럽고 왁자지껄한데도 불구하고 외로움과 쓸쓸함이 외진 어촌보다 더한 느낌입니다. 정 붙이고 눌러사는 사람보다는 잠시 머물다 떠나고 한 번 가면 언제 다시 올지 모르는 뜨내기들로 북적거리는 곳이라서 그런 듯합니다.

우리나라의 대표적 항구 도시인 목포의 분위기도 대략 이와 같습니다. 글을 쓰기 위해 취재차 목포를 자주 방문했지만, 비릿한 바다 내음 이상으로 바닷바람에 실려 오는 알 수 없는 상실감이랄까 허전함 같은 걸 느낄 수 있었습니다. 그래선지 목포를 배경으로 해서 만들어진 노래에는 유독 만남과 이별, 사랑과 눈물 같은 슬픈 정서가 짙게 배어 있습니다. 바닷가에 자리한 횟집에 앉아 홍어회나 민어회를 마주하고 있으면 어디선가 "유달산 잔디 위에 놀던 옛날도 / 동백꽃 쓸어안고 울던 옛날도 / 그리운 내 고향 목포는 항구다." 구슬픈 가락이 들려올 것만 같습니다. 역사와 문화가 길고 깊은 목포는 노래의 고장이기도 합니다.

목포에는 육지가 된 섬 삼학도가 있습니다. 한 청년을 사모한 세 여인이 죽어 학이 되었고 그 학이 떨어져 죽은 자리가 섬이 되었다는 전설이 내려져 오죠. 삼학도에는 목포를 대표하는 노래 '목포의 눈물'을 부른 가수 이난영을 기리는 공원이 조성되어 있습니다. 공원 안에는 그녀의 수목장이 있습니다. 경기도 파주 공원묘지에 있던 그녀의 묘에서 유골을 이장해 2006년 20년생 백일홍 나무 밑에 묻고 수목장을 거행했습니다. 1916년 목포에서 태어난 그녀는 49세의 젊은 나이로 생을 마쳤지만, 그녀가 부른 '목포의 눈물'은 발표되자마자 삽시간에 전국적인 인기를 끌었으며, 지금도 많은 사람에게 불멸의 노래로 기억되고 있습니다.

얼마 전 전시 기획사를 운영 중인 후배에게서 연락이 왔습니다. 이런저런 대화 끝에 지금 뭐 하냐고 했더니 목포에 내려와 있다고 했습니다. '목포 문학 박람회'에 참가하고 있다고 하더군요. 프로그램 가운데 '김우진의 날'이 지정되어 있고, '김우진 문학제'가 개최된다는 사실도 알려 주었습니다. 김우진은 일제 강점기에 목포에서 활동한

시인이자 극작가입니다. 그런 행사가 있는 줄 처음 알았습니다. 김우
진이라는 이름을 듣는 순간 한 여인이 생각났습니다. 그 시대에 목포
를 대표하는 가수가 이난영이었다면, 대한민국을 대표하는 성악가는
윤심덕이었습니다. 평양 태생인 윤심덕이 목포와 인연이 이어진 건
김우진 때문이었습니다.

윤심덕의 '사의 찬미'

일제 강점기인 1926년 우리나라 최초의 여성 성악가인 윤심덕은
'사의 찬미'라는 번안 가요를 발표합니다. 윤심덕은 평양여자고등보
통학교를 거쳐 경성여자고등보통학교 사범과를 졸업한 뒤 도쿄음악
학교 성악과에서 공부하고 돌아와 음악 활동과 교편생활을 병행하다
가 극단 토월회 회원으로 신극 운동에 참여했습니다. 당시 서울에서
열렸던 대부분 음악회에 윤심덕이 빠짐없이 참여할 만큼 대중에게 인
기가 많았다고 합니다. 제대로 성악을 공부한 사람이 드물었던 데다
그녀의 풍부한 성량과 당당한 용모가 사람들을 휘어잡았던 것이죠.

그러나 오페라 가수를 꿈꾸었던 그녀는 클래식 음악만으로 생계
를 유지하기 어려웠기에 대중가요를 부를 수밖에 없었습니다. 이때
알게 된 이기세라는 사람의 주선으로 번안 가요를 녹음하기 위해 일
본에 갔습니다. 여동생 윤성덕이 미국 유학을 떠나기 전 그녀와 동행
했습니다. 윤성덕은 이화학당을 졸업하고 미국에서 성악을 전공한 후
이화여전 교수로 활동했던 피아니스트입니다. 유교적 인습이 완고하
던 시대에 자매가 모두 서양 음악의 선구자가 되었던 겁니다. 레코드

녹음을 마친 다음 날 윤심덕은 음반사 사장에게 특별히 한 곡을 더 녹음하고 싶다고 요청했습니다. 그 곡이 바로 이바노비치의 '도나우강의 잔물결'에 자신이 쓴 가사를 얹은 '사의 찬미'입니다. 여동생 반주에 맞춰 부른 노래 1절 가사는 이렇습니다.

> 광막한 황야에 달리는 인생아.
> 너의 가는 곳 그 어데냐.
> 쓸쓸한 세상 험악한 고해苦海에
> 너는 무엇을 찾으러 가느냐.

쓸쓸함이 뚝뚝 떨어집니다. 원곡의 흥겨움과 경쾌함은 온데간데없죠. 후렴은 더합니다.

> 눈물로 된 이 세상에 나 죽으면 그만일까.
> 행복 찾는 인생들아, 너 찾는 것 설움.

1926년 8월 3일, 음반 녹음을 마친 윤심덕은 동갑내기 애인인 극작가 김우진과 함께 관부 연락선을 타고 귀국하던 중 함께 껴안고 현해탄에 몸을 던졌습니다. 시대를 앞서가던 신식 여성과 부잣집 유부남의 이루어질 수 없는 사랑은 이렇게 비극으로 끝나고 말았죠. 그녀의 유서가 돼 버린 이 염세적인 노래는 이들의 죽음과 더불어 숱한 화제를 뿌리며 날개 돋친 듯 팔려 나갔습니다. 당시에 10만 장이나 팔렸다고 하니 깜짝 놀라지 않을 수 없습니다.

윤심덕의 노래 '사의 찬미'에서 '사死'는 죽음을, '찬미讚美'는 '아름다움을 기리는 것'입니다. 즉 '사의 찬미'란 '죽음의 아름다움을 칭송한다.'라는 의미죠. 그녀는 탐미주의에 빠져 죽음마저 아름답게 보았고, 이를 칭송하다 못해 스스로 그 길을 걸어갔습니다. 고통스러운 이 세상에 비해 차라리 죽음이 아름답게 보였을 수도 있습니다. 현실에서 이루어질 수 없는 사랑이라면 죽어서라도 이루고 싶었겠죠. 그렇지만 그녀의 동반 자살은 인간의 삶은 고통뿐이며 따라서 인생은 살 만한 가치가 없다고 믿는 염세주의자의 말로일 뿐이었습니다.

생의 의지를 가질 수 없을 만큼 힘든 순간

자살自殺이란 스스로 자기 목숨을 끊는 행위입니다. 자살을 뜻하는 영어 단어 'suicide'는 라틴어 'sui자기 자신을'와 'cædo죽이다'가 합쳐져 생겨난 말입니다. 그 원인이 어디에 있든 당사자가 자유의사에 의해 자신의 목숨을 끊는 행위를 가리킵니다. 시대나 풍습에 따라 혹은 종교관이나 윤리관에 따라 자살을 정의하고 해석하고 받아들이는 데는 많은 차이가 있었고, 예술이나 문학의 영역에서도 이를 다루는 데는 여러 가지 입장이 있었습니다.

생을 마감하겠다고 결심하고 실행에 옮기기까지는 많은 번민과 갈등이 동반됩니다. 그 과정에서 심경의 변화를 일으켜 자살을 포기하는 경우도 있지만, 그대로 결행할 때는 그런 극단적 선택만이 출구라고 생각할 수밖에 없는 정황이 있을 겁니다. 통계에 의하면 그것은 신경 쇠약, 실연, 병고病苦, 생활고, 가정불화, 장래에 대한 고민, 사업

실패, 염세 등입니다. 남자에게는 신경 쇠약과 병고가 많고, 여자에게는 가정불화와 실연이 많습니다. 청소년은 실연과 염세가 많고, 노인은 병고가 많으며, 젊은 층은 가정불화가 많다고 합니다. 사랑하는 연인에게 씻을 수 없는 상처를 받거나, 가정불화로 이혼 등의 아픔을 겪거나, 사업체가 부도나 회복할 수 없는 경제적 궁지에 내몰리거나, 생의 의지를 가질 수 없을 만큼 정신적으로 괴로움을 느꼈을 때 오직 죽음만이 이 모든 고통으로부터 해방되는 길이라 여기게끔 되죠.

어느 나라나 청소년들의 자살률이 올라가고 있습니다. 어른들과 달리 청소년들은 성적이 떨어지거나 친구에게 놀림을 당했다는 단순한 이유만으로 자살 충동을 느낍니다. 아무 문제가 없는 아이 같은데, 알 수 없는 우울증과 불안에 시달려 수시로 자살을 시도하는 아이도 있죠. 영화배우, 탤런트, 가수 같은 인기 연예인의 자살은 자살에 대한 잘못된 인식과 환상을 심어 주기까지 합니다. 정관계와 재계 등의 고위직 인사가 검찰 수사를 받다가 자살하는 사례도 빈번하고요. 이런 경우 죽으면 모든 게 해결된다는 잘못된 신호를 보내게 됩니다.

자살에는 휘발성과 전염성이 있습니다. 유명 연예인이나 존경받는 고위직 인사의 돌연한 자살은 많은 사람에게 자살에 대한 그릇된 신호를 보냄으로써 이를 모방한 연쇄적인 자살을 부릅니다. 이를 '베르테르 효과'라고 합니다. 괴테가 쓴 소설 『젊은 베르테르의 슬픔』에서 주인공 베르테르가 권총 자살을 했는데, 그 후 유럽의 젊은이들 사이에 권총 자살이 늘어났다는 사실을 발견한 미국의 사회학자 필립스가 1974년에 처음으로 사용한 명칭입니다.

자살의 가장 흔한 원인은 우울증입니다. 우울증이 있는 경우 그렇지 않은 사람에 비해 자살을 생각하는 비율이 네다섯 배나 증가합니다. 자살을 시도했던 사람이 우울증을 적극적으로 치료한다면 다시 자살을 시도하려는 충동을 80퍼센트나 줄일 수 있다고 합니다. 우울증을 잘 치료하고 관리하는 것만으로도 자살을 상당히 예방할 수 있는 겁니다.

한국인에게 너무도 친숙한 멜로디

어떤 음악은 우리를 우울하게 하기도 하고, 어떤 음악은 우리에게 용기를 주기도 합니다. 울적할 때 듣고 싶은 음악이 있고, 기쁠 때 듣고 싶은 음악이 있으며, 혼자 있을 때 생각나는 음악이 있고, 여럿이 함께 있을 때 듣고 싶은 음악이 있습니다. 수많은 음악의 장르와 곡들은 저마다의 사연과 느낌과 울림을 가지고 있어 시의적절하게 사람들에게 다가갑니다.

하지만 같은 음악이라도 듣는 사람의 마음과 태도에 따라 전혀 다른 느낌과 울림을 주기도 합니다. 그 사람이 처한 환경과 상황이 어떠냐에 따라 음악이 주는 의미가 전혀 달라질 수 있다는 이야기입니다. 누군가에게는 고통 속에서도 삶의 희망과 의지를 불러일으키는 음악이 어떤 이에게는 아픔을 더욱 배가시켜 생의 의욕과 기운을 송두리째 빼앗기도 합니다.

이오시프 이바노비치. 잘 알려지지 않은 음악가입니다. 클래식 음악에 조예가 있어도 그의 작품이 뭔지 떠올리기 쉽지 않죠. 루마니아 군악대장 출신이라고 하면 더 아리송합니다.

하지만 그가 작곡한 대표적 왈츠 '도나우강의 잔물결'을 들으면 누구나 "아, 저 음악을 만든 사람이구나." 하며 무릎을 칠 겁니다. 한국 인에게는 너무도 친숙한 멜로디인 까닭이죠.

전주곡 부분은 간결하고 경쾌합니다. 영어로 다뉴브, 체코어로 두 나이, 루마니아어로 두너레아로 불리는 도나우강은 약 2,850킬로미 터에 달하는 긴 강입니다. 알프스 북부 슈바르츠발트 산지에서 발원 해 독일, 오스트리아, 체코 등 여러 나라를 지나죠. 빈, 부다페스트 등 각국 수도가 이 강의 본류 연안에 위치합니다. 이토록 긴 강이 서서히 발원하는 느낌이 듭니다. 조금 듣다 보면 익숙한 단락이 등장하죠. 애 수에 가득 찬 서글픈 감정이 밀려옵니다.

곧이어 왈츠가 시작됩니다. 네 개의 왈츠입니다. 왈츠는 오스트리 아에서 시작된 가장 대중적이고 유명한 서양 고전 음악의 춤곡이죠. 4 분의 3박자로 약간 빠른 편이에요. 강, 약, 약의 박자를 정확히 짚어 주 는 저음 위에 우아한 선율이 얹힌 구조입니다. 19세기 유럽 사교계를 지배하다시피 한 장르로 이 춤이 한창 유행하던 시절의 파리와 빈은 온 시내의 무도회장이 왈츠로 점령당했다고 하네요. 밀고 당기는 전 형적인 왈츠곡은 밝고 화려하고 힘찹니다.

피날레 부분은 장엄하게 출발합니다. 포르테와 악센트에 이어 왈 츠가 연결되죠. 귀에 익은 갈래입니다. 도나우강이 각국을 돌아 마침 내 흑해로 흘러드는 것 같은 인상입니다. 산지와 협곡을 지나 평야를 거쳐 바다에 이르는 도나우강의 긴 여정이 왈츠의 아름다운 리듬으로 마무리됩니다. 이렇게 흥겨운 곡을 들으며 심각한 표정을 짓거나 눈 물 흘리는 사람은 아마도 한국인밖에 없을 겁니다. 오케스트라 연주도 아름답지만, 피아노 연주도 기막힙니다.

주기철의 '영문 밖의 길'

같은 시대에 정반대의 삶을 산 사람도 있습니다. 기독교계는 물론 국민 사이에서도 존경받는 항일 운동가였던 주기철 목사입니다. 평양 산정현교회 목사로 민족 지사인 조만식 장로 등과 함께 민족 계몽과 애국 운동을 이끌던 그는 일제가 우리 민족의 정신을 개조하기 위해 시행한 신사 참배에 결연히 맞서 저항하다가 1944년 4월 21일 평양 형무소에서 옥사했습니다. 일제는 그를 굴복시키기 위해 수많은 방법을 동원했으며, 악랄한 고문과 간교한 회유를 거듭했지만, 그는 조국과 신앙을 배반하지 않았습니다. 해방 후 정부에서는 그의 공훈을 기려 1963년 건국 훈장 독립장을 추서했고, 1968년 국립서울현충원에 가묘를 설치했습니다.

주기철 목사가 네 번째로 평양경찰서에 연행되었을 때, 그는 상상을 초월하는 잔혹한 고문에 신음하면서도 감방 안에서 '영문 밖의 길'이라는 가사를 만들어 이바노비치의 '도나우강의 잔물결' 곡조에 맞춰 부르곤 했습니다. 영문營門, Outpost이란 병영兵營의 문이란 뜻이지만, '영문 밖'이라고 할 때는 예루살렘 성문 밖 곧 예수가 십자가를 지고 처형장으로 올라가던 골고다 언덕을 가리킵니다. 죽음을 각오한 비장한 심정이 잘 드러나 있는 노래입니다.

서쪽 하늘 붉은 노을 영문 밖에 비치누나.

연약하온 두 어깨에 십자가를 생각하니

머리에는 가시관 몸에는 붉은 옷

힘없이 걸어가신 영문 밖의 길이라네.

1939년 10월 평양경찰서 유치장에서 만들어 불렀던 이 찬송가는 일제에 맞서 신앙을 지키려는 많은 조선인에게 입에서 입으로 전해지며 불렸습니다. 1980년대까지만 해도 예배당에 가면 이 찬송가를 이바노비치의 '도나우강의 잔물결' 곡조에 맞춰 부를 때가 많았습니다. 그런데 요즘은 좀처럼 듣기 힘든 찬송가가 되었습니다. 너무 애절하고 비장하기 때문이 아닌가 짐작됩니다. 게다가 찬송가가 자주 개편되면서 가사도 조금씩 바뀌고 곡조마저 달라져 전과 같은 느낌이 많이 퇴색되었습니다. 현재 찬송가 158장에 수록된 이 노래는 작곡가인 한국침례신학대학교 김남수 교수가 새로 만든 곡에 주기철 목사의 가사가 얹혀 있습니다.

윤심덕, 김우진, 주기철, 희한하게도 세 사람은 1897년생 동갑내기들입니다. 암울한 일제 강점기에 한 사람은 성악가로, 한 사람은 극작가로, 한 사람은 목사로 살다 갔습니다. 모두 고등 교육을 받은 엘리트들이었으나 셋 다 천수를 누리지 못한 채 힘겨운 삶을 살다 꽃다운 나이에 세상을 등졌습니다. 당시 유행하던 이바노비치의 '도나우강의 잔물결' 곡조에 자신들이 쓴 가사를 붙인 노래를 만들어 불렀다는 점에서도 참으로 묘한 공통점이 있습니다.

그러나 윤심덕과 김우진은 자신의 처지와 세상을 비관하다가 견디지 못해 스스로 목숨을 끊었습니다. 지극히 개인적인 일로 본인에게 주어진 삶을 포기하고 동반 자살했죠. 이후 그들의 이름은 염세주의의 대명사가 되었고, 그들의 노래는 허무주의의 대표곡이 되었습니다.

반면 주기철은 민족의 기개와 신앙의 지조를 지키기 위해 서슬 퍼런 일제의 총칼에 맞서 고난의 길로 걸어갔습니다. 죽음으로써 영원히 사는 길을 택한 것이죠. 이후 그의 이름은 독립과 항일의 대명사가 되었고, 그의 노래는 희망과 부활을 외치는 찬송가가 되었습니다.

흥겨운 왈츠에 담긴 두 개의 다른 느낌

'도나우강의 잔물결'. 이바노비치는 왈츠의 대유행을 주도한 오스트리아에서 다소 떨어진 발칸 국가 사람이지만, 이 한 곡으로 위대한 작곡가의 반열에 들었습니다. 도나우강, 하면 다른 나라 사람들은 요한 슈트라우스 2세의 '아름답고 푸른 도나우강'을 떠올리지만, 우리나라 사람들은 이바노비치의 '도나우강의 잔물결'을 떠올립니다. 그만큼 한국인에게 이 곡은 특별합니다. 누군가는 이 곡을 들으며 죽음을 생각했고, 누군가는 이 곡을 들으며 생명을 떠올렸습니다. 정말 아이로니컬한 건 윤심덕이 녹음한 음반 뒷면에는 '부활의 기쁨'이라는 찬송가가 수록되어 있다는 사실입니다. 정작 부활의 기쁨을 맛본 사람은 그녀와 그녀의 애인이 아니라 주기철 목사였는데 말입니다. 이렇듯 같은 시대에 같은 음악을 듣고도 이를 생명의 소리로 듣거나 죽음의 연주로 느낄 만큼 감상하는 사람의 마음은 다른 법입니다.

다른 사람도 나만큼 아파하며 살아갈까?

울고 싶어도
눈물이
나오지
않을
때

누구를 위해
쓰러질 때까지
일해야 하나?

제발 날 집으로
좀 보내 주세요
하이든의 교향곡 제45번 **고별**

저녁과 주말이 보장된 삶

대학을 졸업하고 처음 들어간 출판사는 주5일제 근무를 하는 곳이었습니다. 월요일부터 금요일까지 일하고 토요일과 일요일은 쉬는 것이죠. 지금이야 너무나 당연한 것으로 여기지만, 1980년대 후반과 1990년대 초반에 주5일제 근무를 하는 회사는 흔치 않았습니다. 대기업이나 공기업에 다니는 친구들은 꿈같은 직장에 들어갔다며 저를 볼 때마다 부러워했죠. 게다가 야근도 없었습니다. 오후 6시가 되면 모든 직원이 회사 문을 잠그고 퇴근했습니다.

하지만 월급이 적었습니다. 저녁과 주말이 보장된 삶도 좋지만, 학교 다닐 때 은행에서 대출받은 학자금을 갚으려면 돈을 더 벌어야 했기에 고민하지 않을 수 없었습니다. 주머니는 가벼우나 우아한 삶을 택할 것인가 아니면 고되더라도 지갑이 두둑한 삶을 택할 것인가 양 자택일해야 했죠. 저는 월급을 더 많이 주는 회사로 옮겼습니다. 일은 훨씬 힘들었습니다. 당연히 토요일에도 출근해야 했고요. 덕분에 은행에서 대출받은 학자금은 다 갚았습니다.

그즈음 대학원에 입학했습니다. 월급을 더 많이 주는 회사로 옮기고 싶었습니다. 그래서 그런 회사로 옮겼습니다. 일은 더욱 많아졌고 야근에 시달려야 했습니다. 그때 저는 경기도 구리시에 살았습니다. 회사가 있는 서울 시내까지 매일 만원 버스와 콩나물 전철에 시달리며 어둑할 때 출근해서 캄캄할 때 퇴근했습니다. 그러다 보니 대학원도 마치고 승진도 하게 되었죠. 그러나 생활에 여유가 생기자 저녁과 주말이 보장된 삶이 다시 그리워졌습니다.

다니던 회사에 좋은 제도가 있었습니다. 7년을 근속하면 한 달 동안 유급 휴가를 보내 주는 제도였습니다. 꽤 파격적인 복지 제도였죠. 여러 직원이 휴가를 다녀왔습니다. 아무리 힘들어도 4~5년 근무한 사람들은 이를 악물고 몇 년 더 버텨서 그 휴가를 사용했습니다. 문제는 휴가를 다녀온 사람 중 상당수가 얼마 지나지 않아 회사를 그만뒀다는 겁니다. 그래서 회사에서는 좋은 제도가 악용된다며 그 제도를 없애 버렸습니다. 저는 혜택을 보지 못했습니다.

한참 뒤 어떤 선배를 만나 이런저런 대화를 나누다 휴가 이야기를 하게 되었습니다. 그 선배가 다니던 회사에 6개월 동안 가족과 함께 해외 연수를 다녀오는 제도가 생겼다고 합니다. 직원들을 교육하면서 사기를 높이기 위한 프로그램이었죠. 이 선배는 제도가 생기자마자

신청해서 1기로 해외 연수를 다녀왔다고 합니다. 그 후 이런저런 회사 사정으로 이 제도가 없어졌다고 하네요. 맨 먼저 자원하는 바람에 유례없는 혜택을 혼자 누리게 된 것이죠.

그때 이 선배가 제게 이런 조언을 해 주었습니다.

"휴가는 갈 수 있을 때 제일 먼저 가야 해. 다음으로 미루면 가지 못할 확률이 높아."

음악 속에 숨겨진 간절한 메시지

음악가 중에는 유머와 위트가 뛰어난 사람이 많습니다. 자신이 만든 음악 속에 풍자와 해학을 배치해 청중들에게 즐거움을 선사한 음악가 중 대표적 인물은 교향곡의 아버지로 불리는 작곡가 하이든입니다. 그는 18세기부터 19세기까지 많은 예술가를 후원했던 헝가리 후작 가문 에스테르하지가家에서 궁정 악장으로 단원들을 이끌며 교향곡, 실내악곡, 협주곡, 오페라 등 다양한 분야에 걸쳐 귀족들을 위한 세련된 음악을 만드는 일에 몰두했습니다.

'고별 교향곡'이라는 별명을 가진 교향곡 제45번도 그의 유머와 위트가 잘 녹아 있는 곡입니다. 이 작품이 완성된 1772년 하이든은 에스테르하지가에 머물고 있었죠. 니콜라우스 1세 후작은 매년 여름 피서용 여름 궁전으로 단원들을 데리고 가서 놀다 오곤 했습니다.

하지만 그해따라 후작은 무더운 여름이 지나고 선선한 가을이 다가왔는데도 본궁으로 귀환하려고 하지 않았죠. 단원들은 가족들에게 돌아가고 싶었으나 후작이 휴가를 보내 주지 않자 연주하면서도 신이 나지 않았습니다. 눈은 악보를 향하고 손은 악기를 만지고 있었지만, 마음은 집 생각으로 가득했으니까요. 이들의 불만을 알아챈 하이든은 교향곡 제45번을 작곡하면서 마지막 악장에 기막힌 풍자를 가미했습니다. 빠르게 시작된 곡이 갑자기 잔잔해지면서 연주 도중 연주자들이 한 사람씩 악보를 비추던 촛불을 끄고 무대에서 퇴장하도록 한 것이죠. 휴가 좀 보내 달라는 무언의 시위였습니다. 연주가 다 끝난 후 단원들은 과연 어떻게 되었을까요? 후작이 음악 속에 담긴 메시지를 잘 읽어 냈을까요? 아니면 무신경하게 그냥 넘어갔을까요? 그도 아니면 이상하게 연주한 단원들과 하이든에게 불같이 화를 냈을까요?

"다들 떠났으니 우리도 이제 가야겠군."

니콜라우스 1세 후작은 이렇게 말한 뒤 자리에서 일어났습니다. 이튿날 그는 궁정 악단 전원에게 휴가를 보내 주었다고 합니다. 음악 속에 숨겨진 하이든의 간절한 메시지를 정확히 읽어 내고 해결해 준 것이죠. 하이든이나 후작 모두 위트와 기지가 뛰어난 사람이었습니다.

무대 위에 남겨진 빈 의자와 악기들

제1악장은 경쾌하고 생동감 있게 시작됩니다. 당당하면서도 의욕이 넘치는 분위기죠. 격정적 감정이 솟구치는 이 느낌은 뭘까요? 밭에서 씨앗을 뿌리는 농부들, 바다에 그물을 던지는 어부들, 제품을 만드는 공장 노동자들, 땀 흘려 일하는 사람들의 모습이 연상됩니다.

제2악장은 섬세하고 부드럽습니다. 사색의 시간이죠. 문득 뒤돌아

보니 지나온 발자국들이 선명합니다. 나는 왜 사는 걸까, 어디를 향해 가고 있는 걸까, 무엇을 위해 질주하고 있나, 질문이 이어집니다. 바이올린과 첼로의 나직하고 우아한 하모니는 생각에 깊이를 더합니다.

제3악장 미뉴에트는 반전입니다. 결심이 선 듯하네요. 세련된 선율이 이어지지만, 그 안에 담긴 메시지는 강렬합니다. 그래 이렇게 살 수는 없어, 이제는 뭔가 변화가 필요해, 맞아 행동에 나설 때가 되었어, 이런 다짐이 들려오는 것 같죠. 폭풍 전야인데 마냥 고요합니다.

피날레인 제4악장은 증기 기관차처럼 힘차게 출발했으나 돛단배가 조심스럽게 항구에 닿듯 평온하게 마무리됩니다. 휴지부를 지나 '매우 느리게' 연주하는 아다지오로 접어들면서 31마디 이후 제1 오보에, 제2 호른, 바순, 제2 오보에, 제1 호른, 콘트라베이스 등이 차례로 자리에서 일어나 조용히 무대 뒤편으로 사라집니다. 침묵 속에 퇴장이 진행되지만, 나는 떠날 거야, 내게는 쉼이 필요해, 라고 외치듯 발걸음이 매우 가볍습니다. 무대 위에는 점점 빈 의자와 악기들만 덩그러니 놓여 있죠. 마침내 바이올린 연주자 두 명만 남아 쓸쓸하게 연주를 마무리합니다. 영화로 치자면 지평선 너머로 하염없이 떠나가는 작은 배 한 척 혹은 요란한 기적과 함께 산자락 너머로 서서히 자취를 감추는 기차의 뒷모습이 아른거립니다.

요즘도 이 곡이 연주될 때는 초연 때와 마찬가지로 퇴장 퍼포먼스가 재현됩니다. 하이든이 살던 시대는 전기가 없었죠. 그래서 단원들은 어두운 실내에서 연주하거나 밤중에 연주할 때는 각자 촛불을 켠 채 악보를 봤습니다. 그래서 퇴장할 때 자기 앞에 놓인 촛불을 끄고 나간 겁니다. 지금은 공연장마다 조명이 워낙 화려해 그럴 필요가 없습니다. 그저 쓸쓸한 표정으로 걸어 나가기만 하면 됩니다. 당시 단원들의 마음을 십분 헤아리면서 말이죠.

삼사십 대의 성실함이 쌓여 이룩한 오십 대의 성취

프란츠 요제프 하이든. 1732년 3월 31일 오스트리아의 외딴 시골 로라우에서 태어난 그는 가난을 숙명처럼 여기며 살아야 했습니다. 아버지는 마차 제조공이었고 어머니는 요리사의 딸이었습니다. 다만 부모님이 음악을 매우 좋아해서 일찍부터 음악을 접할 수 있었습니다. 1740년에는 빈으로 가서 슈테판 대성당의 소년 합창단원이 되어 열여덟 살 때까지 소프라노 음역을 맡아 노래했습니다. 하지만 이즈음 변성기가 오면서 합창단을 떠나야 했죠. 그는 수중에 한 푼도 없었지만, 고향으로 돌아가지 않고 음악을 계속할 것을 결심합니다.

1757년 혹은 1758년에 하이든은 바트야니 궁전에 사는 모르친 백작에게 고용되어 악장으로 일하게 되었습니다. 궁전에서 숙식을 해결하면서 연봉으로 200굴덴당시 독일어권에서 통용되던 금화의 단위을 받으며 작곡에 전념하게 된 것이죠. 그에게는 사랑하는 여인이 있었습니다. 가발 제조업자 요한의 막내딸 테레제였죠. 그러나 그녀는 부모의 희망에 따라 수녀원에 들어갔습니다. 몇 년의 시간이 흐른 뒤 하이든은 테레제의 언니인 마리아 안나 알로이지아와 결혼했습니다. 사람들은 자신을 친절하게 대해 준 요한 가족에 대한 감사와 테레제와 가장 닮은 언니에 대한 연민이 동시에 작동한 게 아닐까 짐작했습니다. 이들의 결혼 생활은 행복하지 못했습니다. 마리아 안나는 하이든의 악보 초고를 머리 마는 종이나 빵 밑에 까는 종이로 썼다고 합니다. 아이가 없던 이들 부부는 서로 다른 애인을 두고 살았습니다.

모르친 백작은 경제적 위기에 처하자 1761년 봄 오케스트라를 해산시켰습니다. 결혼까지 한 하이든이 졸지에 실업자가 된 겁니다. 그런데 이것이 오히려 전화위복이 되었습니다. 유럽 최대의 영지와 재산을 소유하고 있던 에스테르하지가의 비호를 받는 계기가 된 겁니다. 파울 안톤 후작은 열성적인 음악 애호가였습니다. 그는 하이든을 주목하고 있다가 전속 오케스트라와 합창단의 부악장으로 고용했습니다. 이후 악장 베르너가 사망하자 그를 악장에 임명했습니다. 하이든은 30년 넘는 긴 세월 동안 에스테르하지가의 후원 속에 안정적인 생활을 유지하면서 수많은 명곡을 완성하게 됩니다. 어쩌면 세상과 단절된 거대한 저택에 갇혀 살았다고도 볼 수 있지만, 생활이 불안정하면 예술에 깊이 몰두하기 어려운 법입니다.

에스테르하지가는 빈 남동쪽에 있는 아이젠슈타트에 거성居城을 가지고 있었으며 정치적으로도 상당한 세력을 유지했습니다. 아이젠슈타트는 중세 때부터 사람들이 모여 산 곳이고 1648년부터 1920년까지 헝가리의 영토였죠. 하이든은 여기서 네 명의 주인을 모셨습니다. 파울 안톤 후작은 하이든을 정중히 예우했고 몹시 아꼈습니다. 그의 아우인 니콜라우스 1세는 화려한 궁궐을 짓고 그를 악장에 임명했죠. 니콜라우스 1세의 죽음으로 자리를 계승한 안톤 후작은 궁정 악단을 해산했으며 하이든도 빈으로 옮겨 영국을 오가며 활동했으나, 마지막 주인인 니콜라우스 2세는 궁정 악단을 재건한 뒤 하이든의 복귀를 거듭 요청했습니다.

하이든은 대단히 성실한 사람이었습니다. 구속되길 싫어하고 싫증을 자주 내는 여타의 예술가들과 달리 한 가지 일을 꾸준히 하면서 한번 인연을 맺은 사람과 계속 좋은 관계를 유지했습니다. 모차르트처럼 단박에 슈퍼스타가 된 게 아니라 한 계단 한 계단 꾸준히 올라 정상에 선 인물이죠. 에스테르하지가를 위해 30년 동안 진득하게 일해 온 하이든은 마침내 영국에 갈 기회를 얻었습니다. 니콜라우스 1세후작이 세상을 떠난 후 뒤를 이은 안톤 후작이 궁정 악단 운영에 관심이 없었기 때문입니다. 1791년 하이든이 런던에 도착하자 영국인들은 그를 열렬히 환영했습니다. 영국인들의 이와 같은 열광적인 관심에 하이든은 깜짝 놀랐습니다. 그는 자신의 음악이 얼마나 유명하고 사람들에게 찬사를 받고 있는지 알지 못했습니다. 에스테르하지가에서 후작 가문을 위해 보낸 30년 세월은 결코 그냥 흘려보낸 시간이 아니었습니다. 오십 대의 마지막 해인 59세 때 그는 영국에서 영웅 대접을 받았습니다.

세계 최대의 도시 런던에서 하이든은 대규모 청중을 위해 연주할 대작을 다양한 기법을 동원해 마음껏 작곡할 수 있었습니다. 이때 만든 93번부터 104번까지 열두 곡의 교향곡을 '런던 교향곡'이라고 부릅니다. 하이든의 교향곡 중 최고 수준의 작품으로 손꼽히는 곡들이죠. '런던 교향곡'이 탄생하지 않았다면 아마도 하이든은 '교향곡의 아버지'로 불리지 못했을 거라는 견해가 많습니다. 런던에 머무는 동안 그는 옥스퍼드 대학교에서 명예 음악 박사 학위를 받았으며, 에스테르하지가에서 20년 동안 받은 월급 총액보다 많은 돈을 벌었습니다.

존중과 배려를 실천했던 파파 하이든

런던에서 큰 성공을 거둔 뒤 1795년 빈으로 돌아온 하이든은 거물급 인사가 되었습니다. 겸손한 그는 여전히 에스테르하지가를 위해 작품을 써 주었지만, 주로 미사곡을 비롯한 종교 음악에 전념했습니다. 이 밖에 트럼펫 협주곡과 현악 4중주를 비롯한 걸작 기악곡들도 남겼죠. 트럼펫 협주곡은 빈의 궁정 트럼펫 주자 안톤 바이딩거를 위해 만든 곡입니다. 조연에 머물던 트럼펫을 주연의 자리로 끌어올린 명곡이죠. 3악장의 청아한 트럼펫 연주는 1973년부터 방영된 MBC TV의 〈장학퀴즈〉 시작 음악으로 쓰여 한국인들에게 유명해졌습니다. 매주 일요일 아침만 되면 텔레비전 앞에 모여 앉아 퀴즈를 풀던 기억이 아직도 생생합니다.

하이든은 런던에 머물 때 웨스트민스터 대성당에서 연주된 헨델음악 축제에 참석해 오라토리오 '메시아' 등을 관람했습니다. 이때 그가 받은 충격은 대단했습니다. 규모의 장대함과 음악성의 깊이에 압도당한 거죠. 말년의 그는 자신의 최고 걸작인 오라토리오 '천지 창조' 작곡에 몰두했습니다. 창세기가 전하는 7일간의 천지 창조라는 강렬한 서사에 자신이 평생 갈고 닦은 음악적 재능과 영감을 모두 쏟아부었습니다. 60대 중반에 만들었지만, 그가 쓴 곡 중에서 가장 급진적이며 충격적인 작품입니다. 1798년 4월, 위대한 오라토리오 '천지 창조'가 상연되었습니다. 청중들의 반응은 뜨거웠고 하이든에 대한 찬사는 넘쳐흘렀습니다.

칠십 줄을 넘긴 하이든의 건강은 예전 같지 않았습니다. 작곡이나 지휘를 하는 일이 버겁게 되었습니다. 여전히 각지에서 청탁이 들어

왔으나 사양하는 일이 많았습니다. 그러자 유럽 각국에 하이든이 사망했다는 허황한 소문이 퍼져 나가기 시작했습니다. 이윽고 1804년 영국의 한 잡지가 하이든의 죽음을 오보하는 일이 벌어집니다. 이 소식을 들은 파리의 프리메이슨 지부에서 이탈리아 작곡가 케루비니에게 하이든의 죽음을 추모하는 작품을 청탁했습니다. 케루비니는 하이든에 대한 애도와 존경의 마음을 가득 담아 '하이든의 죽음에 대한 애가'를 작곡해 발표했습니다. 나중에 이를 알게 된 하이든은 이렇게 말했다고 전해집니다.

"참 아쉽군. 미리 알았더라면 내가 가서 초연을 지휘했을 텐데."

1808년 '천지 창조' 공연으로 흥분했던 하이든은 병상에 눕게 되었고, 이듬해인 1809년 5월 31일 병세가 급격하게 나빠져 조용하고 평화롭게 세상과 고별하고 말았습니다. 향년 77세였습니다. 바로크 시대와 고전주의 음악가 중에 하이든보다 오래 산 사람은 없습니다. 모차르트, 슈베르트, 멘델스존, 쇼팽은 삼십 대에 요절했고, 헨델도 74세까지 살았을 뿐입니다. 생상스가 86세, 베르디가 88세까지 장수했으나 하이든보다 한 세기 뒤의 낭만주의 작곡가들이니 하이든과 단순 비교하기는 어렵습니다. 하이든이 이렇게 장수할 수 있었던 비결은 그의 온화하고 낙천적인 성품 그리고 유머와 위트를 즐기는 기질과도 관련이 있을 겁니다. 당시 오스트리아와 프랑스가 전쟁 중이었기 때문에 장례식은 간단하게 치를 수밖에 없었습니다. 6월 15일 다시 치러진 대중이 참석한 장례식에서는 모차르트의 '레퀴엠'이 연주되었습니다. 빈의 귀족과 시민들 그리고 프랑스군의 장교들까지 참석해 슬픔을 나누었습니다.

키가 작고 땅딸막한 몸매에 유머가 넘치는 하이든을 사람들은 '파파papa'라고 불렀습니다. 아빠처럼 친근하고 다정다감하다는 의미로 그렇게 불렀을 겁니다. 그는 음악이든 사람이든 배척하기보다는 포용했습니다. 인생을 고해의 바다라 생각하지 않고 즐거운 소풍처럼 여긴 것이죠. 언제 어디로 튈지 모르는 모차르트도 성격이 괴팍하고 녹록지 않은 베토벤도 거리낌 없이 품어 안았습니다. 자신을 뛰어넘는 천재들이었지만, 질투하거나 멀리하지 않았습니다. 후배 음악가들을 진심으로 존중하고 배려했습니다. 그는 모두가 의지하고 쉴 수 있는 큰 나무였습니다. 그가 영원한 '파파'인 이유입니다. 그래서인지 그의 음악을 들으면 참 편안합니다. 분주한 일상을 잠시 내려놓고 숲속이나 바닷가에 앉아 있는 듯한 기분입니다.

음악학자이자 저널리스트인 데이비드 비커스는 그의 책 『하이든, 그 삶과 음악』에서 하이든이 평소 어떤 성품과 인격을 가진 사람이었는지 여러 사례를 들어 설명하고 있습니다.

"하이든은 카펠마이스터음악을 총괄하는 악장로 있는 동안 연주자들에게도 이와 비슷하게 충심으로 대했다. 그는 여러 연주자의 결혼식에서 증인이 되고 신랑 들러리를 서 주었으며, 그들 자녀의 대부가 되었다. 연주자나 가수들과 친밀하게 지내다 보니 그들이 처한 어려움도 공감하게 되었다. 그는 1768년 크리스마스 직전에 궁정 음악 활동의 높은 수준을 유지하는 데 꼭 필요한 두 단원을 해고하지 말도록 후작에게 청원해야겠다고 생각했다. …… 1769년 1월 24일에 라히어는 한 연주자가 후작의 허락 없이 동료 가수와 결혼하려 한다는 이유로 그 연주자를 해고하려 했지만, 이번에도 하이든이 개입하여 해고를 막았다."

동료 음악가들과 그 가족을 위해 기부하는 일에도 적극적으로 나섰습니다.

"하이든은 음악가들이 겪는 고난에 매우 큰 관심을 보였고, '천지 창조'의 다음번 공연 수익1799년 12월 22일, 23일을 음향예술가협회에 기부하여 음악가들의 미망인과 자녀들을 위한 기금에 보태도록 결정했다. 대중적이고 상업적인 성공이 보장되는 '천지 창조'의 공연 수익금 기부는 힘든 처지인 그 단체에 큰 도움이 되었다. 그들은 이 단체를 폐쇄하지 않고 자선을 계속하기 위해 입장권 가격을 두 배로 올릴 것을 결정했다. 지쳤다고 투덜대기는 했지만, 하이든은 경이로운 직업 윤리의 소유자였다."

팽팽하던 스프링이 난데없이 뚝 끊기는 순간

현대인들은 치열한 경쟁 속에 살아갑니다. 청소년들은 좋은 대학에 입학하기 위해, 대학생들은 일류 기업에 취직하기 위해, 직장인들은 더 많은 급여와 승진을 위해, CEO들은 기업의 성공 신화를 위해 매일같이 전쟁을 치르죠. 심지어 경제 활동을 하지 않는 주부들조차 자녀들의 입시를 위해 목숨을 겁니다. 뒤처지지 않기 위해서는 앞만 보고 질주해야 하죠.

그러다가 어느 한순간, 팽팽하던 스프링이 난데없이 뚝 끊어진 것처럼 무기력증이나 심한 불안감, 자기혐오, 분노, 의욕 상실 등에 빠지게 됩니다. 열정과 성취감을 잃어버리는 것은 물론 아무런 의지나 욕망도 생겨나지 않습니다. 이런 증상을 '번아웃 증후군Burnout Syndrome'이라고 합니다. 과중한 업무와 야근은 물론 주말에도 쉬지 못한 채 일에 쫓겨 살다가 누적된 신체적 과로와 정신적 스트레스가 한꺼번에 터져 버린 것이죠. '번아웃'이란 다 불타서 없어진다는 뜻입니다. 육체와 정신이 소진되어 버린 상태를 가리키는 말입니다.

갑자기 기력이 없다, 쉽게 짜증이 나고 화가 치솟는다, 내가 하는 일이 다 부질없어 보인다, 감기나 두통 같은 만성 질환을 달고 산다, 감정이 빨리 소진된다, 에너지가 고갈되어 기운이 나질 않는다, 이런 증상이 있다면 번아웃 증후군이 아닐까 의심해 보는 게 좋습니다.

한국인은 어느 나라 국민보다 일을 많이 합니다. 노동 시간으로는 단연 세계 최장이죠. 근면과 성실이 몸에 밴 사람들입니다. 덕분에 70여 년 전 전쟁으로 모든 것이 폐허가 된 암담한 현실을 딛고 일어나 한강의 기적을 이룩함으로써 대한민국이 선진국 대열에 올랐습니다. 국토도 작고 자원도 없고 강대국에 둘러싸인 우리나라가 믿을 건 사람뿐이었습니다. 절대 빈곤의 시대에 남들보다 잠을 덜 자면서 악착같이 일하는 건 미덕이지 흠이 아니었죠.

그러나 지금은 쉬지 않고 일만 하면서 살아가는 게 미덕인 시대가 아닙니다. 일할 때는 최선을 다해 일하지만, 나머지 시간은 충분히 휴식하면서 즐기며 사는 게 미덕인 시대죠.

인생의 목적을 어디에 두고 사느냐, 삶의 목표가 무엇이냐를 진지하게 생각해야 합니다. 성공이 인생의 목적이라면 자신이 번아웃 상태가 되더라도 무한 질주를 멈출 수 없겠지만, 행복이 인생의 목적이라면 자신이 번아웃 상태가 되도록 그냥 내버려 둘 수는 없는 일이죠.

비워야만 얻을 수 있는 것들

휴식이란 분주한 일상을 멈추고 잠시 쉬는 것입니다. 한자로 풀어 보면 뜻이 더 오묘합니다. '쉴 휴休' 자는 자연 옆에 사람이 있는 것이고, '쉴 식息' 자는 마음을 자신 앞에 내려놓는 것이죠. 휴식은 자연으로 들어가 자신의 마음을 내려놓고 온전히 쉬는 걸 의미합니다. 무한 질주의 현장을 떠나는 것, 부산스럽던 마음을 비우는 것, 스트레스와 긴장으로부터 나를 놓아주는 것입니다. 달음질을 멈추고 가만히 서 있으면 그동안 보이지 않던 게 보입니다. 소란스러움을 벗어나 고요한 침묵 속에 귀 기울이면 그동안 들리지 않던 게 들립니다. 그걸 보고 듣고 느끼고 깨닫는 게 휴식이죠. 이것이 휴식의 원리이자 쉼의 윤리입니다.

러시아의 대문호 도스토옙스키는 그의 소설 『미성년』에서 이렇게 말한 바 있습니다.

"인간 내부의 영혼을 어렴풋이나마 보고 싶고 한 인간에 대해서 알고 싶으면 그의 침묵하는 법, 말하는 법, 눈물 흘리는 법을 분석해야 하고 또한 그가 얼마나 고상한 생각에 따라 행동하는지를 살펴봐야 한다. 그리고 그보다는 그가 웃을 때 그를 지켜보는 것이 더 좋다. 만일 그가 잘 웃는다면, 그는 좋은 사람이다."

하이든은 웃음이 많았을 겁니다. 이런 유쾌함은 따뜻하고 친절한 그의 성품으로부터 나온 것일 테니까요. 그는 후작에게 잘 보이기 위해 단원들을 번아웃 상태가 되도록 다그치지 않았습니다. 돈을 더 벌기 위해 아등바등하지도, 승진을 위해 자신을 채찍질하지도 않았습니다. 충분한 휴식을 통해 여유로운 마음 상태가 되었을 때라야 좋은 음악을 만들고, 좋은 연주를 할 수 있다는 걸 알았기 때문입니다. 쉼 없는 질주로 몹시 지쳐 있다면 하이든의 제45번 교향곡을 들어 보십시오. 그리고 하던 일을 잠깐 멈춰 보십시오. 마음속에 떠오르는 그 어딘가로 훌쩍 떠나 보십시오. 텅 비워야만 더 새로운 것을 얻을 수 있는, 그것이 인생입니다.

마음과 정신이
온전히 열려 있을 때
다가오는 감정

단 한 번의
위대한 사랑은 존재할까?
쇼팽의 전주곡 제15번 **빗방울 전주곡**

사랑이 얼마나 어려운 것인지

고등학교 1학년 국어 시간에 글짓기를 했습니다. 10년 후의 내 모습을 상상해서 글로 쓰는 것이었습니다. 저는 10년 후면 스물일곱 살일 테니 대학을 졸업하고 취직해서 아리따운 여인을 운명처럼 만나 결혼한 뒤 아이를 한둘 낳지 않았을까 상상했습니다. 시간이 흐르고 나이가 들면 그런 것들은 자연스럽게 따라오거나 저절로 이루어지는 것이라고 여겼습니다.

10년 후 스물일곱 살이 되었을 때 저는 대학을 졸업하고 군대를 다녀와 취직은 했지만, 아리따운 여인을 운명처럼 만나지도 못했고 당연히 결혼은 꿈도 꿀 수 없는 처지였습니다. 대학에 가고 군에 입대하고 취직을 하는 것보다 아리땁든 아리땁지 않든 운명처럼 한 여인을 만나 사랑을 하는 게 훨씬 어렵고 복잡한 일이라는 걸 서서히 깨달아 가고 있었습니다.

'과연 운명처럼 만나서 일생에 단 한 번뿐인 위대한 사랑을 하는 사람들이 있을까?'

주변을 둘러보았습니다. 학교에서 데모하다가 만나 사랑에 빠진 연인이 있었습니다. 최루 가스에 범벅이 된 얼굴을 물로 씻겨 주다가, 형사들을 피해 도망 다니다가 사랑하게 된 사람들입니다. 교회에서 성경 공부를 하거나 봉사 활동하다가 연인 사이로 발전한 사람들도 있었습니다. 친구 집에 놀러 갔다가 우연히 친구 여동생을 알게 되어 연애가 싹튼 사례도 있었습니다. 잡지 뒤에 실린 펜팔 코너에 나온 주소를 보고 편지를 보냈다가 오랜 서신 연애 끝에 진짜 연인이 된 사람도 있었고요. 예전에는 잡지 뒤에 펜팔 코너가 많이 있었습니다.

그들은 그렇게 사랑하다가 결혼까지 하게 되었을까요? 자식을 낳아 기르며 행복하게 살고 있을까요? 중간에 헤어졌을까요? 그들의 사랑이 운명적이었다고 할 수 있을까요? 운명적으로 만난 사랑은 다 행복할까요? 이들은 정말 일생에 한 번뿐인 위대한 사랑을 했을까요?

알 수 없는 일이었습니다. 그로부터 10년이나 더 지나 서른일곱 살이 되었는데도 저는 여전히 혼자였습니다. 운명적인 사랑은 포기한 지 오래였습니다. 나를 사랑해 주고 내가 사랑할 수 있는 사람이면 족했습니다. 그즈음 생겨나기 시작한 결혼 정보 회사에 가입했습니다.

커플 매니저라는 사람을 회사 근처 카페에서 만났습니다. 서류를 작성한 다음 제 사진을 찍었습니다. 회비 30~40만 원을 내면 나와 어울릴 것 같은 사람을 열 번 소개해 주는 조건이었습니다. 한 번, 두 번, 세 번…… 열 번을 다 만났지만, 운명은 고사하고 어울리는 사람조차 만나지 못했습니다. 조금 지나 다른 결혼 정보 회사에 가입했습니다. 마찬가지였습니다. 비 오는 날도 만났고, 눈 오는 날도 만났고, 더운 날도 만났고, 추운 날도 만났습니다. 두세 번 만난 사람도 있으나 더는 이어지지 않았습니다. 상대방이 제 마음에 들면 그쪽이 저를 탐탁하지 않아 했고, 상대방이 제게 호의를 보이면 어쩐지 제 마음이 끌리지 않았습니다.

영화나 드라마를 보면 잘도 사랑에 빠지던데 저는 정말 아무리 노력해도 되질 않았습니다. 마흔 살이 되었습니다. 이십 대 후반부터 하나둘 결혼하기 시작하더니 어느덧 미혼인 친구는 몇 남지 않은 상태였습니다. 결혼에 관심이 없는 친구나 아무리 봐도 결혼할 것 같지 않은 친구를 빼면 결혼하고 싶어서 적극적으로 노력하는 데도 결혼하지 못한 사람은 저밖에 없는 것처럼 보였습니다. 사랑은, 사랑에 빠지는 일은 정말이지 너무 어려웠습니다.

그때였습니다. 마흔 살이 되던 해 겨울, 친구의 소개로 한 여자를 만났습니다. 맞선과 미팅을 워낙 많이 했기에 또 한 번의 만남이려니 여기며 무심코 나갔다가 지금의 아내를 만났습니다. 첫눈에 마음을 빼앗겼습니다. 일생일대 마지막 기회라 여기고 밀어붙였습니다. 이 여인을 놓치면 쉰 살 혹은 예순 살이 되도록 결혼하기 힘들 것 같다는 생각이 들었습니다. 사랑은 그렇게 지칠 대로 지친 제 마음에 불쑥 찾아들었습니다. 해 보니 사랑은, 참 달콤하고 짜릿하고 황홀했습니다. 1월 눈 올 때 만난 우리는 6월 비 올 때 결혼식을 올렸습니다.

그날 이후 저를 구해 준 아내에게 지금껏 감사한 마음으로 살고 있습니다. 그런데 가끔 불쑥불쑥, 다퉜을 때는 물론이고 불만 없이 행복한 순간에도 이런 질문이 떠오르곤 합니다.

'우리 사랑은 운명적이었을까? 우리는 일생에 단 한 번뿐인 위대한 사랑을 하는 중일까?'

비가 내리면 소환되는 추억들

작든 크든 비에 관한 추억 하나쯤, 없는 사람은 드물 겁니다. 같은 비라도 계절에 따라 뉘앙스가 제각각 다르죠. 봄비는 생동감이 넘칩니다. 슬픈 기운보다는 약동하는 기운이 더 느껴집니다. 여름철 장대비는 아주 거세고 무섭죠. 왕성한 생명력을 전달해 줍니다. 가을비는 을씨년스럽습니다. 왠지 모르게 스산하고 슬프죠. 우산을 쓴 채 가을 빗속을 거니는 연인들의 뒷모습에서는 낭만도 엿보이지만 진한 쓸쓸함도 배어 나옵니다. 겨울비는 외롭습니다. 아무리 두꺼운 외투를 걸쳤어도 겨울비 맞으며 걸어가는 사람은 춥고 고독해 보이죠. 추억의 빛깔이 잿빛이든 장밋빛이든, 비 오는 날이면 저마다의 추억이 절로 소환됩니다.

건반 위의 시인으로 불리는 쇼팽은 '빗방울 전주곡'이라는 명곡을 남겼습니다. 비 오는 날이면 조건 반사적으로 귓가에 재생되는 음악이죠. 피아노를 위해 태어난 남자 쇼팽은 어떻게 이 곡을 쓰게 되었을까요? 곡에 등장하는 빗방울은 어떤 계절에 떨어지는 빗방울일까요?

시작은 경쾌하고 부드럽습니다. 막 사랑이 싹트는 봄날 같죠. 온 천지에 새싹이 파릇파릇 돋아나고 병아리들이 천진난만하게 뛰어다 닙니다. 그러다가 느닷없이 비가 내립니다. 후드득후드득, 봄비네요. 사랑은 그렇게 느닷없이 시작됩니다. 가슴이 뜁니다. 쿵, 쿵, 쿵…….

봄날은 짧습니다. 약간 어둡기도 하고 장중하기도 한 음악이 이어 지죠. 천둥까지 동반한 호우입니다. 대낮인데도 저녁처럼 어스름하 네요. 인생에 한 번쯤은 폭풍우가 휘몰아치는 듯한 격정적 사랑의 시 기가 오게 마련입니다. 쓰리고 아프지만 이래야만 사랑도 여뭅니다.

밤새 내리던 비가 그쳤습니다. 새벽이 밝았네요. 햇살이 비칩니다. 날은 맑은데 비가 떨어집니다. 가을비죠. 총천연색 낙엽 위로 내려앉 는 빗방울은 감미롭습니다. 인생이 아무리 힘들어도 사랑만이 살아갈 힘을 주죠. 다시 사랑해야지. 열매가 익어 가듯 사랑도 익어 갑니다.

또 봄날입니다. 이슬비가 실루엣처럼 내리네요. 상큼합니다. 차디 찬 겨울로 곤두박질치지 않고 봄의 기운을 회복한 자신이 대견합니 다. 사랑의 슬픔은 오직 사랑의 기쁨으로만 대체될 뿐이죠. 풋풋한 사 랑을 꿈꿉니다. 빗방울의 긴 여운처럼 심장이 뜁니다. 콩, 콩, 콩…….

쇼팽과 조르주 상드 그리고 마요르카

'전주곡前奏曲, Prelude'이란 본격적으로 음악이 전개되기 전 도입부 역할을 하는 짧은 곡을 가리킵니다. 연주자가 연주에 앞서 악기의 음 정은 잘 맞는지 소리는 잘 나는지 점검해 보고 손가락도 부드럽게 풀 기 위해 악기 소리를 내보는 데서 유래했습니다. 대개 독주 악기를 위 한 작품이 많습니다. 그런데도 쇼팽의 '빗방울 전주곡'은 완전히 독립

된 하나의 작품입니다. 연주 시간이 5분 남짓으로 매우 짧지만, 사랑의 아련한 기쁨과 쓰라린 슬픔이 고스란히 녹아 있는 의미심장한 곡이죠. 왼쪽 손가락이 계속해서 같은 패턴으로 건반을 두드리기 때문에 낙숫물 소리를 연상케 한다고 해서 훗날 이런 별칭이 붙었습니다. 뚝, 뚝, 뚝, 처마 밑으로 하염없이 떨어지는 빗방울 소리처럼 들리기도 하지만, 똑, 똑, 똑, 누군가 문밖에 서서 비를 맞으며 제발 집 안으로 들여보내 달라고 노크하는 소리처럼 들리기도 합니다.

이 곡을 쓰던 1839년, 쇼팽은 스페인의 유명 휴양지인 마요르카섬에 머물고 있었습니다. 물론 혼자가 아니었습니다. 여섯 살 연상인 조르주 상드와 그녀가 다른 남자에게서 낳은 두 자녀와 함께였습니다. 성공한 소설가이자 숱한 화제를 몰고 다니는 인물이었던 상드는 모성애적 사랑으로 쇼팽을 돌보는 연인이었습니다. 그 무렵 쇼팽은 심한 폐결핵을 앓고 있었기 때문에 파리의 추위를 피해 따뜻한 곳에서 겨울을 보내고자 이 섬을 찾은 것이었습니다.

그런데 기대와 달리 마요르카 날씨는 최악이었습니다. 숙소도 마땅치가 않아 간신히 발데모사 수도원 근처에 있는 오두막집에서 지내게 되었는데, 지독한 추위가 몰려오는 바람에 쇼팽의 건강이 더 나빠지고 말았습니다. 쇼팽을 진단한 의사는 그가 곧 죽을 거라고 말했습니다. 각혈하는 쇼팽을 보며 주민들은 혹시나 그의 병이 자신들에게도 감염될까 봐 두려워했습니다. 설상가상으로 쇼팽과 상드가 결혼하지 않은 걸 알게 된 주민들은 그들을 곱게 않은 시선으로 쳐다봤습니다. 애가 둘씩이나 딸린 연상의 유부녀와 젊은 남자가 바람이 나서 낯선 곳으로 도망한 게 아닌가 의심했습니다. 휴양을 온 게 아니라 유배를 온 듯했습니다.

쇼팽에게 필요한 건 건강과 사랑 그리고 자신의 분신과도 같은 피아노였습니다. 파리에서 마요르카로 향할 때 피아노를 가져가려 했으나 세관에 묶여 가져올 수 없었습니다. 어렵사리 피아노가 도착한 건 그들이 섬에 도착한 지 한 달 이상 지난 뒤였죠. 자유분방하고 털털하며 거침없는 성격의 상드와 고지식하고 수줍음 많은 쇼팽은 사사건건 의견 충돌이 잦았습니다. 건강을 잃고 사랑에 지친 우울한 쇼팽에게 유일한 탈출구는 피아노뿐이었습니다. 그는 작곡에 몰두했습니다. 쇼팽이 작곡한 24개 전주곡 대부분은 마요르카에 머물 때 만들어졌습니다.

비 내리는 어느 날, 쇼팽은 홀로 피아노 앞에 앉아 있었습니다. 상드가 두 아이를 데리고 외출한 것이죠. 쇼팽은 멍하니 자신을 들여다보았습니다. 허물어져 가는 육신, 지쳐 버린 마음, 방황하는 영혼, 게다가 처량하게 쏟아져 내리는 겨울비. 그는 무의식적으로 피아노에 손을 가져갔습니다. 똑, 똑, 똑, 빗방울 소리가 울려 퍼졌습니다. 그가 있는 방에도, 발데모사 수도원에도, 마요르카섬에도 빗방울 소리가 가득했습니다. 하늘에서 떨어지는 건지 피아노 건반 위에서 떨어지는 건지 알 수 없었죠. 아무리 기다려도 상드와 아이들이 돌아오지 않는 사이, 쇼팽의 전주곡 제15번은 완성되었습니다. 시인 기형도는 "사랑을 잃고 나는 쓰네"라고 노래했지만, 쇼팽은 건강도 사랑도 다 잃은 뒤에야 비로소 자신의 음악을 찾았습니다.

앙드레 지드의 『쇼팽 노트』

『배덕자』, 『좁은 문』, 『전원 교향악』 등의 작품을 남기며 1947년 노벨 문학상을 수상한 프랑스 작가이자 비평가인 앙드레 지드는 20세기 문학의 진전에 지대한 공헌을 한 인물로 평가받습니다. 그는 대단한 실력을 갖춘 아마추어 피아니스트이기도 했습니다. 제자들에게 피아노를 가르치는 것은 물론 많은 사람 앞에서 대가들의 작품을 연주할 정도였습니다. 그는 거의 매일 피아노를 연습했습니다. 바흐, 모차르트, 베토벤, 리스트도 연주했지만, 그가 가장 사랑한 작곡가는 쇼팽이었습니다. 그는 가히 추종자라고 부를 수 있을 만큼 쇼팽을 열광적으로 좋아했습니다. 그는 쇼팽이 세상을 떠난 지 20년 후에 태어났습니다. 만약 그가 쇼팽과 동시대에 살았더라면 쇼팽의 문하생이 되었을지도 모릅니다. 그는 쇼팽의 음악을 '음악 중에 가장 순수한 음악'이라고 표현했습니다. 그가 40여 년의 구상 끝에 1931년 12월 음악 잡지 〈르뷔 뮈지칼〉 쇼팽 특집호에 게재한 글을 모아 엮은 책이 『쇼팽 노트』입니다. 앙드레 지드는 이 책에서 자칫 가녀리고 감상적인 음악으로 오해받기 쉬운 쇼팽의 음악이 얼마나 높은 가치를 담고 있으며, 그 안에서 '게르만적 정신'과 구별되는 '프랑스적 정신'이 어떻게 찬란하게 드러나고 있는지를 특유의 문체로 예리하게 짚어 내고 있습니다.

"쇼팽의 연주는 피아노 소리가 낼 수 있는 울림의 백 퍼센트에 못 미치는 것처럼 보였다. 무슨 말인가 하면, 쇼팽은 거의 한 번도 피아노로 하여금 낼 수 있는 한 가장 큰 소리를 내게 한 적이 없었고, 그랬기에 청중을 실망시켜 '푯값이 아깝다.'라고 생각하게 만든 적이 아주 많았다는 이야기다. 쇼팽은 제안하고, 가정하고, 넌지시 말을 건네고, 유혹하고, 설득한다. 그가 딱 잘라 말하는 일은 거의 없다. 그리고 우리는 쇼팽의 생각이 수줍게 머뭇거릴수록 더욱 유심히 거기에 귀 기울인다."

그는 쇼팽의 음악에 대한 진지한 이해 없이 그저 기교적으로만 현란하게 연주하는 음악가들을 신랄하게 비판합니다. 쇼팽의 음악은 수줍은 듯 넌지시 말을 건네며 유혹하고 설득하는 음악이라는 거죠. 전주곡에 대해서도 언급했습니다. 쇼팽의 전주곡은 무엇을 위한 혹은 무엇에 딸린 곡이 아니라 그 자체로 완벽한 명상이며 자신의 내밀한 모습이라는 겁니다.

"쇼팽이 짤막짤막한 '전주곡' 하나하나에다 자기 마음대로 붙인 제목들을 나는 잘 이해하지 못하겠다. 무엇에 대한 전주곡인가? 바흐의 전주곡은 한 곡 한 곡마다 바로 뒤에 짝을 이루는 푸가가 따라온다. 그래서 전주곡은 푸가와 한 쌍을 이룬다. 그러나 쇼팽의 전주곡 중 어떤 곡 뒤에 같은 조의 다른 곡이 따라온다는 것은 그리 잘 상상이 안 된다. 아무리 뒤따르는 곡이 같은 작곡가 쇼팽의 곡이고 그 모든 쇼팽 전주곡들이 죽 이어 연주된다 해도 말이다. 전주곡 하나하나는 제가끔 명상에 대한 전주이다. 이 전주곡들은 전혀 손색없는 연주회용 전주곡들이다. 쇼팽은 다른 어느 곡에서도 이처럼 자신의 내밀한 모습을 드러내지 않는다. 전주곡 한 곡 한 곡, 아니면 거의 모두는 특별한 분위기를 자아내며, 감상적 배경을 마련하고, 그러다가 새가 사뿐히 내려앉듯이 스러진다. 모든 것이 소리를 죽인다."

이루어지지 않은 사랑의 아픔과 아련한 추억

프레데리크 프랑수아 쇼팽. 그는 1810년 3월 1일 폴란드 바르샤바 근교의 젤라조바 볼라에서 태어났습니다. 아버지 니콜라스는 폴란드에 귀화한 프랑스인으로 프랑스어 교사였으며, 어머니는 폴란드의 명문 귀족 출신인 유스티나 크지노프스카였습니다. 음악적 재능이 남달랐던 쇼팽은 여덟 살 때 바르샤바에서 최초의 공개 연주회를 가질 정도로 두각을 나타냈습니다. 열여섯 살이 되자 바르샤바 음악원에 입학해서 본격적인 음악 수업에 들어갔죠.

감수성이 예민하던 그는 음악원에서 성악을 전공하던 여학생 콘스탄치아를 짝사랑하게 됩니다. 하지만 워낙 소심했기에 한 번도 사랑을 고백하지 못한 채 폴란드를 떠나게 되죠. 그는 생전에 두 곡의 피아노 협주곡을 썼는데, 제2번 2악장에 첫사랑의 기억과 그때를 아름답게 추억하는 느낌을 담아냈습니다. 콘스탄치아는 쇼팽이 자신을 사랑했었다는 사실을 전혀 몰랐다고 합니다. 결국 쇼팽이 죽고 난 뒤에야 그의 전기를 읽고 이 사실을 알게 되었죠.

스무 살이 되던 1830년 바르샤바에서 두 번의 연주회를 성공적으로 마친 쇼팽은 빈으로 연주 여행을 떠났습니다. 바르샤바는 독립을 위한 민중 봉기가 일어나기 직전이었기에 쇼팽의 여행은 조국 폴란드와의 영원한 이별이 되고 말았습니다. 빈에 있을 때 폴란드에서 러시아에 대항해 혁명이 일어났다는 소식을 듣게 되었고, 슈투트가르트에 도착했을 때 러시아군의 무자비한 진압으로 혁명이 실패로 끝났다는 소식을 듣게 되었습니다. 친구들이 조국을 위해 귀국할 때 돌아갈 수 없었던 그는 피아노에 조국을 향한 진한 그리움을 담아냈습니다.

1835년에는 체코의 휴양지에서 부모님을 만나고 돌아오는 길에 들른 독일 드레스덴에서 바르샤바에 있을 때 알고 지낸 친구 여동생 마리아 보진스카를 다시 만나 사랑에 빠집니다. 이듬해 약혼까지 하게 되었으나 쇼팽이 폐결핵을 앓고 있었기에 그녀의 아버지를 비롯해 주변의 반대가 워낙 심해 결국 파혼에 이르고 말았습니다. 마리아와 그녀의 어머니로부터 이별의 편지가 도착했을 때 쇼팽은 아픈 몸을 이끌고 '왈츠 제9번'을 작곡해 그녀에게 보냈습니다. 훗날 이 곡은 '이별의 왈츠'로 불리게 됩니다. 왈츠임에도 불구하고 대단히 서정적이고 슬프게 들리는 음악입니다. 이 곡 역시 쇼팽의 사후에 발견되어 알려지게 되었습니다.

쇼팽은 파리에 진출해 자신의 진가를 알리기 시작합니다. 파리 낭만주의 운동의 중심은 살롱이었습니다. 그 역시 살롱에 출입하면서 교분을 쌓았습니다. 이때 마리 다구 백작 부인이 주최한 파티에 참석했다가 조르주 상드를 만나게 됩니다. 상드는 문학계 유명 인사이면서 여성 인권 옹호자였죠. 남자 차림을 하고 살롱에 출입하면서 남편외에 많은 남자와 염문을 뿌린 인물이었습니다. 쇼팽은 그런 상드를 보고 처음에는 싫어했지만, 그녀의 박학다식함과 예술에 대한 이해를 알게 되면서 점점 마음을 열었습니다. 병 때문에 남성의 기능을 상실한 쇼팽을 헌신적으로 돌보아 줌으로써 두 사람의 관계는 약 10년이나 이어졌습니다.

피아노를 통해 얻을 수 있는 모든 영예를 한 몸에 받았던 쇼팽과 그를 열렬히 흠모했던 프랑스 낭만주의 시대의 대표적 여성 작가이자 두 아이의 엄마였던 이혼녀 조르주 상드의 사랑은 어땠을까요? 두 사람의 사랑은 위대한 사랑이었을까요? 운명적인 사랑이었을까요?

맞지 않는 옷 같았던 두 사람의 관계는 길게 가지 않았습니다. 상드가 떠난 것이죠. 상드는 훗날 쇼팽의 장례식에도 참석하지 않았다고 합니다. 식어 버린 사랑이란 다 그런 것입니다.

상드가 떠나 버린 후 실의와 고독에 빠진 쇼팽은 건강이 급속히 나빠졌습니다. 1848년 파리에서 마지막 연주회를 마치고 영국 여행을 갔다 돌아온 뒤에는 병상이 더욱 악화했죠. 1849년 누나 루드비카가 간호를 위해 동생을 찾았으나 다시 일어서기는 어려웠습니다. 여인과의 사랑에는 미숙했지만, 피아노와의 사랑에는 누구보다 완벽했던 그는 10월 17일 평생 존경했던 바흐가 있는 천상으로 영원한 여행을 떠났습니다. 파리에 묻힌 그의 유해 위에는 폴란드를 떠날 때 선물로 받았던 고국의 흙이 뿌려졌습니다. 그는 지인들에게 자신의 장례식 때 단 하나의 곡만을 연주해 달라고 부탁했었습니다. 모차르트의 '레퀴엠'이었습니다.

쇼팽은 폴란드인들이 가장 존경하는 인물입니다. 파리의 페르 라세즈 공동묘지에 있는 그의 무덤에는 각종 향과 꽃이 끊이지 않고 언제나 눈물짓는 여성들로 붐빕니다. 폴란드의 관문인 바르샤바 공항 이름 또한 바르샤바 쇼팽 국제공항입니다. 1927년에 그를 기념하기 위해 만들어진 쇼팽 국제 피아노 콩쿠르는 피아노 분야에서 최고의 위상을 가진 콩쿠르입니다. 쇼팽의 고향인 폴란드 바르샤바에서 5년에 한 번씩 열리는 이 콩쿠르는 다른 콩쿠르와 달리 오직 피아노 부문에서 쇼팽의 작품으로만 경연을 치릅니다. 콩쿠르를 통해 수많은 스타가 배출되었는데, 한국인으로는 2005년 제15회 대회 때 임동민, 임동혁 형제가 2위 없는 공동 3위를 차지했으며, 2015년 제17회 대회 때는 조성진이 1위를 차지한 바 있습니다.

사랑의 다섯 단계

　이토록 어렵기만 한 사랑은 도대체 어떤 단계를 거쳐 진행되는 걸까요?

　심리학, 철학, 인류학, 예술사를 전공한 뒤 독일 쾰른에서 심리 진단 및 상담소를 운영 중인 심리학자 페터 라우스터는 자신의 저서 『사랑에 대하여』에서 사랑을 다섯 단계로 설명합니다.

　첫 번째 단계는 주목입니다. 사랑은 우선 대상을 주목하게 되죠. 지극히 다양한 이유에서, 우리는 마음에 드는 한 인간을 보게 됩니다. 감각의 자극을 통해 주의를 기울이게 되는 겁니다. 감각은 세계가 우리에게로 뚫고 들어오는 문이죠. 모든 사랑의 원천은 감성입니다.

　두 번째 단계는 환상입니다. 사랑에 빠졌을 때 우리는 현실 속에서 환상을 그릴 수 있습니다. 그러면 정신이 활발해지고 바쁘게 활동하기 시작하죠. 환상은 한 번 자극받으면 자기 나름의 길을 갑니다. 환상은 현실로부터 등을 돌립니다. 결과는 환상의 나라 속 사랑입니다.

　세 번째 단계는 자기 인식과 실현입니다. 상대방의 사랑은 언제나 내게 힘을 주고 내 존재의 의미를 보증해 줍니다. 상대방의 무관심이나 경멸은 나를 불안하게 하죠. 고독과 고립의 느낌을 줍니다. 그러나 사랑 속에서는 고립이 극복됩니다. 그리고 안정감을 느낍니다.

　네 번째 단계는 최초의 그리고 유일한 위기입니다. 둘이 함께 있는데도, 혼자 있을 때의 자기 인식으로 되돌아간다는 것이 드러나게 되면 위기가 시작되죠. 우리는 그물로 나비 잡듯 사랑을 잡으려 합니다. 그러나 진정한 사랑은 사로잡히지도 않고 소유되지도 않습니다.

　다섯 번째 단계는 해소 혹은 심화입니다. 사랑은 강요로 얻어지는 게 아니며, 우리 속에 가두어 놓을 수도 없습니다. 사랑은 민감한 영혼의 반응이죠. 사랑은 오고 또 갑니다. 쌓이고 또 헐립니다. 불붙고 또 꺼집니다. 어떤 강압도 없는 영혼의 상태에서 사랑은 심화합니다.

오랜 세월 사랑이라는 현상을 밝히는 일에 매진해 온 그는 사랑을 이렇게 정의합니다.

"마음이 완전히 열려 있을 때, 모든 감각이 깨어 있을 때, 영혼이 느낄 태세가 되어 있을 때, 내가 나날이 새로움을 받아들일 수 있고 상처받을 수 있을 때, 오직 그럴 때만 사랑은 가능하다."

단 한 번의 위대한 사랑

페터 라우스터는 사랑에 대한 우리의 막연한 인식에 날카로운 일침을 가합니다.

"사람들은 '서로를 위한 운명적인 사랑'이 존재한다고 믿고 있을 뿐 아니라 무의식적으로 그런 만남을 추구하고 있다. 사랑은 어느 한 순간 외부로부터 운명적으로 오는, 사랑의 실현을 위한 의지 없이 그대로 내맡겨지는 우연적인 사건이 아니다. 사랑은 늘 마음의 준비 자세와 결부되어 있다. 나 자신의 마음과 정신이 열려 있어야 한다. 상대방의 있는 그대로를 나 자신 안으로 받아들이고 사랑하겠다는 적극적인 의지와 용기가 있어야 한다. 이러한 마음의 준비 자세가 없으면 그 어떤 만남에서도 사랑은 이루어질 수 없다. 그러한 만남은 결국 냉담한 관계로 끝나고 만다. 단 한 번의 위대한 사랑이란 이 세상에 존재하지 않는다."

감나무 밑에 누워 입을 벌리고 있으면 어딘가에서 운명적인 사랑이 감 떨어지듯 내 입 속으로 뚝 떨어지는 게 아닙니다. 어느 날 제비가 흥부에게 박 씨를 물어다 주듯 보이지 않는 손에 의해 운명적인 사랑이 저절로 나에게 다가오는 게 아닙니다. 준비하고 노력한 결과 불현듯 사랑이 싹튼다면 그것이 바로 운명적인 사랑이고 단 한 번뿐인 위대한 사랑입니다.

인생에서 사랑을 빼면 과연 무엇이 남을까요? 끝이 어디든 한번 시위를 떠난 사랑의 화살은 어딘가에 꽂힐 때까지 날아가는 법입니다. '빗방울 전주곡'을 들으며 미소가 머금어진다면 사랑에 빠진 것이고, 눈물이 난다면 실연의 아픔을 겪는 중일지도 모릅니다. 그렇더라도 겨울이 지나면 봄이 오듯 생채기가 아물면 다시 사랑할 시간이 올 겁니다. 거센 겨울비가 내리는 밤 홀로 남겨진 쇼팽이 고독의 심연 속에서 위대한 음악을 만든 것처럼 말입니다.

언젠가 조성진이 연주하는 쇼팽의 '빗방울 전주곡'을 들으며 마요르카 거리를 걷고 싶습니다. 마침 비라도 내려 해변에 있는 카페에서 커피 한 잔 마실 수 있다면 더욱 좋겠지요.

혼란스러운 광기와
아이 같은 순수의
뒷모습

난 당신의 사랑을
받을 자격이 없어
슈만의 **유령 변주곡**

나의 귀신 혹은 유령 이야기

어렸을 때는 텔레비전 있는 집이 별로 없었습니다. 시골에 살아서 그런 게 아닙니다. 서울인데도 그랬습니다. 친구들 집에 다 텔레비전이 없으니 텔레비전에서 뭘 보여 주는지 궁금하지도 않았습니다. 그런데 예외인 날이 있었습니다. 김일이 레슬링을 하는 날이었죠. 상대가 일본 선수라면 더욱 그랬습니다. 텔레비전 있는 집에서는 자기들끼리만 김일 레슬링을 볼 수가 없었습니다. 모두가 보고 싶어 하는 장면을 문 닫고 집 안에 앉아서 볼 염치가 없었던 겁니다. 대청마루에 텔레비전을 내놓고 마당에 멍석을 깔았습니다. 누구나 와서 보라는 것이었죠. 동네 어른들과 아이들이 죄다 모여들었습니다. 돔 구장에서 프로 야구 보면서 치킨 먹는 것보다 멍석 위에서 부침개 얻어먹으며 김일 레슬링 보던 그때가 훨씬 재미있었습니다. 김일이 박치기로 일본 선수를 내리꽂으면 온 동네가 떠나갈 듯 함성이 쏟아졌습니다.

레슬링 경기가 없는 날이면 집에서 라디오를 들으며 잠자리에 들었습니다. 단칸방에 아버지 어머니 누나들과 형 그리고 제가 차례로 누우면 아버지가 머리맡에 있는 라디오를 켰습니다. 그때는 라디오 연속극이 인기였습니다. 소리로만 듣는데도 눈앞에서 보는 것처럼 어쩌면 그렇게 실감이 났는지 모릅니다. 그냥 연속극이면 듣다가 스르르 잠이 들었습니다. 그러나 도무지 잠들 수 없는 날이 있었습니다. '전설 따라 삼천리'를 듣는 날이었습니다. 여러 전설을 채집해 드라마로 만든 프로그램이었습니다. 흥미진진할 때도 있었지만, 처녀 귀신 이야기나 억울하게 죽은 과부 이야기 등이 나오면 너무 무서웠습니다. 나중에 라디오 드라마가 폐지되고 텔레비전에서 '전설의 고향'이라는 이름으로 방영되었는데, 텔레비전에 나오는 귀신은 산발한 소복 차림에 입가에 피가 흐르고 있었으나 그다지 무섭지는 않았습니다.

하지만 소리로만 느낄 수 있는 귀신의 움직임이나 웃음은 까무러칠 정도로 오싹했습니다. 이불 속으로 머리를 파묻어도 방금 들었던 광경이 떠나지 않았습니다. 문제는 그때쯤이면 화장실에 가고 싶어진다는 것이었죠. 재래식 화장실은 집 밖에 떨어져 있었습니다. 그냥 자면 필경 이불에 볼일을 볼 테니 더 큰 문제가 벌어질 겁니다. 하는 수 없이 가야 했죠. 그 짧은 시간이 얼마나 길고 두려웠는지 모릅니다. 어머니나 형 등 누군가가 동행해 화장실 밖에서 기다려 준다면 조금 나았지만, 혼자 갈 때면 죽을 맛이었습니다. 어디선가 "빨간 휴지 줄까? 파란 휴지 줄까?" 하는 소리가 들리거나 '전설 따라 삼천리' 시그널 음악이 흘러나올 것만 같았습니다. 나중에 그 곡이 프랑스 작곡가 드뷔시의 작은 모음곡에 나오는 '조각배'라는 사실을 알게 되었죠. 그토록 평화롭고 감미로운 음악이 그때는 왜 그리 무서웠을까요?

귀신鬼神이란 죽은 사람의 넋을 가리킵니다. 인간에게 화를 내리는 존재를 귀, 복을 주는 존재를 신이라 불렀는데, 이를 아울러 귀신이라고 했습니다. 영어로는 '고스트Ghost'입니다. 1990년에 개봉해 큰 인기를 끌었던 미국 영화 '사랑과 영혼'의 원제목이 'Ghost'였습니다. 패트릭 스웨이지와 데미 무어가 열연한 눈물 나도록 아름다운 영화였지만, 결국은 귀신이 나오는 영화였던 것이죠. 도깨비나 유령도 느낌과 역할이 조금 다를 뿐 귀신의 일종입니다. 죽은 사람의 혼이기에 무엇을 주든 어떤 역할을 하든 무섭기는 매한가지입니다. 클래식 음악에서 귀신 혹은 유령을 다룬 작품은 흔치 않죠. 베토벤의 피아노 트리오 제5번 '유령', 프랑스 작곡가 아돌프 아당의 발레 음악 '지젤', 미국 현대 작곡가 윌리엄 볼컴의 '우아한 유령' 정도입니다. 유령을 다룬 음악임에도 하나같이 신비롭고 매혹적인 작품들입니다.

기나긴 절규에 대한 응답

로베르트 알렉산더 슈만. 오뚝한 코에 짙은 눈썹과 초롱초롱한 눈망울 등 초상화 속에 등장하는 그의 모습은 인생의 풍파를 별로 겪지 않았을 것 같은 전형적인 귀공자 스타일입니다. 쇼팽이 태어나던 해인 1810년 작센 지방 츠비카우에서 출생했고, 독일 초기 낭만주의를 대표하는 작곡가로 서양 음악사에 큰 획을 그은 그는 겉으로 보기에는 이처럼 화려합니다.

하지만 그는 누구 못지않게 파란만장한 삶을 살았고, 지독한 사랑의 열병을 앓았으며, 정신적 고통으로 몸부림친 사람이었습니다. 정신 분열증에 시달리다 자살을 시도하기도 했죠.

그의 위상과는 달리 대중에게 잘 알려진 작품은 많지 않습니다. 자신의 어린 시절 모습을 그린 '어린이 정경' 제7번 '트로이메라이'가 제일 유명한 곡일 겁니다. '트로이메라이'는 '꿈' 혹은 '공상'이라는 뜻으로 클라라에 대한 그의 사랑이 넘쳐흐르듯 달콤하고 서정적입니다.

그러나 그의 삶 전체가 녹아 있으면서 영원한 연인 클라라에 대한 사랑이 애절하게 표현된 곡은 슈만 최후의 피아노곡으로 알려진 '유령 변주곡Ghost Variations'입니다. 제목에 유령이라는 단어가 들어가 으스스한 느낌이 들거나 처음 들으면 건조하게 들릴 수도 있지만, 차분한 마음으로 여러 번 듣다 보면 비로소 슈만 음악의 정수를 음미할 수 있습니다.

애잔하고 구슬픕니다. 건반에서 울려 퍼지는 음색은 마냥 푸르르나 그 안에 담긴 정서는 회색빛이죠. 흔들리지 않는 경쾌함은 눈물을 감추려는 몸부림 같고, 리듬감 넘치는 세련미는 침울함을 들키지 않으려는 과장처럼 느껴집니다. 차분하지만 사무치도록 격정적입니다.

무엇엔가 간절히 호소하던 음악은 절규로 이어집니다. 거듭된 두드림에도 불구하고 반응이 없기 때문일까요? 아니면 뭔가 내보인 상대방의 반응이 마음에 들지 않아서일까요? 슈만은 계속 문을 두드립니다. 누구의 마음을 열기 위해 저리도 애타게 부르짖는 것일까요?

종반으로 가면서 분위기가 바뀝니다. 절절한 심정을 더 내보이려는 것이죠. 감정의 벽은 이미 허물어졌습니다. 그의 호소는 자기 자신 혹은 사랑하는 연인 또는 인생 전체를 향한 것일지도 모릅니다. 마지막 건반을 누른 뒤 그는 들었을까요? 기나긴 절규에 대한 응답을.

천사가 불러 주는 선율을 받아 적은 곡

"1854년 2월 27일 오후가 시작될 무렵 차가운 비가 뒤셀도르프를 적셨다. 추운 날씨였지만, 사람들은 그날이 사육제가 열리는 날이라는 생각으로 기운을 냈다. 빌커街 15번지 건물에서 실내화에 셔츠 차림의 남자가 나와 포장도로를 걸어 왼쪽으로 방향을 틀었다. 이따금 그의 걸음이 불안정하게 비틀거렸다. 얼굴에는 혼란스러워하는 듯한 표정이 떠올랐고 눈길은 아래를 향해 있었다. 아니 내면을 향해 있다고나 할까. 그는 울고 있었다.

…… 몇 걸음 걷고 난 뒤 그는 난간을 넘었다. 라인강은 군데군데 얼어 있었다. 남자의 몸은 이내 물살에 휩쓸렸지만, 그로부터 헤어나려는 그 어떤 움직임도 없었다. 그의 몸은 비늘처럼 번쩍이는 얼음덩어리들로 뒤덮인 잿빛 물살에 실린 나무토막 같았다. 거룻배 위에서 고기잡이하던 어부들이 서둘러 다가가 그를 물 밖으로 끌어냈지만, 그는 또다시 물로 뛰어들었다. 둑으로 그를 데려간 어부들은 그가 다시 뛰어들지 못하도록 붙잡고 있어야 했다.

…… 하지만 후에 아내 클라라는 그의 일기를 보고 그날 그가 그 어느 때보다도 우울했다는 사실을 알게 된다. 그녀가 그의 몸에 손

을 대려 하자 그가 소리를 질렀다. "아, 클라라, 난 당신의 사랑을 받을 자격이 없어!" 그는 그를 안심시키려는 그녀의 말을 귀담아듣지 않았다. 방문을 걸어 잠그고 그로부터 불과 며칠 전 작곡한 '유령 변주곡' E플랫 장조를 다시 베껴 쓰기 시작했다. 마지막 곡에 이르자, 그는 방에서 뛰쳐나갔다."

프랑스에서 작가, 평론가, 정신 분석학자로 다양한 활동을 벌이고 있는 미셸 슈나이더가 쓴 『슈만, 내면의 풍경』이라는 책에 나오는 슈만의 라인강 투신 사건에 대한 묘사입니다.

그는 슈만의 음악을 '그 어디에도 이르지 않는, 줄곧 되돌아오는 듯한, 끝에서 시작하는 것 같은 느낌'의 음악이라고 표현했습니다. 죽을 만큼 고통스럽지만 스스로 자신의 고통을 토로할 수 없는, 한 여인을 너무도 사랑하지만 자기는 그녀의 사랑을 받을 자격이 없다고 생각하는 음악이라고나 할까요? '유령 변주곡'이 바로 그런 곡입니다. 당시 슈만의 정신 질환은 마지막을 향해 치닫고 있었습니다. 그는 슈베르트나 멘델스존 혹은 천사가 불러 주는 선율을 받아 적었다고 말하며 이 곡을 썼습니다. 그렇지만 이 곡은 절친한 바이올리니스트 요아힘을 위해 한 해 전에 이미 써 두었던 바이올린 협주곡 주제였습니다. 슈만은 이 작품을 완성한 뒤 본 근처의 엔데니히 정신 병원으로 들어갔고, 다시는 밖으로 나오지 못했습니다.

장인과의 소송에서 이겨 결혼하게 된 남자

슈만의 아버지 아우구스트는 글을 쓰면서 출판업을 하는 사람이었습니다. 그래선지 슈만은 문학성이 풍부했고 글도 잘 썼습니다. 열네 살 때 아버지가 출판한 책에 그의 글이 실릴 정도였죠. 얼마 후 시도 쓰기 시작했습니다. 이런 소양 덕에 훗날 그는 뛰어난 음악 평론가로 활동하게 됩니다. 그래서 앙드레 지드는 『쇼팽 노트』에서 이렇게 말하기도 했습니다.

"슈만은 시인이다. 쇼팽은 예술가다. 시인과 예술가는 전혀 다르다."

슈만은 일곱 살 때부터 피아노를 배웠고 직접 곡을 쓰기도 했습니다. 문학적 재능에 음악적 자질까지 갖추고 있었던 것이죠. 그러나 그의 능력을 꽃피우기에 집안 환경은 너무 암울했습니다. 1825년 열네 살 위인 누나 에밀리가 정신병에 시달리다 스스로 목숨을 끊었습니다. 이 일로 충격을 받은 그의 아버지는 조울증으로 괴로워하다 1826년 심장 마비로 세상을 떠나고 맙니다. 어린 나이에 연달아 가족의 죽음을 맞닥뜨리게 된 겁니다. 정신병은 슈만 가족을 따라다니며 옥죄던 치명적인 멍에였습니다. 가장이 된 슈만은 어머니의 권유에 따라 식솔을 돌봐야 한다는 책임감으로 라이프치히 대학교 법학과에 들어갑니다. 그러나 마음이 딴 데 있으니 법학 공부가 제대로 될 리 없었습니다. 결국 대학을 포기하고 음악가의 길로 접어들게 되었죠. 하지만 피아니스트로서 뒤늦은 출발을 만회하기 위해 과도하게 연습하다가 오른손 손가락 두 개를 크게 다치게 됩니다. 피아니스트의 꿈을 접을 수밖에 없었죠. 하는 수 없이 글 쓰는 재능을 살려 음악 평론과 작곡에 전념하기로 삶의 방향을 바꾸었습니다.

1834년에는 〈음악 신보〉를 창간해 편집장과 주필로 일하면서 날카로운 논문과 평론을 통해 형식적이고 보수적인 음악계를 혁신하려

했고, '아베크 변주곡' 이후 '사육제'와 '어린이 정경' 등을 잇달아 발표하며 작곡가로서의 재능과 실력도 점점 알렸습니다.

슈만에게 피아노를 가르쳤던 스승인 프리드리히 비크에게는 어린 딸이 있었습니다. 피아노 신동인 클라라였죠. 클라라는 유럽을 무대로 활약했던 최고의 피아니스트였습니다. 슈만은 아홉 살이나 어린 클라라와 열렬한 사랑에 빠졌습니다. 그가 스물여섯 살일 때 열일곱 살인 클라라와 결혼하겠다며 비크에게 정식으로 청혼했습니다. 비크는 펄쩍 뛰었습니다. 집안도 변변치 않고 가진 것도 없는 데다 피아노도 칠 수 없게 된 슈만에게 아름답고 능력이 출중한 어린 딸을 줄 수는 없었습니다. 게다가 슈만은 이 여자 저 여자와 놀아나며 성병을 달고 살던 사람이었습니다. 비크의 결사반대는 확고했습니다. 우리식으로 표현한다면 "내 눈에 흙이 들어가기 전에는 어림도 없다!"라면서 두 사람 사이를 갈라놓으려 했을 겁니다.

비크는 제자였던 슈만을 '미성년자 유괴' 혐의로 고소했고, 슈만 또한 스승이었던 비크를 허무맹랑한 이유로 결혼을 막는다며 맞고소했습니다. 스승과 제자 사이에, 만약 결혼하게 된다면 장인과 사위 사이에 딸을 놓고 법정 다툼을 벌인 겁니다. 두 사람은 서로에게 깊은 배신감을 느꼈습니다. 진흙탕 싸움 결과 법원은 슈만의 손을 들어 주었습니다. 클라라가 성인이 되면 아버지 허락 없이도 결혼할 수 있다는 판결을 내린 것입니다. 눈에 넣어도 아프지 않을 귀한 딸을 빼앗긴 비크의 절망감은 대단했을 겁니다. 슈만과 클라라는 마침내 1840년 9월 12일 결혼식을 올렸습니다. 클라라의 사랑을 쟁취한 슈만은 '시인의 사랑', '리더 크라이스', '여자의 생애' 등 걸작으로 꼽히는 가곡들을 작곡했습니다.

창작열이 불타오른 겁니다. 모두가 클라라를 얻은 기쁨과 사랑을 노래한 작품이죠. 그는 클라라의 도움으로 음악가로서 명성을 쌓아 나갔습니다. 자녀도 여덟이나 낳을 만큼 금실 좋은 부부였다고 합니다.

현악기가 조율되지 못했을 때 나타나는 혼란스러움

준수한 외모와 유려한 글솜씨를 가진 빼어난 작곡가라는 화려한 겉모습과 달리 슈만은 사생활이 문란했습니다. 여자관계가 복잡했죠. 여러 여성과 관계를 맺었을 뿐 아니라 사창가도 자주 들락거렸습니다. 그가 오른손 손가락을 못 쓰게 된 건 열심히 연습하다 사고가 난 게 아니라 매독에 걸려 수은을 사용한 결과로 생긴 부작용 때문이라고 추측하는 사람이 많았습니다. 이즈음 그는 시력 이상으로 실명할지도 모른다는 두려움에 시달리기도 했습니다.

결혼 이후 슈만은 국내외를 오가며 왕성하게 활동했지만, 갈수록 정신적으로 이상한 징후가 나타나기 시작합니다. 기분이 좋고 에너지가 충만할 때는 많은 글과 곡을 썼으나 침울하거나 우울할 때는 글 한 편 음악 한 곡 쓰지 못할 정도로 감정 기복 또한 극심했습니다.

그를 끝까지 괴롭혔던 정신 분열증은 요즘 말로 하면 조현병입니다. 조현병은 사고, 감정, 지각, 행동 등 여러 측면에서 광범위한 이상 증상을 일으키는 정신 질환입니다. 정신 분열증이라는 병명이 이질감과 거부감을 불러일으킨다고 해서 다소 부드럽게 조현병이라고 이름을 바꿨습니다. '조현調絃'이란 현악기의 줄을 표준음에 맞게 고른다는 뜻입니다. 조현병 환자의 모습이 현악기가 정상적으로 조율되지 못했을 때처럼 혼란스러운 상태를 보이는 것과 같다는 데서 비롯되었죠. 병명은 한결 세련되게 바뀌었지만, 증상은 달라진 것이 없습니다.

조현병 증상은 양성과 음성으로 나눌 수 있습니다. 양성 증상은 망상, 환각, 파괴된 언어나 행동 등 겉으로 드러난 증상을 말합니다. 망상은 누군가 자신을 감시하거나 해코지하려 한다는 피해망상, 세상일이 자신과 연관되어 있다고 믿는 관계 망상 등이 있으며, 환각 중에는 환청이 가장 흔합니다. 슈만 역시 망상과 환청에 시달렸죠. '유령 변주곡'을 작곡할 때 그 정도가 최고조에 달했습니다. 반면 음성 증상은 행동이나 감정 표현이 줄어들거나 위축되고 의욕이 저하되는 모습을 보입니다. 심각한 것 같지 않아도 삶의 질을 급격히 떨어뜨리죠.

조현병은 뇌에서 도파민이라는 신경 전달 물질이 너무 많이 분비되는 것과 관련 있습니다. 도파민이 과다하면 망상과 환청 등을 유발하죠. 많은 치료제가 이 도파민 수치를 낮추는 약물들입니다. 약물 치료를 받은 사람 중 70퍼센트는 증상이 일상생활에 문제가 없을 정도로 줄어드는 '관해' 상태에 이를 수 있습니다. 정신적으로 예민한 예술가들에게서 나타날 수 있는 조현병은 약물 치료와 인지 행동 치료 등을 꾸준히 병행하며 노력하면 얼마든지 정상적인 생활을 유지할 수 있습니다. 슈만이 의학이 발달한 요즘 태어났더라면 평생 자신을 괴롭힌 질병으로부터 해방될 수 있었을 겁니다. 그랬더라면 하이든처럼 오래 살면서 클라라와 함께 아름답고 풍성한 음악을 많이 만들었을 것이고, 우리는 그만큼 더 행복했을지 모릅니다.

정신 병원에서 나오지 못한 슈만은 계속 상태가 나빠져 1856년 7월 29일 46세를 일기로 짧은 생을 마쳤습니다. 세상을 떠나기 직전 클라라가 포도주를 손가락에 찍어 슈만에게 먹여 주려 하자, 슈만은 그녀를 붙잡고 "나는 알고 있다."라고 했다는 이야기가 전해집니다. 실제 그런 일이 있었는지, 뭘 알고 있다는 말인지는 추측이 난무할 뿐 아무도 알지 못합니다.

미셸 슈나이더는 자신의 책에서 슈만의 마지막 모습을 이렇게 묘사하고 있습니다.

"병원에 갇혀 보낸 28개월 동안 슈만은 작곡하지 않았다. 로베르트 슈만은 자의적인 식사 거부로 1856년 7월 29일 오후 4시에 사망한 것으로 추정된다. 그의 곁에는 아무도 없었다. 클라라는 그의 곁에 있지 않았다. 그녀는 마지막 기차로 도착하는 요아힘을 마중하러 브람스와 함께 역에 가고 없었다."

슈만은 1831년 자신이 쓴 평론 '작품2'에서 "모두 모자를 벗어라. 여기 천재가 등장했다!"라고 썼습니다. 동갑내기 피아니스트이자 작곡가인 쇼팽을 향한 찬사였습니다. 그는 자신의 글솜씨로 재능 있는 음악가들을 소개하고 도움을 주었습니다. 슈베르트를 세상에 알리고, 젊은 브람스를 발굴했으며, 프랑스에서 인정받지 못하던 베를리오즈를 독일에 소개했죠. 슈베르트가 시를 음악으로 빚어냈다고 한다면 슈만은 음악을 시로 만들어 냈다고 할 수 있습니다. 광기와 순수가 한데 어우러져 있는 그의 음악은 그래서 단순하면서도 난해합니다.

죽는 날까지 아이의 순수를 잃지 않았던 사람

2020년 가을이 깊어 갈 무렵, '건반 위의 구도자'라는 별칭을 가진 피아니스트 백건우가 국내 팬들 곁으로 돌아왔습니다. 혼자가 아니었습니다. 슈만과 함께였습니다. 오랜 시간 공들여 만든 음반 발매와 더불어 한글날 서울 롯데콘서트홀 연주를 시작으로 수원, 광주, 통영 등 전국 공연에 나선 것입니다. 프로그램은 슈만의 첫 작품 '아베크 변주곡'에서부터 마지막 작품 '유령 변주곡'까지 다양했습니다. 그런데 왜 하필 슈만이었을까요? 온 인류가 코로나 팬데믹으로 고난을 겪을 때 그는 슈만을 통해 어떤 메시지를 전하고 싶었던 걸까요?

그가 가장 심혈을 기울인 곡은 '유령 변주곡'이었습니다. 이 곡을 쓸 무렵 슈만은 삶의 끈을 놓아 버리려 했습니다. 그의 나이 44세일 때였습니다. 백발에 안경을 쓴 백건우는 2020년 74세의 노인이었습니다. 30년 차이였죠. 그러나 슈만이 활동하던 시대의 평균 나이와 비교하면 당시의 백건우와 그때의 슈만은 엇비슷한 연령대라고 봐야 합니다. 좀 더 극명한 차이를 살피자면 젊었을 때보다 삶에 대한 태도에 있어 백건우는 더 엄숙하고 경건해졌다는 겁니다. 드디어 생의 끝자락에 섰던 슈만을 제대로 이해하고 연주할 수 있게 된 셈이죠.

연주가 끝난 뒤 침묵이 흘렀습니다. 슈만에 대한 애도였을까요? 아니면 공감이었을까요?

백건우와 슈만은 살아가는 방식이 정말 다른 사람들입니다. 하지만 음악에 대한 열정만은 같을 겁니다. 광기와 순수. 그래서 노년의 백건우가 슈만을 주목하게 된 것일지도 모릅니다.

그는 슈만과 '유령 변주곡'에 대해 이런 소회를 밝혔습니다.

"이번 기회로 슈만을 재발견한 셈입니다. 젊었을 때 수없이 연주했어도 어쩐지 불편했던 슈만을 비로소 이해할 수 있게 된 것이죠. 슈만이 정신적으로 심각하기만 했다면 '유령 변주곡'을 쓸 수 없었을 겁니다. 한 음 한 음이 살아 있고 모두 의미가 있거든요. 어떤 심정으로 자기가 직접 짐을 싸서 정신 병원으로 들어갔는지, 사랑하는 클라라와 아이들에게 위험이 되지 않게 혼자 걸어 나온 그를 생각하게 됐습니다. 슈만은 죽는 날까지 아이의 순수를 잃지 않았던 사람, 그러면서 동시에 인생의 쓰라림을 음악으로 표현해 낸 작곡가입니다."

눈물조차 말라 버린

극한의

고립감과 외로움

흘린 눈물만큼
우리 삶은 정화된다
오펜바흐의 **재클린의 눈물**

연주자의 심장에 가장 가까이 다가가 있는 악기

가을과 가장 잘 어울리는 음악가가 브람스라면 가을과 가장 잘
어울리는 악기는 뭘까요? 아마도 첼로가 아닐까요? 네 줄의 현에서
울려 퍼지는 깊고 넓은 중저음은 다른 악기가 줄 수 없는 따뜻함과
평온함을 줍니다. 그것은 존재의 심연에서 길어 올린 신비로운 울
림이기도 하죠. 콘트라베이스보다는 작지만, 바이올린의 두 배 크
기인 첼로는 피아노와 하프를 제외하면 가장 넓은 음역을 소화할
수 있는 악기입니다. 비올라나 바이올린이 낼 수 있는 고음 연주도
어느 정도 가능하다는 이야기입니다. 고전주의 시대 때는 단지 오
케스트라를 꾸며 주는 조연의 위치에 머물렀으나 낭만주의 시대 이

후 클래식 음악의 한 축으로 당당히 주연의 자리에 올라섰습니다. 사람 목소리와 많이 닮은 첼로는 의자에 앉아 양손으로 끌어안은 채 연주하는 까닭에 연주자의 심장에 제일 가까이 다가가 있는 악기입니다. 사람과 분리되어 있지 않고 일체가 되어 심장 소리를 들으며 음을 내는 악기라고 할 수 있는 것이죠.

첼로 연주곡 중 대중에게 잘 알려진 작품은 첼로의 구약 성서로 일컬어지는 바흐의 '무반주 첼로 모음곡'과 첼로의 신약 성서로 일컬어지는 베토벤의 '첼로 소나타'가 있습니다. 첼로라는 악기를 통해 체험할 수 있는 음악의 경지와 진수를 온전히 느끼게 해 주는 걸작이죠.

첼로 연주자 가운데 사람들에게 오래 기억되는 인물은 파블로 카잘스일 겁니다. 첼로의 성자로도 불리는 그는 열세 살 때 헌책방에서 바흐의 '무반주 첼로 모음곡' 악보를 발견한 뒤 10여 년에 걸친 연구 끝에 전곡을 정리해 연주하는 위업을 이루었죠. 그가 카탈루냐인들을 위로하기 위해 편곡해 연주한 '새의 노래'는 지금도 많은 사랑을 받고 있습니다. 내전으로 폐허가 된 조국을 생각하며 인류를 향해 애절하게 평화의 메시지를 전하는 명곡입니다.

눈물처럼 사랑도 지고 인생도 진다

세상에서 제일 슬픈 음악은 어떤 곡일까요? 역사상 둘도 없을 만큼 가슴 아픈 사연을 간직한 음악은 뭘까요? 역시 첼로 연주곡입니다. 도입부에서 가슴이 쿵 내려앉았다가 중간쯤에 이르러 저절로 눈물이 흘러내리는가 싶더니 종반부가 다가오면서 심장이 터져 버릴 듯 감정이 북받쳐 오르는 곡이죠. 프랑스 작곡가 오펜바흐가 만들고, 불운한 천재 첼리스트 재클린 뒤 프레를 기리기 위해 독일 첼리스트 베르너 토마스가 연주한 '재클린의 눈물'입니다.

장중합니다. 시작부터 음 하나하나가 애간장을 녹입니다. 오지 않을 사랑을 기다리고 기다리다 못해 지쳐 쓰러진 것일까요? 그대로 돌이 되어 버린 듯 일어날 줄을 모릅니다. 슬픔에 무게가 있다 해도 이보다 더 무겁지는 않을 것 같습니다. 슬픔은 마냥 쓰기만 한 것일까요? 달콤한 슬픔이란 것도 있을까요? 그렇다면 허망하게 슬픔의 낭떠러지로 떨어지기 직전 한 모금의 달콤함이라도 맛보고 싶습니다. 인생에서 슬픔을 빼면 무엇이 남을까요? 눈물, 눈물, 눈물…… 현의 울림은 새처럼 공중으로 날아가지 않고 비처럼 눈물이 되어 바닥으로 뚝뚝 떨어집니다. 눈물처럼 사랑도 지고 인생도 집니다. 시간이 멈추고 침묵이 흐릅니다. 고요한 통곡처럼 들립니다. 더는 눈물이 흐르지 않습니다. 말라 버렸기 때문입니다. 모두…….

자크 오펜바흐와 재클린 뒤 프레

자크 오펜바흐는 1819년 6월 20일 독일 쾰른에서 태어났으나 프랑스 파리에서 생애를 보냈습니다. 파리 음악원에서 첼로 주자로 인정받던 그는 오페라 코미크 극장 단원으로 활동하다가 프랑스 극장 지휘자가 되었죠. 작곡가로도 활동한 그는 물리학자처럼 벗어진 머리에 동그란 안경을 쓴 외모 때문에 고독이나 슬픔과는 거리가 멀어 보입니다. 실제로 그는 유머 넘치는 아름다운 곡을 만들어 명성을 높였고, 마침내 프랑스 오페레타희극적인 소형 오페라를 가리키며 희가극 또는 경가극으로 번역의 창시자로 일컬어지게 되었습니다. 그가 작곡한 희가극은 '천국과 지옥', '아름다운 엘렌', '호프만 이야기' 등 90여 편에 달합니다. 그의 음악적 유쾌함과 사회 풍자는 주페, 요한 슈트라우스 2세 등 동료 음악가들에게 영향을 끼쳤습니다. 1880년 10월 5일 파리에서 타계한 그는 몽마르트르 묘지에 묻혔습니다.

오펜바흐 생전에 그가 작곡한 '재클린의 눈물'은 연주되지 않았습니다. 훗날 독일의 첼리스트 베르너 토마스가 오펜바흐의 미완성곡들을 정리하다가 이 곡의 악보를 발견했죠. 그는 이 슬픈 음악을 접한 뒤 문득 한 사람을 떠올렸습니다. 불꽃같은 삶을 살다 간 비운의 첼리스트 재클린 뒤 프레였습니다. 그는 그녀를 추모하는 마음으로 곡 이름을 '재클린의 눈물Jacqueline's Tears'이라고 지었습니다. 그녀가 사망한 지 1년이 지난 1988년, 오펜바흐가 세상을 떠나고 나서 108년 뒤에야 비로소 이 곡이 사람들에게 알려지게 된 것입니다.

1945년 1월 26일 영국 옥스퍼드에서 출생한 재클린은 다섯 살 때부터 런던 첼로 학교에 입학한 천재였습니다. 1960년에는 파블로 카잘스에게 직접 배웠고, 1966년에는 소련으로 들어가 로스트로포비치를 사사했습니다. 최고의 거장들에게 가르침을 받으면서 1962년 BBC 심포니 오케스트라와 함께한 엘가의 '첼로 협주곡'으로 폭발적인 인기를 끌기 시작했습니다. 그러다가 1966년 미국에 진출한 그녀는 피아니스트이자 지휘자인 다니엘 바렌보임을 만나 사랑에 빠지게 됩니다. 현대 음악계의 거장으로 불리는 바렌보임은 몇 차례 내한 연주회를 가진 바 있어 한국인에게도 꽤 친숙한 인물이죠. 1942년 11월 15일 아르헨티나 부에노스아이레스에서 태어난 바렌보임은 1954년 비오티 국제 콩쿠르에서 열두 살의 나이로 우승하여 천재 소년으로 이름을 떨치게 되었습니다. 이후 지휘자로 활동하기 시작해 1965년 영국 실내관현악단을 지휘했고, 이스라엘 필하모니 오케스트라, 런던 교향악단, 베를린 필하모니 오케스트라, 뉴욕 필하모니 오케스트라 등에서 객원 지휘자로 활약했습니다.

유대인인 바렌보임을 위해 가족의 반대를 무릅쓰고 유대교로 개종까지 한 재클린은 1967년 이스라엘에서 유대교 의식에 따라 그와 세기의 결혼식을 올렸습니다. 슈만과 클라라의 결혼에 비견될 정도로 음악계의 일대 사건이었습니다. 언론에서는 '영국 장미와 이스라엘 선인장의 결합'이라며 흥분했습니다. 부부가 된 뒤에는 함께 많은 연주회를 했습니다. 바렌보임이 지휘하고 재클린이 협연한 엘가의 '첼로 협주곡' 연주와 드보르자크의 '첼로 협주곡' 연주를 보면 둘의 호흡이 얼마나 잘 맞는지를 알 수 있습니다. 1969년 슈베르트의 피아노 5중주 '송어' 연주는 별들의 향연이었습니다. 재클린이 첼로, 바렌보임이 피아노, 바이올린은 이츠하크 펄먼, 비올라에 핀커스 주커만 그리고 더블 베이스는 주빈 메타가 맡았습니다. 도저히 재현할 수 없는 조합이죠. 환한 웃음을 지으며 바렌보임을 바라본 채 연주에 몰입하고 있는 재클린은 너무도 행복해 보입니다. 그녀의 인생에서 가장 빛나던 순간이었습니다.

하지만 이들의 뜨거운 사랑도 그녀의 행복도 오래가지 못했습니다. 1970년대 초반 그녀가 다발성 경화증 진단을 받은 것입니다. 다발성 경화증은 자가 면역 체계에 이상이 생겨 뇌, 척수, 시신경을 포함한 중추 신경계의 신경 섬유가 손상을 받는 질환으로 아직도 원인이 정확하게 알려지지 않은 희귀성 질환입니다. 20~40세의 유럽계 백인에게 주로 나타나며, 여성의 발병률이 남성의 두 배 이상이라고만 알려져 있습니다. 진행 과정에 대한 예측이 어렵고, 증상 또한 매우 다양하게 나타납니다. 정신적으로도 기억력 장애, 우울증 등이 발생할 수 있고, 집중력과 이해력 그리고 판단력이 약해지며, 인지 장애가 생길 수 있다고 합니다.

아름다웠던 영국의 장미

현존하는 최고의 첼리스트라는 찬사와 기대를 한 몸에 받던 그녀는 안타깝게도 한창 꽃을 피울 나이에 불치병에 걸려 음악을 포기해야 했습니다. 아픈 몸을 이끌고 무대에 설 경우, 피로감에 연주 도중 쓰러지거나 활을 놓치는 일이 많았습니다. 그때마다 완벽주의자였던 남편은 그녀가 정신을 똑바로 차리지 않는다며 화를 내고 더 혹독하게 몰아붙였다고 합니다. 그녀는 결국 1973년 2월에 열렸던 뉴욕 공연을 끝으로 오랜 투병 생활에 들어갔습니다.

근육이 굳어 가던 그녀는 척수 신경에 손상을 입으면서 몸을 가누지 못할 정도가 되었습니다. 안면 신경 손상으로 눈물을 흘리는 것조차 불가능해졌죠. 이런 절망 속에서도 그녀는 자신이 녹음했던 음악을 들으며 살아 있음을 느꼈다고 합니다. 병석에 누워 있는 동안 주변 사람들이 하나둘 떠나갔고, 남편마저 그녀를 외면했습니다. 1980년대 초반 바렌보임은 러시아 출신 피아니스트 엘레나 바쉬키로바와 내연 관계를 맺기 시작해 아들을 둘이나 낳았습니다. 그래도 그녀는 그를 원망하지 않았죠. 천부적인 재능을 썩힌 채 서서히 죽어 가는 육신 앞에서 남편의 외도까지 지켜봐야 했던 그녀의 심정은 외로움과 비통함 그 자체였을 겁니다.

병마와 씨름하던 그녀는 1987년 10월 19일 궂은 가을날 42세의 나이로 생을 마감했습니다. 이후 요절한 불멸의 첼리스트를 애도하기 위해 각종 영화와 발레 등이 만들어졌습니다.

"Beloved Wife of Daniel Barenboim다니엘 바렌보임의 사랑하는 아내."

그녀의 묘비에 새겨진 글귀입니다. 재클린은 자신이 투병으로 고통의 시간을 보내는 동안 싸늘히 외면했던 남편, 심지어 다른 여자와 바람을 피우며 아이들까지 낳았던 남편, 바렌보임을 지극히 사랑했습니다. 그와 함께했던 시간은 그녀의 삶 가운데 가장 행복했던 시절이었으니까요. 그녀는 끝까지 그의 아내로 기억되길 원했던 겁니다. 위대한 음악가이기 전에 남편의 사랑을 갈구했던 한 사람의 여인이었죠. 아름다웠던 영국의 장미는 그렇게 짧게 피었다가 사라져 갔습니다. 바렌보임은 그녀의 장례식에 참석하지 않았을 뿐만 아니라 유해가 묻힌 런던의 골더스 그린 유대인 묘지에 지금까지 단 한 번도 찾아오지 않았다고 합니다.

우주 안에 자신만 남겨진 것 같은 외로움

평생 한 분야에 매진하는 사람은 의식하든 안 하든 특정 신체 부위나 뇌의 일정 영역만을 집중해서 사용하게 마련입니다. 그러다 보면 직업병이라는 걸 갖게 되죠. 예술가도 마찬가지입니다. 돌을 조각하는 사람, 도자기를 굽는 사람, 피아노를 치는 사람, 바이올린을 연주하는 사람, 모두 비슷한 질병에 시달릴 가능성이 큽니다. 현악기를 연주하는 사람의 경우, 목이나 어깨, 팔꿈치, 손 등을 집중해서 사용하기에 이 부분에 탈이 많이 납니다. 한쪽 어깨로 악기를 지지한 채 팔을 들어서 연주하다 보면 당연히 손상을 입을 수밖에 없죠. 손가락을 재빨리 옮겨 가며 현을 누르는 동작 역시 과중한 부담입니다. 가장 높은 음을 내는 바이올린 연주자는 귀에 악기를 바짝 붙여 연주하는 까닭에 청각에 이상이 생길 수도 있고요.

신체 질환 외에 정신 질환도 따릅니다. 오랜 시간 긴장하며 연주에 몰입해야 하기에 강박과 스트레스에서 벗어나기 어렵습니다. 내 순서를 기다리면서 악보를 뚫어지게 쳐다보거나 다른 사람의 연주를 신경 써 가며 내 연주가 제대로 되고 있는지를 매 순간 파악하려면 온 신경을 곤두세워야 하죠. 연주 도중 지휘자가 나를 쳐다보거나 지휘봉으로 가리키기라도 하면 심장이 멎을 듯 마음을 졸입니다. 무대 위에서 연주자가 느끼는 중압감과 부담감은 말로 다 하기 어렵습니다. 유명한 연주자일수록 스트레스는 더 심하죠. 자신에게 쏟아지는 기대감을 알기 때문입니다. 그렇다고 무대 위에서 긴장을 푼 채 넋 놓고 있을 수는 없습니다.

다발성 경화증을 앓게 된 재클린은 참기 힘든 피로감과 집중력 저하가 나타났지만, 본인도 남편도 이를 인정하지 않았습니다. 천재들은 늘 최고의 자리에만 있었기에 일순간 자신이 나락으로 떨어졌다는 사실을 인지하지 못하고 인정할 수도 없죠. 연주의 질은 점점 낮아졌으나 두 사람은 원인이 육체적 결함에 있는 게 아니라 정신적 결함에 있다고 생각했습니다. 게을러졌거나 나태해서 그런 거라고 여긴 것이죠. 발병 초기 대응에 실패한 셈입니다.

재클린은 죽을 때까지 프로이트 학파 계열 정신 분석의의 상담을 받았습니다. 이 정신 분석의야말로 그녀 내면에 감춰진 진술한 이야기를 들을 수 있는 유일한 창구였습니다. 나중에 병의 원인을 정확히 알게 된 재클린은 좌절하지 않고 즐거워했다고 합니다. 자신이 게으르거나 나태해져서 그런 게 아니라 병에 걸려 첼로를 연주할 수 없다는 걸 알았기 때문이죠.

"난 괜찮아, 내가 미친 게 아니래……."

그녀는 친구들과 전화하면서 이렇게 말했습니다. 지독한 아이러니가 아닐 수 없습니다.

병세가 악화하면서 그녀는 심한 자괴감과 무력감, 고립감, 우울증과 싸워야 했습니다. 유대교로 개종하면서 멀어진 가족들, 병자가 된 천재를 잊어버린 지인들, 다른 여인을 찾아 날아간 남편…… 그녀는 우주 안에 자신만 남겨진 것 같은 외로움에 몸부림쳤습니다. 오지 않는 남편을 기다리는 것 외에 할 수 있는 일이라고는 정신 분석 상담을 받는 것뿐이었죠.

울고 싶어도 울 수 없던 그녀를 위해 베르너 토마스는 100여 년 전 오펜바흐가 써 두었던 명곡을 찾아내 그녀에게 눈물을 되찾아 주었습니다. 평생 즐겁고 유쾌한 오페레타를 작곡했던 오펜바흐가 먼 훗날 나타날 천재 첼리스트를 위해 세상에서 가장 슬픈 곡을 만들어 두었을 줄 그 누가 알았겠습니까? '재클린의 눈물'은 이런 기막힌 사연을 간직한 채 재클린 뒤 프레의 눈물이 되었습니다. 눈물과 눈물 사이에는 그녀의 미소와 숨결까지 녹아 있습니다.

흐르는 눈물보다 더 괴로운 건 흐르지 않는 눈물

눈물은 우리 인체에 어떤 작용을 할까요?

눈알 표면에는 평소에도 소량의 눈물이 흐릅니다. 눈물에는 눈을 보호하는 많은 면역 물질이 들어 있으며, 이를 통해 눈동자의 세포를 살리고 눈알을 보호해 주죠. 눈을 깜박일 때마다 흰자위에 있는 눈물샘에서 눈물을 내보냄으로써 눈동자는 산소와 영양분을 공급받습니다. 눈물이 없으면 눈동자의 세포가 말라 죽게 되죠. 눈물은 우리 몸에 꼭 필요한 요소입니다.

이뿐 아니라 눈물은 정서적 치유와 함께 정신적 위안을 주기도 하죠. 우리 몸은 슬프거나 화가 나는 등 감정에 변화가 생기면 스트레스를 받아 호르몬을 과다 분비합니다. 이 호르몬은 몸에 독이 되죠. 눈물은 이를 배출하는 역할을 합니다. 눈물이 나오는데도 억지로 참으면 독을 품고 있는 거나 매한가지입니다. 한없이 기쁠 때 감격의 눈물을 흘리고, 너무 슬플 때 고통의 눈물을 흘리는 것은 지극히 당연하고 인간적입니다. 남자는 평생 세 번만 눈물을 흘려야 한다는 말이 있지만, 이는 잘못된 겁니다. 눈물을 흘리는 것이 나약한 게 아닙니다. 눈물을 흘려야 할 때 눈물을 흘리고, 우는 사람과 더불어 울어 줄 수 있는 것이야말로 우리 정서와 정신 건강에 유익을 끼치는 일입니다. 따라서 잘 우는 인생이 건강한 인생입니다.

아일랜드에는 이런 속담이 전해져 내려옵니다.

"흐르는 눈물은 괴로우나 그보다 더욱 괴로운 것은 흐르지 않는 눈물이다."

눈물은 말보다 진하다

예전에는 지하철을 타면 가방에서 책을 꺼내 읽었습니다. 그런데 책 만들고 글 쓰는 일을 오래 하다 보니 눈이 점점 침침해져서 스마트폰을 통해 음악이나 라디오 방송을 듣게 되었습니다. 직장을 다니던 몇 년 전 어느 날 퇴근길 지하철 안에서 이어폰을 낀 채 FM 라디오 음악 방송을 듣고 있었습니다. 진행자가 청취자 사연 하나를 읽어 주더군요. 당시 일흔아홉이 된 노인의 글이었습니다. 자신이 서른 즈음에 있었던 일이라고 했습니다. 구체적 정황은 알 수 없으나 피치 못할 이유로 남편은 급작스레 세상을 떠났고, 혼자서 아이를 낳아야 했습니다. 딸이었습니다. 서울에 일가친척 하나 없던 여인은 남편도 없이 홀로 아이를 키운다는 게 엄두가 나질 않았습니다. 고심 끝에 보육원에 딸을 맡겼습니다. 그녀의 애끓는 사연을 들은 보육원 수녀님은 눈물만 흘렸습니다. 그로부터 오십여 년의 세월이 흘렀습니다.

어느 날 그때 그 보육원 수녀님으로부터 할머니에게 전화가 걸려 왔습니다. 오십여 년 전 맡긴 딸을 미국에 입양 보냈는데, 좋은 부모를 만나 이 아이가 최고 명문 대학을 나와 교수가 되었다는 것입니다. 그러면서 딸아이가 엄마를 찾는다며 만나 보겠느냐고 물었다는 것이죠.

할머니는 아무 말도 못 하고 눈물만 흘렸다고 했습니다. 그러면서 내가 과연 딸 얼굴을 볼 자격이 있느냐는 자책과 더불어 자신을 원망하지 않고 보고 싶다고 말한 딸의 마음이 고마워 어쩔 줄 모르겠다고 했습니다. 드디어 내일이 그 딸을 만나는 날이라는 사연이었습니다. 오십여 년 만에 딸을 만나면 내가 대체 어떻게 하는 게 좋겠냐는 물음이었던 겁니다.

가슴이 먹먹했습니다. 청취자들의 조언이 쏟아졌습니다. 결론은 하나로 집약되었습니다.

"할머니, 무슨 말이 필요하겠어요. 그냥 끌어안고 실컷 우세요. 펑펑 눈물 흘리세요."

눈물은 말보다 진합니다. 오십여 년 만에 만나는 엄마와 딸이, 수많은 시간 가슴 한구석에 돌덩이처럼 가라앉아 있던 필설로 다할 수 없이 쓰린 사연을 가진 모녀가 끌어안고 펑펑 우는 것 말고 달리 할 게 뭐가 있겠습니까? 눈물 외에 이들에게 그 어떤 소통이 더 필요하겠습니까? 눈물 속에는 지난 세월의 모진 아픔과 번민과 후회와 자책과 회한이 모두 녹아 있는 겁니다. 딸을 보육원에 맡길 수밖에 없었던 어머니의 변명과 자신을 보육원에 맡기고 돌아섰던 어머니를 향한 딸의 원망마저 뜨거운 눈물 속에 뒤범벅되어 흘러내리는 것이죠.

그 시간은 팝송을 틀어 주는 시간이었습니다. 진행자는 사연에 어울리는 차분한 팝송 한 곡을 들려주었습니다. 만약 그때가 클래식 음악 시간이었다면 혹은 내가 그 프로그램 진행자였다면 당연히 오펜바흐의 '재클린의 눈물'을 틀어 주었을 겁니다. 인생은 때로는 한없

이 슬프고, 때로는 견디기 힘들 만큼 괴롭지만, 눈물이 있기에 그만큼
이라도 정화되는 겁니다.

이대로 계속 가면
파멸에 이를 것
같은 느낌

그 정도에서
멈춰야 할 때
파가니니의 바이올린 협주곡 제2번 3악장 **라 캄파넬라**

한겨울에도 종을 칠 때 장갑을 끼지 않은 이유

옛날 예배당을 생각하면 제일 먼저 떠오르는 게 높다란 종탑입니다. 그때는 언덕 위나 잘 보이는 곳에 예배당 있는 마을이 많았습니다. 예배당 앞이나 옆에는 종탑이 세워져 있었죠. 예전에는 쇠가 귀했기에 기다란 나무 기둥을 세워 종을 매달았습니다. 네 개의 기둥을 경사지게 세우고 꼭대기에 작은 지붕을 만들어 종이 매달려 있도록 했습니다. 지붕 위에는 십자가가 달려 있었고요. 청동이나 쇠로 만든 타원형의 종은 평상시 아래로 긴 밧줄을 늘어뜨린 채 말없이 예배당과 마을을 내려다보기만 했죠. 예배 시간을 앞두고 밑에서 밧줄을 잡아당기면 종이 움직이면서 안에 있는 방울이 종신에 부딪혀 땡그랑, 땡그랑, 우렁찬 소리를 내며 멀리까지 울려 퍼졌습니다. 예배가 있는 날이면 어김없이 청아한 종소리가 퍼져 나갔죠.

가위질을 몇 번 하는지는 엿장수 마음대로 듯 종을 언제 몇 번 칠지 역시 종 치는 사람 마음대로였습니다. 어릴 적 제가 다니던 교회에서는 예배 시작 30분 전과 10분 전 두 번에 걸쳐 종을 쳤던 것 같습니다. 30분 전에 미리 종을 치는 것은 이제 하던 일을 멈추고 예배당에 갈 준비를 하라는 신호였으며, 10분 전에 또 한 번 종을 치는 것은 잠시 후면 예배가 시작된다는 긴박한 예고였습니다. 논이나 밭 또는 집 안에서 일하던 사람들은 종소리를 듣고 늦지 않도록 서둘러 예배당으로 향했습니다. 시계가 흔치 않던 시절이니만큼 매번 정확하게 울리는 예배당 종소리는 마을 사람들에게 시간을 알려 주는 신통한 역할을 했습니다. 종소리를 들으면 오늘이 무슨 요일인지, 시간이 얼마나 됐는지 가늠할 수가 있었습니다.

마을 어귀에서 친구들과 뛰놀던 저는 저녁 예배 시간이 다가오자 힐끔 예배당 쪽을 쳐다봤습니다. 목사님 모습이 보였죠. 종을 치려는 것 같았습니다. 순간 저는 예배당을 향해 달음질쳤습니다. 종을 쳐 보고 싶었기 때문이죠. 숨이 턱까지 차올랐습니다. 다행히 아직 종소리는 울리지 않은 상태였죠. 그날 저는 생전 처음으로 예배당 종을 쳐 볼 수 있었습니다. 매번 듣기만 하던 종소리와 내가 직접 치면서 듣는 종소리는 달랐습니다. 여느 때보다 더 맑고 청량한 종소리였습니다. 어른들은 밧줄을 두 손으로 힘껏 잡아당기면 우렁찬 종소리가 울려 퍼졌지만, 어린 저는 밧줄에 대롱대롱 매달리다시피 온몸의 힘을 다 실어서 당겨야만 겨우 종을 칠 수 있었습니다. 제가 친 종소리를 사람들이 든다 생각하니 뿌듯했습니다.

옛날 영화나 소설 등에도 예배당 종소리가 종종 등장하곤 합니다. 소외당하고 상실감에 빠진 사람들이 위로받기 위해 찾아오도록 하는 데 종소리가 상징처럼 표현되었습니다. 실연당했을 때, 시험에 낙방했을 때, 직장을 잃었을 때, 부부 싸움하고 집을 나왔을 때, 커다란 시험과 환란을 겪게 되었을 때, 객지를 처음 방문했을 때 귓가에 종소리가 은은하게 들려오면 마음이 울컥하거나 알 수 없는 평온함이 찾아들면서 자신도 모르게 발걸음이 예배당으로 향하게 되는 경험을 한 사람들도 있었죠. 이렇듯 수많은 추억을 간직한 예배당 종탑은 시대의 변화에 따라 점점 자취를 감추고 말았습니다. 이제 도시는 물론이고 한적한 산골 마을이나 외떨어진 어촌을 가도 예전처럼 종탑이 있는 예배당은 찾아보기가 어렵습니다.

『강아지 똥』,『몽실 언니』등 주옥같은 동화로 널리 알려진 아동 문학가 권정생은 예배당 종 치는 일을 하던 종지기였습니다. 1937년 일본 도쿄 빈민가에서 가난한 노동자의 아들로 태어난 그는 광복 직후인 1946년 외가인 경북 청송으로 돌아왔으나 가족들과 헤어져 전국을 떠돌며 유리걸식하는 삶을 살아야 했죠. 1967년부터 부모님이 거주하던 경북 안동시 일직면 조탑리에 정착하여 사람들의 배려로 일직교회 문간방에서 종지기로 살면서 틈틈이 동화를 쓰기 시작했습니다. 그는 지독한 가난 때문에 폐결핵과 흉막염을 앓았습니다. 게다가 신장을 들어내는 수술을 한 결과 평생 소변 주머니를 차고 살아야 했죠. 그런 몸으로 여름이면 새벽 4시와 밤 8시, 겨울에는 새벽 5시와 밤 7시에 어김없이 종을 쳤습니다.

그는 한겨울에도 종을 칠 때 장갑을 끼지 않았다고 합니다. 새벽 종소리는 가난하고 소외된 아픈 이가 듣고, 벌레며 길가에 구르는 돌멩이도 듣는데, 어떻게 따뜻한 손으로 칠 수 있느냐는 것이었습니다. 하루도 빠짐없이 마을 곳곳에 울려 퍼지는 종소리, 사람들의 가슴속을 파고드는 메아리 같은 울림, 이것이 그를 지탱시켰고, 그의 문학적 에너지가 되었습니다. 그는 그렇게 16년 동안이나 종을 치다가 종지기의 소임을 내려놓은 뒤에는 교회 인근에 허름한 흙집을 지어 홀로 글을 쓰며 살았습니다. 유명 작가가 된 후에도 변함없이 가난한 삶을 이어 가던 그는 알뜰히 모아 둔 인세를 어려운 아이들을 위해 써 달라는 유서를 남긴 채 2007년 어느 날 매일 종소리가 휘돌아 오르던 청명한 하늘을 향해 먼 길을 떠났습니다.

음악 속에 표현된 다양한 종소리들

작곡가들은 자신의 작품 속에서 좀 더 다채롭고 이색적인 음악이 완성되길 바랍니다. 평범한 연주로 별 감동을 주지 못하는 곡을 쓰고 싶은 사람은 없을 겁니다. 지휘자도 마찬가지입니다. 원곡에 맞게 연주하는 것도 좋지만, 좀 더 새로운 해석으로 다양한 음악적 실험을 하고 싶어 하죠. 다른 연주자나 오케스트라가 한 것과 똑같은 공연을 하고 싶은 지휘자는 없을 겁니다. 그래서 이들은 늘 새로운 소리를 갈망하고 새로운 악기를 찾아 헤맵니다.

종소리가 그중 하나입니다. 성당과 예배당에서 들려오는 종소리는 서양인들의 심성에 고향 혹은 근원의 소리 같은 상징과 은유를 내

포하고 있습니다. 오랜 세월 종소리를 들으며 살았기 때문입니다. 19세기 프랑스의 농민 화가 밀레가 그린 '만종晩鐘'을 보면 이 말의 의미를 잘 알 수 있습니다. 해 질 녘에 일을 마친 부부가 손을 모은 채 들녘에 서서 기도를 드리고 있습니다. 뒤쪽 멀리 성당의 모습이 보입니다. 가톨릭 신자들이 하루 세 번 정해진 시간에 일을 잠시 중단하고 드리던 삼종 기도 중 저녁 기도 장면을 그린 겁니다. 밀레는 생전에 "옛날에 할머니가 들에서 일하다가도 종이 울리면 일을 멈추고 죽은 가엾은 이들을 위해 삼종 기도 드리는 것을 잊지 않았음을 생각하며 그린 그림입니다."라고 말한 바 있습니다.

종소리를 예술로 표현하려는 노력은 미술보다 음악에서 더 치열했고 구체적이었습니다.

쇼팽의 전주곡 6번은 '향수'라는 부제가 붙어 있습니다. 시적이면서 쓸쓸한 곡이죠. 슬픔을 가득 머금은 듯 나직한 선율이 이어집니다. 종일 먼 길을 걸어온 지친 나그네는 황혼이 깃들자 발걸음을 재촉합니다. 이때 달빛 아래 멀리서 은은한 종소리가 들려옵니다. 조급했던 마음이 일순 차분해집니다. 자신도 모르게 발걸음은 종소리가 울리는 곳으로 향합니다.

차이콥스키의 '호두까기 인형' 중 '사탕 요정의 춤'에는 첼레스타가 등장합니다. 그는 갑작스레 세상을 떠난 여동생 사샤를 위해 사탕 요정의 춤을 가장 잘 표현해 줄 악기를 찾다가 첼레스타를 발견했습니다. 첼레스타의 음색은 작은 종소리와 비슷한 맑고 깨끗한 소리입니다. 먼 곳까지 아스라이 울려 퍼지는 첼레스타의 종소리가 없었더라면 사탕 요정의 춤은 그토록 신비롭고 우아하기 힘들었을 겁니다.

악기는 음악을 만들고 음악은 환상을 만듭니다.

소리에 대한 갈망이 말러만큼 강했던 사람도 드물 겁니다. 오스트리아 작곡가인 구스타프 말러는 교향곡 제6번과 '대지의 노래'에 첼레스타를 사용했습니다. 교향곡 제6번에는 해머와 카우벨, 즉 워낭 소리 등 낯선 타악기들이 등장합니다. 워낭은 마소의 귀에서 턱 밑으로 늘여 단 방울로 마소가 움직일 때마다 작은 종소리를 내죠. 워낭 소리는 교향곡 제4번과 제7번에도 나옵니다. 교향곡 제2번 '부활' 5악장 피날레에서도 역시 종소리가 울려 퍼집니다.

은유와 상징으로서의 종소리를 구체적으로 어떻게 표현해 낼 것인가는 작곡가들과 지휘자들 그리고 타악기 연주자들의 공통된 고민입니다. 고전주의 시대를 지나 낭만주의 시대로 접어들면서 그리고 현대에 이르러 고민은 더 커졌습니다. 그래서 기발한 발상으로 악기를 만들어 쓰기도 하죠. 교회 종을 흉내 내 악기로 제작한 것으로는 벨 플레이트나 튜불라 벨 등이 있습니다. 성에 차지 않으면 진짜 종을 가져다 무대에 걸어 놓고 연주하기도 합니다.

바이올린으로 종소리를 만들어 내다

타악기가 아닌 바이올린으로 해맑은 종소리를 만들어 낸 음악가가 있습니다. 전설적 또는 신화적이라는 표현만으로는 한참 부족해 보이는 바이올린 연주의 지존 니콜로 파가니니입니다. 그가 작곡한 바이올린 협주곡 제2번 3악장을 '라 캄파넬라'라고 부릅니다. '라 캄파넬라La Campanella'는 정관사인 '라la'와 '악기로 쓰이는 작은 종'이라는 뜻의 '캄파넬라campanella'가 합쳐진 말입니다. '작은 종'이라는 뜻이죠. 음악의 고음 부분이 피아노로 종을 치는 소리와 같은 느낌을 준다고 해서 붙여진 이름입니다. 과연 어떤 음악일까요?

1악장은 오케스트라의 화려한 연주로 시작됩니다. 뭔가 기대감을 품게 합니다. 빠르고 경쾌하고 장중한 음악이 이어지죠. 이어서 가느다란 바이올린 선율이 들려옵니다. 오케스트라에 이끌려 나온 것 같던 바이올린은 점차 오케스트라를 이끌고 가죠. 자신감이 넘칩니다. 인생이 뭐 별거냐는 듯한 태도입니다. 질문이 쏟아집니다. 바이올린이 보여 줄 수 있는 온갖 기교가 등장합니다. 긴 이음줄이 붙은 스타카토, 하행 반음계, 두 개 이상의 현을 동시에 연주하는 더블 스토핑 등이 이어집니다. E현의 고음을 길게 연주하는 부분도 기가 막힙니다.

2악장은 호른의 인상적인 울림으로 출발합니다. 1악장과 달리 바이올린은 섬세하고 부드럽습니다. 자신이 던졌던 질문에 대한 해답을 스스로 찾아 나가는 것처럼 보입니다. 신중합니다. 쓴맛을 본 뒤 인생이 녹록하지 않음을 알았기 때문일까요? 아니면 세월이 지나 성숙해졌기 때문일까요? 서서히 자신을 감추던 바이올린은 안개 속으로 아련하게 사라집니다.

3악장은 론도입니다. 오케스트라에 의지하지 않고 바이올린이 먼저 나옵니다. 삶에 관한 해답을 찾은 것 같기도 하지만 조심스럽습니다. 자신감이라기보다는 자유로움이 느껴집니다. 어디선가 종소리가 들려오네요. 바이올린에서 종소리가 나는 건지 바이올린 연주 사이로 종소리가 스며든 건지 알 수 없습니다. 새로운 멜로디가 계속 나타나고 주 멜로디가 변화무쌍하게 반복됩니다. 인생은 반복이죠. 그 반복

속에 희로애락이 녹아 있습니다. 파가니니 특유의 왼손 피치카토와 G현과 E현을 넘나드는 더블 스토핑이 숨차게 펼쳐집니다. 누구를 위한 종소리인지, 누구를 향한 종소리인지 알 수 없으나 가야 할 방향은 정해진 것 같습니다. 종소리가 나는 곳이죠. 다시 기운을 냅니다. 발걸음에 묘한 생기와 활력이 넘칩니다.

전문 연주자들의 음악을 듣거나 천재 바이올리니스트라고 불리는 대가들의 음악을 듣다 보면 어떻게 이런 기막힌 곡을 만들었을까 감탄하지 않을 수 없습니다. 그러면서 세 가지 의문 혹은 궁금증을 갖게 됩니다. 하나는 파가니니는 과연 이 곡을 어떻게 연주했을까 하는 겁니다. 음반도 녹음도 없으니 궁금증을 풀 방법이 없습니다. 하지만 그의 연주는 분명 달랐을 겁니다. 다른 하나는 바이올린으로 어떻게 종소리를 냈을까 하는 겁니다. 3악장 고음 부분에서 종소리처럼 들리는 대목이 있습니다. 오케스트라가 연주할 때 타악기로 종소리를 냅니다. 그러나 파가니니는 자신의 연주로 종소리를 냈을 것 같습니다. 제자를 따로 두지도 않았고 연주법을 아무에게도 전수하지 않았으니 이 역시 알 길이 없습니다. 끝으로 파가니니는 왜 종소리를 울려 퍼지게 한 걸까요? 음악을 통해 무슨 말을 하려고 했던 것일까요?

독일의 작가이자 문학 비평가인 베르너 풀트는『악마의 바이올리니스트 파가니니』라는 책에서 파가니니의 연주회 실황을 생동감 있게 재현해 내고 있습니다. 1813년 10월 29일, 이탈리아에서 가장 부유하고 격조 높은 도시였던 밀라노의 스칼라 극장에서 열린 연주회 첫날 풍경입니다. 입장료가 평소보다 두 배나 비쌌음에도 전 좌석이 매진된 상태였습니다.

"검은 연미복을 입고 전곡을 외워 눈을 감은 채 연주하는 이 마르고 왜소한 인물을 7천여 명의 청중이 응시하고 있었다. 파가니니가 오른발을 앞으로 약간 내민 채 청중에게는 들리지 않게 박자를 맞추며 과르니에리 바이올린으로부터 이끌어 내는 그 감미롭고 낭랑한 선율을 어느 누구도 들어 본 적이 없었다. 대꼬챙이처럼 마른 무대 위의 이 인물은 마치 길디긴 활대의 부속물 같았다. 초자연적인 무형의 투명함으로 가락을 통과시키고 깨끗이 씻어 내 마침내 순수한 울림을 만들어 내는 일종의 공명통 같았다. …… 파가니니만이 낼 수 있는 독특한 고음의 연주가 극장에 울려 퍼지자 청중들은 그만 숨이 딱 멎는 것 같았다. 누구라고 할 것 없이 파가니니가 만들어 내는 음의 향연 속으로 빠져들었다. 마침내 연주가 끝나자 청중들의 앙코르 요청이 쇄도했다. 파가니니는 한 치도 틀림없이 정확하게 연주했다. 다시 들어도 여전히 놀라울 따름이었다. 사람들은 자기 귀로 들으면서도 도저히 믿을 수가 없었다. 이제까지 한 번도 들어 보지 못한 선율이었기 때문이다."

악마의 바이올리니스트

파가니니의 바이올린 연주가 얼마나 대단했는지 듣다가 흥분한 나머지 실신한 사람들이 많았다고 합니다. 가장 먼저 기절한 사람은 당대 최고 권력자였던 나폴레옹 황제의 여동생 엘리자 보나파르트였습니다. 유부녀였던 그녀는 궁정 독주 연주자였던 파가니니에게 반해 그를 직속 근위대 대위로 임명하고 자기 곁을 지키도록 했습니다.

매우 권위적이고 다혈질이었던 그녀는 파가니니의 연주를 들을 때마다 걸핏하면 정신을 잃고 쓰러졌다고 합니다.

다른 일화도 있습니다. 파가니니는 군주인 엘리자보다 궁녀인 프라시네를 좋아했습니다. 그래서 그녀를 위해 '사랑의 장면'이라는 곡을 써서 연주했습니다. 가운데 두 개의 현을 풀고 G현과 E현만으로 연주하는 곡이었습니다. 고음인 E현은 여자, 저음인 G현은 남자를 상징했습니다. 두 개의 현만 가지고 어떻게 연주했을까요? 반응은 폭발적이었습니다. 연주회가 끝나자 파가니니를 사랑했던 또 다른 여인 엘리자가 다짜고짜 엉뚱한 주문을 했습니다.

"기대했던 대로 정말 훌륭한 연주였어요. 두 개의 현만 가지고 이토록 아름다운 곡을 쓰셨다니 대단해요. 그렇다면 한 개의 현만으로도 멋진 연주를 들려주실 수 있지 않을까요?"

파가니니는 전혀 당황한 기색 없이 그 자리에서 즉각 제안을 받아들였습니다.

"좋습니다. 그렇게 하겠습니다. 얼마든지 가능합니다."

이렇게 해서 만들어진 곡이 G현만으로 연주하는 바이올린 소나타입니다. 파가니니는 나폴레옹 황제의 생일이 얼마 남지 않은 것을 알고 제목을 '나폴레옹'이라고 붙였습니다. 사람들 앞에서 이 곡을 연주하자 장내가 떠나갈 듯 박수가 터져 나왔습니다. 가장 낮은 소리를 내는 G현 하나로 어떻게 이런 화려한 연주가 가능한지 혀를 내두르지 않을 수 없습니다.

파가니니는 바이올린으로 할 수 있는 모든 것을 했던 사람입니다. 자신이 바이올린으로 들려줄 수 있는 음악 전부를 오선지에 담아냈습니다. 그의 바이올린 속에서 당나귀, 닭, 소, 고양이, 염소, 귀뚜라미 등 온갖 동물 소리가 살아 있는 듯 들려왔습니다. 기쁨, 슬픔, 환희, 절망, 웃음, 눈물 같은 인간의 온갖 희로애락이 그의 바이올린 속에서 울려 퍼졌습니다.

이렇다 보니 신기에 가까운 그의 연주 실력에 감탄하던 사람들은 점점 이상한 생각을 하게 되었습니다. 아무리 눈을 크게 뜨고 보고 귀를 쫑긋 세워 들어도 도저히 인간이 연주할 수 있는 경지가 아니라고 여기게 된 것이죠. 그래서 그가 악마에게 영혼을 판 대가로 그 같은 연주 실력을 갖추게 되었다는 소문이 급속하게 퍼져 나갔습니다. 이를 부추긴 건 언론이고 그를 시기하던 경쟁자들이었으며 확실하게 쐐기를 박은 건 막강한 교회 권력이었습니다.

파가니니를 존경했고 그에게 지대한 영향을 받은 프란츠 리스트마저 이렇게 말했습니다.

"소문에 의하면 그는 자신의 영혼을 악마에게 넘겼으며, 그가 그토록 매혹적으로 켜던 네 번째 현은 바로 그가 제 손으로 교살한 애인의 창자였다고 한다."

오페라 '세비야의 이발사'로 유명한 이탈리아의 작곡가 로시니도 이런 말을 남겼습니다.

"파가니니가 오페라 작곡에 뛰어들지 않은 것이 작곡가들에게 얼마나 다행인지 모릅니다. 만약 그가 오페라를 작곡했더라면 그 놀라운 재능으로 모두를 제압하고 말았을 테니까요."

그의 주머니에 들어 있는 요정의 도움으로 악마를 불러들여 신들린 연주를 함으로써 이 세상 모든 보화를 끌어모으고 있다거나 사실은 그가 마법사인데 살인을 저질러 사탄의 편이 된 대가로 마법의 바이올린을 얻었고 이를 마법의 활로 연주함으로써 인간의 솜씨로는 도저히 불가능한 선율을 갖게 되었다는 등의 괴기스러운 소문이 꼬리에 꼬리를 물고 번져 갔습니다. 소문은 갈수록 확대 재생산되면서 사실처럼 굳어지게 되었죠. 그런데도 그의 연주회는 사람들로 넘쳐 났습니다. 음악을 들으러 온 사람들이 아니라 악마를 보러 온 사람들이었습니다. 그가 무대에 오르면 비명을 지르며 쓰러지는 여자들이 있었습니다. 연주는 열광적인 분위기 속에 진행되었지만, 연주가 끝나자 열광은 정신 착란 상태로 변했습니다. 몇몇 여자들은 드레스를 찢고 남자들은 주먹을 휘두르기도 했습니다. 집단 히스테리가 벌어진 겁니다.

조종이 울리다가 곧바로 멈춘 까닭은?

베르너 폴트는 위의 책 첫 장면을 파가니니가 숨을 거두는 순간으로부터 시작합니다.

"조종弔鐘이 울렸다. 니스 사람이라면 그것이 누구를 위해 울리는 종소리인지를 알 수 있었다. 마침내 니콜로 파가니니가 사망한 것이다. 명성이 자자했던 이 바이올린의 대가는 고향 제노바의 춥고 습한 겨울을 피해 리비에라 해안으로 왔지만, 이곳 역시 이례적으로 늦봄까지 추웠다. 기침은 전혀 나을 기미가 보이지 않았고 기력은 눈에 띄게 쇠약해졌다. 그는 지난해 11월부터 줄곧 방에 갇혀 있다시피 했다. 가끔씩 사람들이 찾아오기는 했지만 의사들이 대부분으로, 효과도 없는 아편 팅크제를 처방해 주고는 환자가 살날이 얼마 남지 않았다고 확신하며 방을 나오곤 했다. 그들로서도 더 이상 손쓸 방도가 없었던 것이다. 1840년 5월 27일 오후 5시 20분, 파가니니는 열네 살 된 아들 아킬레만이 곁을 지키는 가운데 니스에서 후두 결핵으로 사망했다. 향년 쉰여덟 살이었다."

전무후무한 바이올린 천재의 죽음을 알리는 교회의 종소리는 한없이 슬프고 외로웠습니다. 그러나 얼마 지나지 않아 종소리가 멈췄습니다. 파가니니가 죽기 직전 스스로 사탄과 결탁한 자임을 고백했다는 카파렐리 신부의 보고를 받은 갈바노 주교가 조종을 멈추라고 지시한 겁니다. 이후 교회는 파가니니를 악마의 바이올리니스트로 공식화했고, 그의 시신이 매장되는 것을 허락하지 않았습니다. 신자들이 사는 성스러운 땅에 악마의 시신을 묻을 수 없다는 이유에서였습니다. 그는 죽어서도 자신의 몸 하나 누울 곳이 없었습니다. 방부 처리된 그의 시신은 아들과 함께 이리저리 떠돌다가 죽은 지 36년이 지난 1876년에 이르러서야 로마 가톨릭교회의 허락을 받아 장례를 치른 뒤 땅에 묻힐 수 있었습니다. 단 신자들의 감정을 고려해서 대낮을 피해 밤중에 조용히 장례를 치르라는 전제 조건이 붙어 있었습니다.

베르너 풀트는 책의 마지막 장면을 이와 같은 문장으로 마무리했습니다.

"파가니니는 마지막으로 띄운 편지들 중 하나에서 '나는 소멸합니다.'라고 썼다. 마침내 1840년 5월 27일 초저녁 니스에서 조종이 울렸을 때, 사람들은 이것이 누구를 위해 울리는 종소리인지 알 수 있었다."

오십 대의 파가니니, 아버지의 힘겨운 어깨

1782년 10월 27일 제노바에서 태어난 파가니니는 어려서부터 바이올린에 천부적인 재능을 나타냈습니다. 그를 가르칠 만한 스승이 없었죠. 그의 아버지 안토니오는 모차르트의 아버지보다 더 혹독하게 아들을 연습시켰습니다. 하루에 10시간씩 바이올린을 켜도록 했고, 마음에 들지 않으면 때리거나 밥을 주지 않았습니다. 아들이 바이올린으로 벌어들일 엄청난 돈을 기대했기 때문입니다. 아들에게 빨대를 꽂고 살아가려는 진지한 태도와 노력은 결코 모차르트의 아버지에 뒤처지지 않았습니다. 이는 파가니니에게 큰 트라우마가 되었습니다.

많은 여성이 파가니니를 따랐고, 파가니니 또한 숱한 여성을 사랑했지만, 정식으로 결혼한 적은 없습니다. 그러다가 1824년 초 안토니아 비안키라는 가수와 연애를 시작했는데, 그녀가 아이를 가졌습니다. 1825년 7월 23일 그녀는 파가니니의 유일한 혈육인 아들을 낳아주었습니다. 그 아이가 아킬레입니다. 파가니니는 자신의 아버지처럼 아들을 함부로 대하며 빨대를 꽂고 사는 아버지는 되지 않겠다고 결심합니다. 그는 아들에게 좋은 아버지가 되기 위해 노력합니다. 1827년 6월 26일 그는 피렌체에서 바이올린 협주곡 제2번을 발표합니다. '라 캄파넬라'는 유럽 순회 연주회 때 고정 레퍼토리가 되었습니다. 사람들은 이 곡을 너무도 좋아했습니다. 파가니니도 마찬가지였죠. 그는 아들을 위해 미친 듯이 무대에 섰습니다.

방탕한 생활을 하던 파가니니는 매독으로 심한 고생을 했습니다. 이를 다스리기 위해 수은 치료를 하다가 다른 합병증까지 앓게 되었죠. 도박으로 거액의 빚을 지기도 했습니다. 이렇게 살다가는 아들에게 자신의 아버지와 똑같은 짐만 떠안기게 생겼다는 사실에 정신이 번쩍 들었습니다. 건강 상태로 보아 자기가 오래 살기 힘들다는 사실을 깨달은 그는 아들을 위해 살인적인 일정을 소화하며 돈을 벌어들였습니다. 아버지를 위해 돈을 벌 때는 신이 나지 않았지만, 아들을 위해 돈을 벌 때는 신이 났습니다. 피곤한 줄도 몰랐습니다. 비안키와 헤어진 파가니니는 생모 없이 자라는 아들을 위해 자신이 할 수 있는 모든 것을 했습니다.

1830년 외국으로 연주 여행을 떠났다 파리에 들른 클라라 슈만은 파가니니와 협연하는 행운을 얻었습니다. 그녀의 아버지 프리드리히 비크가 열 살이 된 클라라의 피아노 연주를 봐 달라며 파가니니를 초청한 일이 있었습니다. 비크는 클라라를 파가니니처럼 만들고 싶었던 겁니다. 파가니니는 클라라의 연주를 듣고 크게 칭찬했습니다. 파가니니는 자신의 연주회에 클라라를 초대했고, 이것이 계기가 되어 무대에서 함께 연주할 수 있게 된 것입니다.

1832년 4월 20일 파가니니는 콜레라로 죽은 파리의 시민들을 추모하는 콘서트를 열었습니다. 이 공연을 스물한 살의 프란츠 리스트가 지켜보게 됩니다. 파가니니의 광기 어린 연주를 들은 리스트는 큰 충격에 빠집니다. 그는 "피아노의 파가니니가 되든지, 아니면 미치광이가 되겠다."라는 결심을 하게 됩니다. 이후 매일 10시간이 넘게 피나는 연습을 한 그는 결국 최고의 피아니스트로 성장합니다. 그는 '파가니니에 의한 초절 기교 연습곡'과 이를 개정한 '파가니니에 의한 대연습곡' 여섯 곡을 남겼습니다. 이 중 가장 유명한 것이 '라 캄파넬라'입니다. 파가니니를 모르는 사람들은 이 곡이 그가 처음 만든 곡인 줄 알 정도입니다.

바이올린 한 대로 오케스트라를 무색하게 하는 화음을 만들어 냈던 파가니니는 즉흥 연주를 즐긴 데다 악보 출판을 꺼렸기 때문에 그가 어떤 곡을 만들었고 어떤 곡을 어떻게 연주했는지 정확히 파악할 수 없습니다. 그의 모든 연주와 작곡 자료가 온전히 남아 있다면 우리는 좀 더 풍성한 음악의 세계를 맛볼 수 있었을 겁니다. 그가 남긴 '24곡의 카프리치오'는 바이올린 연주의 새로운 기준으로 전해 오고 있습니다. 1820년 악보가 출판되었을 때 다른 바이올리니스트들이 연주 불가능한 곡이라며 입을 모았다는 난도 높은 곡들입니다.

파가니니는 악마가 아니었습니다. 사탄에게 영혼을 판 사람도 아니었습니다. 바이올린에 미친 사람이었을 뿐입니다. 바이올린 하나만 있으면 행복한 사람이었습니다. 훗날 사람들은 그를 '비르투오소virtuoso'라고 불렀습니다. '덕이 있는', '고결한'이란 뜻의 이탈리아어입니다. 매우 뛰어난 연주력을 갖춘 대가, 즉 명인 연주자를 일컫는 말이죠. 그는 진정한 비르투오소의 시대를 열어젖힌 선구자였습니다. 그의 음악은 난해하지만, 고결하고 순수합니다.

어릴 때의 파가니니는 외로운 천재였고, 젊은 시절의 파가니니는 무서운 야생마 같았으나 오십 대로 접어든 파가니니는 아들 걱정에 자신이 무너져 내리는 것도 개의치 않았던 정 많은 아버지였습니다. 인생이란 그런 것 같습니다. 어려서는 남에 의해 살아가고, 젊어서는 자신을 위해 살아가지만, 늙으면 남을 위해 살아가는 건가 봅니다. 그 출발점이 오십 대지요.

베토벤이 세상을 떠난 지 얼마 지나지 않아 파가니니는 바이올린 협주곡 제2번을 완성했습니다. 그가 '라 캄파넬라'를 통해 세상에 울려 퍼지도록 만든 종소리의 의미는 뭘까요? 돈과 권력에 취해 온갖 부조리를 저지르면서도 고고한 척 성당 꼭대기에서 매일 종소리를 울려 대는 교회의 위선에 대한 경고였을까요? 아니면 정착도 정주도 할 수 없는 자신의 비극적 운명에 대한 환기였을까요? 아니면 자신을 악마로 몰아가면서도 자신의 연주에 환호하며 심지어 정신을 잃기까지 하는 사람들에 대한 조소 혹은 저항이었을까요? 답을 찾기 위해 '라 캄파넬라'를 종일 들어 봐도 알 수가 없습니다. 그저 아름답고 감미롭게만 들릴 뿐입니다.

이 정도면 잘 살았다고 할 수 있을까?

어디론가 훌쩍 떠나고 싶을 때

참을 수 없는
식욕과 주먹의
가벼움

위기와 기회는
한꺼번에 들이닥친다
헨델의 오라토리오 **메시아**

오십 대, 역경을 만났을 때 기적처럼 만들어진 곡

전 세계에 걸쳐 매년 크리스마스를 앞두고 가장 많이 연주되는 곡
은 단연 헨델의 오라토리오 '메시아'입니다. 종교를 떠나 많은 사람
이 크리스마스 시즌에 이 곡을 듣기 위해 연주회장을 찾습니다. 헨델
의 대표곡이자 그를 출세의 반열에 올려놓은 이 작품은 그가 고난과
위기에 처해 있을 때 기적처럼 만들어졌습니다. 그는 뛰어난 오페라
작곡가 겸 오페라 극장을 경영하는 사업가였습니다. 그러나 카스트
라토와 여성 가수들의 분쟁과 인기 있는 성악가들의 천문학적인 출
연료 요구로 오페라단 운영이 쉽지 않았고, 영국에서 이탈리아 오페
라의 인기가 점점 시들해지면서 오페라 극장 수익이 바닥을 치게 되

었습니다. 결국 두 번의 파산을 겪으며 빚쟁이들에게 살해 협박까지 받게 된 그는 뇌출혈로 쓰러져 반신마비에 이르게 됩니다. 승승장구 하던 헨델이 오십 대에 이르러 직면하게 된 인생 최대의 시련이었습니다.

하지만 이때 아일랜드 최대의 도시인 더블린에서 자선 음악회 제안이 들어옵니다. 1741년 그의 나이 56세 때였습니다. 그는 그해 8월 22일 '메시아' 작곡에 착수해 9월 14일 전곡을 완성했습니다. 1부는 6일, 2부는 9일, 3부는 3일이 걸렸고 관현악 편곡은 이틀 만에 마무리 지었다고 하네요. 빠르게 연주해도 2시간 가까이 걸리고 느리게 연주 하면 2시간 30분이 넘는 이런 대곡을 불과 20여 일 만에 만들었다는 것은 아무리 생각해도 믿기 힘든 일입니다. 물론 그는 슈베르트처럼 곡을 굉장히 빨리 쓰는 스타일이긴 했습니다. 그렇다 하더라도 보통 사람으로서는 상상조차 할 수 없는 일이었죠. 스스로 생각해도 놀라웠습니다. 백척간두에 서 있던 그에게 보이지 않는 어떤 신비한 힘이 작용한 것 같다고 생각했습니다.

"하느님께서 나를 찾아오셨던 것만 같습니다."

곡을 완성한 다음 헨델은 이렇게 말했다고 합니다. 그는 하느님의 도움이 있었다며 악보 마지막에 'SDG'라는 글자를 써넣었습니다. 이 는 라틴어 '솔리 데오 글로리아Soli Deo Gloria'의 약자로 '오직 하느님 께 영광을'이라는 뜻입니다. 그의 가슴이 얼마나 뜨거웠는지를 잘 알 수 있습니다. 작품이 초연되던 1742년 4월 13일, 더블린의 뮤직홀은 몰려든 청중들로 발 디딜 틈이 없었죠. 입장권은 완전히 매진됐습니다. 공연장은 600석 규모였지만, 밀려든 청중들을 위해 간이 의자까지 동원해 700여 명이 운집한 상태에서 연주가 시작되었습니다. 헨델이 직접 지휘봉을 잡은 공연은 대성공이었습니다. 언론의 극찬이 이어졌습니다.

애초 헨델은 부활절을 염두에 두고 작곡했다고 합니다. 기독교의 핵심 메시지인 예수의 탄생과 죽음과 부활에 이르는 전 과정을 다루고 있기에 굳이 성탄절에 연주할 필요는 없습니다. 절정 부분의 주제를 생각한다면 도리어 부활절에 연주하는 것이 더 적절하죠.

하지만 미국을 중심으로 크리스마스에 연주하는 관습이 생겨나면서 현재는 성탄절 시즌에 맞춰 연주되는 대표적인 곡으로 정착했습니다. 초연 이후 지금까지 기독교 문화권에서 한 번도 연주되지 않은 해가 없을 정도로 유명한 곡이자 최고 흥행작으로 자리매김했습니다.

기독교가 빠르게 뿌리내린 우리나라에서도 매년 부활절과 성탄절에 단골로 연주되는 곡이 헨델의 '메시아'입니다. 그런데 워낙 대곡인데다 독창과 합창을 제대로 소화해서 부르기가 만만치 않아 어지간한 성당과 교회 성가대는 전곡 연주를 시도하기가 어렵습니다. 작은 성당과 교회에서는 '할렐루야'를 비롯한 대표적인 몇 곡을 선별해서 부르는 게 일반적이죠. 전곡을 연주하려면 상당한 실력과 연습이 필요함은 물론, 합창단 규모가 최소 70~80명 이상은 돼야 하고, 관현악 연주단도 10명 이상은 돼야 합니다. 세계적인 오케스트라와 합창단 가운데 이 곡을 연주하지 않은 단체가 없으므로 탁월하게 연주하지 않는 한 청중들에게 호평을 받기 쉽지 않습니다. 연주하는 즉시 이전의 다른 연주들과 비교당하기 때문입니다.

듣는 것과 부르는 것은 하늘과 땅 차이

저는 지금껏 '메시아' 전곡 연주에 세 번 참여해 봤습니다. 앞으로는 기회가 없을 것 같으니 제 생애를 통틀어 이 곡 전체를 세 차례 불러 본 셈이죠. 정말 황홀한 기회였습니다.

첫 번째 경험은 2003년 크리스마스 때 이루어졌습니다. 결혼하던 해입니다. 저는 결혼 전부터 경기도 고양시에 있는 한 교회에서 성가대를 하고 있었습니다. 결혼하면서 제 아내도 성가대에 합류했습니다. 새로 온 지휘자는 열정이 대단했습니다. '메시아' 전곡을 연습해 발표하자고 했습니다. 일산에서는 규모가 있는 편이었으나 대형 교회는 아니었기에 과연 우리가 잘할 수 있을까 조마조마했습니다. 엄청난 연습 끝에 드디어 크리스마스에 '메시아'를 연주하게 되었습니다. 생전 처음 검은색 양복에 까만 나비넥타이를 매어 봤습니다. 여자들은 검은색 긴 치마에 흰색 블라우스를 입었죠. 솔리스트들과 악기 연주자들이 초대되었습니다.

연습한 대로 하기는 했지만, 시간이 어떻게 갔는지 정신을 차릴 수 없었습니다. 다리가 후들거리고 목이 아팠습니다. 하지만 다행스럽게도 제 양쪽에 노래 잘하는 선배들이 버티고 있어서 따라 부르기 수월했습니다. 두툼한 책 한 권 분량의 악보에 나오는 마지막 곡을 부르고 나자 우레 같은 박수가 터져 나왔습니다. 고통이 기쁨으로 변하는 순간이었습니다. 한겨울이었음에도 이마에는 땀방울이 흘러내렸고, 속옷은 가볍게 젖어 있었습니다. 다리가 풀려 어디든 주저앉고 싶었죠. 세월이 흘러도 그날 밤의 감격은 잊히지 않습니다. 트럼펫 소리에 주눅 들지 않으려 기를 쓰고 고음을 따라잡던 그때를 떠올리면 지금도 목이 따갑습니다.

2005년에는 국내 유일의 종교 음악 전문 합창단인 서울모테트합창단에서 크리스마스 시즌에 맞춰 서울 예술의전당에서 개최한 '싱어롱 메시아' 연주에 참여했습니다. 누구나 참여할 수는 있지만, 청중들이 객석에서 음악을 감상하는 게 아니라 자신이 노래할 성부의 좌석을 찾아 앉아 있다가 합창이 연주되면 일어서서 노래를 부르는 연주회였습니다. 객석은 소프라노, 알토, 테너, 베이스로 구분되어 있었습니다. 저는 2003년의 감격도 재현할 겸 교회 성가대 약간 했던 경력을 과신한 채 의욕을 가지고 참석했습니다. 아내는 소프라노 좌석으로 갔고, 저는 테너 좌석으로 갔죠. 합창 중 테너 성부가 나올 때마다 벌떡 일어나 따라 불렀습니다. 이때도 역시 운이 좋았습니다. 전후좌우에 나름 성가대를 오래 한 것으로 여겨지는 베테랑들이 자리한 겁니다. 힘겨웠으나 그럭저럭 소리를 냈습니다. 옆 사람 눈치를 보며 따라 하는 게 보통 일이 아니었습니다. 연주가 끝나자 몸과 마음은 천근만근이었습니다.

두 번의 경험으로 충분했습니다. 그러나 인간은 망각의 동물이었습니다. 다음 해 크리스마스가 다가오자 또 '싱어롱 메시아' 연주에 참여하게 된 겁니다. 사실은 객석에 편안하게 앉아 전문 합창단의 연주를 즐기고 싶었지만, 제때 예매하지 못해 갈 만한 연주회가 없었습니다. 하는 수 없이 '싱어롱 메시아' 연주회를 갔습니다. 지난해 경험한 사람들이 힘들다고 소문을 냈는지 빈자리가 많았습니다. 제자리를 찾아갔더니 옆 좌석은 비었고 앉아 있는 사람은 악보를 들고 있지 않았습니다. 저는 슬며시 일어나 노래를 잘할 것처럼 보이는 사람을 찾아 옆에 앉았습니다. 연주가 시작되었습니다. 노래를 잘할 것처럼 보였던 옆 사람의 노래 실력은 저보다 못했습니다. 합창이 시작되었는데도 일어나지 않는 사람도 있었습니다. 따라 부를 만한 사람이 없으니 노래를 부르기 너무 힘들었습니다. 식은땀을 흘리며 흉내만 내다 말았죠. 허탈했습니다. 그 뒤로 저는 좋은 음악을 듣는 것에 만족하기로 마음먹었습니다.

영국 국왕이 너무 놀라 벌떡 일어서다

헨델이 작곡한 32편의 오라토리오 가운데 최고 걸작이자 필생의 역작인 '메시아'는 전 3부 53곡으로 구성되어 있습니다. 독창과 합창 그리고 관현악으로 이루어져 있죠. 오라토리오Oratorio는 17·18세기에 가장 성행한 극음악으로 주로 성경에 입각한 종교적인 내용을 다루고 있으며, 오페라처럼 대규모 무대 장치나 연기가 포함되지 않는 것이 특징입니다.

'메시아Messiah'란 히브리어로 '기름 부음을 받은 자'라는 뜻으로 구세주, 즉 예수를 가리킵니다. 독창과 합창 가사는 성경 전체를 아우르는 방대한 양이죠. 대본은 해박한 성경 지식을 가진 헨델의 친구 찰스 제넨스가 쓴 가극 대사를 바탕으로 했습니다. 그는 예언서와 시편, 복음서와 바울 서신 그리고 요한계시록까지 두루 엮어서 대서사시를 집필했습니다.

1부 '예언과 탄생'은 예수의 탄생이 갖는 의미와 구원의 메시지를 엄숙하면서도 따뜻한 분위기로 표현합니다. 메시아를 고대하는 사람들의 기대와 설렘이 밝고 경쾌하게 이어지죠.

2부 '수난과 속죄'는 메시아로서의 예수에 대한 엄청난 기대에도 불구하고 십자가에 매달려 허무하게 죽어 가는 인간 예수를 바라보는 사람들의 비통함과 애절함이 절절히 드러납니다. 그러나 분위기는 반전되죠. 죽음을 이기고 부활한 예수로 인해 승리와 환희의 감격이 장엄하게 연출되기 때문입니다. 클라이맥스를 향해 내닫는 음악의 에너지가 경이롭습니다.

2부 맨 마지막 곡인 44번 '할렐루야'는 '메시아' 전곡 가운데 가장 유명한 곡입니다. 1743년 3월 23일 런던 코번트가든 왕립 오페라 극장에서 이 곡이 연주되었을 때 관람 중이던 영국 국왕 조지 2세가 그 웅대함과 아름다움에 놀라 벌떡 일어나는 바람에 관객들도 전부 일어서는 진풍경이 연출되었습니다. 이후 '할렐루야'가 연주될 때는 관객들이 전원 기립하는 것이 전통이 되었죠. 우리나라에서 연주될 때도 마찬가지입니다. 영국인들의 전통일 뿐이라고 치부하는 사람도 있고, 어수선한 분위기로 오히려 연주에 방해가 된다고 말하는 사람도 있지만, 위대한 음악 앞에 경의를 표하는 전통은 잘 계승되는 것이 좋으리라 생각합니다.

3부 '부활과 영생'에서는 예수의 부활 이후 그리스도인들이 갖게 된 믿음과 소망의 증거들이 성스럽고 웅장하게 그려집니다. 주옥같은 아리아와 합창이 번갈아 이어지다가 마지막 부분에서 '아멘' 코러스로 마무리되는 인상적 장면은 헨델 오라토리오의 진수를 보여 줍니다.

한 번도 만난 적 없는 음악의 아버지와 어머니

게오르크 프리드리히 헨델은 1685년 2월 23일 지금의 중부 독일인 마그데부르크 공국의 할레라는 소도시에서 태어났습니다. 궁정 외과 의사인 아버지는 아들이 음악가의 길을 걷는 걸 마뜩잖게 여겼습니다. 세상을 떠나기 전 아들에게 법관이 되라는 유언을 남겼죠. 헨델은 하는 수 없이 할레 대학 법학과에 진학했습니다. 하지만 자신의 적성을 따라 음악으로 진로를 바꿀 수밖에 없었죠. 이후 오페라를 공부하기 위해 함부르크를 거쳐 이탈리아로 갔다가 하노버 왕국의 왕실 악장이 되는 행운을 거머쥡니다. 그는 여기에 만족하지 않고 더 큰 꿈을 위해 영국의 문을 두드립니다. 영국에서 작곡가로 인기를 얻게 된 그는 앤 여왕의 총애까지 받게 되자 아예 영국에 눌러앉아 버렸습니다. 1727년에는 영국으로 귀화까지 했죠. 독일인이지만 영국에서 활동하다가 영국에서 세상을 떠났기에 영국의 음악가로 분류됩니다.

그는 같은 해에 독일에서 태어난 바흐와 자주 비교됩니다. 흔히 두 사람은 바로크 시대를 대표하는 양대 산맥으로 일컬어지죠. 음악사에서 바흐는 '음악의 아버지'로 불립니다. 그래서 헨델은 '음악의 어머니'로 불리게 되었습니다. 서양에서는 그렇지 않은데, 우리나라와 일본에서만 그렇게 부릅니다. 아버지가 있으면 당연히 어머니도 있어야 한다는 사고방식 때문인 듯합니다. 바흐가 먼저 음악의 아버지로 불렸으니 헨델을 또 아버지라 할 수 없어 남자에게 어머니라는 호칭을 붙인 것이죠. 헨델 입장에서는 기분이 좋지 않을 수도 있습니다.

그러나 헨델과 바흐는 인생사나 음악 스타일에서 완전히 다른 길을 걸어갔습니다. 서양 음악의 기틀을 마련한 대가들임에도 추구하는 음악이 달랐죠. 바흐는 대위법을 기반으로 각 성부 간의 치밀한 움직임을 중요하게 생각했으나 헨델은 화성을 바탕으로 전체적인 울림을 중요하게 생각했습니다. 바흐는 신앙심이 강하고 형식을 중시해 엄숙한 음악을 작곡했으나 헨델은 자유분방한 성품으로 선명하고 명쾌한 선율이 두드러진 음악을 만들었죠. 사생활에서도 극명한 차이가 납니다. 헨델은 평생 독신으로 살았지만, 바흐는 두 아내에게서 스무 명의 자식을 낳았습니다. 바흐는 독일 밖을 벗어난 적이 없으나 헨델은 일찌감치 런던으로 건너가서 살았습니다. 런던은 손꼽히는 대도시였기에 헨델은 유럽 각지에서 온 많은 음악가와 교분을 나누었죠. 성악 분야에서는 당대 최고의 가수들이 런던을 거쳐 갔으므로 헨델은 이들을 통해 누구도 넘볼 수 없는 성악곡들을 작곡할 수 있었습니다. 독일이 낳은 두 거장 바흐와 헨델, 두 사람이 생전에 한 번도 만난 적 없다는 사실은 참으로 아이로니컬합니다.

고독한 미식가 혹은 대식가

헨델은 건강하고 의지가 무척 강했던 사람으로 알려져 있습니다. 그런 그에게 남모를 고민이 있었습니다. 억제할 수 없는 식탐과 좀처럼 참기 힘든 충동과 분노가 그것이었습니다.

헨델의 사생활은 대부분 베일에 가려져 있는 데다 결혼도 하지 않았기에 그의 일상이 어땠는지에 관한 기록이 별로 없습니다. 다만 그의 왕성한 식욕만큼은 유명했다고 합니다. 실제로 헨델의 초상화를 보면 얼굴이 퉁퉁하고 배가 볼록 나와 있는 모습을 볼 수 있습니다.

그가 어느 날 식사하러 식당에 들어갔습니다. 웨이터가 다가와 주문을 받았죠. 그는 여러 가지를 주문했습니다. 웨이터가 생각하기에 혼자 온 손님치고는 주문량이 너무 많았습니다.

"혹시 일행이 더 오십니까?"

머뭇거리던 웨이터가 조심스레 물었습니다. 그러자 헨델은 황당하다는 듯 반문했습니다.

"일행이 더 오냐고요? 일행은 바로 여기 있잖소?"

그가 주문한 음식은 테이블 세 개를 채울 수 있을 만한 분량이었습니다. 웨이터는 헨델 앞으로 계속해서 음식을 가져다 날랐죠. 헨델은 흐뭇한 표정으로 그 많은 음식을 다 먹어 치우고는 유유히 돌아갔다고 합니다. 그가 얼마나 대식가였는지를 잘 보여 주는 일화입니다.

헨델만큼이나 대식가였던 사람이 브람스입니다. 오스트리아의 빈에는 브람스가 즐겨 찾던 오래된 식당 '붉은 고슴도치'가 있습니다. 베토벤, 슈베르트, 슈만, 멘델스존 등이 식사하던 명소라고 하네요. 브람스는 이 식당 구석에 앉아 헝가리산 포도주를 곁들여 푸짐하게 식사하는 걸 좋아했습니다. 사람들은 그의 식사 때에 맞춰 시간을 가늠했을 정도였다고 합니다.

헨델과 브람스의 공통점은 무엇일까요?

독일 사람이라는 것, 천재 음악가였다는 것, 풍채가 상당히 좋았다는 것, 독신이었다는 것 등입니다. 평생 결혼하지 않고 고독하게 살다 간 예술가들이 유일하게 낙으로 삼을 만한 것은 술과 음식이었을 겁니다. 이런 차원에서 보자면 두 사람은 고독한 미식가였다고 할 수 있죠. 가톨릭 사제 중에 술과 고기를 즐기는 사람이 많은 걸 보면 그럴듯한 짐작입니다.

식사 행동과 체중 및 체형에 대해 이상을 보이는 장애를 식이 장애 Eating Disorder라고 합니다. 굶기, 폭식, 구토, 체중 감량을 위한 지나친 운동 등의 증상과 행동을 보이죠. 대표적인 게 음식을 거부하는 신경성 식욕 부진증거식증, Anorexia Nervosa과 지나치게 많이 먹는 신경성 대식증폭식증, Bulimia Nervosa입니다. 일시적으로 많은 양의 음식을 먹는 폭식증은 비만과 관련이 있습니다. 고도의 집중력과 몰입이 요구되는 창작을 하는 예술가들의 경우 식이 장애에 빠질 위험이 많습니다. 게다가 독신 생활이 오래 이어지다 보면 지나친 식욕이나 식탐을 제어해 줄 사람도 없고, 수시로 사람들을 만나 먹고 마시면서 이야기를 나누고 교제하는 것으로 결핍된 가족애를 채울 수도 있어서 폭식증에 걸릴 확률이 높습니다.

결투를 마다하지 않았던 상남자

헨델은 어려운 여건에도 굴하지 않고 세 번이나 왕립 음악 아카데미를 창립했을 정도로 초인적인 의지를 가진 사람이었습니다. 음악에 대한 그의 열정과 투지는 대단한 것이었죠.

그는 상당한 다혈질이었다고 합니다. 과격한 성격 때문에 자주 싸움을 벌였고 결투도 마다하지 않았다고 하네요. 이런 적극적인 성격 덕분에 숱한 고난을 이기고 작곡가로 성공할 수 있었겠지만, 그만큼 필요 이상으로 적을 많이 만든 것 또한 사실입니다. 한번은 결투를 벌이다 목숨을 잃을 뻔한 일도 있었습니다. 헨델이 함부르크 오페라하

우스에서 하프시코드 반주를 맡고 있었을 때였습니다. 친구인 요한 마테존의 오페라 '클레오파트라' 공연 중 헨델이 작곡가의 요구를 무시하고 제멋대로 연주했습니다. 그러자 마테존은 화가 나서 자신에게 자리를 넘기라고 했죠. 당연히 헨델은 이를 거부했습니다. 결국 두 사람은 난투극 직전까지 갔습니다. 공연이 끝나기를 기다렸던 두 사람은 본격적으로 결투를 시작했습니다.

싸움이 벌어지자 주먹으로 해결이 안 되었던지 칼을 꺼내 들고 마구 휘두르다가 마테존의 칼이 일순 헨델의 가슴에 꽂히고 말았습니다. 칼까지 꺼내서 싸웠다니 정말 사생결단으로 싸운 모양입니다. 그런데 천만다행으로 마테존의 칼끝이 헨델의 조끼 단추를 찌르면서 구부러졌습니다. 그 바람에 헨델이 가까스로 죽음을 면한 것이죠. 찌른 마테존이나 찔린 헨델이나 모두 소스라치게 놀랐을 게 틀림없습니다. 두 사람은 곧바로 싸움을 중단하고 화해했습니다. 그날 마테존의 칼이 급소에 명중했더라면 헨델은 목숨을 유지하기 어려웠을 것이고, 마테존은 살인자가 되어 교도소에 갇히고 말았을 겁니다. 그렇게 됐더라면 오늘날 우리는 '메시아'는 물론 헨델의 수많은 명곡을 감상할 수 없었겠죠. 정말 아찔한 순간이었습니다.

충동이란 순간적으로 어떤 행동을 하고 싶은 욕구를 느끼게 하는 마음속 자극입니다. 모든 인간은 수없이 충동을 느끼며 살지만, 이성과 인격과 교육의 힘으로 이를 제어하고 다스립니다. 분노도 마찬가지죠. 분노란 자신의 이익이 침해당하거나, 손해를 강요당하거나, 위협을 당하거나 불합리한 상황을 겪을 때 생겨나는 부정적인 정서를 의미합니다. 이 또한 사람이라면 누구나 느끼는 감정이지만, 이성과 인격과 교육의 힘으로 자제하고 억누릅니다.

그런데 이게 잘 제어되지 않고 다스려지지 않는 사람이 있습니다. 충분한 이성과 고매한 인격을 갖추고 있고, 많은 교육을 받았음에도 불구하고 충동과 분노를 참지 못하는 사람이죠. 이런 증상이 심할 경우 충동 조절 장애Impulse Control Disorders에 이를 수 있습니다. 충동으로 인해 긴장감이 증가하고, 이를 해소하기 위해 해가 되는 행동을 하는 정신 질환입니다. 범위가 넓어 여러 종류의 증상이 있으나 폭식증도 일종의 충동 조절 장애로 볼 수 있습니다. 충동 조절 장애 가운데 간헐적 폭발성 장애Intermittent Explosive Disorder는 이따금 공격적 충동이 억제되지 않아 심각한 폭력이나 파괴적 행동을 일으키는 증세를 가리킵니다. 분노를 느끼면 격하게 화를 내거나 시도 때도 없이 폭력을 사용해 자신의 감정을 표출하는 것이 특징이죠. 정신 의학 정식 용어는 아니지만, 분노 조절 장애로 불리기도 합니다.

폭식증도 그렇고 툭하면 화를 내거나 결투를 벌인 것도 그렇고 아마도 헨델은 충동 조절 장애를 겪었던 사람이 아닐까 조심스레 추측해 봅니다. 이토록 아름다운 음악을 작곡한 사람이, 게다가 매년 부활절과 성탄절만 되면 전 세계 사람을 감동으로 몰아넣는 명곡 '메시아'를 만든 사람이 폭식을 즐기고 결투를 일삼던 사람이라는 사실은 꽤 흥미로운 일입니다.

연주 수익금은 사회적 약자와 가난한 이들을 위해

헨델의 말년은 불운의 연속이었습니다. 네덜란드에서 마차 사고로 크게 다친 그는 백내장으로 한쪽 눈 시력이 급격히 나빠져 치료를 받았으나 하필 돌팔이로 유명한 의사에게 치료받는 바람에 실명하고 말았습니다. 그 의사는 헨델을 치료하기 전 바흐를 치료해 눈을 멀게 한 악명 높은 돌팔이였죠. 실명 후에도 그는 작곡을 계속하다가 1759년 4월 14일 성금요일에 74세를 일기로 생을 마감했습니다. 세상을 떠나기 8일 전 마지막 공연에서 '메시아'를 지휘했던 그는 성금요일, 즉 예수의 수난을 기념하는 부활절 바로 전 금요일에 죽기를 소원했습니다. 결국 소원을 이루고 하늘나라로 떠난 것이죠. 사후에 시신은 웨스트민스터 사원에 안장되었습니다. 영국 왕실의 사원인 웨스트민스터 사원은 영국 왕과 여왕의 무덤이 안치되어 있으며, 셰익스피어, 뉴턴, 처칠 등 위인들이 잠들어 있는 곳입니다. 독일인 헨델이 이곳에 안치된 걸 보면 영국인들이 그를 얼마나 사랑하고 존경하는지를 잘 알 수 있습니다.

생전에 헨델은 '메시아' 연주로 벌어들인 막대한 돈을 사회적 약자와 가난한 이들을 위해 사용했다고 합니다. 곤궁한 음악가들의 딱한 처지를 외면하지 않고 도움을 주기도 했습니다. 해마다 전 세계에 걸쳐 이 곡이 연주될 때마다 모여지는 많은 수익금이 각종 자선 사업에 사용되는 것을 보면 그는 갔어도 곡은 남아 그가 할 일을 대신하고 있다는 느낌이 듭니다. 한 개인과 곡이 이룩한 업적으로는 비교할 대상이 없을 정도입니다.

"나는 모자를 벗고 그의 무덤 앞에 무릎을 꿇을 것이다."

헨델을 가장 위대한 작곡가로 존경한 베토벤이 했던 말입니다. 그가 음악가들이나 영국인들 나아가 전 세계 사람들로부터 변함없이 사랑받을 수 있었던 건 오십 대에 불청객처럼 찾아온 수많은 위기를 특유의 낙천적 기질과 도전 정신으로 잘 이겨 냈기 때문입니다. 두 차례에 걸친 사업 실패, 채권자들의 빚 독촉, 살해하겠다는 협박, 뇌출혈로 인한 반신마비, 잘못된 치료에 의한 실명 등 온갖 역경과 수모가 밀어닥쳤지만, 그는 결코 음악에 대한 열정과 의지를 꺾지 않았습니다. 헨델이 음악과 더불어 후대 사람들에게 가르쳐 준 것은 바로 이것입니다. 인생은 끝까지 살아 봐야 압니다. 마지막까지 견디는 사람만이 열매를 딸 수 있습니다. 포기하지 않는 한 기회는 또다시 찾아옵니다. 오십 대는 이 원리를 깨닫는 시기입니다.

꿈과 자유를
찾아 헤맨
끝없는 현실 도피

언제나 봄날 같은
인생은 없다
비발디의 바이올린 협주곡 **사계**

처음 내 집을 갖게 되었을 때의 벅찬 감격

지금도 그렇지만 예전에도 내 이름으로 된 번듯한 집 한 채를 갖는 게 쉬운 일이 아니었습니다. 한 푼도 안 쓰고 번 돈을 다 모은다면야 조금만 고생하면 집을 사겠지만, 매달 꼬박꼬박 지출되는 돈이 있으니 목돈을 손에 쥐기 어렵습니다. 아이들을 키워야 하고, 학교에 보내야 하고, 가끔 병원도 들락거리다 보면 돈 모일 겨를이 없는 게 서민들의 삶입니다. 제 부모님도 그랬습니다. 자식 넷을 키우며 사느라 평생 무주택자로 사셨습니다. 대학생 때 은행에 학자금 대출을 받으러 가면 집을 소유한 사람의 보증을 받아 오라고 했습니다. 그때마다 보증을 받으러 다니느라고 애를 먹었죠. 당시 한 학기 등록금이 50만 원 정도였으니 생각해 보면 얼마 되지 않는 돈이었으나 은행에서는 보증을 받고서야 대출을 해 주었습니다.

대학을 졸업하고 직장에 다니면서 주택 청약 통장을 만들었습니다. 매달 돈을 입금하며 기회가 되면 마음에 드는 신축 아파트에 청약을 넣어 당첨되는 꿈을 꾸었습니다. 신도시로 조성된 일산이 살기 좋다는 소문을 듣고 이사를 했습니다. 괜찮은 아파트 분양 소식을 알게 되면 청약 신청을 했습니다. 그러나 추첨에서 번번이 떨어졌습니다. 아파트 청약에 당첨되는 게 그렇게 어려운 일이라는 걸 그때 절실히 깨달았습니다. 우여곡절 끝에 청약에 당첨된 어떤 사람이 사정상 급히 내놓은 집을 좋은 조건에 사게 되었습니다. 은행 대출을 받아서 사는 거였지만, 태어나서 처음으로 내 이름으로 된 집을 갖게 되었다는 기쁨은 말로 다 할 수 없었습니다. 셋방살이의 고달픔을 누구보다 잘 아시는 부모님이 가장 좋아하셨습니다.

몇 년 뒤 공사를 마치고 완공된 새 아파트에 입주하던 날 겉으로는 태연한 척했지만, 속으로는 벅찬 감격이 끝없이 밀려왔습니다. 삼십 대 후반 노총각 시절 이야기입니다. 비로소 장가갈 수 있겠다는 희망이 생겼습니다. 제 손으로 돈을 벌어 생애 처음으로 마련했던 아파트의 이름이 '○○ 비발디'였습니다. 그때는 잘 몰랐습니다. 그것이 얼마나 흔한 이름인지를 말이죠. 그 뒤 일로 방문했던 여러 도시에서 다양한 아파트 단지들을 보게 되었는데, '△△ 비발디', '비발디 □□' 등 비발디라는 단어가 들어간 아파트들이 유독 많다는 걸 발견했습니다. 왜 그럴까요? 처음에는 이유를 알지 못했습니다. 그러다가 나중에서야 이유를 알게 되었습니다. 이탈리아 음악가 안토니오 비발디의 이름에서 인용한 것이었습니다.

클래식 음악과 친하지 않은 사람이라 해도 비발디의 '사계四季, Le Quattro Stagioni'는 들어 봤을 겁니다. 1725년에 그가 작곡한 이 바이올린 협주곡은 수많은 클래식 명곡 중에서도 가장 유명한 작품으로 꼽힙니다. 영화나 드라마는 물론 텔레비전 예능 프로그램에서도 단골 레퍼토리로 등장하죠. 서울 지하철 5호선부터 8호선까지 열차가 역에서 출발할 때는 '가을' 1악장이, 인천 국제공항에서 출발하는 비행기에서는 '봄' 1악장이 들려올 만큼 친숙합니다. 스마트폰 벨 소리로 제일 많이 사용되는 음악도 아마 이 곡일 겁니다. 그 정도로 우리 생활 깊숙이 스며든 음악이죠. 그러다 보니 아파트나 빌라 이름에 비발디가 등장하게 되었습니다. 아름다운 그의 음악처럼 봄, 여름, 가을, 겨울 기쁘고 즐겁고 설레는 일들만 가득한 집이라는 이미지를 만들어 낸 겁니다. 비발디는 제게도 아주 특별한 이름이 되었습니다.

봄, 짧은 만큼 강렬한 시간

1악장은 발랄하고 신선한 리듬이 이어집니다. 꽁꽁 얼었던 땅을 뚫고 새싹이 빼꼼히 고개를 듭니다. 점점 더 위로 올라오네요. 처음 보는 세상 모든 것이 신기합니다. 두리번거리는 표정이 재미있군요. 새싹을 바라보는 대지의 기운 또한 한껏 싱그럽고 생동감 넘칩니다.

2악장에서는 나른한 봄 햇살이 비칩니다. 봄이 아무리 아름다워도 부릅뜬 눈이 저절로 감기지 않을 수 없습니다. 꿈결인지 현실인지 안개 같은 봄날을 헤맵니다. 추웠던 긴 겨울이 마침내 지나갔다는 안도감 때문일까요? 몸도 마음도 부드러움 속으로 가라앉는 듯합니다.

3악장이 되자 봄바람이 불어옵니다. 드디어 꽃망울이 터지기 시작합니다. 여기저기서 각양각색의 꽃들이 피어나네요. 산도 들도 길도 꽃으로 물들었습니다. 새싹은 꽃이 되고 나무가 되고 봄이 되었습니다. 햇살과 바람은 물론 촉촉한 빗줄기도 다 같이 봄을 합창합니다.

바로크 시대 협주곡답게 빠르게, 느리게, 다시 빠르게 이어지는 활기 넘치는 곡입니다. 바이올린과 실내악 연주로 하염없이 새 소리, 시냇물 소리, 천둥소리, 바람 소리가 등장합니다. 꾸벅꾸벅 졸고 있는 목동 옆에서 개가 짧고 굵게 짖는 소리도 냅니다. 종일 듣고 있어도 질리지 않는 청량한 음악입니다. 하지만 인생에 마냥 봄날만 이어질 수는 없습니다. 여름이 오고 가을이 오고 겨울도 닥칩니다. 가는 봄을 잡을 수도 없고, 가지 말라고 울며 떼를 쓸 수도 없죠. 여름, 가을 그리고 겨울이 지나야 또 봄이 오는 법입니다. 짧디짧은 봄의 강렬한 시간을 온전히 즐기고 충분히 만끽하는 것만이 우리에게 주어진 삶의 몫입니다.

'사계'에는 계절마다 작가를 알 수 없는 짧은 시, 즉 소네트가 붙어 있습니다. 소네트를 읽으면 곡의 내용을 대략 짐작할 수 있습니다. 소네트Sonnet란 '작은 노래'라는 뜻으로 13세기 이탈리아의 민요에서 파생되어 유럽 전역으로 번진 정형시 가운데 하나입니다. 소곡小曲 또는 14행시라고 번역합니다. '사계'의 소네트는 특유의 문체나 분위기로 보아 비발디 자신이 쓴 게 아니냐는 추측도 있습니다. '봄'에는 다음과 같은 소네트가 붙어 있습니다.

제1악장. 봄이 왔다. 새들은 즐거운 노래로 인사를 한다. 그때 시냇물은 살랑거리는 미풍에 상냥하고 중얼거리는 소리를 내면서 흘러가기 시작한다. 하늘은 어두워지고 천둥과 번개가 봄을 알린다. 폭풍우가 가라앉은 뒤, 새들은 다시 아름다운 노래를 부르기 시작한다.

제2악장. 여기 꽃들이 만발한 즐거운 목장에서는 나뭇잎들이 달콤하게 속삭이고 양치기는 충실한 개를 곁에 두고 잠들어 있다. 한가하고 나른한 봄날의 풍경이다.

제3악장. 아름다운 물의 요정이 나타나 양치기가 부르는 피리 소리에 맞춰 해맑은 봄 하늘 아래에서 즐겁게 춤을 춘다.

여름, 이글거리는 청춘의 한때

1악장은 뜨겁고 끈적거리는 분위기로 시작합니다. 갑자기 소나기가 몰아치기도 합니다. 뙤약볕 아래서 모든 게 느슨해집니다. 긴 장마도 이어지죠. 어딘가로 숨고 싶지만 숨을 곳이 마땅치 않습니다. 마음은 바쁜데 몸이 빨리 움직이지 않네요. 숨이 턱턱 막힐 뿐입니다.

2악장은 청춘의 계절입니다. 잡힐 듯 잡히지 않는 꿈을 좇아 뚜벅뚜벅 걷습니다. 태양이 중천에 있을 때 조금이라도 더 가야 합니다. 그런데 순간순간 천둥과 번개가 치네요. 시련이 끊이지 않습니다. 길이 평탄치 않아 발걸음이 조심스럽습니다. 어디에 빛이 있을까요?

3악장에 이르자 날씨는 최악으로 돌변합니다. 사방에서 비바람이 불고 먹구름 속에서는 벼락이 끝없이 내리칩니다. 한낮인데도 밤중처럼 깜깜합니다. 더 가야 할지 그만 포기해야 할지 막막합니다. 이 광풍이 언제쯤 멈출까요? 한 치 앞을 알 수 없는 것이 인생입니다.

사람들은 발랄하고 감미로운 '봄'과 '가을'을 즐겨 듣지만, 저는 '여름'이 참 좋습니다. '사계' 중 가장 격렬하고 긴박한 음악이 이어집니다. 여름은 청춘으로 상징됩니다. 질풍노도의 시기죠. 너무 조심스럽거나 두려움에 떠는 건 어울리지 않습니다. 무조건 가 보는 겁니다. 저지르고 경험하는 겁니다. 그것이 청춘의 특권입니다. 인생에서 좌절과 실패의 자유가 주어지는 유일한 시간입니다. 넘어지면 일어나고, 또 넘어지면 또 일어나면 됩니다. 천둥 번개가 치고 온 천지가 칠흑처럼 어두워도 조금만 견디면 태양이 떠오르고 아침은 밝아 옵니다.

'여름'의 소네트는 어떻게 쓰였을까요?

제1악장. 무더운 여름이 오면 뜨거운 태양 아래 사람도 양도 모두 지쳐 버린다. 들조차 덥다. 뻐꾸기가 울기 시작했다. 산비둘기와 방울새가 노래한다. 산들바람이 상냥하게 분다. 느닷없이 북풍이 휘몰아치고 둘레는 불안에 휩싸인다. 양치기는 불운에 떨며 눈물을 흘린다.

제2악장. 요란한 더위에 겁을 먹은 양치기들은 어쩔 줄 모르며 시원한 옷을 입으면서 따뜻한 음식을 먹는다. 광란하는 파리 떼의 위협을 받은 그는 피로한 몸을 쉴 수도 없다.

제3악장. 하늘을 두 쪽으로 가르는 무서운 번갯불. 그 뒤를 우렛소리가 따르면 우박이 쏟아진다. 잘 익어 가는 곡식이 회초리를 맞은 듯 쓰러진다.

가을, 낭만이 춤추는 계절

1악장은 조용히 앉아서 듣기 어렵습니다. 일어나 춤을 추고 싶어지니까요. 흥겨운 바이올린 선율이 줄기차게 이어집니다. 거칠고 사납던 여름이 지나고 풍요로운 가을이 왔습니다. 하늘은 높고 공기는 신선합니다. 땀 흘려 일한 것들을 거두어들이는 신성한 시간입니다.

2악장은 차분하고 은은합니다. 격렬함도 흥겨움도 없습니다. 봄 햇살 속 나른함보다 가을볕 속 노곤함이 더 은은하고 개운합니다. 밤하늘에는 무수한 별이 반짝이죠. 하나하나 헤아리다 보면 스르르 잠이 옵니다. 열심히 일하고 난 뒤에 찾아오는 휴식은 꿀맛 같습니다.

3악장에 이르자 다시 흥이 살아납니다. 풍성한 결실이 있었군요. 하지만 곧 겨울이 닥치겠죠. 준비해야 할 게 많습니다. 식량도 마련하고 땔감도 비축해야 합니다. 두툼한 겨울옷도 갖추어 놓아야죠. 분주한 시간입니다. 즐겁게 산다는 건 지루함과 따분함이 없는 겁니다.

비발디는 악보에 재미있는 지시 사항을 적어 놓았습니다. 딱딱하고 어려운 음악 용어가 아닙니다. '봄' 2악장에서 '멍멍 짖는 개'라는 지시 사항을 적어 놓은 비발디는 '가을' 2악장에 '잠에 빠진 술고래'라는 지시 사항을 적어 두었습니다. '잠에 빠진 술고래'는 어떻게 연주해야 할까요? '멍멍 짖는 개'를 비올라가 연주했듯 '잠에 빠진 술고래'는 쳄발로가 이끌어 갑니다. 가을걷이를 끝내고 수확의 기쁨을 즐기는 마을 잔치가 벌어집니다. 지금도 그렇지만 예전 농경 사회 때는 큰 축제였을 겁니다. 당연히 술이 등장하겠죠. 비발디는 로마 신화에 나오는 술의 신 '바쿠스'를 소환했습니다. 바쿠스는 포도나무와 포도주의 신이자 다산과 풍요의 신인 동시에 광란과 황홀경의 신입니다.

바쿠스까지 등장했으니 축제는 질펀하고 거나하게 이어집니다. 여기저기 주정뱅이가 나타납니다. '잠에 빠진 술고래'를 연상하며 2악장을 들으면 미소가 지어집니다. 감나무와 대추나무에 열매가 주렁주렁 달리고, 황금빛 들녘이 가을바람에 넘실거리는 장면은 마음을 따뜻하고 평화롭게 만들어 줍니다. 술과 춤이 있는 가을의 짤막한 흥청거림은 긴 여름을 치열하게 살아 낸 사람만이 누리는 소박한 낭만입니다.

'가을'의 소네트는 어떤 내용일까요?

제1악장. 마을 사람들은 춤과 노래로 복된 수확의 즐거움을 축하한다. 바쿠스의 술 덕택으로 떠들어 댄다. 그들의 즐거움은 잠으로 끝난다.

제2악장. 일동이 춤을 그치고 노래도 그친 뒤에는 조용한 공기가 싱그럽다. 이 계절은 달콤한 잠으로 사람에게 큰 즐거움을 준다.

제3악장. 새벽에 사냥꾼들은 뿔피리와 총, 개를 데리고 사냥에 나선다. 짐승은 이미 겁을 먹고 총과 개들의 소리에 지칠 대로 지치고 상처를 입어 떨고 있다. 도망칠 힘조차 다하여 궁지에 몰리다가 끝내 죽는다.

겨울, 인생 앞에서 겸허해지는 순간

1악장부터 긴장된 음악이 들려옵니다. 발꿈치를 들고 조심스레 걸어가는 듯합니다. 심장이 쿵쿵거리는 것 같기도 하네요. 이윽고 얼음이 깨지는 격한 소리가 납니다. 매서운 바람도 부는군요. 갈 길은 아직

먼데 걱정스럽습니다. 온 신경이 한 치 발 앞으로 집중됩니다.

2악장에서 분위기는 완전히 반전됩니다. 따뜻하고 온화한 선율이 가득합니다. 밖에서 집 안으로 들어온 느낌입니다. 추위는 물러갔습니다. 시련만 계속되는 인생은 없습니다. 고통 속에서도 기쁨은 있는 법이죠. 여름에 부는 바람보다 겨울에 쬐는 곁불이 더 간절합니다.

3악장은 다시 바깥입니다. 언제까지 불만 쬘 수는 없죠. 힘들어도 가야 할 길은 가야 합니다. 까치발로 걷는 듯 조심스럽습니다. 칼바람을 맞는 건 괴로운 일입니다. 겨울은 계속됩니다. 싫다고 가을에서 봄으로 건너뛸 수는 없죠. 겨울을 견뎌야만 봄을 맞을 수 있습니다.

겨울은 날카로움과 부드러움이 공존합니다. 눈과 얼음으로 상징되는 추위는 견디기 힘든 날카로움이지만, 두꺼운 방한용품과 따뜻한 난롯불로 상징되는 온기는 추위를 이길 수 있는 부드러움입니다. 겨울을 겪어 봐야 여름의 소중함을 압니다. 또 다가올 봄을 고대하게 되지요. 비발디는 바이올린을 중심으로 한 실내악 연주를 통해 인간이 경험할 수 있는 사계, 즉 자연의 모든 것을 탁월하게 묘사했습니다. 이 곡의 주제는 자연이기도 하지만, 더 들여다보면 인생 그 자체이기도 합니다. 우리네 인생도 봄, 여름, 가을, 겨울을 겪으니까요. 사계절 중에 겨울은 좋아하는 사람이 가장 적은 계절입니다. 인생으로 따지자면 더욱 그렇죠. 자기 삶에 겨울이 계속되길 바라는 사람은 없을 겁니다. 하지만 겨울 속에도 온기가 있죠. 혹독한 겨울의 중심에 서 있다면 봄이 멀지 않다는 증거이기도 합니다. "지금 내 인생은 꽃피는 봄날일까? 아니면 차디찬 겨울일까?" 저는 이 곡을 들을 때마다 늘 이런 질문을 던집니다.

'겨울'에 붙여진 소네트는 이렇습니다.

제1악장. 얼어붙을 듯이 차가운 겨울. 산과 들은 눈으로 뒤덮이고 바람은 나뭇가지를 잡아 흔든다. 이빨이 딱딱 부딪칠 정도로 추위가 극심하며 따뜻한 옷을 입으면서 시원한 음식을 먹는다.

제2악장. 그러나 집 안의 난롯가는 아늑하고 평화로운 분위기로 가득 차 있다. 밖에는 차가운 비가 내리고 있다.

제3악장. 꽁꽁 얼어붙은 길을 조심스레 걸어간다. 넘어지는 것이 두려워 느린 걸음으로 주의 깊게 발을 내디딘다. 미끄러지면 다시 일어나 걸어간다. 바람이 제멋대로 휘젓고 다니는 소리를 듣는다. 이것이 겨울이다. 하지만 이렇게 해서 겨울은 기쁨을 가져다주는 것이다.

바이올린을 가르치는 붉은 사제

안토니오 루치오 비발디는 1678년 3월 4일 물의 도시이자 예술의 도시로 유명한 지금의 이탈리아 베네치아에서 아홉 남매 중 맏이로 태어났습니다. 그의 아버지 조반니는 산 마르코 대성당의 바이올리니스트였습니다. 따라서 그는 어릴 때부터 아버지에게 바이올린을 배웠습니다. 몸이 약한 그는 열다섯 살 때 올레오 수도원에 들어갔으나 건강 문제로 집에서 출퇴근하느라 10년 뒤인 1703년에서야 사제 서품을 받을 수 있었습니다. 아버지는 장남인 그가 사제로 살아가길 원했지만, 비발디의 관심은 오로지 음악에만 집중되었습니다. 사제의 직무를 충실하게 수행하지 않았던 그는 건강을 핑계로 미사 집전을 거르는 날도 많았죠.

기관지 천식이 심해 미사 집전이 힘들었던 그는 교회가 운영하는 보육원에 딸린 피에타 여학교 바이올린 교사로 임명되었습니다. 그는 학생들에게 바이올린을 가르치면서 작곡하는 일에 힘을 기울였습니다. 피에타 여학교는 보육원에 사는 고아들을 위한 학교였지만, 규모도 크고 시설도 괜찮았습니다. 합창단과 오케스트라도 있었죠. 대우도 좋았습니다. 비발디는 생활에 대한 걱정 없이 음악에 몰두할 수 있었습니다. 그는 능력을 인정받아 음악과 관련된 일을 총괄하며 지휘자로 활약했습니다. 그의 머리카락은 붉은색이었습니다. 자신들을 아껴 주고 좋은 곡을 많이 만들어 주는 비발디 선생님을 소녀들은 '붉은 사제'라고 불렀습니다.

비발디 덕분에 피에타 여학교의 음악 수준은 놀랍게 향상되었습니다. 학생들로 구성된 합창단과 오케스트라가 전국 순회공연을 하기도 했습니다. 학교의 명성은 외국에까지 알려져 베네치아를 방문한 외국인들은 피에타 여학교에서 열리는 정기 연주회를 보고 싶어 했습니다. 그럴수록 비발디는 더 많은 곡을 만들었고, 다양한 음악적 실험을 시도했습니다. 또한 그는 피에타 여학교를 방문한 많은 사람과 교분을 쌓을 수 있었습니다. 비발디의 음악을 좋아한 사람 중에는 신성 로마 제국 황제인 카를 6세와 덴마크 국왕 프레데리크 4세 그리고 프랑스의 루이 15세도 있었습니다. 이외에도 유럽 왕실과 귀족 중에는 그의 팬들이 많았습니다.

비발디는 1705년 첫 작품집을 출간한 이래 1729년까지 총 열두 권의 작품집을 출간했습니다. 명성만큼이나 그의 작품집은 인기리에 팔려 나갔습니다. 활발하게 연주 여행을 다니고 작곡 활동을 하면서도 그는 오랫동안 학생들을 가르치면서 이들을 위한 곡을 썼습니다. 그는 모테트나 칸타타, 오라토리오, 협주곡, 미사곡 등을 많이 만들었습니다. 이 중에는 여성 합창이나 독창을 위한 곡들이 다수입니다. 피에타 여학교의 학생들을 위해 쓴 작품이죠. 자신의 기악 작품집에 수록된 곡 가운데 상당수도 학생들을 위해 쓴 곡을 손질하거나 개작한 것입니다. 교사로서 그리고 사제로서 그는 고아 소녀들을 늘 측은히 여기고 배려했습니다.

그는 오페라에 관심이 많았습니다. 베네치아는 로마, 나폴리와 함께 유럽 오페라의 3대 본산이었죠. 베네치아에서 인기를 얻은 오페라 작곡가나 가수들은 돈과 명예를 손에 넣을 수 있었습니다. 비발디는 1713년 첫 오페라 '오토네'를 상연했습니다. 이듬해에는 산탄젤로 극장의 감독을 맡기도 했죠. 그는 오페라 작곡가로서도 성공을 맛봤습니다. 그의 작품은 이탈리아 전역에서 공연되었고, 일부는 다른 나라에서도 막을 올렸습니다. 그는 편지에서 자신이 작곡한 오페라가 전부 94편에 이른다고 했지만, 현재까지 확인된 것은 50여 편에 이릅니다. 수백 년 동안 잊혔던 그의 오페라는 최근 들어 사람들의 주목을 받고 있습니다.

18세기 유럽에서 비발디의 인기는 바흐와 헨델을 능가했습니다. 그는 당대 최고의 작곡가였으며 누구도 따라올 수 없는 바이올린 연주의 대가였습니다. 나이 오십을 넘어서도 인기는 식을 줄 몰랐죠. 1733년 피에타 여학교 교사직을 그만둔 이후 그는 산탄젤로 극장 흥행 감독을 다시 맡았습니다. 흥행을 책임진 자리였기에 작품을 선정하고 공연 일정을 조율하는 일로 베네치아에서 활동하던 다른 오페라

관계자들과 치열한 각축을 벌여야 했습니다. 고전을 면치 못하던 그는 모험을 감행합니다. 상대적으로 경쟁이 심하지 않은 페라라라는 지역에서 오페라 공연을 추진한 겁니다. 그러나 1737년 심혈을 기울여 준비한 공연이 예기치 못한 이유로 무산되었습니다. 전 재산을 투자했던 비발디는 완전히 파산하고 말았습니다.

극빈자의 장례식

평생 모은 재산을 한꺼번에 날려 버린 비발디는 신성 로마 제국의 황제 카를 6세에게 도움을 요청했습니다. 비발디를 몹시 아꼈던 카를 6세는 빈으로 그를 초청했죠. 황실 음악가 자리를 제공하고 오페라 공연도 주선해 주겠다고 한 겁니다. 구원의 동아줄을 붙잡은 비발디는 희망을 품고 빈으로 건너갔습니다. 하지만 운명은 가혹했습니다. 그가 빈에 도착한 직후 병석에 있던 카를 6세가 세상을 등지고 만 겁니다. 카를 6세 서거 후 오스트리아에서는 왕위 계승 전쟁이 벌어졌습니다. 정치적 상황이 극도로 불안정해지자 빈의 모든 공연장은 문을 닫아 버렸죠. 아무도 비발디에게 관심이 없었고 그가 도움을 청할 만한 사람도 없었습니다.

청천벽력 같은 일들이 계속해서 벌어지자 비발디는 극도로 낙심하게 됩니다. 설상가상으로 지병이었던 천식은 갈수록 악화했습니다. 일생을 고향인 베네치아를 중심으로 활동했던 그는 말년에 돈도 명예도 사랑도 다 잃은 채 객지인 빈에서 쓸쓸히 숨을 거두었습니다. 1741년 7월 28일, 그의 나이 예순세 살 때였습니다. 타지에서 객사한 그의 장례식은 적막하기 이를 데 없었습니다. 슈테판 대성당에서 치러진 극빈자를 위한 장례식에는 당시 소년 합창단원이었던 하이든도 참석했으나 합창은 불리지 않았다고 합니다. 돈이 없었기 때문이죠. 그의 유해는 묘지가 이장되는 과정에서 분실되어 지금까지도 행방을 알 수 없습니다.

그가 낭비벽이 심했다거나 피에타 여학교 제자인 안나 지로와 연인 관계였다는 등의 소문이 있었지만, 증거로 드러난 것도 확인된 것도 없습니다. 오히려 그는 사제가 된 이후에도 가족과 같이 살면서 아들로서 그리고 맏이로서 부모와 동생들을 잘 돌봤습니다. 오랜 기간 피에타 여학교에서 생활하는 고아와 사생아와 극빈자의 딸들을 정성껏 보살펴 주었고요. 이는 그가 사제나 교육자로서 나름대로 소임을 다했다는 걸 의미합니다. 불쌍한 아이들을 도와주고 수많은 사람에게 아름다운 음악으로 즐거움과 행복감을 선사하던 그가 누구보다 외로운 말년을 보내다 극빈자 신세로 타향에서 처량하게 생을 마감했다는 게 안타깝습니다.

비발디는 죽음과 함께 사람들에게 잊혔습니다. 20세기 초에 이르러 바흐가 비발디가 쓴 곡을 건반 악기 등으로 편곡한 악보가 발견되면서 그의 음악이 본격적으로 주목받기 시작했죠. 그의 작품은 모차르트의 쾨헬 번호K.V.처럼 뤼옴 번호R.V.가 붙어 있습니다. 오스트리아 학자 쾨헬이 1862년 모차르트의 작품을 연대순으로 정리했듯 20세기 덴마크의 학자 뤼옴이 비발디의 악곡들을 체계적으로 분류했기 때문입니다. 그는 대략 760곡가량의 많은 작품을 남겼습니다. 협주곡 분야에서는 갖가지 악기를 위한 독주 협주곡과 합주 협주곡을 작곡함으로써 이전과 구분되는 새로운 경지를 개척했습니다. 빠름, 느림, 빠름의 3악장 구성으로 독주와 합주가 교대로 등장하는 그의 협주곡 스타일은 바흐에게 강한 영향을 주었습니다.

300년 전 피에타 여학교의 소녀들은 바로크 시대를 빛낸 위대한 음악가 비발디가 작곡한 '사계'를 처음으로 연주하며 자연의 아름다움과 인생의 신비로움을 알게 되었을 겁니다. 비로소 자신들은 외롭거나 비참하지 않고 버려진 존재도 아니라는 사실을 절감했겠죠. 비발디는 자신과 소녀들이 현실의 수많은 제약과 굴레를 벗어던지고 꿈과 자유를 찾아 새처럼 바람처럼 훨훨 날아가길 바랐을지도 모릅니다. 저는 세계 최정상의 이탈리아 실내악 그룹 '이 무지치'가 연주하는 '사계'를 들을 때마다 이런 생각을 하곤 합니다. 타향에서 병자와 극빈자로 처참하게 생을 마감한 비발디의 이름이 오늘날 우리나라에서 안락한 보금자리의 대명사로 통용되고 있는 것을 보면 인생은 비극과 희극이 뒤섞인 한 편의 오페라 같다고, 그리고 어느 인생이든 언제나 봄날 같은 인생도 언제나 한겨울 같은 인생도 없다고 말입니다.

체념의 나락에서
발견해 낸
한 줄기 꿈

오늘의 꿈이
내일의 현실이 된다
베르디의 오페라 **나부코** 중 **히브리 노예들의 합창**

어처구니없었던 디스코텍의 추억

월급쟁이로 사회에 첫발을 내디딘 이후, 난생처음 디스코텍이라는 데를 가 보았습니다. 아직 노래방이 없던 때라 회식을 하다 술이 거나해지거나 분위기가 무르익으면 그 자리에서 돌아가며 노래를 한 곡씩 불렀습니다. 그래서 퇴근 뒤 회식이 예정된 날이면 미리 노래 두어 곡 정도를 준비했습니다. 언제라도 시키면 불러야 했으니까요. 흥이 나서 너무 잘하면 또 시키니까 서너 곡을 불러야 했죠. 회식이 끝날 때쯤 기분이 좋아진 몇몇 선배들이 디스코텍에 가서 술도 더 마시고 춤도 추자고 바람을 잡았습니다. 종로에 있는 한 디스코텍에 들어갔더니 요란한 조명이 휘황찬란하게 번쩍거리면서 시끄러운 음악이 흘러나왔습니다.

대충 자리를 잡은 다음 중앙 홀로 나가 음악에 몸을 맡겼습니다. 춤을 춰 본 적이 없으니 아무렇게나 몸을 흔드는 막춤이었습니다. 여러 번 와 본 것 같은 어떤 선배는 제법 그럴듯한 춤을 추었습니다. 디스코텍은 퇴근하고 온 젊은 직장인들로 넘쳐 났습니다. 분위기를 한껏 고조시키면서 몸을 흔들어 댈 수 있는 디스코 음악이 쉴 새 없이 흘러나왔습니다. 1970~1980년대 유럽을 평정했던 독일 4인조 혼성 그룹 보니 엠의 노래는 디스코텍과 너무 잘 어울렸습니다. 몸이 부딪히는 것도 아랑곳하지 않고 'Daddy Cool', 'Sunny', 'Gotta Go Home', 'Bahama Mama' 등 보니 엠의 명곡 리듬에 맞춰 미친 듯이 춤을 췄습니다.

그런데 보니 엠의 노래 중에는 'Rivers of Babylon'도 있었습니다. 우리말 제목은 '바빌론 강가에서'죠. 저는 디스코텍에서 이 노래를 들으며 춤을 추었습니다. 보니 엠의 노래는 레게 음악에 기초하고 있습니다. 1960년대 후반 카리브해 자메이카에서 발생한 새로운 대중음악이 '레게'입니다. 전통적인 흑인 댄스 음악에 미국의 흑인 영가풍의 재즈 요소가 곁들여 형성된 대중음악 장르입니다. 저절로 몸이 움직여지는 중독성 강한 리듬을 가지고 있죠. 그래서 당시 저를 포함한 젊은이들은 무슨 뜻인지도 모른 채 노래만 나오면 몸을 흔들어 댔습니다. 여성들이 에어로빅 운동을 할 때도 이 노래를 크게 틀어 놓고 온몸을 흔들었습니다.

세월이 한참 지난 어느 날 차를 타고 가는데, 라디오에서 이 노래가 흘러나왔습니다. 옛날을 회상하며 즐겁게 노래를 들었죠. 노래가 끝나자 아나운서가 우리말 가사를 들려주면서 이 노래의 배경에 관해 이야기해 주었습니다. 아나운서의 말을 듣고 난 다음 저는 망치로 머리를 얻어맞은 듯 멍한 기분이 들었습니다. 갓길에 차를 세워 두고 한참을 생각했습니다.

보니 엠의 'Rivers of Babylon' 우리말 가사는 이렇습니다.

바빌론의 강가에 우리는 앉아 있었어요.

그래요, 우리는 시온을 생각하며 눈물을 흘렸어요.

악인들이 나타나 우리를 납치하여 끌고 가 우리에게 찬양을 요구했지요.

그런데 우리가 어떻게 이방의 땅에서 주님의 노래를 부를 수 있었겠어요.

우리의 입술 사이로 흘러나오는 언어와 마음속에 영그는 명상을 오늘 밤 주님의 눈앞에서 거두어 주세요.

바빌론의 강가에 우리는 앉아 있었어요.

그래요, 우리는 시온을 생각하며 눈물을 흘렸어요.

이 노래는 구약 성경 시편 137편의 내용을 재구성한 것입니다. 기원전 6세기 신바빌로니아 왕국의 네부카드네자르 2세는 유대 왕국의 수도 예루살렘을 세 차례에 걸쳐 침공해 식민지로 만들었습니다. 예루살렘 성전은 철저히 파괴되었고 유대인들은 바빌론에 포로로 잡혀 갔습니다. 그렇게 끌려간 유대인들이 현 이라크 수도 남부를 흐르는 유프라테스강 강가에 앉아 조국을 그리워하며 불렀던 설움과 울분의 노래가 시편 137편입니다. 유대인들이 약 70년 동안 바빌론에서 포로 생활했던 이 사건을 '바빌론 유수'라고 합니다. '유수幽囚'는 '잡아서 가두어 둔다.'라는 뜻이죠. 시온은 예루살렘 성이 세워진 산으로 솔로몬 성전이 있던 곳입니다. 시온을 생각하며 유대인들이 통곡하면서 부른 노래가 바로 이 노래였던 겁니다.

저는 아무것도 모르는 바보처럼 'Rivers of Babylon' 리듬에 맞춰 디스코텍에서 춤을 추었습니다. 이는 '눈물 젖은 두만강'이나 '그리운 금강산'을 들으면서 정신없이 디스코를 춘 것과 다를 바 없는 어리석은 행동이었습니다. 얼굴이 화끈거리는 참으로 무지한 일이었죠.

가라, 상념이여, 황금빛 날개를 타고

바빌론 유수를 노래한 대중음악 중 가장 잘 알려진 곡이 보니 엠의 'Rivers of Babylon'이라면, 클래식 음악 가운데 제일 많이 알려진 곡은 베르디의 오페라 '나부코' 제3막 2장에 나오는 '히브리 노예들의 합창'입니다. '나부코'는 신바빌로니아 왕국의 네부카드네자르 2세를 주인공으로 만들어진 오페라입니다. 네부카드네자르는 우리말 성경에 느부갓네살이라고 번역되어 있으며, 이탈리아어로는 '나부코도노소르Nabucodonosor'입니다. 그래서 오페라가 초연될 때 제목은 '나부코도노소르'였죠. 하지만 너무 길어 외우기가 어려워 줄여서 '나부코Nabucco'라고 부르게 되었습니다. '히브리 노예들의 합창'도 원제목은 노래 첫 구절인 '가라, 상념이여, 황금빛 날개를 타고Va, Pensiero, Sull'Ali Dorate'입니다. 하지만 같은 이유로 통상 '히브리 노예들의 합창Chorus of the Hebrew Slaves'이라고 부릅니다.

오페라를 감상하면서 음악을 들을 때와 그냥 오케스트라와 합창단의 연주만 들을 때는 느낌이 완전히 다릅니다. 물론 음악이 워낙 장중하고 아름다워 눈을 감고 음미해도 눈물이 왈칵 쏟아질 만큼 감동적이지만, 역시 원곡이 오페라에 들어 있는 곡인 까닭에 음악을 들으며 역사적 이야기를 담은 성악가들의 연기까지 볼 수 있는 오페라가 훨씬 더 감동적입니다.

베르디의 고향인 부세토 베르디 극장이나 파르마 레조 극장 또는 초연의 막이 올랐던 밀라노 라 스칼라 극장 등에서 공연되는 오페라도 물론 좋지만, 무대 규모나 출연자들의 연기까지 고려한다면 뉴욕 메트로폴리탄 오페라단의 공연이 압권이라고 할 수 있습니다. 40년 넘게 뉴욕 메트로폴리탄 오페라단을 이끌어 온 미국의 제임스 레바인이 지휘하고, 스페인 출신의 바리톤 플라시도 도밍고가 나부코를, 우크라이나 출신의 소프라노 류드밀라 모나스티르스카가 아비가일레 공주를 맡아 열연한 2017년 공연은 가히 숨이 막힐 지경이었습니다.

막이 오르면 유프라테스강 주변에서 노역에 시달리던 유대인들이 잠시 쉬고 있는 모습이 보입니다. 커다란 노역장 벽에 기대어 넋을 놓은 사람, 돌바닥에 실신한 듯 누워 있는 사람, 멍하니 서 있는 사람, 두 손을 모아 기도하는 사람…… 젊은이들부터 노인들과 여인들까지 한자리에 모여 있습니다. 다들 기진맥진한 것 같고, 표정에는 생기가 없으며, 눈길은 초점을 잃었습니다. 나라를 잃고 이역만리에 끌려와 종일 강제 노역을 해야 하는 망국 백성에게 무슨 의욕과 희망이 있겠습니까? 이때 서서히 긴장과 기대가 한데 어울린 의미심장한 음악이 들려옵니다. 묵직하면서도 한스러운 애환이 뚝뚝 떨어지는 듯한 애끓는 곡조이기도 하죠.

무기력하게 허공만 응시하고 있던 유대인들이 가만히 입을 열어 한목소리로 노래합니다.

가라, 상념이여, 황금빛 날개를 타고.

고향의 절벽과 언덕으로 날아가거라.

부드럽고 따뜻한 산들바람, 코끝을 스치는 고향의 향긋한 흙냄새,

그리운 요르단의 강변과 무너진 시온의 성탑에 안부를 전해 다오.

오, 지금은 잃어버린 아름다운 나의 조국!

오, 소중한 그러나 절망으로 가득 찬 기억들.

운명을 말하는 선지자의 황금빛 하프여,

너는 왜 침묵하며 버드나무에 걸려 있느냐?

이제 소중한 기억을 되살려 우리의 지난날이 어땠는지 말해 주거라.

아니면 솔로몬의 운명처럼 슬프고도 잔인한 몰락의 역사를 탄식하여라.

아니면 주님께 용서와 자비를 간구하라.

우리에게 시련을 견딜힘을 주시기를.

시련을 견딜힘을!

박수와 함께 "브라보!"가 터져 나옵니다. "비바!"라는 외침도 들립니다. 모두 이탈리아어입니다. 난처한 표정을 짓던 제임스 레바인은 앙코르 연주를 합니다. 공연 도중에 '히브리 노예들의 합창'이 한 번 더 울려 퍼집니다. 헨델의 오라토리오 '메시아' 공연 중 '할렐루야'가

연주될 때 관객이 모두 기립하는 게 관례이듯, 베르디의 오페라 '나부코' 공연 중 '히브리 노예들의 합창'이 연주된 후 환호하는 관객을 위해 앙코르를 하는 것이 관례처럼 되었습니다. 위대한 작곡가와 명곡에 대한 예우죠. 감격스러운 것은 첫 번째 연주 후 두 번째 연주가 끝날 때까지 출연자들의 자세나 표정이 전혀 변하지 않는다는 것입니다. 미동도 없이 눈물이 왈칵 쏟아질 것처럼 처연하고 한스러운 표정과 자세를 그대로 유지하고 있습니다.

비바 베르디

'나부코'는 4막으로 구성되었습니다. 먼저 서곡이 나오죠. 트롬본과 첼로의 나직한 음악 사이로 오케스트라의 격정적 연주가 교차합니다. 애수에 찬 오보에를 시작으로 '히브리 노예들의 합창' 선율이 이어지고, 격렬한 화음으로 마무리됩니다. 예사롭지 않은 암시입니다.

제1막의 배경은 예루살렘의 솔로몬 성전입니다. 바빌로니아 군대가 예루살렘으로 쳐들어옵니다. 히브리 대제사장 자카리아는 두려움에 떨고 있는 백성들을 진정시키며 용기를 주려고 노력합니다. 그는 이전에 벌였던 전쟁에서 사로잡아 온 나부코의 둘째 딸 페네나 공주를 인질로 바빌로니아와 협상할 수 있을 거라고 말합니다. 자카리아가 밖으로 나가자 히브리 왕의 조카인 이스마엘레는 페네나 공주와 이야기를 나눕니다. 페네나와 이스마엘레는 사랑하는 사이였습니다. 마침내 바빌로니아 군대가 예루살렘 성안으로 들어왔습니다. 선봉에 선 장수는 페네나 공주의 언니인 아비가일레였죠. 아비가일레 역시 이스마엘레를 흠모하고 있었습니다. 아비가일레는 이스마엘레가 자신을 사랑한다면 히브리인들을 모두 살려 주겠다고 제안합니다. 이스마엘레는 단호히 거절했습니다. 세 사람의 3중창이 펼쳐집니다. 이윽고 나부코 왕이 등장해 솔로몬 성전을 초토화하겠다고 위협하지만, 자카리아는 성전을 더럽히면 페네나를 죽이겠다며 그녀의 목에 칼을 들이댑니다. 그러나 이스마엘레는 칼을 빼앗고 페네나 공주를 구해 주죠. 딸을 되찾은 나부코 왕은 병사들에게 성전을 파괴하라고 명령합니다.

제2막은 바빌로니아 왕궁에서 펼쳐집니다. 전쟁이 끝난 뒤 히브리 노예들이 바빌로니아로 끌려오면서 1장이 시작되죠. 아비가일레는 출생의 비밀이 담긴 문서를 보고 자신이 노예의 몸에서 태어났다는 사실을 알게 됩니다. 나부코 왕이 장녀인 자신이 아닌 동생 페네나에게 왕위를 물려줄 계획이라는 것을 알고 분노하죠. 바알교의 사제들이 아비가일레에게 달려와 유대교로 개종한 페네나 공주가 히브리인들을 풀어 주려 한다며 나부코 왕이 쓰러졌다는 소문을 낼 테니 아비가일레가 즉시 왕위에 올라야 한다고 부추깁니다. 2장에 이르러 포로로 잡혀 온 자카리아는 왕궁의 어느 방에서 페네나 공주에게 유대교 율법을 가르칩니다. 유대인들은 페네나를 구해 준 이스마엘레를 반역자이자 이교도라고 비난합니다. 하지만 자카리아는 페네나 공주가 유대교로 개종했다면서 그를 두둔합니다. 나부코 왕은 유대의 신을 조롱하며 자신은 왕이 아니라 유일신이라면서 자신을 영원히 숭배하라고 명령합니다. 이때 나부코 왕의 머리 위로 벼락이 떨어져 그를 쓰러뜨립니다. 호시탐탐 왕권을 노리던 아비가일레는 나부코 왕의 머리에서 떨어진 왕관을 집어쓰고 바빌로니아의 위대한 신을 찬양합니다.

제3막은 바빌로니아의 화려한 공중 정원입니다. 1장에서 아비가일레는 왕좌에 앉아 스스로 왕이 되었음을 선포합니다. 벼락을 맞고 실성한 나부코가 나타나 아비가일레를 비난합니다. 아비가일레는 페네나가 포함된 히브리인들의 명단을 내밀며 나부코에게 이들의 처형을 승인하는 서명을 해 달라고 요구합니다. 나부코는 아비가일레에게 속아 서명을 하게 되죠. 사랑하는 딸 페네나가 죽게 된 겁니다. 뒤늦게 사실을 깨달은 나부코는 아비가일레에게 페네나를 살려 달라고 눈물을 흘리며 빕니다. 아비가일레는 출생의 비밀이 담긴 서류를 찢어 버리고 나부코를 감금합니다. 나부코와 아비가일레의 2중창이 가슴을 저리게 합니다. 2장에서는 드디어 오페라의 하이라이트라고 할 수 있는 '히브리 노예들의 합창'이 울려 퍼집니다.

제4막은 바빌로니아 왕궁의 방입니다. 1장이 시작되면 페네나와 유대인들이 형장으로 끌려가는 행진곡이 들려옵니다. 악몽에서 깨어난 나부코는 무릎을 꿇고 히브리인들의 신에게 용서를 빕니다. 오만했던 자신의 죄를 뉘우치면서 파괴한 예루살렘 성전을 다시 세우겠다고 약속합니다. 그때 신하인 아브달로가 부하들을 데리고 와서 나부코에게 충성을 맹세합니다. 나부코는 이제 정신이 돌아왔다며 칼을 달라고 하죠. 나부코는 아브달로에게 받은 칼을 가지고 페네나를 구하러 갑니다. 2장에서 페네나는 형장으로 끌려옵니다. 유대교인으로서 순교를 결심한 겁니다. 바로 그 순간 나부코 왕이 나타나 페네나와 히브리인들을 구해 냅니다. 그런 다음 바알의 우상을 파괴하라고 명령합니다. 신상은 산산조각이 나고 히브리인들은 석방됩니다. 나부코 왕은 백성들에게 히브리의 신을 찬양하게 하죠. 아비가일레는 독약을 마시고 나타나 용서를 구하면서 숨을 거두고 맙니다. 자카리아가 "야훼를 받아들인 나부코는 왕 중의 왕"이라고 외치자 모든 신하와 백성이 나부코를 칭송하는 가운데 막이 내립니다.

'나부코'로 인해 베르디는 이탈리아의 영웅이 되었습니다. 당시 오스트리아에 지배당하고 있던 이탈리아 북부 지방 사람들에게 패망한 조국을 그리워하며 통곡하는 유대인들의 이야기는 다름 아닌 자신들의 이야기라는 깊은 공감을 불러일으켰습니다. 음악이 민족을 하나로 묶어 주면서 통일 운동의 기폭제로 작용한 것이죠. 그의 오페라가 끝나면 사람들은 "VIVA VERDI베르디 만세!"라고 외쳤습니다. 이는 '비토리오 에마누엘레 이탈리아 왕Vittorio Emanuele Re D'Italia'의 약자로 '베르디'라는 이름과 같았기에 조국의 해방을 염원하는 의미로 받아들여졌습니다. 지금도 이탈리아에서는 '나부코' 공연 도중에 '히브리 노예들의 합창'이 나오면 관객들이 자리에서 일어나 노래를 따라 부른다고 합니다. 엘가의 '위풍당당 행진곡' 중 '희망과 영광의 나라'가 영국인들에게 제2의 국가로 불리는 것과 마찬가지로 베르디의 '나부코' 중 '히브리 노예들의 합창'은 이탈리아인들에게 제2의 국가로 불립니다.

오페라의 제왕

주세페 베르디. 그에게는 수식어가 많이 따라붙습니다. '오페라의 제왕', '오페라의 황제', '오페라의 아버지', '오페라의 거인' 등입니다. 오페라에서 특히 이탈리아 오페라에서 그는 단연 탁월하며 독보적인 존재입니다. 그러나 그가 태어나고 자란 환경은 그다지 좋지 않았습니다. 그는 1813년 10월 10일 이탈리아 북부 지방인 부세토 근교의 론콜레라는 작은 마을에서 술집을 겸한 여인숙 집 아들로 태어났습니다. 집안은 가난했고 부모님은 음악에 관해 전혀 알지 못했습니다. 대부분 천재 음악가들이 환경은 불우해도 부모님이 음악에 종사해서 어릴 때부터 조기 교육을 받을 수 있었던 것과는 많은 차이가 나는 출발이었습니다.

하지만 천재는 어디에서도 눈에 띄게 마련입니다. 베르디 아버지에게 술을 비롯한 물건을 공급하던 상인 안토니오 바레치는 어린 베르디의 재능을 알아보았습니다. 바레치는 부유한 상인인 동시에 열성적인 음악 애호가였습니다. 그는 베르디의 든든한 후원자가 되었습니다. 그의 도움으로 베르디는 음악의 도시 밀라노에 진출합니다. 그런데 안타깝게도 밀라노 음악원 입학시험에 떨어지고 말았습니다. 시골 소년이었던 베르디의 숨은 능력을 발견하지 못한 것이죠. 그러나 밀라노 음악원 교수 몇 명이 그를 눈여겨보았기에 개인 교습을 받을 수 있었습니다. 베르디는 라 스칼라 극장에서 공연을 보면서 열심히 음악 공부에 주력했습니다.

스물세 살이 된 베르디는 바레치의 장녀인 마르게리타와 결혼식을 올립니다. 바레치의 집을 드나들며 사랑하는 사이가 된 겁니다. 그즈음 베르디는 첫 번째 오페라 '오베르토'를 완성하죠. 그는 파르마의 레조 극장에서 공연하기를 원해 악보를 보냈으나 냉대를 당합니다. 그러나 더 큰 극장인 밀라노 라 스칼라 극장에서 관심을 보임으로써 초연이 이루어지게 됩니다. 하지만 이때부터 그에게 인생 최대의 시련이 밀어닥칩니다. 1838년 딸 비르지냐가 병으로 세상을 떠나고, 이듬해에 아들 이칠리오마저 병마와 싸우다 세상을 등지게 됩니다. 그 와중에 '오베르토'가 공연되죠. 첫 작품치고 결과는 괜찮았습니다. 그런데 1840년 아내 마르게리타가 뇌염에 걸려 갑자기 목숨을 잃고 맙니다. 삽시간에 아내와 두 아이를 모두 떠나보낸 겁니다. 계약 때문에 어쩔 수 없이 막을 올린 두 번째 오페라 '하루만의 왕'은 처참하게 실패합니다. 비탄에 빠진 그가 어떻게 좋은 작품, 더구나 희극을 쓸 수 있었겠습니까?

서른 살도 안 된 젊은 나이에 가족을 전부 잃은 절망감과 상실감은 이루 말할 수 없는 것이었습니다. 게다가 '하루만의 왕'이 혹평 속에 참담하게 막을 내렸으니 음악가로서 심한 낭패감과 모멸감까지 맛보아야 했습니다. 베르디는 모든 것을 놓아 버렸습니다. 아무것도 할 수 없었습니다. 자살까지 생각했을 정도였죠. 그때 새로운 전기가 찾아옵니다. 라 스칼라 극장 극장장인 메렐리가 놓고 간 '나부코도노소르'의 대본이 눈에 띈 겁니다. 하필이면 한쪽으로 치워 둔 대본 중에 "가라, 상념이여, 황금빛 날개를 타고……"로 이어지는 '히브리 노예들의 합창'을 읽게 된 것이죠. 그는 대본을 들어 처음부터 읽기 시작했습니다. 테미스토클레 솔레라가 쓴 대본은 나락으로 떨어졌던 베르디를 다시 일으켜 세웠습니다. 그는 그날 밤 이 합창곡을 완성했습니다. 그리고 앞뒤로 대본을 따라 곡을 붙여 오페라를 채워 나갔습니다.

세 번째 오페라 '나부코'는 전무후무한 대성공을 거두었습니다. 1842년 3월 9일, 라 스칼라 극장에서 초연된 '나부코'를 관람한 밀라노 시민들은 열광했습니다. 자신들이 그토록 갈망했던 오페라를 드디어 만난 겁니다. 처음 8회로 예정됐던 공연이 가을까지 이어지며 57회나 연장 공연되었습니다. 그것은 라 스칼라 극장에서 막을 올렸던 모든 초연 중 가장 뛰어난 흥행 기록이었습니다. 이후 '나부코'는 유럽 전역에서 공연되었고, 미국과 남미에서까지 막을 올렸습니다. 베르디는 일약 유명 인사가 되었으며, 다들 그의 다음 작품에 주목했습니다. '나부코'는 베르디에게 부와 명성만 가져다준 게 아닙니다. 사랑도 가져다주었습니다. 베르디는 여주인공 아비가일레 역을 맡은 주세피나 스트레포니와 자주 만나 의견을 나누었습니다. 그러면서 사랑이 싹텄죠. 그녀는 베르디의 연인이자 예술적 동지요 인생의 친구였습니다. 대단한 성악가였지만, 몇 년 뒤 은퇴한 다음 평생 베르디만을 위해서 살았습니다.

'나부코' 이후 베르디는 국민적 여망을 저버리지 않고 '롬바르디아 인', '에르나니', '맥베스' 등 조국의 독립을 상징하고 민족의 통일을 강조하는 이른바 '리소르지멘토 오페라'를 꾸준히 작곡합니다. 그러나 시간이 흐르면서 그의 오페라 영역은 더욱 넓어져 '리골레토', '일 트로바토레', '라 트라비아타', '가면무도회', '운명의 힘', '돈 카를로스', '아이다', '오텔로' 등 주옥같은 명작들을 만들어 냅니다. 오페라는 음악적인 요소는 물론이고 문학적인 요소, 연극적인 요소, 미술적인 요소 등이 두루 합쳐진 종합 예술인 만큼 한 작곡가가 만든 다수의 작품이 오랫동안 무대에 오르기 힘듭니다. 그런데도 지금까지 세계의 오페라 극장에서 제일 많이 공연된 오페라는 단연 베르디의 오페라입니다. 그가 세상을 떠난 지 120년이 넘었지만, 그의 오페라는 지구촌 사람들이 가장 사랑하는 불멸의 오페라로 살아 있습니다.

농부 베르디와 안식의 집

베르디가 사람들에게 오래 기억되고 존경받는 이유는 음악 때문만은 아닙니다. 그의 삶이 누구보다 검소했고 청빈했으며, 결코 많은 부와 명예로 인해 흔들리지 않았기 때문입니다. 그는 다른 예술가들과 달리 소유에 집착하지 않았습니다. 먹고 마시고 사치하는 데 돈을 쓰지 않았죠. 오페라로 큰 성공을 거둔 후에도 그는 사교계 사람들과 잘 어울리지 않았습니다. 오히려 서른네 살 때 화려한 도시 밀라노를 떠나 아내 주세피나 스트레포니와 함께 고향인 부세토로 다시 돌아왔습니다. 거기서 그는 농사를 지었습니다. 소작을 주거나 대리인을 시키지 않고 농부를 고용해 직접 농장을 경영했습니다. 그는 평생 촌부로 살았습니다.

풍월당 박종호 대표는 그의 책 『베르디 오페라』에서 베르디에 관해 이렇게 썼습니다.

"베르디에게는 농부의 피가 흘렀고, 그는 흙의 사람이었다. 비록 그의 부모가 농부가 아니고 밭뙈기 하나 없이 술집을 운영하는 사람들이었지만, 그를 키운 것은 이탈리아 중부 에밀리아로마냐 지방의 곡창 지대였다. 그는 흙에서 났고 들에서 자랐다. …… 시골은 베르디의 예술적 은신처요 사회로부터의 피난처였다. 사람들은 유럽에서 가장 유명해진 음악가의 처신을 이해하지 못했지만, 그는 고독을 사랑하였다. 그는 귀족들과 교류하지 않았고, 파티나 행사에 나가지 않았다. 그렇게 베르디는 사회로부터 멀어졌다. 베르디는 홀로 지내기에는 너무나 유명했지만, 자신의 사생활은 대중에게 감췄다."

그는 자신만을 위해 농사를 지은 게 아닙니다. 몸소 일군 엄청난 규모의 농지를 통해 고향 사람들 수백 명이 먹고살 수 있는 터전을 마련했습니다. 그는 고향 주민들을 위해 병원을 지어 기부했고, 자연재해가 일어날 때마다 많은 돈을 내놓았습니다. 인근 지역에서 크고 작은 일이 벌어지면 그는 자기 일인 것처럼 발 벗고 나섰습니다. 그러고도 모자라 그는 전 재산을 들여 은퇴 후 갈 데가 없거나 어렵게 생활하는 음악가들을 위해 밀라노에 요양원까지 지었습니다. 요양원의 이름은 '안식의 집'입니다. 그는 자신의 사후에도 요양원이 어려움 없이 운영될 수 있도록 저작권료가 안식의 집 운영 자금으로 쓰이도록 조치해 두었습니다.

그는 자신이 왜 이런 일을 했는지를 간단하지만 의미심장하게 설명한 바 있습니다.

"나는 운이 좋아서 명성과 재산을 모았지만, 그런 것들을 위해 일한 것은 아니었습니다. 나처럼 평생 예술의 길에 헌신했던 음악가 중에도 운이 없거나 저축을 하지 못하여 쉴 곳이 없는 힘든 노후를 보내는 사람이 많습니다. 그들 모두가 나의 사랑하는 동료들입니다."

1901년 1월 27일, 베르디는 머물고 있던 밀라노 그랜드 호텔에서 조용히 눈을 감았습니다. 향년 88세였습니다. 일단 가묘에 묻혔던 그의 유해는 아내의 유해와 함께 이장되었습니다. 이장이 거행된 2월 27일, 이탈리아의 젊은 지휘자 토스카니니의 지휘로 820명에 달하는 성악가들이 광장에 나와 '히브리 노예들의 합창'을 불렀습니다. 운구가 이동하는 거리의 건물과 창문마다 검은색 상장과 조기가 내걸렸습니다. 연도에는 30만 명이 운집했다고 합니다. 이토록 많은 사람이 모자를 벗고 마지막 길을 떠나는 위대한 예술가를 배웅했습니다.

그와 아내의 유해는 안식의 집 안뜰에 나란히 묻혔습니다. 그는 자신이 살아서 추앙받는 걸 싫어했기에 살아 있을 때 안식의 집 문을 열지 않았습니다. 베르디 사후 1년이 지난 1902년 10월 10일에서야 입주를 받기 시작한 것이죠. 명예에 초연했던 그는 자신이 돈을 내거나 관여했다고 해서 건물이나 기관에 자기 이름을 붙이는 걸 허락하지 않았습니다. 그런데도 지금 밀라노 시민들은 안식의 집을 '카사 베르디Casa Verdi', 즉 '베르디의 집'이라고 부릅니다. 그만큼 베르디를 기억하고 싶다는 증거이기도 하고 이들에게는 베르디가 곧 안식이기도 하다는 의미입니다. 자신이 이룩한 예술 세계를 통해 이름을 드높인 천재들은 많습니다. 그러나 자신이 살아온 인생의 발자취를 통해 존경받는 천재들은 많지 않습니다. 베르디가 남기고 간 삶의 향기는 그래서 더욱 고귀하고 진한 여운을 드리우는 것 같습니다.

독특한 이력의 박종호 대표는 위의 책에서 베르디를 인생의 스승이라고 표현합니다.

"베르디의 오페라는 이탈리아 사람들에게 조국의 통일을 위해서 분연히 일어설 수 있는 용기와 기개를 주었다. 그의 오페라는 국민을 향한 격문이었다. 그것은 그의 성공에서 주요한 요인이기도 했다. 중세 내내 지리멸렬하던 이탈리아는 로마 제국이 동서로 나뉜 이후로 거의 1,500년 만에 드디어 통일을 이루었다. 그 정신적인 공로로 베르디는 통일 이탈리아 왕국에서 처음 소집된 의회의 상원 의원으로 선출되기도 하였다. …… 그러나 베르디는 세상을 떠날 때 전 재산을 가난한 동료들을 위해서 아낌없이 희사하고, 자신은 완전히 맨몸으로 떠났다. 자신의 개인적·사업적·예술적 성취는 물론이고, 이렇게 국가적·사회적으로 선하고 이타적인 영향력을 남긴 사람은 음악사를 통틀어서 흔치 않다."

베르디에게는 여러 번 위기가 닥쳤습니다. 하지만 이는 새로운 기회를 만들어 냈습니다. 체념의 나락에서도 한 줄기 꿈을 발견해 낸 것입니다. 베르디에게는 감당하기 힘들 만큼 많은 부와 명예가 너무 일찍 주어졌습니다. 그러나 그는 자만하거나 방탕에 빠지지 않고 중심을 지켰습니다. 오늘의 꿈이 내일의 현실이 된다는 걸 자신의 삶으로 증명해 냈습니다. 좋은 후원자, 좋은 스승, 좋은 친구 그리고 좋은 아내를 만난 덕분입니다. 그는 음악과 선행으로 조국과 국민에게 아낌없이 베푸는 삶을 살았습니다. 음악가 중에서 드물게 오래 살았기에, 고난도 영광도 한순간 스치고 지나가는 바람 같다는 걸 알았기에 가능한 일이었습니다.

'히브리 노예들의 합창'은 디아스포라의 노래입니다. 디아스포라는 자의건 타의건 살던 땅을 떠나 타지에서 살아가는 특정 민족 집단을 가리킵니다. 우리도 나라를 잃고 디아스포라로 살아가던 때가 있었죠. 그때 우리 조상들은 무슨 노래를 부르며 울었을까요? 홍난파의 '봉선화' 혹은 '고향의 봄'이었을까요? 아니면 안익태의 '애국가' 또는 '한국 환상곡'이었을까요? 모두 빼어난 작곡가이고 아름다운 명곡이지만, 안타깝게도 이들은 친일 논란으로부터 자유스럽지 못합니다. 베르디처럼 온 국민에게 존경받는 음악가라고는 할 수 없죠. '히브리 노예들의 합창'처럼 민족을 하나로 융합시키는 불멸의 노래라고 하기에는 부족합니다. 그런 의미에서 저는 이 합창을 들을 때마다 베르디가 존경스럽고 이탈리아 국민이 부럽습니다.

생활을
더 활기 있게
만드는 두 개의 힘

삶은 희극일까
아니면 비극일까?
생상스의 관현악 모음곡 **동물의 사육제**

아치울 마을과 소설가 박완서

서울시 광진구에 있는 워커힐에서 경기도 구리시 방향으로 국도를 따라가다 보면 왼편으로 자그마한 아치울 마을이 보입니다. 위쪽으로 병풍처럼 펼쳐진 아차산 자락이 사시사철 빼어난 풍광을 드러내고 여기서 흘러나온 맑디맑은 실개천이 마을을 동서로 가로지르는 고즈넉한 동리죠. 초등학생 때부터 중학생 때까지 뚝섬에 살던 저는 고등학교에 입학할 즈음 이 마을로 이사해 대학을 졸업할 무렵까지 살았습니다. 제가 다니던 고등학교는 서울시 성동구 마장동에 있었습니다. 새벽 5시에 일어나 도시락 두 개가 든 가방을 들고 마을 입구로 내려가 40분에 한 대씩 오는 버스를 잡아탄 다음 종점에서 내려

한참 걸어가야 학교에 도착했습니다. 야간 자율 학습이 있었기에 공부를 마치고 집에 도착하면 밤 10시가 가까웠습니다.

학교 다니는 일이 고역이었지만, 아치울 마을은 볼수록 정겹고 아름다웠습니다. 새벽에 버스를 타러 걸어오다 보면 아스라한 안개 속에서 일찍 일어난 소 울음소리, 개 짖는 소리, 닭 우는 소리, 새 지저귀는 소리 등이 들려왔습니다. 생동감이 넘쳤습니다. 아침을 깨우는 생명의 소리였죠. 밤중에 집으로 돌아올 때면 길 양옆의 논과 들에서 개구리와 맹꽁이 우는 소리가 요란했습니다. 이름도 알 수 없는 풀벌레 소리도 대단했죠. 밤하늘에는 별들이 빼곡했습니다. 여름 방학이 되면 마을 위로 이어진 아차산으로 놀러 다녔습니다. 산에는 먹을 게 많았습니다. 산딸기, 개암, 밤, 도라지 등이 지천이었습니다. 뱀도 많아서 잘 피해 다녀야 했고요. 차고 투명한 계곡물 속에는 버들치, 가재, 어름치, 피라미 등이 헤엄쳐 다녔습니다.

지금은 고급 주택들이 들어서고 연예인들이 사는 마을로 유명해졌지만, 그때만 해도 전형적인 농촌이었습니다. 소와 돼지를 키우는 축산 농가가 많았고, 벼농사와 과일 농사를 짓는 토박이 농부도 많았죠. 그래선지 우리 집 역시 주인의 양해를 얻어 마당 한쪽에 아담한 축사를 지었습니다. 거기에 닭, 오리, 토끼를 사다 놓고 길렀습니다. 닭은 매일 아침 달걀을 낳았습니다. 주로 제 도시락 반찬으로 사용되었죠. 토끼는 베어다 준 풀을 맛있게 잘도 먹었습니다. 오리와 토끼 새끼 그리고 병아리는 품에 안으면 내려놓기 싫을 정도로 귀엽고 예뻤습니다. 얼핏 보면 병아리와 오리 새끼는 잘 구분이 되지 않습니다. 그런데 냇가에 던져 넣으면 금방 구분이 됩니다. 오리 새끼는 헤엄을 잘 치지만, 병아리는 헤엄을 못 칩니다.

마을 위쪽에는 예술가들이 사는 집이 있었습니다. 화가도 살고 대학교수도 산다고 했습니다. 소설가 박완서도 거기서 살았습니다. 어쩌다 길에서 만나면 인사는 했지만, 그때는 그렇게 유명한 작가인지 몰랐습니다. 어머니와 동갑인데다 인상이 푸근해서 마음씨 좋은 글 쓰는 아주머니 정도로만 알았죠. 제가 나중에 책 만들고 글 써서 먹고 살 줄 알았더라면 그때 좀 더 적극적으로 친분을 쌓아 두었을 겁니다. 훗날 출판사에 다니며 일주일에 한 번씩 평화 방송에 나가 책 소개하는 일을 할 때 박완서 작가와 전화 인터뷰를 한 적이 있습니다. 이른 아침인데도 흔쾌히 방송에 출연해 주었습니다. 인터뷰를 진행하는 내내 제 머릿속에는 예전의 아치울 마을 풍경이 아른거렸습니다. 갖가지 동물들의 울음소리가 귓가에 쟁쟁했습니다.

음악으로 듣는 동물의 왕국

아치울 마을을 떠나 이사를 몇 번씩 다녔음에도 가끔 그 시절이 생각날 때가 있습니다. 생상스의 관현악 모음곡 '동물의 사육제'를 들을 때가 그렇습니다. 처음 이 음악을 들었을 때 어쩌면 그렇게 아치울 마을에서 들었던 동물의 소리와 비슷할까 깜짝 놀랐습니다. 40년이 넘는 세월이 흘렀지만, 소리에 관한 기억은 또렷이 살아 있었습니다. 당시 아버지와 제가 즐겨 보던 텔레비전 프로그램 중 하나가 '동물의 왕국'이었습니다. 가공도 위선도 거짓도 일절 없이 자연의 순리에 따라 오로지 본능에 의해서만 살아가는 동물의 세계는 가공과 위선과 거짓의 논리를 좇아 자연의 순리를 거스르며 살아가는 인간의 세계와 극명히 대비되었습니다. 생상스의 관현악 모음곡 '동물의 사육제'는 음악으로 듣는 또 다른 '동물의 왕국'이었습니다.

1886년 2월, 쉰한 살의 생상스는 오스트리아의 시골 마을에서 휴가를 즐기고 있었습니다. 그러던 중 사육제 행렬을 목격하고 음악적 영감을 얻게 되죠. 마침 친구인 첼리스트 샤를 르부크로부터 곡을 써달라는 의뢰를 받은 터라 사육제 음악회에서 연주할 수 있는 곡을 쓰게 됩니다. 유머와 재치가 풍부했던 생상스는 청중을 깜짝 놀라게 할 만한 멋진 실내악곡을 완성했습니다. 그런 다음 '두 대의 피아노와 두 대의 바이올린, 비올라, 첼로, 더블 베이스, 플루트, 클라리넷, 하모늄, 실로폰, 첼레스타를 위한 동물학적 환상곡'이라는 아주 긴 부제를 붙였습니다. 작품 속에 사람들에게 잘 알려진 여러 명곡의 단편들을 담아냄으로써 한층 흥미와 재미를 더하고 있습니다. 그렇다면 곡명에 나오는 '사육제'란 무엇일까요?

'사육제謝肉祭, Carnival'는 라틴어로 '고기여 안녕carne vale' 또는 '고기를 버림carnem levare'이라는 뜻입니다. 예수의 부활을 기념하는 부활절은 325년 니케아 공의회의 결정에 따라 춘분이 지나고 첫 보름달이 뜬 다음에 오는 일요일입니다. 계산이 복잡해 매년 날짜가 달라지죠. 부활절 날짜가 정해지면 부활절 전까지 여섯 번의 주일을 제외한 40일 동안의 기간이 사순절四旬節, Lent 또는 사순 기간이 됩니다. 이 기간은 예수의 수난과 죽음을 생각하며 회개와 기도, 절제와 명상으로 경건한 생활을 해야 합니다. 혼례나 잔치를 금하고 육식을 삼가며 단식을 실천하는 것도 포함되죠. 따라서 사순절이 시작되기 전에 축제를 열어 마음껏 고기를 먹고 신나게 즐기는 시간을 갖기 위해 만든 것이 사육제입니다.

사육제는 가톨릭 문화권에 속하는 지역에서 매년 2월 중하순에 열리는 대중적 축제입니다. 엄격히 말하면 주현절로부터 재의 수요일까지지만, 그 정점은 사순절이 시작되기 바로 전날인 기름진 화요일의 식사입니다. 이날을 기름진 화요일이라 부르는 건 모든 종류의 고기를 마음껏 먹을 수 있기 때문이죠. 이튿날인 재의 수요일부터 사순절이 시작되기에 그 전날은 기본적으로 일상에서 용납되지 않는 자유분방함과 탈선이 상당한 수준까지 허용되었습니다. 때로는 온갖 환락을 동반한 행사가 치러지면서 지나치게 과격해진 나머지 많은 사상자를 낳기도 했습니다. 생상스가 이 곡에서 드러내고자 한 것은 교향곡처럼 잘 짜인 조형적 음악이 아닌 사육제처럼 아무런 부담 없이 웃고 즐길 수 있는 자유로운 음악이었습니다.

초연은 1886년 3월 9일 생상스가 피아니스트로 참여한 가운데 비공개로 이루어졌습니다. 이후에도 가까운 사람들을 모아 놓고 몇 차례 연주는 했지만, 공개적으로 연주회를 열거나 악보를 출판하지는 않았습니다. 공개적인 초연과 전곡의 악보 출판이 이루어진 것은 그가 세상을 떠나고 난 뒤였죠. 생상스는 왜 이 곡이 대중에게 알려지는 것을 꺼린 걸까요? 천재 음악가, 최고의 오르가니스트, 뛰어난 음악학자, 박학다식한 프랑스의 지성 등으로 불리던 그는 재기발랄하고 변화무쌍한 이 곡이 자신의 평판과 명성에 오점을 남기지나 않을까 염려했습니다. 지나치게 소탈하고 격의 없는 모습을 드러내고 싶지 않았던 겁니다. 그러나 그것은 기우에 불과했습니다. 사후에 이 곡은 그의 대표 작품으로 유명해지게 되었으니까요.

세렝게티에서 아쿠아리움까지

'동물의 사육제'는 다양한 동물의 특징을 묘사한 소품 열네 곡으로 이루어져 있습니다.

제1곡은 서주序奏와 사자 왕의 행진입니다. 피아노의 요란스러운 연타가 이어지면서 저음의 현악기 연주가 위협적으로 등장합니다. 소리가 점점 커집니다. 그러다 갑자기 피아노가 당당한 행진곡 리듬을 연주하는 가운데 묵직한 현악 합주가 깔립니다. 초원의 왕 사자의 등장이 이 정도는 되어야겠죠. 사자의 늠름한 모습이 그려집니다. 탄자니아의 세렝게티 국립 공원 한복판에 서 있는 듯한 기분입니다. 피아노 두 대의 눈부신 화음과 사자를 상징하는 현악기의 웅장하고 낮은 선율이 돋보이는 곡입니다. 피아노의 낮고 반음계적인 연주로 으르렁거리며 포효하는 사자를, 여리고 조심스러운 연주로 새끼 사자의 앙증맞은 발걸음을 묘사했습니다. 장엄한 음악임에도 듣다 보면 사자가 무섭다기보다 귀엽다는 생각까지 듭니다.

제2곡은 암탉과 수탉입니다. 닭은 친근한 동물이죠. 그런데 닭을 무서워하는 사람도 있습니다. 우는 소리가 거칠고 부리로 쪼면 대단히 아플 것 같다는 이유에서입니다. 역시나 피아노의 콩콩거리는 연주가 부리를 모아 누군가를 쪼려고 달려가는 성난 닭 같습니다. 암탉이 모이를 쪼는 소리는 클라리넷으로, 수탉의 울음소리는 피아노로 재현해 냈습니다. 암탉과 수탉이 홰를 치며 다투는 분위기 또한 잘 살아 있습니다. 서른다섯 마디에 불과한 짧은 곡이지만, 닭 울음소리가 너무 생생해 양계장 안에 들어와 있는 듯한 착각이 듭니다. 이 곡은 18세기 프랑스 작곡가 라모의 '암탉'으로부터 영향을 받았습니다. 닭이 부리로 쪼아 대는 것 같은 묘사와 상대방을 향해 두 발로 힘차게 돌진하는 장면 등이 상당히 유사합니다.

제3곡은 야생 당나귀입니다. 두 대의 피아노가 같은 음을 옥타브 차이를 두고 빠른 속도로 연주함으로써 중앙아시아의 야생 당나귀가 거침없이 내달리는 격렬한 모습을 표현했습니다. 길들이지 않은 당나귀의 분방한 움직임이 16분음표만으로 오르락내리락하는 '페르페투움 모빌레' 악상으로 묘사되었습니다. 이는 32분음표, 16분음표, 8분음표 같은 짧은 음표로 처음부터 끝까지 쉴 새 없이 빠른 속도로 연주하는 화려하고 짧은 곡을 가리킵니다. 흔히 상동곡常動曲 또는 무궁동無窮動으로 번역됩니다. 파가니니와 베버 등에 의해 쓰이기 시작한 말이죠. 야생 당나귀가 사정없이 내달리는 장면을 표현하기에 제격인 것 같습니다. 연주 중간중간에 탕, 하고 나오는 튀는 음은 당나귀가 뒷발질하는 모습을 상상하게 합니다.

제4곡은 거북이입니다. 피아노 한 대와 현악 5부로 편성되었습니다. 거북이 하면 자연스럽게 떠오르는 것이 느림보입니다. 이솝 우화 '토끼와 거북이'도 연상되고요. 저 같으면 첼로의 낮은음을 아주 느리게 연주했을 것 같은데, 생상스는 어땠을까요? 피아노의 약한 셋잇단음표 리듬이 거북이의 느린 걸음을 계속해서 표현하는 가운데 현악기들이 거북이의 태평스러운 움직임을 떠올리는 선율을 나지막이 연주합니다. 이는 오펜바흐의 오페레타 '천국과 지옥' 중에서 '지옥의 갤럽' 일명 캉캉 선율을 인용한 것입니다. 원래는 대단히 빠른 곡이지만, 답답할 정도로 느리게 연주함으로써 색다른 느낌을 만들어 냈죠. 엉금엉금 해변을 지나 간신히 바닷속으로 들어온 거북이가 천천히 유영하다가 먼바다로 사라져 가는 느낌입니다.

제5곡에서는 코끼리가 나타납니다. 현존하는 동물 중에 단연 덩치가 큰 게 코끼리입니다. 코끼리를 표현할 수 있는 악기가 뭘까요? 제일 큰 악기이면서 가장 낮은음을 내는 콘트라베이스가 잘 어울릴 것 같습니다. 피아노가 아주 천천히 왈츠를 연주합니다. 이때 콘트라베이스가 느릿느릿 춤을 추는 코끼리를 표현합니다. 발을 헛디디거나 다리가 꼬여 넘어질까 봐 아슬아슬합니다. 이 곡은 멘델스존의 '한여름 밤의 꿈'과 베를리오즈의 '파우스트의 천벌' 중 '바람 요정의 춤'을 패러디한 것입니다. 코끼리가 요정처럼 춤을 추는 게 과연 가능할까요? 서커스라면 가능할 겁니다. 거의 모든 서커스에는 코끼리가 등장합니다. 하지만 초원에 사는 코끼리라면 쉽지 않겠죠. 그러나 음악 속에서는 육중한 코끼리도 신나게 춤을 춥니다.

제6곡의 주인공은 캥거루입니다. 야생 당나귀와 마찬가지로 두 대의 피아노가 캥거루가 껑충껑충 뛰는 모습을 표현했습니다. 그런데 야생 당나귀와 캥거루는 뛰는 모습이 무척 다르죠. 캥거루는 아주 경쾌합니다. 팡팡 튀는 독특한 리듬이 뒷다리로 거침없이 뛰어다니는 캥거루의 모습을 잘 묘사하고 있습니다. 속도와 강약의 적절한 변화와 4박자와 3박자의 절묘한 교차가 이 효과를 기가 막히게 살려 내고 있죠. 짧은 앞다리와 긴 뒷다리, 쫑긋 세운 귀와 길게 늘어뜨린 꼬리 등 캥거루의 전체적인 윤곽이 음악을 들으면서 눈앞에 잡힐 듯 보이는 것 같습니다. 암컷은 육아낭 속에 새끼를 넣어 기르기 때문에 늘 주변을 살피며 경계해야 합니다. 연신 고개를 두리번거리는 캥거루의 긴장감까지도 오롯이 느낄 수 있습니다.

제7곡은 '동물의 사육제' 중에서도 자주 연주되는 '수족관'입니다. 플루트, 하모늄, 두 대의 피아노, 첼레스타, 현악 4부로 편성되었습니다. 물속을 유유자적 헤엄치는 물고기들의 여유로운 움직임이 첼레스타의 청량한 선율로 묘사됩니다. 천사가 되어 꿈속에서 헤매는 것인지 인어가 되어 물속에서 헤엄치는 것인지 알 수가 없습니다. 차이콥스키에게 기발한 영감을 준 첼레스타는 생상스에게도 남다른 예감을 준 듯합니다. 이 곡은 한국인에게 친숙한 칸 영화제의 레드카펫 주제곡이기도 하죠. 영화 '해리 포터와 불의 잔'에도 쓰였다고 하네요. 음악을 듣는 동안 누구나 신비와 환상의 나라로 여행을 떠나게 됩니다. 바닷속에 들어가 각양각색의 열대어와 총천연색 산호초 사이에서 춤을 추고 있는 나를 발견하게 됩니다.

넘실거리는 유머와 풍자

제8곡의 제목은 '귀가 긴 등장인물'입니다. 사람을 가리키는 걸까요? 아니면 동물을 지칭하는 걸까요? 귀가 긴 동물이라면 노새나 당나귀가 어울리겠죠. 야생 당나귀는 이미 등장했으니 이번에는 집 당나귀겠네요. 야생 당나귀는 초원을 내달렸습니다. 집 당나귀는 어떻게 표현해야 좋을까요? 귀를 쫑긋거리는 모습 어떨까요? 두 대의 바이올린이 연주합니다. 한 대는 높은음, 한 대는 낮은음입니다. 단순하면서도 겹치지 않는 두 음역의 연주가 묘하게 이어집니다. 당나귀 암컷과 수컷의 앙상블 같기도 합니다. 등장인물을 사람으로 해석한다면 귀가 긴 사람은 누구일까요? 창작도 연주도 할 줄 모르면서 듣는 귀만 발달한 비평가를 일컫는 게 아닐까요? 그렇다면 비평가를 비꼬기 위한 고도의 풍자로 해석할 수도 있습니다.

제9곡은 숲속의 뻐꾹새입니다. 두 대의 피아노와 클라리넷이 연주를 맡았습니다. 잔잔한 피아노는 적막한 숲을 표현하고 있습니다. 맑은 공기와 고요함 그리고 진한 싱그러움이 느껴집니다. 그 정적을 뻐꾸기 울음이 깨뜨리네요. 클라리넷이 뻐꾸기 우는 소리를 기막히게 묘사하고 있습니다. 나무 위에 앉아 "뻐꾹!" 하고 귓가에 지저귀는 것 같습니다. 여름 숲에는 뜨거운 햇볕도 비치지만, 비가 올 때도 있고 거센 바람이 불 때도 있고 태풍이 닥칠 때도 있죠. 뻐꾸기의 환경이 언제나 안전한 것만은 아닙니다. 그런데도 뻐꾸기 울음은 한결같이 평온합니다. 슬픔이 가득한 울음이 아니라 평화가 가득한 울음입니다. 동물은 숲속의 상황이 어떻든 전혀 걱정하지 않습니다. 걱정과 근심을 달고 사는 존재는 오직 인간뿐입니다.

제10곡의 제목은 '큰 새집'입니다. 새들이 모여 사는 큰집이죠. 도입부에서 바이올린의 트레몰로 연주, 즉 같은 음을 같은 속도로 여러 번 반복해서 빠르게 연주하는 주법이 등장합니다. 새장 속의 역동성을 표현한 겁니다. 온갖 새들이 정신없이 날아다닙니다. 플루트와 두 대의 피아노, 현악 5부가 현란한 새들의 날갯짓을 표현하고 있습니다. 특히 플루트 연주가 돋보입니다. 청중이 듣기 좋을수록 연주자는 힘든 법입니다. 앵무새, 극락조, 뿔닭, 카나리아, 관머리두루미, 왕부리

새, 벌새, 호금조, 공작새, 코뿔새, 홍관조 같은 갖가지 열대새가 등장한다고 합니다. 이 많은 새의 울음을 음악으로 표현했다니 놀라울 따름입니다. 보통 관찰력이 아니네요. 음악을 들으면서 어떤 새의 지저귐인지 맞혀 보는 것도 재미있겠습니다.

제11곡은 피아니스트입니다. 드디어 사람이 나왔습니다. 그런데 보통 사람이 아니라 피아니스트군요. 왜 하필 피아니스트가 등장했을까요? 게다가 생상스는 지시 사항까지 적어 두었습니다. '연주자는 초보자가 피아노 치는 모양과 그 어색함을 흉내 내야 한다.' 대단히 어려운 주문입니다. 피아니스트는 '동물의 사육제'에 출연한 유일한 인간이지만, 무능하고 우스꽝스러운 존재로 그려지고 있습니다. 어렸을 때 피아노 학원에서 누구나 연습했을 쉬운 음계를 시종일관 고집스레 연주합니다. 상하 음계를 훑고 내려오는 것만 반복하죠. 피아니스트 연주 중간중간에 오케스트라의 짧은 화음이 추임새처럼 들어가 있습니다. 형편없는 실력의 피아니스트에 대한 조소처럼 여겨집니다. 인간 특히 예술가에 대한 풍자로 보입니다.

제12곡의 제목은 화석이네요. 화석이란 지질 시대의 퇴적암 안에 퇴적물과 함께 쌓여 돌이 된 동식물의 유해나 흔적을 가리킵니다. 그런데 '동물의 사육제'에 왜 화석이 등장했을까요? 화석은 생물이 아니라 돌인데 말이죠. 이 곡에는 다른 작곡가의 음악이 다수 인용되었습니다. 처음 실로폰 연주는 생상스의 교향시 '죽음의 무도'입니다. 그다음으로 프랑스 동요 '난 좋은 담배를 갖고 있다네', 우리나라에는 '반짝반짝 작은 별'로 알려진 모차르트의 변주곡 '아 어머니께 말씀드리죠', 로시니의 오페라 '세비야의 이발사' 아리아 선율이 계속 이어집니다. 이미 오래전에 죽어서 돌이 된 화석 속 동물들이 나와서 춤을 춘다는 게 무슨 의미일까요? 이런 음악들은 너무 진부해서 화석같이 굳어진 음악과 다를 바 없다는 신랄한 비판입니다.

제13곡 '백조'는 '동물의 사육제' 중에서 가장 유명한 곡입니다. 물 위를 헤엄쳐 가는 백조의 우아함을 아름다운 첼로 선율로 표현한 이 곡은 첼로 연주회뿐 아니라 발레 공연에서도 자주 연주됩니다. '동물의 사육제' 열네 곡 가운데 생상스가 죽기 전에 출판을 허락한 곡은 오직 이 곡뿐이었습니다. 그만큼 심혈을 기울여 만든 곡이라는 뜻이겠죠. 이 곡을 선물로 받은 샤를 르부크는 대단히 기뻐했을 겁니다. 다른 곡과 달리 유머와 풍자가 전혀 없이 눈부신 음악만이 돋보입니다. 푸른 물결에 파문을 일으키며 유유히 지나가는 새하얀 백조의 자태가 생생하게 그려집니다. 고고한 동물의 대명사인 백조를 묘사한 음악답게 서두르지 않고 여유가 넘쳐 납니다. 빼어난 선율 때문에 다른 편성으로 편곡해 연주할 때도 많습니다.

마지막 제14곡은 '피날레'입니다. 플루트, 클라리넷, 하모늄, 실로폰, 두 대의 피아노, 현악 5부 편성까지 앞서 사용된 악기 거의 전부가 등장합니다. 서주에 나왔던 악상이 다시 울려 퍼진 다음 클라리넷이 가볍고 재치 있는 주제를 연주합니다. 오펜바흐의 '천국과 지옥'에 나오는 피날레 선율이죠. 이어서 지금까지 소개됐던 야생 당나귀, 암탉, 캥거루, 집 당나귀 등 동물들의 울음과 동작이 차례로 연주되며 대미를 장식합니다. 동물들의 떠들썩한 한바탕 축제가 벌어지는 것이죠. 무서운 사육제가 빨리 지나가기를 바라는 외침 같기도 하고, 즐거운 사순절이 빨리 다가오기를 바라는 갈망 같기도 합니다. 이미 들었던 열세 곡의 하이라이트를 모아 놓은 곡인 만큼 '백조'나 '수족관'과 더불어 제일 많이 알려진 곡입니다.

나는 사람답게 살아가고 있는 걸까?

1835년 10월 9일 파리에서 태어난 샤를 카미유 생상스는 어릴 때 고위 공무원이던 아버지를 폐결핵으로 여의고 어머니의 보살핌 속에 자랐습니다. 음악은 그의 친구였죠. 다섯 살 때 피아노 소곡과 노래를 작곡했고, 베토벤의 소나타를 연주했습니다. 사람들은 신동인 그를 '프랑스의 모차르트'라고 불렀습니다. 열세 살에 파리 국립음악원에 입학했으며, 열여섯 살 때 '성 세실리아 찬가'를 작곡해 성 세실리아 협회로부터 상을 받았고, 같은 해에 성 마리아 성당의 오르간 주자로 취임했습니다. 사람들은 생상스를 작곡가보다는 뛰어난 오르가니스트로 기억했습니다. 그 역시 이런 기대에 부응해 연주에 집중했죠. 1857년에는 오르가니스트로서 최고봉이라고 할 수 있는 파리의 성 마들렌 성당 오르가니스트가 되었습니다.

서른세 살 때인 1868년에는 오페라 '삼손과 델릴라'를 완성했습니다. 이 작품은 리스트의 지휘로 바이마르에서 상연되었죠. 그는 천재 음악가로서 빼어난 작품을 많이 작곡했지만, 불세출의 피아니스트이자 오르가니스트였으며, 음악학자와 심리학자로도 왕성하게 활동했습니다. 대개 예술가들이 관심을 두지 않는 자연 과학에도 호기심이 많았죠. 이런 공로를 인정받아 1868년에는 프랑스 최고 영예인 레종 드뇌르 훈장을 받았고, 1892년에는 영국 케임브리지 대학에서 명예 음악 박사 학위를 받았습니다. 1921년, 86세의 생상스는 프랑스 식 민지인 알제리에 머물고 있었는데, 12월 16일 갑자기 심장 마비가 와 서 운명하고 말았습니다. 프랑스 정부는 국장으로 장례를 치른 뒤 파 리 몽파르나스 묘지에 유해를 안장했습니다.

생상스는 다양한 장르에서 수많은 작품을 남겼습니다. 그중 대중 에게 잘 알려진 곡은 '피아노 협주곡 2번', '첼로 협주곡 1번', '바이올 린 협주곡 3번', '서주와 론도 카프리치오소', '교향곡 제3번 오르간', 교향시 '죽음의 무도', 오페라 '삼손과 델릴라' 정도입니다. '죽음의 무도'는 피겨의 여왕 김연아 선수가 2008~2009 시즌 국제 빙상 경 기 연맹이 주최하는 피겨스케이팅 시니어 그랑프리 여자 싱글 쇼트 프로그램에서 일본의 아사다 마오를 제치고 선두로 나설 때 배경 음 악으로 사용되며 한국인들에게 알려지게 되었습니다. 검은 원피스를 입은 김연아는 강렬한 눈빛과 카리스마 넘치는 안무로 '죽음의 무도' 를 완벽하게 소화해 냈습니다.

영국에서 음악을 공부한 후 텔레비전과 영화 음악 분야에서 활동 중인 작가 데이비드 맥클리는 『클래식, 낭만 시대와의 만남』에서 생 상스의 음악을 이렇게 평가하고 있습니다.

"프랑스도 19세기 후반기가 돼서야 음악계의 창작 열기가 부활했 다. 이 재활에 공헌한 첫 번째 주요 작곡가는 카미유 생상스였다. 그가 보기에 프랑스 음악이 발전하지 못한 이유는 소재는 영웅적이고 볼 거리는 화려했지만, 실질적으로는 피상적인 오페라에 고착되어 있었 기 때문이다. 생상스는 오페라를 12편이나 썼는데, 300편이 넘는 막 대한 작품 수에 비하면 이는 극히 일부에 불과하다. 그는 프랑스 음악이 기악곡 중심으로 전환하는 데 공을 들이는 중추적인 역할을 했으며, 1871년에는 국립음악협회를 공동으로 창설하여 프랑스 관현악과 실내악 발전을 장려했다. …… 생상스에게는 우아한 선율과 아름다운 화성이 감정 표현의 깊이보다 중요했다. 물론 그런 특징이 생상스가 비판받는 원인이긴 하지만, 19세기 말과 20세기의 프랑스 작곡가들에게 막대한 영향을 미친 미학적 기준이었다는 사실은 분명하다."

그가 활동한 파리에서는 오페라가 대세였습니다. 프랑스 음악을 사랑한 그는 기악곡을 더 많이 보급하려 노력했죠. 우아한 선율과 아름다운 화성이야말로 프랑스 음악이 나아갈 길이라 생각한 겁니다. 그러다 보니 프랑스 음악인들에게 오해를 받게 되었습니다. 기악곡은 독일이 우세했기 때문입니다. 독일 음악가들 또한 그를 비판했습니다. 그가 국수주의자로 보인 까닭입니다. 이래저래 공격을 받게 된 그는 심기가 불편했을 겁니다. 이즈음에 만든 곡이 바로 '동물의 사육제'입니다. 이 곡에 세상을 향한 풍자와 해학이 가득한 이유입니다.

동물에 애정이 많았던 생상스는 '동물의 사육제'에서 무슨 메시지를 전하려 한 걸까요?

사실 동물의 관점에서 보자면 사육제는 인간이 동물을 마구 잡아먹는 날이니 좋을 리 없습니다. 육식을 금하는 사순절이 더 좋겠죠. 그렇다면 '동물의 사육제'보다는 '동물의 사순절'이 그의 마음을 표현하기 더 좋았을 겁니다. 그가 연주한 동물의 세계는 아름답고 자유롭기 그지없습니다. 자연의 일부인 인간이 자연을 파괴하고 동물을 수시로 잡아먹는 것도 모자라 부활절을 앞둔 금욕의 시간을 견디기 어려워 사육제라는 축제까지 만들어 인정사정없이 식욕을 채우는 광경이 역겨웠을 수도 있습니다. 같은 동물인 인간이 합법적으로 온갖 동물을 잡아먹으며 광란의 축제를 벌이는 게 과연 온당한가? 생상스는 사람들을 향해 이렇게 묻고 있는지도 모릅니다. 그가 묘사한 인간은 잔인하고 우스꽝스럽고 모순덩어리인 존재입니다.

인생은 사육제와 사순절이 반복되는 무대 혹은 희극과 비극이 교차하는 연극 같은 거라는 생각이 듭니다. 희극의 막이 올랐을 때 머지않아 비극이 시작될 걸 알고 마음을 다잡고, 비극의 막이 올랐을 때 조금만 견디면 희극이 찾아올 걸 알고 마음을 추스른다면 인생의 막이 정처 없이 오르내리더라도 생활의 리듬을 활기 있게 만들 수 있을 겁니다. 너무 지친 것 같다면 제4곡 '거북이'나 제5곡 '코끼리'를, 일상생활이 무료하다면 제3곡 '야생 당나귀'를, 슬프고 우울하다면 제7곡 '수족관'이나 제10곡 '큰 새집'을, 위로와 격려가 필요하다면 제13곡 '백조'를, 힘과 응원을 원한다면 제1곡 '사자 왕의 행진'이나 제6곡 '캥거루'를 들어 보면 어떨까요? 나는 사람답게 살아가고 있는 걸까? 자문하며 성찰하는 시간이 될 것 같습니다.

시류에
휩쓸리지 않는
꼿꼿한 고집스러움

살기 위해 먹는가
먹기 위해 사는가?
세자르 프랑크의 미사곡 **천사의 빵**

밥 먹는데 식판 위로 돌이 날아왔을 때

군에 입대해 충남 논산에 있는 육군 훈련소에서 6주 동안 훈련을
받았습니다. 퇴소 전 수료식을 하고 나서 잠깐 가족을 면회하는 시간
이 주어집니다. 어머니와 형이 면회를 왔습니다. 얼마나 반가웠겠습
니까? 고생을 많이 했으니 눈물도 났겠지요. 하지만 저는 어머니가 탁
자 위에 풀어 놓은 통닭에만 눈길이 갔습니다. 허겁지겁 통닭 한 마리
를 뜯어 먹느라 무슨 대화를 나누었는지 기억도 없습니다. 자대 배치
전날 훈련병들을 연병장에 모이게 한 뒤 내일 가게 될 부대를 알려 주
었습니다. 그런데 저를 포함한 몇몇은 어디로 가는지 알려 주지 않았
습니다. 멀리 가야 하니 짐을 꾸려 나오라고 했죠. 기차를 타고 한참을

간 후 다시 트럭에 옮겨 타고 밤중에서야 겨우 도착한 곳은 전라도 광주에 있는 전투 경찰 부대였습니다.

육군의 최전방은 휴전선 부근이겠지만, 전투 경찰의 최전방은 광주였습니다. 당시 군 복무 기간은 30개월이었습니다. 1968년 북한 특수 부대가 대통령을 암살하기 위해 청와대를 습격하려다 소탕된 사건, 즉 1·21사태로 인해 1970년대 학번 선배들은 36개월을 군에서 복무해야 했습니다. 제5공화국 때 군 복무 기간이 30개월로 줄어들었죠. 대학생들이 2년간 교련 수업을 받으면 복무 기간을 3개월 단축해 주었습니다. 그러니까 제 군 복무 기간은 27개월이었습니다. 육군 훈련소에서 훈련받은 기간을 빼면 25개월 하고도 보름 동안을 광주에서 전투 경찰로 복무한 것이죠. 거의 하루도 데모가 없는 날이 없었습니다. 횟수뿐 아니라 참가 인원이나 열기 그리고 전투력 등에 있어서 서울의 대학생들과는 비교가 되지 않았습니다.

역지사지라는 말이 그토록 실감 날 수가 없더군요. 데모할 때와 데모를 막을 때는 처지가 완전히 달랐습니다. 대학생들이 "독재 타도!", "군사 정권 물러가라!" 하고 외치며 보도블록과 화염병을 던질 때는 전투 경찰을 다치게 하려는 의도가 아니라 독재자와 군사 정권에 대한 울분과 저항의 표시였습니다. 그러나 깨진 보도블록과 불붙은 화염병을 정면에서 맞닥뜨려야 하는 전투 경찰에게 그것은 자칫 목숨을 잃거나 큰 부상으로 이어질 수 있는 위험한 흉기였습니다. 무엇보다 전투 경찰은 독재자가 아니었고 대학생들을 잡아들이기 위해 자원입대한 신흥 서북 청년회가 아니었습니다. 대학생들과 하나도 다를 바 없는 젊은이들이었죠. 멀쩡하게 대학 잘 다니다 군에 입대했지만, 저처럼 전투 경찰로 끌려온 청년들도 많았습니다.

"어쩌다 우리가 이렇게 됐지?"

"그러게…… 2년 넘게 이러고 어떻게 살아야 하나? 제대하면 다시 대학생인데……."

"적당히 하는 척만 하자고. 우리도 쟤들도 다치지 말아야지."

"그래, 이게 다 먹고살자고 하는 짓인데……."

대학 다니다 전투 경찰로 차출되어 온 동기 셋이 몰래 모여 이런 이야기를 나눈 적 있습니다. 그러나 현실은 녹록하지 않았습니다. 5·18 민주화 운동의 아픔이 생생히 살아 있던 때라 광주의 분위기는 살벌했습니다. 1987년 1월 14일 서울대 학생 박종철이 경찰에 연행되어 남영동 대공 분실에서 각종 고문을 받다 사망한 사건이 발생했고, 같은 해 6월 9일 연세대 학생 이한열이 시위 도중 경찰이 쏜 최루탄에 피격당해 사경을 헤매다 7월 5일 사망한 충격적인 사건이 연달아 발생했습니다. 전국에서 민주화 열기가 끓어올랐고 광주는 활화산처럼 이글거렸습니다. 4·13 호헌 조치, 6·10 민주 항쟁, 6·29 선언으로 정국은 소용돌이쳤습니다. 마침내 대통령 직선제 개헌 등 민주화 조치가 이루어졌지만, 하루도 발 뻗고 잘 날이 없었죠.

많은 대학생이 다쳤고 때로는 죽었으며, 많은 전투 경찰이 상해를 입었고 때로는 죽었습니다. 같은 시대를 사는 젊은이들이 서로를 향해 돌을 던지고 최루탄을 쏘았습니다. 잊을 수 없는 비극이었습니다. 만약 그때 계엄령이라도 발동되었더라면 무슨 일이 벌어졌을지 생각만 해도 아찔합니다. 저를 포함한 전투 경찰 대부분이 무사히 제대하기 어려웠을지 모릅니다. 한 치 앞을 알 수 없는 긴박한 나날 속에서도 동기들끼리의 다짐을 잘 지킨 덕에 그 누구도 다치게 하지 않고 나 역시 건강한 모습으로 제대해 다시 대학생이 될 수 있었습니다.

위기의 순간도 있었습니다. 데모 현장에서 밥을 먹다가 돌을 맞은 겁니다. 대학생들은 데모가 소강상태로 접어들면 밥 먹으러 가거나 교대로 밥을 먹을 수 있지만, 전투 경찰은 데모가 주춤할 때 일시에 밥을 먹어야 합니다. 부대 취사반에서 싸 온 도시락이죠. 한참 데모를 막다가 길거리 경찰 버스 뒤에 쪼그리고 앉아 허겁지겁 밥 먹는 모습은 정말 눈물겹습니다. 다 귀한 집 아들들인데 그때는 살기 위해 한 숟가락이라도 더 입에 퍼 넣어야 합니다. 무슨 맛인지도 모릅니다. 뿌연 최루 가스 속에서 정신없이 밥을 먹고 있는데, 어디선가 돌멩이가 날아왔습니다. 누구는 머리에서 피가 나고 누구는 도시락이 엎거졌습니다. 사방으로 밥알과 국물이 튀었습니다. 다들 돌멩이가 날아온 곳으로 뛰어갔습니다. 이성을 잃었던 겁니다.

데모에도 지켜야 할 선이 있습니다. 대학생이든 전투 경찰이든 상대방을 다치게 해서는 안 됩니다. 자극하거나 미워해서도 안 됩니다. 대학생은 자신의 의사를 표현하고 의지를 내보이면 되는 것이고, 전투 경찰은 적정한 위치에서 공권력의 존재감만 내보이면 되는 것입니다. 그리고 서로 밥 먹는 시간은 보장해 줘야 합니다. 밥 먹을 때는 건드리면 안 되는 것이죠. 데모하는 쪽이나 데모 막는 쪽이나 다 먹고 살자고 하는 일이니 지킬 건 지켜야 합니다. 그걸 지키지 않으면 좋지 않은 일이 일어납니다. 다행히 그날 큰 불상사는 없었습니다. 적당히 하는 척하면서 제대할 날만 기다리던 저도 그때는 좀 흥분이 되더군요. 부대원들과 함께 돌멩이가 날아온 곳으로 뛰어가던 제 귓가에 동기들과 나눴던 이야기가 들려왔습니다.

"야, 다 먹고살자고 하는 짓인데 적당히 해!"

먹고사는 일의 고단함

먹고사는 일은 참 힘듭니다. 학생 시절 공부하는 게 힘든 적보다 학비를 마련하고 하루하루 생활하는 게 힘든 적이 더 많았습니다. 군대 가면 편하게 먹고살 줄 알았는데 거기서도 쉽지 않았죠. 밥 먹다가 주걱이나 식판으로 두들겨 맞는 일도 많았고, 길거리에서 도시락을 먹다가 돌멩이를 맞은 일도 있었으니까요. 사회에 나와 돈을 벌면 먹고사는 문제에서 자유로워질 줄 알았습니다. 그런데 그렇지 않았습니다. 열심히 일하고 매달 월급을 받는데도 먹고사는 건 여전히 팍팍했습니다. 빚을 갚고 나니 집을 사야 했고, 집을 사고 나니 차를 사야 했으며, 차를 사고 나니 결혼을 해야 했습니다. 야심 차게 출판사를 창업했으나 뜻대로 되지 않자 삶은 훨씬 고달파졌습니다. 걱정으로 날이 밝고 한숨으로 날이 저물었습니다.

유사 이래 인간은 먹고사는 문제로부터 해방된 적이 없습니다. 늘 먹고살기 위해 급급해야 했습니다. 잡아먹히지 않으려면 스스로 보호하는 능력을 길러야 했고, 더 많은 사냥감을 얻으려면 새로운 도구를 만들어야 했죠. 음식을 저장하는 기술이 발달했고, 농사와 축산 등으로 자급자족하는 방법을 모색했습니다. 먹고살기 좋은 곳을 찾아 이동했으며, 젖과 꿀이 흐르는 땅을 차지하기 위해 전쟁을 벌였습니다. 인류의 역사는 먹고살기 위한 투쟁이었다고 해도 과언이 아닙니다. 땀 흘려 일하지 않고 유희에 빠져 살아도 먹고살 걱정을 전혀 하지 않아도 되는 세상, 즉 에덴동산 같은 유토피아를 꿈꿨지만, 그런 세상은 어디에도 없었고, 인간의 힘으로 그런 세상을 만들 수도 없었습니다. 먹고사는 일은 언제나 고행이었습니다.

요즘 젊은 세대가 먹고살기 어렵다고 푸념을 늘어놓지만, 우리 부모 세대나 선배 세대는 훨씬 더 먹고살기 힘든 시대를 살았습니다. 끼니때마다 밥 먹는 일이 고역인 시절이었죠. 따지고 보면 이 세상 모든 아버지와 어머니는 무슨 수를 써서라도 하루 삼시세끼 자식들 입에 따뜻하고 맛있는 밥 한술 떠넣어 주기 위해 살아가는 존재들이며, 자신에게 딸린 식솔들의 허기진 배를 채워 주기 위해 온갖 모욕과 수고를 감수하면서도 무거운 짐을 짊어진 채 고단한 인생길을 뚜벅뚜벅 걸어가는 존재들이라고 할 수 있습니다. 가장 사람답지 못한 부도덕한 삶 중 하나는 다른 사람의 밥을 빼앗아 먹고사는 삶이며, 진정 사람다운 숭고하고 거룩한 삶 중 하나는 다른 사람에게 자신의 밥을 나누어 주며 사는 삶입니다.

작가 김훈은 자신의 수필집 『밥벌이의 지겨움』에서 밥에 관해 이런 글을 썼습니다.

"전기밥통 속에서 밥이 익어 가는 그 평화롭고 비린 향기에 나는 한평생 목이 메었다. 이 비애가 가족들을 한 울타리 안으로 불러 모으고 사람들을 거리로 내몰아 밥을 벌게 한다. 밥에는 대책이 없다. 한두 끼를 먹어서 되는 일이 아니라, 죽는 날까지 때가 되면 반드시 먹어야 한다. 이것이 밥이다. 이것이 진저리나는 밥이라는 것이다. 밥벌이도 힘들지만, 벌어 놓은 밥을 넘기기도 그에 못지않게 힘들다. 술이 덜

깬 아침에, 골은 깨어지고 속은 뒤집히는데, 다시 거리로 나아가기 위해 김 나는 밥을 마주하고 있으면 밥의 슬픔은 절정을 이룬다. 이것을 넘겨야 다시 이것을 벌 수가 있는데, 속이 쓰려서 이것을 넘길 수가 없다. 이것을 벌기 위하여 이것을 넘길 수가 없도록 몸을 부려야 한다면 대체 나는 왜 이것을 이토록 필사적으로 벌어야 하는가. 그러니 이것을 어찌하면 좋은가. 대책이 없는 것이다."

천사의 빵이 사람의 빵이 되는 순간

먹고사는 일로 지치고 힘겨울 때, 삶이 왜 이렇게 고달프고 앞이 보이지 않을까 낙심될 때 저는 세자르 프랑크의 미사곡 'Panis Angelicus'를 듣곤 합니다. 전 세계 유명 성악가 중에서 이 곡을 부르지 않은 사람은 없을 겁니다. 2007년 세상을 떠난 이탈리아의 루치아노 파바로티, 어느덧 80대로 접어든 스페인의 플라시도 도밍고, 아직 70대인 스페인의 호세 카레라스, 시각 장애가 있음에도 뛰어난 호소력이 돋보이는 이탈리아의 안드레아 보첼리의 노래가 모두 좋습니다. 그러나 저는 2014년 프란치스코 교황이 방한했을 때 집전한 미사에서 조수미가 불렀던 'Panis Angelicus'를 제일 좋아합니다. 물론 가창력도 탁월하지만, 곡의 특성상 인간에 대한 사랑과 깊은 신앙심이 배어 있어야 제대로 된 울림을 줄 수 있기 때문입니다.

프랑스 근대 음악의 아버지로 일컬어지는 세자르 프랑크는 시류에 영합하지 않고 바흐와 베토벤으로 이어지는 음악의 전통을 계승하려 애쓴 음악가입니다. 그가 작곡한 곡으로 우리나라에도 잘 알려진

'Panis Angelicus'는 '천사의 빵'이라는 뜻이지만, 의역을 통해 '생명의 양식'이라는 제목으로 불리고 있습니다. 천사의 빵을 하늘에서 내려온 양식으로 표현하면서, 오늘날 낮고 천한 우리에게도 생명의 양식을 내려 달라고 기도하는 애절한 노래입니다.

'생명의 양식' 우리말 가사는 이렇습니다.

생명의 양식을, 하늘의 만나를
맘이 빈 자에게 내리어 주소서.
낮고 천한 우리 긍휼히 보시사
주여, 주여, 먹이어 주소서.
주님이 해변서 떡을 떼심과 같이
하늘의 양식을 내리어 주소서.
낮고 천한 우리 긍휼히 보시사
주여, 주여, 먹이어 주소서.

본래 미사곡임에도 한국 개신교회에서 이 가사로 워낙 많이 부르다 보니 웬만한 사람은 줄줄 외울 정도입니다. 그런데 이 가사를 누가 쓴 것인지는 알 수가 없습니다. 원곡이 있으니 번역인 것 같지만, 원곡의 가사와 너무 달라 창작이라고 할 수밖에 없을 것 같습니다.

라틴어 원문과 이를 직역한 번역은 다음과 같습니다.

Panis angelicus, fit panis hominum.
천사의 빵이, 사람의 빵이 됩니다.

Dat panis coelicus, figuris terminum.

하늘의 빵은 (이전의 모든) 형상에 종지부를 찍습니다.

O res mirabilis,

오, 얼마나 놀라운 일입니까?

manducat Dominum. Pauper servus et humilis.

먹습니다, 주님을. 가련하고 초라한 노예가.

너무 다르지 않습니까? 제목인 '생명의 양식'과 '천사의 빵'은 의미가 완전히 다를 뿐 아니라 노래의 가사도 같은 곡이라고 할 수 없을 정도입니다. '생명의 양식'이 창작곡이라면 이 가사는 정말 좋은 가사입니다. 그러나 원곡 '천사의 빵'의 번역이라고 할 수는 없죠. 원곡이 있는데도 불구하고 이렇게 전혀 다른 가사를 만들어 부른다는 건 이해할 수 없는 일입니다. 의역이라 해도 이건 의역의 범위를 벗어난 듯합니다. 왜 이런 일이 생긴 걸까요?

'생명의 양식' 가사는 만나를 생명의 양식으로 표현하고 있습니다. 이집트에서 노예로 살아가던 이스라엘 백성들은 지도자 모세의 인도 아래 파라오의 손에서 벗어나 약속의 땅 가나안으로 향합니다. 천신만고 끝에 홍해를 건넌 이들 앞에 펼쳐진 건 황량한 광야였습니다. 물과 식량이 부족했죠. 백성들은 비참했던 노예 생활을 까마득히 잊고 모세를 원망합니다. 곤경에 처한 모세가 간절히 기도하자 하느님은 이들의 먹고사는 문제를 단박에 해결해 주었습니다. 아침에는 하늘에서 만나가 내려왔고, 저녁에는 공중에서 메추라기가 쏟아졌죠. 메추라기는 고기 맛이 아주 좋은 작은 새입니다. 만나는 싸락눈 비슷한 음식 재료로, 거둬들여 가루로 만들어 반죽한 뒤 구워서 빵을 만들거나 솥에 쪄서 케이크를 만들어 먹었습니다.

만나는 이스라엘 백성들이 광야에서 살던 40년 동안 매일 아침 하늘에서 내려온 양식입니다. 마침내 그들이 가나안 땅에 들어가 농사지어 먹고살게 되었을 때 그쳤습니다. 이 노래 가사는 그때처럼 하늘에서 만나가 쏟아지게 만들어 먹고사는 문제를 해결해 달라는 기도입니다. 노골적으로 먹여 달라고 하죠. 만나는 극한의 상황에서 특별히 주어진 겁니다. 평상시 먹고사는 문제는 인간 스스로 해결해야 합니다. 원곡 가사는 1절뿐이지만, 너무 짧은지 2절까지 만들었습니다. 부활한 예수가 제자들을 찾아가 아침밥을 차려 주는 장면입니다. 이것은 마지막으로 제자들에게 사명을 일깨워 주려는 것이었지 먹고사는 문제를 해결해 주려는 것이 아니었습니다. 그런데도 이 장면 끝에 하늘 양식을 먹여 달라는 기도가 또 나옵니다.

빵과 포도주에 대한 판이한 해석

'Panis Angelicus'는 서양 중세를 대표하는 철학자이자 신학자로서 걸작 『신학 대전』을 완성한 토마스 아퀴나스가 쓴 찬미 시 'Sacris solemniis거룩한 잔치들'의 마지막 둘째 연에 곡을 붙인 겁니다. 토마스 아퀴나스는 1323년 성인 반열에 올랐을 정도로 가톨릭교회 신자들에게 존경을 받아 온 인물이기에 이 시에 곡을 붙인 작품이 여럿 있습니다. 그중 가장 잘 알려진 노래가 바로 세자르 프랑크의 곡이죠. 우리나라 『가톨릭 성가』 503번에도 '생명의 양식'이라는 제목으로 수록되어 있습니다. 그런데 역시 번역이 매끄럽지 않습니다. 'Vita생명'라는 라틴어 단어나 그 파생어가 한 번도 등장하지 않는데도 '생명의 양식'이라고 표현이 된 것이죠. 만나는 나오지 않지만, 개신교회의 가사와 별다른 차이가 없습니다.

'Panis Angelicus', 즉 '천사의 빵'은 성찬 예식에서 함께 뜯어 먹는 빵으로 예수의 살을 상징합니다. 가톨릭교회의 성체 성사와 개신교회의 성찬식은 예수와 제자들이 나누었던 최후의 만찬에서 유래되었습니다. 최후의 만찬은 즐거운 식사 자리가 아니었습니다. 곧 십자가에 매달려 죽어야 할 예수가 참혹한 시간을 앞두고 제자들과 마지막으로 밥을 먹는 고통스러운 자리였습니다. 3년 동안 동가식서가숙하며 함께 나눠 먹던 빵을 씹어 삼키고 포도주를 목으로 넘기는 일이 얼마나 힘들고 괴로운 일이었겠습니까? 예수와 제자들에게 그날의 만찬은 생에 가장 길고도 힘겨운 식사였을 겁니다. 제자들이 근심 어린 표정으로 서로를 바라보고 있을 때 예수가 먼저 식탁에 놓인 빵과 포도주를 먹고 마시며 이렇게 이야기했습니다.

"받아서 먹어라. 이것은 너희를 위하여 내어 주는 내 몸이다. 모두 돌려 가며 이 잔을 마셔라. 이것은 죄를 사하여 주려고 많은 사람을 위하여 흘리는 나의 피, 곧 언약의 피다."

최후의 만찬은 제자들이 예수를 먹고 마신 시간이었습니다. 그들이 빵을 먹고 포도주를 마심으로써 그들 안에 예수의 살과 피가 섞이게 된 것이죠. 이로써 예수와 제자들 사이에는 영원한 언약이 이루어졌습니다. 교회가 지난 2천 년 동안 성찬 예식을 행해 온 이유는 최후의 만찬 자리에서 예수가 제자들을 향해 내가 죽고 난 뒤에도 나를 기

넘하여 이 예식을 행하라고 당부했기 때문입니다. 성찬 예식이 이토록 중요한 의미를 가진 까닭에 이후 이에 대한 해석을 둘러싸고 수많은 논쟁이 이어졌습니다. 일반적으로 성찬 예식에 관한 가톨릭교회의 신학을 '화체설化體說'이라 부르고, 개신교회의 신학을 '기념설記念說'이라 부릅니다.

가톨릭교회의 화체설은 우리 눈에 보이는 빵과 포도주가 신부의 축성을 받는 순간, 예수의 실재 몸과 피 그 자체로 변화된다는 신앙입니다. 그래서 가톨릭교회는 지금도 신부에 의해 축성된 '빵과 포도주'는 예수의 '몸과 피'라고 주장합니다. 이 경우 빵과 포도주 자체를 너무 신성시하거나 신비화할 우려가 있습니다. 반면 개신교회의 기념설은 '빵과 포도주'가 예수의 실재하는 '몸과 피'가 아니라 예수의 몸과 피를 '의미하는 것'이라고 믿습니다. 빵과 포도주는 하나의 상징일 뿐이죠. 따라서 개신교회는 가톨릭교회처럼 빵과 포도주 그 자체를 성스럽게 여기지 않습니다. 이때는 예수의 몸과 피의 절실함이 다소 약해질 수 있습니다.

이처럼 빵과 포도주에 대한 해석이 판이하기에 개신교회에서는 토마스 아퀴나스가 쓴 성체 성사에 관한 찬미 시를 바탕으로 만들어진 'Panis Angelicus'를 원곡 그대로 번역해 부르기 어려웠을 겁니다. 그래서 모세 시대의 만나가 나오고 부활한 예수가 차려 준 아침밥이 등장합니다. 이렇게 탄생한 '생명의 양식'이 워낙 많이 알려지다 보니 가톨릭교회 성가에도 영향을 미쳤으리라 추정합니다. 그러나 토마스 아퀴나스가 쓴 찬미 시와 세자르 프랑크가 만든 곡에 담긴 본래 의미는 인간의 욕망을 담은 기도와는 관계가 없습니다. 오히려 그 반대죠.

천사의 빵을 먹게 된 인간의 벅찬 감격을 노래하고 있습니다. 가련하고 초라한 노예 같은 내가 어떻게 예수의 몸을 먹을 수 있겠느냐는 두렵고 떨린 마음을 표현하고 있습니다.

성체 성사에 임하는 낮고 낮은 인간의 절박한 심정을 구체적으로 묘사하자면 이런 것이죠.

"천사가 먹는 빵을 사람인 내가 먹습니다. 오늘 이 빵을 먹음으로 이전의 나는 없어지고 새로운 형상으로 거듭납니다. 이 얼마나 놀라운 일인지요? 감히 내가 주님의 몸인 이 천사의 빵을 먹습니다. 한없이 가련하고 초라한 노예 같은 내가, 외람되게도 이 빵을 먹습니다."

세상이 나를 너무 늦게 알아준다 해도

1822년 12월 10일 벨기에 리에주에서 태어난 세자르 프랑크는 프랑스에서 활동하다가 프랑스에서 생을 마감했습니다. 어머니는 독일인이었죠. 그래서 그의 음악에는 세 나라의 분위기가 은연중에 배어 있습니다. 파리 음악원에서 공부한 그는 1844년 프랑스 국적을 취득해 프랑스인으로 살 것을 결심합니다. 오르간 연주가 뛰어나 생상스에 비견될 정도였고, 피아노 연주 역시 탁월해 쇼팽이 알아줄 정도였습니다. 연주자로서는 일찍부터 인정받았으나 작곡가로서는 인정받지 못했습니다. 낭만주의가 풍미하던 때에 고전주의 음악을 추구했기 때문입니다. 사람들은 감성적인 음악을 좋아했지만, 그는 내면의 성찰을 지향하는 음악을 만들었습니다. 유행을 좇지 않고 자기가 옳다고 믿는 것을 끝까지 밀고 나간 것이죠.

하버드대학교 교수를 지내며 미국 음악학계의 대가로 활동하던 도널드 J. 그라우트는 이 분야의 바이블로 일컬어지는 『서양 음악사』에서 세자르 프랑크에 대해 이렇게 썼습니다.

"벨기에에서 태어난 프랑크는 음악 학교에서 공부하기 위해 파리로 왔고, 1871년 그곳의 오르간 교수가 되었다. 주로 기악 장르와 오라토리오 작품을 쓰면서 전통적인 대위법과 고전 형식을 리스트의 주제 변형 작법, 바그너의 화성, 주제의 재현을 통한 순환적 통일성이라는 낭만주의적 이념과 융합하여 자신만의 개성적인 스타일을 확립했다. …… 프랑크는 현대 프랑스 실내악의 창시자라 불렸다. 대표적인 실내악곡들로는 피아노 5중주 f단조1879, 현악 4중주 D장조1889, 바이올린 소나타 A장조1886 등이 있다. 이 곡들은 모두 주제가 두 개 이상의 악장에서 다시 등장하거나 변형되는 순환적 특징을 지닌다. 순환 형식의 모델인 교향곡 d단조1888는 아마 베를리오즈 이후 가장 대중적인 프랑스 교향곡일 것이다."

1858년 성 클로틸드 성당의 합창 지휘자가 된 그는 1860년 미사곡을 작곡해 이듬해 자신이 몸담은 성당에서 연주했습니다. 하지만 반응은 신통치가 않았죠. 그러다 1872년 자신이 공부했던 파리 음악원의 오르간 교수가 된 후 이 미사곡에 새로운 곡을 추가해서 연주하게 됩니다. 그 곡이 바로 'Panis Angelicus'입니다. 그가 작곡한 미사곡은 사람들 기억 속에서 사라져 갔지만, 이 곡만은 세월이 갈수록 사람들에게 더 많은 사랑을 받게 되었습니다.

훗날 그는 프랑스 근대 음악의 아버지로 일컬어지지만, 살아 있을 때 세상 사람들은 그를 너무 늦게서야 알아주었습니다. 그가 파리 음악원 교수가 된 것은 쉰 살 때였습니다. 굉장히 늦은 나이였죠. 오라토리오, 미사곡, 오르간곡 등 많은 곡을 썼지만, 사람들의 주목을 받은 작품은 없었습니다. 먹고살기가 누구보다 힘겨웠을 겁니다. 그러던 중 마침내 대중의 호응을 얻기 시작했습니다. 그는 1890년 '현악 4중주 D장조'가 초연되었을 때 청중들의 뜨거운 기립 박수를 받았습니다. 그의 걸작들이 쏟아져 나오던 시기였습니다. 비로소 세상으로부터 찬사가 쏟아질 무렵, 그는 길을 걷다 마차에 치여 중상을 입게 됩니다. 이로 인해 흉막염을 앓다가 회생하지 못한 채 1890년 11월 8일 세상을 떠나고 말았습니다. 향년 68세였습니다.

세상이 알아주지 않아도, 먹고사는 게 여전히 팍팍해도, 가장 노릇 제대로 하는 게 더없이 버거워도 그는 자신이 가야 할 길을 흔들림 없이 뚜벅뚜벅 걸어갔습니다. 비록 짧았지만, 그래서 그의 인생 말년은 따뜻하고 행복했습니다. 그가 나이 오십에 만든 곡이 'Panis Angelicus'입니다. 올곧은 신앙의 소유자였던 그는 토마스 아퀴나스가 쓴 찬미 시를 바탕으로 쓴 이 곡을 통해 성체 성사의 참된 의미를 드러내고자 했을 겁니다. 그러나 저는 이 곡이 종교와 무관하게 먹고사는 문제 앞에서 우리가 어떤 마음을 가져야 하는가, 밥 앞에 직면한 인간이 취해야 할 자세는 어떤 것인가 하는 질문에 대한 답을 주고 있다고 생각합니다. 그 답은 하나의 정답만 있는 게 아니라 저마다 떠올리고 찾아가는 각양각색의 답이겠지요.

저는 먹고사는 문제 앞에서 진지하고 겸손해야 한다고 믿습니다. 밥 앞에 직면한 인간은 두렵고 떨리는 자세를 가져야 합니다. 먹고사는 문제는 삶과 죽음의 문제이기도 하고, 밥은 생명이며 어머니처럼 숭고한 존재이기 때문입니다. 그런 의미에서 '생명의 양식'은 진지함과 겸손함이 부족한 '밥투정'처럼 여겨집니다. 'Panis Angelicus'는 밥 앞에서 눈물 흘리며 두려워 떨고 있는 나약한 인간의 모습을 그리고 있습니다. 작가 김훈이 말한 밥을 마주하고 있을 때 느끼는 '밥의 슬픔' 같은 겁니다. '생명의 양식'은 먹기 위해 사는 사람이 부르는 노래처럼 들리지만, 'Panis Angelicus'는 살기 위해 먹는 사람이 부르는 노래처럼 들립니다. 좋은 번역이 이루어져 이 곡을 우리말 '천사의 빵'으로 부르게 될 날이 오기를 고대합니다.

아직도 내게 사랑이 남아 있는 걸까?

문득
누군가가
그리워질
때

소유하지 않음으로써

완전히

소유하게 되는 사랑

사랑에도 엄격한
자기 관리와 절제가 필요하다
브람스의 **헝가리 춤곡**

길모퉁이 오래된 클래식 찻집

우리나라 최초의 서양식 병원인 제중원이 있던 자리에 지금은 헌법 재판소가 들어서 있습니다. 헌법 재판소로 향하는 안국역 2번 출구 길 모퉁이에는 오래된 클래식 찻집 '브람스'가 있습니다. 흰 수염이 바람에 휘날리는 인상적인 브람스 캐리커처가 외벽과 입구에 큼지막하게 붙어 있어 단박에 찾을 수 있습니다. 1985년에 문을 연 곳인데, 말이 찻집이지 다방 커피도 팔고 술도 팝니다. 좁다란 계단을 따라 2층으로 올라가 문을 열면 나무로 된 바닥이 눈에 띕니다. 걸을 때마다 삐걱거리는 소리가 나죠. 낡은 나무 탁자와 벨벳 의자가 놓인 찻집 분위기는 최백호의 노래 '낭만에 대하여' 가사처럼 '그야말로 옛날식 다방' 느낌입니다.

그동안 이곳의 주인은 세 번 바뀌었습니다. 맨 처음 주인은 대학 시절부터 연인이었던 젊은 부부였다고 합니다. 커피와 브람스를 유난히 사랑했던 사람들이었죠. 사정이 있어 찻집을 계속할 수 없었습니다. 두 번째 주인은 독일 함부르크에서 살다 온 부부였습니다. 함부르크는 브람스의 고향입니다. 궁합이 딱 맞았죠. 정성을 다해 찻집을 운영했지만, 역시 부득이한 일이 생겨 그만둬야 했습니다. 현재의 세 번째 주인은 마리아라는 가톨릭 세례명을 쓰는 여성입니다. 직장에 다니던 그녀는 좀 더 의미 있고 여유로운 생활을 할 수 있는 일을 찾다가 1994년 가게를 인수하게 되었습니다. 우여곡절은 있었지만, 전부 브람스를 좋아하면서 커피를 즐기고 종로에 애정을 가진 사람들이었기에 '브람스'가 온전할 수 있었습니다.

요즘은 마포와 파주로 분산되었지만, 예전에는 출판사들이 종로에 밀집해 있었습니다. 제가 다니던 출판사도 헌법 재판소 옆에 있었죠. 저는 저자나 번역자, 디자이너 등을 만날 때 주로 '브람스'에서 만났습니다. 계약서에 도장도 찍고, 편집에 대해 의견도 나누고, 책에 관해 토론도 했습니다. 수수한 멋이 담긴 찻집 공간과 언제 들어도 감미로운 브람스 음악과 아날로그 미디어인 출판의 느낌이 잘 어울렸습니다. 홀로 창가에 앉아 커피를 마시며 맑은 날 푸르른 종로의 하늘을 올려다보거나, 비 오는 날 우산 쓰고 지나가는 사람들을 내려다보거나, 만추에 파르르 몸부림치며 떨어지는 노란 은행잎을 바라다볼 때가 특히 좋았습니다.

흔히 브람스를 가을에 가장 잘 어울리는 음악가라고 합니다. 그래선지 가을만 되면 옷깃을 여미게 하는 스산한 바람 속에서, 겨울을 준

비하느라 부산한 사람들의 발자국 속에서 그가 만든 선율이 들려오는 것만 같았습니다. 그럴 때면 퇴근길에 공연히 브람스에 들르곤 했습니다. 누군가를 만나야 할 때는 차분한 '현악 4중주'나 '현악 6중주'가 잘 어울렸습니다. 기분이 좋을 때면 청아한 '바이올린 소나타'나 '첼로 소나타'가 듣고 싶었죠. 울적할 때면 슈만과 어머니의 죽음을 생각하며 만들었다는 '독일 레퀴엠'을 들었습니다. 마음이 따뜻해지는 느낌이었습니다. 아무 때나 들어도 좋은 곡은 '헝가리 춤곡'이었습니다. 빠르고 경쾌한 곡이라서 지친 일상에 활력을 불어넣어 주었습니다. 그중에서도 저는 '5번'을 즐겨 들었습니다.

브람스를 좋아하세요?

"브람스를 좋아하세요?"

요하네스 브람스 하면 그의 음악을 잘 모르거나 관심이 없는 사람이라도 이 말을 제일 먼저 떠올릴 겁니다. 이 대사를 타이틀로 한 텔레비전 드라마까지 만들어져 방영된 적이 있습니다. 이 말은 프랑스의 소설가이자 극작가인 프랑수아즈 사강의 소설 제목입니다. 이 소설을 토대로 제작되어 1961년에 개봉한 미·불 합작 영화가 있습니다. 프랑스에서는 '브람스를 좋아하세요?', 미국에서는 '굿바이 어게인'이라는 제목으로 상영되었지만, 한국에서는 '이별의 슬픔'이라는 뜻을 가진 '이수離愁'라는 다소 생뚱맞은 제목을 달고 개봉되었습니다.

아나톨리 리트바크 감독이 메가폰을 잡은 이 영화는 연상의 여인을 사랑하는 순진한 청년의 슬픔과 고독을 그린 작품입니다. 실내 장식가인 이혼녀 폴라잉그리드 버그만 분는 트럭 매매를 하는 부유한 신사 로제이브 몽탕 분와 5년째 연인 사이지만 결혼은 하지 않습니다. 로제는 바람둥이였죠. 로제를 이해하려고 노력하던 폴라는 의뢰인의 아파트에 갔다가 그 집 아들인 한 청년을 만나게 됩니다. 첫눈에 호감을 느낀 청년은 폴라에게 접근합니다.

스물네 살 먹은 변호사인 시몽안소니 퍼킨스 분은 누구나 아는 흔한 방식으로 음악회 표를 예매해 연상의 미녀에게 데이트를 신청하죠. 이때 폴라에게 던진 질문이 이것입니다.

"Do you like Brahms?"

이 한마디 대사가 영화를 명화의 반열에 올려놓았다고 해도 과언이 아닙니다.

"베토벤을 좋아하세요?"

"모차르트를 좋아하세요?"

시몽의 대사가 이랬더라면 어땠을까요? 영화의 운명도 브람스의 운명도 달라졌을 겁니다.

아나톨리 리트바크는, 아니 프랑수아즈 사강은 수많은 음악가 중 왜 하필 브람스를 선택한 것일까요? 베토벤은 워낙 위대하고, 모차르트는 너무 감미로워서? 브람스는 부담스럽지 않고 만만해 보이니까? 아닙니다. 열정적인 젊은 남자와 원숙한 연상의 여인과의 사랑, 소설과 영화 속 로맨스 주인공들의 사랑을 대입시키기에는 브람스가 가장 적임자였기 때문이죠.

브람스가 슈만 부부를 처음 만난 건 1853년 10월 1일이었습니다. 브람스가 슈만의 집을 찾아간 것이죠. 브람스는 스무 살 꽃다운 나이였고, 슈만은 마흔세 살 중년의 나이였습니다. 슈만 옆에는 당대 최고의 피아니스트이자 빛나는 아름다움을 간직한 서른네 살의 클라라가 있었습니다. 브람스는 클라라를 처음 본 순간부터 그녀에게 빠져들었죠. 슈만 부부 앞에서 피아노를 연주하던 브람스의 얼굴은 상기되어 있었고, 젊은 천재를 발견한 슈만은 기쁨에 들떠 있었으며, 예사롭지 않은 연주를 접한 클라라는 알 수 없는 흥분에 사로잡혔습니다.

이 만남은 세 사람을 하나의 운명 속으로 몰아넣었습니다. 브람스의 천재성에 놀란 슈만은 세상을 떠날 때까지 브람스를 아끼고 신뢰하며 후원했습니다. 슈만 덕분에 브람스는 유럽 음악계에 혜성처럼 등장해 자신의 진가를 유감없이 발휘할 수가 있었죠. 브람스 역시 이런 슈만의 은혜를 잊지 않았습니다. 평생 슈만을 스승으로 받들면서 존경했습니다. 클라라를 그토록 사랑했으면서도 세속적 사랑의 경계를 넘지 않았죠. 스승의 아내였기 때문입니다. 슈만이 세상을 떠난 후에도 브람스와 클라라의 사랑은 정신적 사랑에만 머물렀습니다.

소유하지 않는 사랑

"나의 사랑하는 클라라. 내가 당신을 사랑하는 만큼 부드럽게 편지를 쓰고 싶어요. 그리고 내가 원하는 만큼 많은 친절과 사랑을 베풀고 싶어요. 너무도 당신을 사랑하기 때문에 말을 시작할 수가 없군요. 흠모하는 것만으로는 모자랍니다. 나는 당신을 내 연인이라고 부르고 싶어요."

슈만이 정신 병원에서 세상을 떠나기 직전, 브람스는 클라라에게 이런 열정적인 편지를 보냈습니다. 그렇지만 그게 전부였습니다. 브람스는 음악이나 생활면에서 모두 자기 관리와 자기 절제가 철저하고 엄격했습니다. 그저 클라라를 지켜보며 사랑하는 것에서 만족했죠.

오랜 자료 수집과 집필 끝에 『브람스 평전』이라는 탁월한 역작을 펴낸 작가 이성일은 브람스의 이 같은 사랑을 '소유하지 않는 사랑'이라고 표현했습니다. 소유함으로써 퇴색되고 변질하는 사랑이 아니라 소유하지 않음으로써 영원히 아름다움으로 간직되는 사랑입니다.

슈만은 제자 브람스와 아내 클라라의 사랑을 알고 있었을까요?

알고 있었을 것으로 추측하는 사람이 많습니다. 그런데도 슈만은 브람스에 대한 믿음과 클라라에 대한 사랑을 의심하지 않았죠. 오히려 자신이 클라라의 사랑과 헌신을 감당하기에는 너무 부족한 사람이라고 자책했습니다. 그만큼 브람스와 클라라를 온전히 신뢰했습니다.

클라라는 어땠을까요? 그는 슈만을 더 사랑했을까요, 아니면 브람스를 더 사랑했을까요?

"클라라의 일생에서 사랑하는 사람과 가장 행복했던 순간을 꼽으라면 그것은 슈만과 함께한 시절이었지, 브람스와 보낸 시간은 아니었다. …… 클라라는 나중에 죽으면 슈만이 있는 곳에 함께 묻힐 것이고, 또 항상 슈만을 바라보는 형태의 기념비를 세워 달라고 말했다. 죽어서도 슈만만 바라보겠다는 것. 즉 여인 클라라의 사랑의 대상은 오로지 슈만이었지 브람스가 아니었던 것이다. 본에 있는 슈만과 클라라의 무덤에 세워진 기념비, 즉 늘 클라라가 슈만을 바라보도록 만들어 놓은 그 기념비를 보고 있으면, 이내 브람스가 더 애처롭게 느껴진다. …… 브람스와 클라라는 결혼해서 함께 살지 않았어도 서로서로 완전히 소유했다고 믿는다. 역설적이지만 그들은 소유하지 않음으로써 완전히 소유했다. 그 완전한 소유는 한계가 있는 육체적 소유가 아니고 무쇠보다도 강한 정신적 소유였기 때문에 가능했다.”

이성일 작가의 분석대로 두 사람은 이성과 예술의 힘으로 그들만의 사랑을 완성했습니다.

1856년 슈만이 세상을 떠난 후 클라라는 세계 곳곳으로 활발한 연주 여행을 다니며 명성을 얻었고, 슈만과 브람스의 음악을 해석하는 데 있어 누구도 따를 수 없는 권위자로 활동했습니다. 브람스는 오래된 친구로서 그리고 동료로서 변함없이 클라라 옆을 지켰고요. 클라라가 경제적으로 힘겨워힐 때 티 나지 않게 여러모로 도움을 준 것노 브람스였습니다. 음악 교육에 매진하던 그녀는 1896년 5월 20일 프랑크푸르트 자택에서 심장 마비로 세상을 떠났습니다. 향년 77세였죠. 클라라가 위독하다는 비보를 접하고 급하게 달려왔으나 끝내 임종을 지키지 못한 브람스는 자신의 삶이 멈춰 버린 듯 하염없이 비통해했습니다. 클라라의 죽음 이후 브람스의 건강은 눈에 띄게 쇠약해졌습니다. 간암으로 거동이 어려울 만큼 병세가 나빠진 그는 이듬해 4월 3일 빈의 아파트에서 클라라의 뒤를 따랐습니다. 평생 한 여인에게만 순정을 바친 우직한 천재 음악가는 그렇게 64년간의 독신 생활을 마감했습니다.

아름다운 짝사랑의 전형, 브람스와 클라라

짝사랑. 어떤 사람은 세상에서 가장 힘든 사랑이라고 하고, 어떤 사람은 세상에서 가장 아름다운 사랑이라고 합니다. 상대방은 전혀 알지 못하는데 나 혼자만 마음속으로 사랑의 감정을 유지하거나 키워 가는 것, 상대방이 알고는 있으나 이를 받아 줄 상황이 아니라서 혹은 나를 사랑하지 않기 때문에 혼자서 애를 태우는 것, 상대방도 나에게 호감은 있으나 나처럼 간절하지 않아 완전히 쌍방향이 되지 못한 채 결국은 이루어지지 못하는 것, 이 모두를 짝사랑이라 부를 수 있습니다. 어떤 형태든 사랑하는 쪽에서는 애절함, 안타까움, 절박함, 그리움이 뒤범벅되게 마련이며, 심할 경우 깊은 고독과 절망에 빠지기도 합니다. 견디다 못해 극단적인 선택을 하는 사람도 있을 정도죠. 상대방을 향해 불 일 듯 일어나는 사랑의 감정을 애써 조절하고 억누른 채 태연히 일상생활을 이어 나가는 건 쉬운 일이 아닙니다.

짝사랑할 때도 둘이 사랑할 때와 마찬가지로 옥시토신 같은 호르몬이 분비됩니다. 하지만 슬픔을 느낄 경우, 노르아드레날린과 같은 호르몬도 분비되죠. 그러니까 짝사랑을 하게 되면 기쁨을 주는 호르몬과 고통을 주는 호르몬이 동시에 분비되는 셈입니다. 그러니 얼마나 괴롭고 힘들겠습니까? 하루하루 천당과 지옥 또는 냉탕과 온탕을 드나드는 기분일 겁니다.

짝사랑의 대상이 되는 쪽은 어떨까요? 그 역시 괴롭기는 매한가지일 겁니다. 짐작도 못 했던 사람이, 나는 사랑하지도 않고 사랑할 마음도 없는 사람이, 아무리 생각해도 어울리지 않거나 이루어질 수 없는 사람이 나를 사랑한다는 걸 알았을 때 얼마나 당황스럽겠습니까?

이때 짝사랑의 대상이 되는 사람이 좀 더 지혜롭게 처신하는 게 좋습니다. 자칫 동정심이나 연민으로 달래거나 포용하려다가 상대방에게 당신도 나를 사랑하고 있었다는 오해를 불러일으킬 수 있습니다.

그렇다고 지나치게 매정하게 대하거나 아예 무시해 버리면 뜻하지 않은 반감을 불러올 수도 있죠. 나아가 상대방의 마음을 충분히 헤아리지 못한 채 불한당이나 스토커 취급을 한다면 씻을 수 없는 큰 상처를 줄 수도 있습니다. 사랑을 잘하는 데도 지혜와 요령이 필요하지만, 사랑을 잘 받거나 피해 가는 데도 지혜와 요령이 필요합니다.

짝사랑이 가장 잘 유지되고, 아름답게 이어지다가, 숭고하게 마무리된 사례를 찾으라면 아마도 브람스와 클라라의 경우가 아닐까요? 짝사랑은 참 어렵고 힘겹고 고독한 법입니다.

지구별 나라의 영원한 이방인

브람스의 음악은 그의 철저하고 엄격했던 삶과 사랑만큼이나 깊고도 넓습니다. 근면하고 성실했던 그의 기질이 배인 음악은 빈틈없이 정교하고 튼튼합니다. 그러면서도 어딘지 모르게 쓸쓸한 고뇌와 우수 같은 게 담겨 있죠. 새싹이 돋아나는 봄보다는 낙엽이 나뒹구는 가을이 훨씬 더 잘 어울리는 이유입니다. 여기에는 몇 가지 까닭이 있습니다. 그의 고향인 함부르크는 항구 도시입니다. 사람들이 오갈 때는 왁자지껄하지만, 볼일을 마친 사람들이 모두 떠나면 적막하기 이를 데 없습니다. 안개 낀 항구는 낮에도 스산하고 밤이 되면 더 을씨년스럽죠. 침울하면서도 왠지 음산한 분위기 속에 성장한 그로서는 본인도 모르게 그 같은 정서를 갖게 되었을 겁니다. 그는 집안 사정으로 어렸을 때부터 숱한 고생을 했습니다. 음악이 없었더라면, 그의 영원한 연인이자 뮤즈인 클라라가 없었더라면 그는 슈만의 뒤를 따랐을지도 모릅니다. 생을 이어 갈 동기도 없었고 이유도 없었고 낙도 없었기 때문입니다.

브람스는 생전에 네 개의 교향곡을 썼습니다. 1876년에는 20여 년에 걸쳐 작곡한 '교향곡 제1번'이 초연되었습니다. 1854년에 함부르크에서 처음 쓰기 시작한 이 곡은 거장 베토벤을 의식한 나머지 수정과 퇴고를 거듭하느라 완성이 자꾸만 늦어졌습니다. 베토벤의 뒤를 잇는 교향곡을 완성하고 싶다는 그의 강렬한 소망 때문이었습니다. 지휘자 한스 폰 뷜로는 이 곡을 '베토벤의 열 번째 교향곡'이라고 극찬하기도 했습니다. 내면적이고 사색적인 그의 교향곡은 이후 작곡한 다른 세 곡에서도 그대로 유지됩니다. '교향곡 제3번' 3악장은 영화 '브람스를 좋아하세요?'의 배경 음악으로 쓰이기도 했습니다. 그가 남긴 명곡들은 '바이올린 협주곡', '대학 축전 서곡', '피아노 협주곡', '비극적 서곡', '알토 랩소디' 등 다양합니다.

그러나 저는 우수와 고뇌에 가득 찬 그의 다른 명곡들보다 맑고 상쾌한 리듬의 '헝가리 춤곡'을 즐겨 듣습니다. 브람스는 1853년, 슈만 부부를 만나기 전 헝가리 바이올리니스트 레메니의 반주를 맡아 연주 여행을 떠납니다. 이때 헝가리를 방문했다가 집시들 사이에서 전해 오던 민속 음악에 매료되죠. 이후 꾸준히 헝가리 집시 음악을 채집하고 연구하던 그는 1868년 제1, 2집을 출판한 데 이어 1880년 제3, 4집을 출판함으로써 21곡의 헝가리 춤곡을 완성했습니다. 이 춤곡은 헝가리에 정착한 집시들의 음악을 브람스 시각에서 해석한 곡으로 각각 2~3분에서 길어야 5분 정도 길이로 구성되었습니다. 피아노 연탄곡連彈曲, 한 대의 건반 악기를 두 사람이 함께 치며 연주하기 위해 만든 곡으로 발표되었다가 나중에 관현악을 위한 곡으로 편곡되기도 했고, 일부는 피아노 독주용으로 편곡되기도 했습니다.

다양한 버전으로 이 곡을 감상하는 것도 흥미롭습니다. 둘이 연주하든 한 사람이 연주하든 피아노 연주는 가장 발랄합니다. 얼음 위로 물방울이 하나씩 떨어졌다가 튕겨 나가는 듯합니다. 달궈진 프라이팬 위로 기름이 튀는 것 같기도 하고요. 일어서서 춤을 추고 싶은 욕구가 생겨날 만큼 역동적입니다. 봄의 느낌이죠. 바이올린 연주는 파도치는 바다를 연상시킵니다. 현의 울림이 느려지거나 빨라질 때마다 시원함이 밀려왔다 물러갑니다. 어떤 때는 애잔하기도 하고요. 여름 기분이 납니다. 첼로 연주는 난로에서 장작불이 서서히 타올라 가는 분위기를 줍니다. 온기가 점점 차오르죠. 겨울이라고 할 수 있습니다. 오케스트라 연주는 호숫가에 잔잔하게 불어오는 가을바람 같습니다. 다양한 현악기와 관악기의 어울림이 꽉 채워진 중후함과 충만함을 줍니다. 모두 좋지만 저는 오케스트라 연주를 더 자주 듣습니다.

중요한 건 '헝가리 춤곡'이 만들어져 연주된 시기가 브람스가 클라라를 알게 되고 사랑에 빠졌던 시기와 일치한다는 점입니다. 제1, 2집의 초연은 1868년 11월 1일, 한 개인적 사교 모임에서 브람스와 클라라에 의해 이루어졌으며, 제3, 4집 역시 1880년 5월 3일, 브람스와 클라라에 의해 개인적 사교 모임에서 초연되었습니다. 이국적 정서의 흥겨운 이 곡은 브람스의 자유로운 영혼과 내면에 담긴 발랄한 상상력이 클라라를 향한 사랑과 만나 불꽃을 일으키는 느낌입니다. 브람스의 어느 음악에서도 접하기 힘든 경쾌함과 명랑함이 차고 넘치죠.

그래서 어떤 연주회에서는 이 곡을 연주하며 지휘자가 춤을 추기도 하고, 일부러 유머러스한 동작을 취하기도 합니다. 한 의자에 앉은 두 연주자가 파안대소하는 얼굴로 춤추듯 피아노 건반을 두드리는 광경도 흔히 볼 수 있습니다. 그만큼 대중들이 좋아하는 곡입니다.

그런데 '헝가리 춤곡'을 여러 번 듣다 보면 점점 숙연해지면서 눈물이 나옵니다. 흥겨움과 경쾌함 속에 숨겨진 브람스의 진한 고독과 슬픔, 이루지 못한 사랑에 대한 회한이 가슴 깊이 밀려드는 까닭입니다. 그는 이 곡을 클라라와 함께 들으며 무슨 생각을 했을까요? 빠르게 진행되는 음악 속에 시간이 정지돼 버렸으면 좋겠다는 바람을 가지고 있지 않았을까요?

집시Gypsy는 동유럽에 거주하는 인도 아리아계의 유랑 민족을 일컫는 영어 표현입니다. 지금도 낮은 교육 수준, 높은 실직률과 범죄율 등으로 헝가리인들에게 그다지 좋지 않은 이미지로 각인되어 있죠. 소수 민족의 대명사인 집시는 정주하지 않는 방랑, 자유를 찾아 헤매는 사람들, 지구별 나라의 영원한 이방인을 상징합니다. 21곡의 '헝가리 춤곡'을 만들어 연주하던 브람스의 심정이 이렇지 않았을까요? 영원한 자유, 낭만, 해방 그리고 사랑……

누군가를 사랑하면
위안과 평안을
얻게 될까?

괴로움을 경건함으로
바꿔 주는 힘
바흐의 관현악 모음곡 **제3번**

아버지와 이미자

아버지는 이미자의 노래를 좋아했습니다. 매주 월요일 밤 10시면 어김없이 텔레비전 앞으로 다가가 '가요무대'를 틀어 놓고 끝날 때까지 미동도 하지 않은 채 쳐다보시곤 했습니다. 이미자의 '동백 아가씨'나 현인의 '신라의 달밤', 김정구의 '눈물 젖은 두만강' 등의 노래가 흘러나오면 미소를 지으며 감상하거나 때로는 흥얼흥얼 따라 부르기도 하셨죠. 조용필이나 김현식, 김광석 등의 노래에 비하면 유치하고 고리타분한 노래들이라고 생각했던 저는 월요일 밤 10시만 되면 슬그머니 방에 들어가 책을 읽거나 컴퓨터 앞에 앉기 일쑤였습니다.

결혼해서 부모님 집 인근에 분가해 살던 저는 몇 년 뒤 출판사를 시작했고, 기대와 달리 일이 뜻대로 풀리지 않아 몸도 마음도 번잡스럽기 이를 데 없었습니다. 그러던 어느 날 정신없이 사무실로 향하던 제 눈길을 사로잡은 건 거리에 붙어 있는 한 장의 현수막이었습니다. 이미자 데뷔 50주년 기념 공연을 알리는 내용이었죠. 마침 일산에서 공연이 있었습니다. 아버지와 어머니, 나와 아내 네 사람이 함께 갈까 하는 생각에 표를 예매하려고 했더니 한 장에 10만 원이 넘었습니다. 주머니 사정이 여의치 않았던 저는 망설임 끝에 두 장만 예매했습니다. 두 분이 얼마나 즐거워하실까를 생각하니 마음 한편이 굉장히 뿌듯했습니다.

찾아가서 아버지께 공연 표를 드려야 했으나 하루하루 살얼음을 디디듯 일에 쫓겨야 했기에 갈 수가 없었습니다. 그 사이 회사의 재정 상태는 계속해서 나빠지고 있었습니다. 단돈 몇만 원이 아쉬운 상황이었죠. 꿈에서도 돈에 짓눌리는 날이 많았습니다. 공연 날짜는 점점 다가왔습니다. 저는 고민에 고민을 거듭했습니다. 그러다가 숨통을 조여 오는 경제적 압박을 견디지 못하고 결국 공연장에 연락해 예매를 취소하고 말았습니다. 제 손에는 돈 몇십만 원이 다시 쥐어졌지만, 가슴속에는 죄송함과 비참함이 거친 파도처럼 밀려들었습니다.

깜짝 선물을 기대하며 아무에게도 말하지 않았기에 아는 사람은 없었습니다. 하지만 그날 이후 아버지를 뵐 때마다 내 머릿속에는 이미자가 떠올랐습니다. 일을 더 열심히 해서, 빨리 사업을 정상화해서, 돈을 제법 벌게 되면, 여유를 좀 찾게 되면, 그때 가서 반드시 이미자의 공연을 보여 드리리라 결심하고 다짐했습니다. 50주년 공연 다음에는 51주년이나 52주년 공연이 당연히 있을 것으로 생각했죠. 그러나 사업은 의지대로 굴러가지 않았습니다.

얼마 후 아버지는 갑작스레 폐암으로 쓰러지셨습니다. 너무 늦게 발견한 탓에 병원에 입원한 지 한 달 만에 돌아가시고 말았습니다. 허망하기 짝이 없었습니다. 병상에 누워 계신 아버지를 보면서 저는 이미자를 생각했습니다. 국화에 둘러싸인 영정을 보면서 저는 이미자를 생각했습니다. 고향인 충남 부여 선산에 아버지가 묻히시는 광경을 보면서 저는 이미자를 생각했습니다. 돈 몇십만 원 때문에 예매했던 표를 물리고 아버지가 그렇게 좋아하신 이미자 공연을 보여 드리지 못한 게 이런 한으로 남게 될 줄 그때는 미처 알지 못했습니다.

그 뒤로 월요일 밤 10시만 되면 '가요무대'와 이미자가 생각났습니다. 아내가 초저녁잠에 빠져 있는 날이면 저는 텔레비전 앞으로 다가가 '가요무대'를 틉니다. '동백 아가씨', '신라의 달밤', '눈물 젖은 두만강'이 흘러나오면 저도 모르게 콧노래가 나옵니다. 일제 강점기와 6·25 전쟁을 겪지 못한 제가 아버지 세대를 제대로 이해한다는 건 어려운 일이지만, 아버지의 추억을 통해, 아버지의 노래를 통해, 저는 매주 월요일 밤 10시면 아버지와 만나는 것입니다. 아버지가 살았던 시대, 아버지가 겪은 슬픔, 아버지가 누린 행복과 만나는 것이죠.

바흐, 만인의 아버지 같은 음악가

바흐의 음악을 들으면 아버지가 떠오릅니다. 이미자가 생각나기도 합니다. 바흐가 음악의 아버지로 불리기 때문만은 아닙니다. 바흐의 음악에는 끝을 알 수 없는 어떤 근원 같은 힘이 있습니다. 아름답다고만 하기에는 뭔가 부족한 차원 높은 깊이가 있는 것 같습니다. 그는 평생 흔들림 없이 일관성 있게 음악에 매진했습니다. 불평 한마디 없이 가족들을 먹여 살리기 위해 노동의 현장을 떠나지 않았던 아버지처럼 말입니다. 그래선지 그가 만든 선율에는 묵직함이 담겨 있습니다. 즉흥적이고 감각적인 샐러드나 파스타 맛이 아니라 오랫동안 저장했다가 막 꺼낸 묵은지나 장맛이 난다고 할까요? 언제 들어도 질리지 않고 소란한 마음을 평온하게 다스려 줍니다. 음악의 아버지라는 그에 관한 수식어는 정말 적절해 보입니다.

요한 제바스티안 바흐는 1685년 3월 21일 신성 로마 제국, 지금의 독일 튀링겐주 아이제나흐에서 태어났습니다. 아이제나흐는 종교 개혁자 루터가 신약 성서를 번역한 곳이기도 합니다. 그의 집안은 음악의 명문가였습니다. 200년간 유럽을 대표하는 여러 음악가가 그의 집안에서 태어났죠. 큰할아버지 하인리히 바흐, 삼촌인 요한 크리스토프 바흐와 요한 미하엘 바흐는 음악사에 이름을 남긴 뛰어난 작곡가였습니다. 그들은 대대로 루터 교회 정통파 신자였고, 가문의 명예를 소중히 여기는 음악의 장인이었습니다. 조상들에게 물려받은 신앙과 장인 정신은 요한 제바스티안 바흐의 삶과 음악을 관통하는 두 개의 기둥이 됩니다. 그는 어렸을 때부터 아버지와 큰아버지에게서 음악을 배우면서 교회 성가대원으로 활약했습니다.

하지만 아홉 살 때 어머니를 잃고 이듬해에 아버지마저 잃게 됩니다. 하는 수 없이 맏형인 요한 크리스토프 바흐가 사는 오르드루프로 옮겨 갔죠. 거기서 형에게 작곡의 기초를 배우면서 학교에서 라틴어와 루터 정통파 신학을 공부했습니다. 미하엘 학교를 졸업한 그는

1703년 아른슈타트 성 보나파치우스 교회의 오르가니스트로 채용되었습니다. 1705년에는 대 작곡가인 북스테후데의 음악회에 참석하기 위해 휴가를 얻어 370킬로미터나 떨어진 뤼베크까지 걸어갔습니다. 바흐의 열정과 재능에 감탄한 북스테후데는 뤼베크 교회의 오르가니스트 자리를 물려주려 했지만, 자리를 승계하려면 그의 딸과 결혼해야 한다는 조건이었기에 바흐는 이를 거절했습니다. 바흐는 6촌 관계인 한 살 위의 마리아 바르바라를 사랑했습니다.

1707년에는 밀하우젠의 성 블라지우스 교회 오르가니스트로 자리를 옮겼습니다. 형편이 조금 나아진 바흐는 10월 17일 마리아 바르바라와 결혼했습니다. 이때 초기 칸타타들이 만들어집니다. 칸타타 Cantata는 이탈리아어 '노래하다cantare'라는 말에서 유래한 음악 장르로 오페라나 오라토리오와 함께 바로크의 3대 성악 장르를 형성했습니다. 연주 시간이 비교적 짧고 무대 장치나 의상 없이도 실내에서 소수의 청중을 대상으로 연주할 수 있습니다. 1708년 작센 바이마르 공국의 오르가니스트이자 작곡가로 취임한 그는 지금까지 전해지는 오르간곡의 절반을 이 시기에 작곡합니다. 1714년에는 바이마르 궁정 악단의 악장으로 승진했습니다. 이즈음 매달 한 곡씩 새로운 칸타타를 선보였습니다. 1718년 바흐는 쾨텐 공국의 카펠마이스터 자리를 맡게 됩니다. 풍요로운 일상을 누리게 된 그는 일곱 남매를 낳아 키웠습니다. 바흐는 아내를 사랑하고 자식들을 아끼며 가정에 충실한 듬직한 가장이었습니다.

그러나 1720년 마리아 바르바라가 돌연 세상을 떠나게 됩니다. 바흐는 큰 충격에 빠집니다. 눈앞이 캄캄했던 이때 또 한 번 운명의 여인

울 만납니다. 열여섯 살이나 어린 소프라노 가수 안나 막달레나였습니다. 1721년 두 사람은 결혼식을 올렸습니다. 바흐는 처복이 많은 사람이었습니다. 두 아내 모두 가정적이었고 남편과 아이들에게 헌신적이었으니까요. 바흐는 안나 막달레나에게서 열세 명의 아이를 낳았습니다. 모두 20명의 자녀를 얻은 셈이죠. 이 중 절반은 어릴 때 사망했으나 다른 아이들은 바흐 가문의 자손답게 뛰어난 음악적 재능을 가지고 있었습니다. 특히 장남 빌헬름 프리데만 바흐, 차남 카를 필리프 에마누엘 바흐, 막내아들 요한 크리스티안 바흐는 음악사에 이름을 남긴 훌륭한 작곡가로 성장했습니다.

모든 시대를 통틀어 작곡가 가운데 최고의 정점

얼마 후 바흐는 라이프치히로 거처를 옮겼습니다. 성 토마스 교회의 음악 총책임자인 칸토르를 맡은 겁니다. 현실적인 이유도 있었습니다. 자녀들을 좋은 대학에 보내고 싶었던 것이죠. 바흐는 오르간 연주자로서나 작곡가로서 당대 최고 실력자였지만, 대학을 나오지 않았기에 무시당하고 불이익을 받는 경우가 많았습니다. 자식들만은 그런 대우를 받게 하고 싶지 않았던 거죠. 그는 틈틈이 아들들에게 음악가로서 귀족과 왕족들에게 하인 취급을 받지 않으려면 그에 맞는 학력을 갖추어야 한다고 일렀습니다. 바흐의 간절한 바람대로 그의 장남과 차남은 명문인 라이프치히 대학에 진학했습니다. 예상과 달리 라이프치히에서의 음악 활동은 녹록하지 않았고 봉급도 적었지만, 자녀 교육을 위해 묵묵히 참고 견뎠습니다.

바흐는 과도한 업무에 시달리면서도 일주일에 한 곡씩 새로운 칸타타를 작곡했습니다. 그가 아니면 도저히 감당할 수 없는 초인적인 일정이었습니다. 이런 와중에 1724년에는 '요한 수난곡'을, 1727년에는 '마태 수난곡'을 작곡했습니다. 바로크 시대를 대표하는 종교 음악의 두 걸작이 이 바쁜 시기에 만들어진 겁니다. 그렇지만 바흐도 사람이었습니다. 자신을 혹사하고 홀대하는 사람들에게 마냥 최선을 다할 수는 없었죠. 교회 음악에 대한 열정이 식으면서 작곡하는 칸타타의 수가 점점 줄어들었습니다. 반면 이 시기에 '커피 칸타타' 등 세속 칸타타가 만들어졌습니다. 당시 라이프치히에서는 커피를 마시는 게 유행이어서 시내에는 커피 하우스가 많았습니다. 그곳에서 사람들의 사교장이 열렸고 소규모 연주회도 이루어졌다고 합니다.

1744년 이후 바흐는 눈에 띄게 노쇠한 모습을 보입니다. 당연히 작곡 빈도도 크게 줄어들었죠. 1748년부터 최후의 대작인 '푸가 기법'을 작곡하기 시작했으나 1749년 5월 뇌출혈로 졸도하면서 시력이 크게 나빠졌습니다. 이때 존 테일러라는 돌팔이 안과 의사에게 백내장 수술을 두 번 받으면서 증세가 더 악화했습니다. 결국 3개월 동안 병상에서 투병하던 바흐는 '푸가 기법'을 완성하지 못한 채 1750년 7월 28일 저녁 사랑하는 사람들에게 둘러싸여 조용히 마지막 숨을 거두었습니다. 이때 그의 나이 예순다섯 살이었습니다. 엉터리 의사 존 테일러는 바흐를 실명시킨 다음 나중에 마차 사고로 다쳐 백내장을 앓는 헨델마저 치료해 실명에 이르게 합니다. 동갑내기 거장 바흐와 헨델의 운명이 참으로 묘하기만 합니다.

도널드 J. 그라우트는 『서양 음악사』에서 바흐의 삶을 이렇게 정리한 바 있습니다.

"후대 사람들은 요한 제바스티안 바흐를 모든 시대를 통틀어 작곡가 가운데 최고의 정점에 올려놓았다. 현재 바흐의 위치는 바흐가 살았던 시대에 누렸던 명성과는 대조적이다. 그 당시 바흐는 프로테스탄트인 독일에서 오르간 연주의 대가이자 지적인 대위법의 작품을 만든 작곡가로 이름이 나 있었다. 하지만 음악이 출판되거나 문헌으로 유통되는 일은 상대적으로 거의 없었다. 전 생애의 음악 경력을 볼 때 바흐는 오페라를 제외한 당대의 모든 주요한 양식, 형식과 장르를 포용했을 뿐 아니라 새로운 방식으로 이들을 혼합하고 더욱 발전시켰다. 그 결과 음악은 전례 없이 풍부해졌다. 비록 일부 18세기 청자들은 바흐의 음악이 시끄럽고 억지스럽다고 보고 그가 죽었을 때 이미 유행이 지난 양식으로 간주했지만, 그 방면의 전문가들에 의해서만은 항상 존중받았다. 19세기에 바흐 작품이 부활하고 출판되자 지도적 음악가에서부터 일반 대중에 이르기까지 수많은 추종자, 연주자와 청자를 양산하였다."

역사상 가장 위대한 작곡가로 바흐를 꼽는 데 대해 이의를 제기할 사람은 많지 않을 듯합니다. 실제 여러 차례에 걸친 각국의 설문 조사에서도 이 같은 결과가 나온 적 있습니다.

"저는 바흐보다 더 위대한 천재가 지구 위를 걸었다고 생각하지 않습니다. 세 명의 탁월한 작곡가 중 모차르트는 우리에게 인간이란 무엇인지를 말해 주고, 베토벤은 베토벤 자신이 어떤 사람인지를 말해 주지만, 바흐는 우리에게 우주란 어떤 것인지를 말해 주고 있습니다."

영국 작가 더글러스 애덤스의 말입니다. 음미할수록 고개가 끄덕

여집니다.

루터 교회 목사이자 의사로 1952년에 노벨 평화상을 받았던 알베르트 슈바이처는 오르간 연주로 명성을 날린 뛰어난 음악가였으며 바흐 연구가였습니다. 그가 이런 말을 했습니다.

"바흐는 종착역입니다. 그로부터 시작하지 않는 것이 없고 모든 것이 그에게 이릅니다."

베토벤조차 바흐에 대한 존경심을 감추지 못한 채 이렇게 말한 걸로 알려져 있습니다.

"우리는 그를 'Bach실개천'가 아니라 'Meer바다'라고 불러야 합니다."

흔히 바흐, 베토벤, 브람스를 독일 음악의 3B라고 부릅니다. 그러나 바흐가 없었다면 베토벤도 브람스도 황무지를 개간하는 것처럼 몇 곱절이나 더 힘든 삶을 살아야 했을 겁니다.

손님이 끊긴 적이 거의 없었던 바흐의 집

바흐가 세상을 떠난 후 아들들과 제자들에 의해 그의 음악을 보존하고 보급하려는 노력이 꾸준히 이어졌습니다. 그 결과 바흐의 음악은 하이든, 모차르트, 베토벤 등 다음 세대 작곡가들에게 상당한 영향을 끼쳤습니다. 그러나 그라우트도 지적했듯 전문가들 세계에서만 이루어진 부분이 많았습니다. 상대적으로 대중에게는 널리 알려지지 않았던 것이죠. 그러다 보니 사망과 함께 시나브로 잊힌 음악가로 인식되었습니다. 게다가 18세기 중반을 지나면서 고전주의 음악이 대세로 자리 잡자 이전의 바로크 음악은 시대에 뒤떨어진 것처럼 치부되었습니다. 따라서 바로크 시대 작곡가들은 사람들 관심에서 점점 멀어져 갔죠. 바흐 역시 작곡가나 악보 수집가, 출판업자 등 음악에 종사하는 전문가들 사이에서만 알려져 있었습니다.

비로소 바흐가 대중에게 알려지며 열광적인 반응을 얻게 되기까지는 두 가지 큰 계기가 있었습니다. 하나는 출판입니다. 1802년 독일의 음악사학자인 요한 포르켈이 『바흐의 생애와 예술 그리고 작품』이라는 책을 펴냈습니다. 이는 바흐에 관한 최초의 연구서일 뿐 아니라 음악사를 통틀어 처음 출간된 음악가 평전이었죠. 이 책 덕분에 유럽에서는 바흐 광풍이 몰아닥쳤습니다. 또 하나는 연주회입니다. 바흐의 열렬한 팬이었던 멘델스존이 1829년 '마태 수난곡'을 복원해 연주하면서 다시 한번 바흐 열풍을 일으켰습니다. 바흐 사후 한 번도 들을 수 없었던 이 곡이 100여 년 만에 스무 살 청년 음악가의 지휘로 장엄하게 연주되자 베를린 청중들은 흥분을 감추지 못했습니다. 바흐가 완벽하게 부활하는 순간이었습니다.

요한 포르켈이 『바흐의 생애와 예술 그리고 작품』이라는 책을 어떻게 썼을까요? 바흐는 자신의 삶과 음악을 글로 남겨 놓지 않았습니다. 참고할 만한 다른 자료들도 없었죠. 그래서 요한 포르켈은 바흐의 두 아들을 인터뷰했습니다. 혈육이자 음악가였던 이들로부터 많은 이야기를 들을 수 있었습니다. 이 책이 다른 연구서들보다 유용한 것은 바로 이 점입니다.

"예술에서 완성된 연주가, 작곡가, 선생으로서 이룬 위대한 공적 이외에 바흐는 아버지, 친구, 시민으로서도 보통 이상의 훌륭한 존재였다. 아버지로서의 미덕은 그가 자식들의 교육에 세심한 배려를 기울인 사실로부터, 또한 친구나 시민으로서의 미덕은 사회적인 의무나 시민의 의무를 성실히 수행한 사실을 통해 분명해졌다. 그와의 교제는 누구에게나 즐거운 것이었다. 그리고 음악을 사랑하는 사람이라면 외국인이든 동포든 누구라도 그의 집을 방문할 수 있었고, 항상 따뜻한 대접을 받았다. 이러한 대인 관계에서의 인덕과 예술가로서의 큰 명성이 합해져서 그의 집에는 손님이 끊긴 적이 거의 없었다. 예술가로서의 바흐는 지극히 겸손하였다. 그는 동료 음악가들보다 훨씬 뛰어났고 그 자신도 필시 그것을 느끼고 있었을 텐데도, 또한 이렇게 걸출한 예술가임을 실증하는 칭찬과 경의의 말이 끊임없이 쏟아졌음에도 그는 그것을 조금이라도 자랑한 일이 결코 없었다. 어떻게 해서 그렇게까지 자유자재로 구사할 수 있는 기술을 익혔느냐고 간혹 질문을 받으면, 바흐는 보통 이렇게 대답하였다. '나는 부지런히 노력하지 않을 수 없었습니다. 나처럼 노력하면 누구라도 이만큼은 할 수 있을 겁니다.' 그는 남보다 뛰어난 자신의 천부적 재능을 전혀 중요하게 여기지 않는 것 같았다. 다른 음악가와 그들의 작품에 관한 그의 판단은 모두 우호적이고 공정하였다. 그는 거의 항상 고상하고 위대한 예술에만 종사하고 있었으니 당연히 시시해 보이는 작품이 적지 않았을 터인데도, 이에 대해 굳이 매서운 의견을 말하지 않았다."

요한 포르켈의 책을 읽으면 바흐가 왜 좋은 예술가였을 뿐 아니라 좋은 아버지, 좋은 친구, 좋은 이웃, 좋은 시민이었는지를 알 수 있습니다. 그는 대단한 인품의 소유자였습니다.

음악은 생활이며 노동이다

『서양 음악사』에서 도널드 J. 그라우트는 바흐를 노동하는 음악가였다고 표현합니다.

"바흐는 일차적으로 자신이 맡은 직무가 요구하는 바를 수행하기 위해 작곡했던 노동하는 음악가였다. …… 지금은 그 누구보다도 가장 위대한 작곡가 중 한 사람으로 간주되지만, 바흐는 겸손하게도 자기 자신을 최선을 다해 직무를 수행한 성실한 장인으로 생각했다. …… 평생을 너무나 열심히 일한 바흐는 말년의 마지막 2년간 당뇨로 추정되는 병을 앓았으며, 시력에도 문제가 생겨 극심한 안구 통증을 겪었다. 쓰러져 유명을 달리한 후 그가 남긴 재산은 얼마 되지 않았고 그나마도 아홉 명의 자식과 부인에게 분산되었다. 바흐의 부인은 그로부터 10년 후 빈곤한 상태에서 사망했다."

요한 포르켈 역시 자신의 책에서 이와 비슷한 이야기를 했습니다.

"이 세상 사람들이 빛나는 행운이라 일컫는 것을 바흐는 가져 본 적이 없었다. 그는 수입이 많은 지위에 있었지만, 그 수입으로 여러 자녀를 키우고 가르쳐야 했다. 그는 다른 수입원을 갖지 않았고, 또한 그것을 추구하지도 않았다. 그는 너무도 자기 일과 예술에 몰두했기에, 그 같은 사람이라면 — 특히 그의 시대라면 — 금맥을 찾아낼 수도 있었을 그 길을 걸으려 하지 않았다. 그의 한 적대자조차 말한 바 있지만, 두루 여행하고자 했다면 그는 능히 전 세계의 칭찬을 한 몸에 받았을 것이다. 하지만 그는 가정적이면서 평온한 생활을 사랑했고, 항상 변함없는 가운데 끊임없이 자신의 예술에 종사하는 것을 좋아했으며, 그의 선조들이 그러했듯이 검소하였다."

바흐가 활동하던 당시 음악가들의 삶은 고단하기 짝이 없었습니다. 아름다운 음악을 마음껏 누리며 존경받는 예술가로 살았다기보다는 고용주에게 예속되어 그들이 원하는 음악을 생산하는 노동자로 살았습니다. 전제 군주제 체제에서 모든 권력은 왕실과 귀족 그리고 교회에 있었습니다. 사회적으로 낮은 신분인 음악가들은 정치권력과 교회 권력에 순응하며 살 수밖에 없었죠. 독립적으로 작곡이나 연주만 해서는 도저히 먹고살 수가 없었습니다. 음악에 관한 한 이론과 실기, 연주와 작곡 모든 면에서 바흐와 견줄 만한 사람이 없었지만, 그는 자신에게 월급을 주는 사람에게 감동을 안겨 주기 위해 곡을 만들어야 했고 연주해야 했습니다. 이 모든 것을 감내하게 했던 건 남편이자 아버지라는 의무감과 책임감이었습니다.

바흐는 이 도시 저 도시로 옮겨 다녔고, 직장도 여러 차례 바꾸었습니다. 가족을 좀 더 편안한 환경 속에서 살게 하기 위한 배려였습니다. 어렸을 때 부모님을 여의고 형들에게 눈칫밥을 먹으며 대학도 가지 못한 채 밥벌이를 해야 했던 그에게 가족은 삶의 원천이자 그가 세상에 존재하는 이유였습니다. 음악은 예술이기 이전에 생활이며 노동이었던 것이죠. 그의 이런 엄격성은 도덕성과 연결되어 있습니다. 음악가 중 상당수가 여성을 도피처로 삼아 문란한 사생활을 즐겼던 것과 달리 바흐는 일체 스캔들이 없었습니다. 신부였던 비발디보다도 깨끗했습니다. 아내와 자식들 앞에 떳떳했고, 음악 앞에 한없이 겸허했던 그는 자신이 꿈꾸는 음악의 이상을 실현하기 위해 긴 인생길을 묵묵히 완주한 당당한 원칙주의자였습니다.

사랑했던 사람들을 추억하게 만드는 곡

　평생 성실히 일한 결과 바흐는 1천 곡이 넘는 작품들을 남겼습니다. 더욱 놀라운 건 대부분이 훌륭한 곡이라는 것입니다. 누군가 매일 바흐의 음악만 듣는다고 해도 언제나 새로운 음악이 준비되어 있기에 항상 처음 듣는 음악 같은 신선한 기분을 느낄 수 있을 겁니다.

　바흐는 모음곡의 대가이기도 했습니다. '모음곡 Suite'은 몇 개의 짧은 곡을 배열한 기악곡을 가리킵니다. 호텔에 가면 방 중에서 '스위트 Suite 룸'이 가장 비쌉니다. 전망도 좋고 여러 개의 방이 갖추어져 있기 때문이죠. 그와 같은 개념이라고 이해하면 재미있습니다. 그렇다고 아무 곡이나 모아 놓은 게 아니라 일정한 체계와 구성을 갖추고 있는 음악 형식입니다. 18세기 중반 이전의 고전 모음곡은 주로 춤곡 악장들로 이루어졌으나 19세기 이후 근대 모음곡은 형식에 얽매이지 않는 오페라나 발레 원곡의 발췌곡 등으로 이루어져 있습니다. 바흐는 당시 유행하던 모음곡을 통해 다양한 리듬을 효과적이고 수월하게 구사하기 위해 '무반주 첼로 모음곡', '영국 모음곡', '프랑스 모음곡', '관현악 모음곡' 등을 작곡했습니다.

　저는 바흐의 실내악곡을 즐겨 듣습니다. 대규모 합창단이나 오케스트라가 연주하는 장중한 곡도 물론 좋지만, 실내악곡은 아늑하고 가정적인 분위기를 주기 때문에 바흐의 집 안에 앉아 음악을 듣고 있는 듯한 착각에 빠지게 합니다. 그의 네 개의 '관현악 모음곡' 가운데 제3번은 특별히 좋아하는 곡입니다. 사랑했던 사람들을 추억하게 만드는 곡인 까닭입니다.

　제1곡은 서곡 Overture입니다. 악기 편성을 화려하게 해서 웅장하게 연주할 수도 있지만, 저는 소박한 작은 편성이 좋더군요. 프랑스풍의 곡입니다. 조심스럽게 시작해서 빠르게 도약했다가 느리게 천천히 마무리됩니다. 추억을 소환하는 곡조가 아스라하게 이어집니다. 바이올린, 비올라, 첼로 등 현악기가 시간을 거꾸로 되돌려 기억의 조각들을 잔잔하게 펼쳐 놓으면 오보에와 트럼펫이 이를 흔들며 '그때 이런 일이 있었지.', '맞아, 그런 일도 있었어.' 하고 상기시켜 주는 것 같습니다. 때로는 즐거운 일도 있었고 함박웃음이 터지게 만드는 일도 있었지만, 가끔은 힘든 일도 있었고 눈물 나는 일도 있었지요. 음악이 흐르듯 시간과 함께 지나가 버린 내 인생의 순간들입니다. 이 곡을 듣고 나서 괴테는 "화려한 진행이 멋지게 차려입은 사람들이 나란히 거대한 층계를 내려오는 광경을 떠올리게 한다."라고 찬사를 보냈다고 하죠. 저는 제 추억의 파편들이 가슴속으로 켜켜이 쌓여 가는 광경이 떠오릅니다.

제2곡은 에어Air입니다. 영어로는 '에어Air', 이탈리아어로는 '아리아Aria', 프랑스어로는 '에르Air', 독일어로는 '아리에Arie'라고 하죠. 서정적인 선율이라는 뜻입니다. 현악 합주로 연주되는 곡입니다. 가냘픈 듯 우아한 바이올린 선율이 너무도 아름답게 연주됩니다. 가장 행복했던 시절을 떠올리게 하죠. 사랑했던 사람들의 얼굴이 스쳐 지나갑니다. 다시는 돌아갈 수 없는 시절, 다시는 만날 수 없는 얼굴들입니다. 그러나 슬프지 않습니다. 아련할 뿐이죠. 이 선율은 19세기 독일의 바이올리니스트 아우구스트 빌헬미가 G현만으로 연주할 수 있는 독주곡으로 편곡함으로써 'G선상의 아리아'라는 제목으로 알려지게 되었습니다. 그는 원곡보다 조금 느리고 차분한 분위기를 만들기 위해 D장조의 작품을 C장조로 바꿔서 편곡했습니다. G현만으로 연주했던 파가니니의 바이올린 소나타 '나폴레옹'이 생각나기도 합니다. 온화하고 편안한 선율 때문에 드라마나 영화의 배경 음악으로도 많이 사용됩니다.

제3곡은 가보트Gavotte입니다. 가보트는 16세기 말부터 18세기 말까지 유럽에서 유행했던 프랑스 궁정풍의 춤곡입니다. 2박자나 4박자의 경쾌한 리듬이 이어지는 반주용 음악이었으나 점차 기악곡과 성악곡에 하나의 형식으로 활용되었습니다. 쾌활하고 부드러운 분위기를 모두 표현할 수 있죠. 바흐는 자신의 '영국 모음곡'에도 가보트를 사용했습니다. 현악기와 관악기가 시종일관 유쾌하고 활기차게 연주합니다. 우울함에 휩싸이거나 제 자리에 머물러 있을 틈이 없죠. 잔뜩 긴장하며 바쁘게 살아왔던 날들이 떠오릅니다. 그렇게까지 억척스럽게 할 필요는 없었는데, 너무 여유와 여백이 없었다는 생각이 듭니다. 주변을 둘러보면서 사랑하는 사람과 더 많은 시간을 보내는 것이 행복한 인생이라는 걸 깨우쳐 줍니다.

제4곡 부레Bourrée는 17세기경 프랑스의 오베르뉴 지방에서 생겨난 춤곡을 가리킵니다. 이후 18세기까지 프랑스 궁정 무용과 그 음악으로 양식화되었습니다. 속도감 있는 당김음의 선율이 매력적인 간결한 곡입니다. 17세기 프랑스 작곡가인 장바티스트 륄리가 처음으로 극음악 속에 인용함으로써 무도를 떠난 기악곡으로 널리 보급되기 시작했습니다. 바흐는 '관현악 모음곡'과 '클라비어 모음곡' 등에 부레를 사용했습니다. 제4곡은 다섯 곡 중에서 가장 짧습니다. 하지만 제일 흥겨운 멜로디가 연주되죠. 가족과 함께 근사한 식탁에 둘러앉은 기분입니다. 아름다운 음악을 들으며 맛있는 음식을 나누는 것은 삶의 큰 기쁨이죠. 내 입에 밥 들어가는 것보다 상대방 입에 밥 들어가는 게 더 즐거운 것이 바로 사랑입니다.

마지막 제5곡은 지그Gigue입니다. 16세기 영국에서 생겨난 춤곡이죠. 17세기에 대륙으로 전해져 프랑스와 이탈리아 등에서 기악용 춤곡으로 발전했습니다. 이후 고전 모음곡을 구성하는 표준적인 네 개의 춤곡 악장 중 하나가 되었습니다. 8분의 3박자, 8분의 6박자, 8분의 9박자, 8분의 12박자로 이루어진 당당하고 경쾌한 분위기의 곡입니다. 바흐에 의해 더욱 세련된 속도감 있는 춤곡으로 승화했습니다. 저는 이 곡이 인생의 대미를 장식하는 음악처럼 들립니다. 세월의 무게가 느껴집니다. 아버지의 힘겨운 뒷모습을 보는 것 같기도 하고요. 한 번이라도 어깨와 무릎을 주무르며 사랑한다고, 애 많이 쓰셨다고 말해 드리고 싶습니다. 안타까운 것은 음악은 다시 연주할 수 있지만, 인생은 다시 살 수 없다는 사실입니다.

문학의 구도자로 불린 작가 니코스 카잔차키스는 『영혼의 자서전』에 이렇게 썼습니다.

"어머니의 그리스인 피와 아버지의 아랍인 피가 내 혈관 속에서 나란히 두 줄로 흐른다는 착각의 영향은 긍정적인 보람을 주어서 나에게 힘과 기쁨과 풍요함을 베풀었다. 이 두 가지 상반된 충동으로부터 종합을 이루려는 투쟁은 내 삶에 목적과 통일성을 부여했다. 내 마음속의 애매한 예감이 확실성으로 변하는 순간 주변의 가시적 세계는 질서를 찾고, 나의 내적이거나 외적인 삶은 두 선조의 뿌리를 찾아 서로 조화를 이룬다. 그리하여 여러 해가 지난 다음, 아버지에 대한 나의 비밀스러운 증오는 그가 죽은 후에 사랑으로 바뀌게 되었다."

　바흐가 가족을 위해 노동하는 음악가로 충실히 살았던 것은 그들을 지극히 사랑했기 때문입니다. 많은 아버지가 식솔을 건사하려고 일터에서 전쟁 같은 삶을 살아 내는 것 역시 이들을 더없이 사랑하는 까닭입니다. 누군가를 사랑하면 고통 속에서도 위안과 평안을 얻을 수 있습니다. 삶의 괴로움을 경건함으로 바꿔 주는 힘은 다름 아닌 인간에 대한 사랑입니다.

고여 있는
행복과
흘러가는 행복

짧지만 강렬했던
그때의 기억들
멘델스존의 **한여름 밤의 꿈**

첫 해외여행의 짜릿했던 순간들

코로나 팬데믹이 엔데믹으로 전환되면서 해외여행 붐이 일고 있다고 합니다. 오랫동안 마스크를 쓴 채 답답하게 갇혀 살다시피 했으니 외국에 나가 실컷 자유의 바람을 쐬고 싶은 심정이 충분히 이해됩니다. 전염병, 전쟁, 자연재해 같은 불가항력적 재앙이 아닌 다음에야 지금은 얼마든지 해외여행을 즐길 수 있는 시대입니다. 그런데 불과 35년 전만 해도 해외여행은 고사하고 외국에 잠깐 나갔다 오는 것조차 쉬운 일이 아니었습니다. 제가 대학생일 때 해외 유학은 정말 공부 잘하는 수재들만 갈 수 있었습니다. 직장인들도 아주 특별한 업무가 아니면 외국에 나갈 수가 없었죠. 여권을 만드는 것 자체가 매우 어려운 일이었으니까요.

관광 여권이 처음 생긴 게 1983년입니다. 그것도 50세 이상으로 발급을 제한했고, 관광 예치금 명목으로 200만 원을 내야 했습니다. 나이 먹고 괜찮은 직장에 다니며 가지고 있는 돈이 제법 되어야 관광을 갈 수 있는 시절이었습니다. 그러다가 1989년부터 해외여행을 자유롭게 갈 수 있게 되었습니다. 1988년 서울 올림픽 대회를 치른 후 동서 냉전이 종식되면서 전 세계에 개혁과 개방 바람이 불어닥쳤습니다. 1990년 한국과 소련이 외교 관계를 맺었고, 1992년에는 중국과도 수교 협정을 체결했습니다. 전 세계 어디든 여행을 갈 수 있는 시대가 된 겁니다. 효도 관광을 떠나는 어른들로 김포 공항은 항상 장터처럼 시끌벅적했습니다.

해외여행 바람은 출판계에도 불어닥쳤습니다. 1989년 이후 각종 국제 도서전에 한국 출판사들이 대거 참여하기 시작한 겁니다. 명목은 국제 도서전 참가였으나 사실상 해외여행이나 다름없었습니다. 독일, 영국, 프랑스, 이탈리아, 일본, 중국, 미국 등에서 도서전이 열렸습니다. 세계는 넓고 갈 곳은 참 많았죠. 제가 난생처음 외국에 나간 것은 1993년이었습니다. 독일 프랑크푸르트에서 열리는 국제 도서전에 참가한 겁니다. 다니던 출판사에서 연이어 대박이 터지면서 분위기가 좋았습니다. 대표 역시 호탕한 성격의 소유자였기에 전 직원이 독일에 다녀오기로 결정을 내렸습니다. 제주도도 가 본 적 없던 제가 독일을 가게 된 것이죠.

해마다 가을이면 뮌헨에서는 옥토버페스트가 열립니다. 1810년부터 시작된 세계 최대의 맥주 축제입니다. 프랑크푸르트 국제 도서

전보다 뮌헨 옥토버페스트가 먼저 열립니다. 이왕 독일에 가는 거 조금 일찍 가서 옥토버페스트를 즐긴 다음 도서전에 가기로 했습니다. 비행시간은 길고 길었으나 잠을 잘 수 없었습니다. 구름 위에 떠 있는 것 같았죠. 기내식은 왜 이렇게 맛있던지 뭘 줘도 싹싹 비워 냈습니다. 독일은 하늘도 공기도 달랐습니다. 바흐와 베토벤과 브람스가 살았던 나라답게 어딜 가도 음악이 들려오는 것 같았습니다. 실제로 거리에는 악사들이 많았습니다. 평범한 연주였겠지만, 제 귀에는 비르투오소처럼 들렸습니다.

뮌헨을 대표하는 맥주 회사는 물론 세계적인 맥주 메이커들이 거대한 천막을 만들어 놓고 맥주를 팔았습니다. 수백 명에서 수천 명까지 들어갈 수 있는 천막이었습니다. 탁자마다 사람들이 둘러앉아 맥주를 마시고 있었습니다. 중앙 무대에서는 악단의 연주가 흥겹게 이어졌죠. 탄성이 절로 나왔습니다. 믿기지 않을 만큼 황홀했습니다. 1리터짜리 맥주잔인 마스크루크를 높이 치올려 건배한 후 단숨에 반쯤이나 들이켰습니다. 심장까지 짜릿했습니다. 맥주도 맛있었지만, 천막 안 분위기는 환상적이었습니다. 장작불에 구운 닭과 소시지를 먹었습니다. 입에서 살살 녹았습니다. 다른 문화를 맛본다는 건 신비한 경험의 충전이었습니다.

본토 맥주를 마시며 뮌헨의 가을을 마음껏 누린 다음 프랑크푸르트로 향했습니다. '루프트한자'였습니다. 무라카미 하루키의 소설 『상실의 시대』 첫 장면에서 주인공 와타나베가 함부르크 공항까지 타고 갔던 그 독일 비행기 말이죠. '내가 루프트한자를 타고 프랑크푸르트로 가다니……' 뮌헨도 프랑크푸르트도 동화 속 이야기인 듯했습니다. 프랑크푸르트 국제 도서전은 매년 10월 메세 프랑크푸르트에서 닷새 동안 개최되는 세계 최대의 도서 박람회입니다. 입이 떡 벌어질 정도로 어마어마한 규모였습니다. 세계 각국의 책을 소개하는 부스와 유명 출판사들 부스를 다 돌아다니려면 다리가 아파 의자만 보이면 앉아야 했습니다.

놀러 온 것처럼 보이면 안 되니까 열심히 다니며 자료를 모았습니다. 다른 직원들도 마찬가지였죠. 유명 작가의 사인회와 강연도 있었고 세미나도 있었습니다. 걷다 보면 한국에서 자주 볼 수 없었던 다른 출판사 지인들과 학교 선후배들 그리고 기자들을 만날 수 있었습니다. 외국에서 우연히 아는 사람을 만나면 가족을 만난 것처럼 반가웠습니다. 그러나 제일 즐거운 건 틈틈이 노천에서 독일 맥주를 마실 때였습니다. 한국에서 마시던 맥주와는 차원이 다른 맛과 향이었습니다. 그 뒤 도서전 참가나 여행을 목적으로 여러 차례 외국에 나갈 기회가 있었지만, 첫 해외여행 때 느낀 그 짜릿했던 순간들은 결코 잊을 수가 없습니다.

모든 것을 다 가진 남자

누구에게나 잊을 수 없는 달콤했던 한순간의 기억이 있을 겁니다. 인생의 가장 빛나는 시절에 꾸었던 한여름 밤의 꿈 같은 것 말이죠. 제게는 그때가 그랬습니다. 아마도 첫 해외여행을 다른 나라로 갔더라면 감흥이 달랐을지도 모릅니다. 독일은 철학과 음악의 나라였습니다. 대학 다닐 때 강의실에서 귀가 따갑도록 들었던 것도 독일 철학자들 이름이었고, 철학을 부전공으로 듣던 학생들도 독일어과가 제일 많았으며, 학교 앞에서 가장 오래된 맥줏집도 독일 정치인의 이름을 딴 가게였습니다. 루프트한자를 타고, 독일 거리를 걷고, 독일 맥주를 마시고, 독일인들의 연주를 들을 수 있었던 건 한여름 밤의 꿈처럼 감미로웠습니다.

그때를 떠올릴 때마다 귓가에 들려오는 음악이 있습니다. 멘델스존의 '한여름 밤의 꿈'입니다. 뜨거운 청춘의 한때를 기억나게 해 주는 곡이죠. 1826년 열일곱 살인 멘델스존은 갓 출판된 셰익스피어의 희곡『한여름 밤의 꿈』독일어 번역본을 읽고 큰 감명을 받았습니다. 이때 받은 음악적 영감을 곡으로 표현한 것이 바로 '한여름 밤의 꿈 서곡'입니다. 그는 열일곱 살이었지만, 이미 원숙한 작곡가였습니다. 그로부터 17년이 지난 1843년 프로이센 국왕 프리드리히 빌헬름 4세는 멘델스존에게 연극 '한여름 밤의 꿈'의 부수 음악을 작곡해 달라고 요청합니다. 그는 곧바로 17년 전에 받았던 감동을 되살려 열두 곡의 부수 음악을 만들었습니다. 열세 곡으로 구성된 멘델스존의 대표작 '한여름 밤의 꿈'이 완성된 겁니다.

마법처럼 신비로운 음악 '한여름 밤의 꿈'을 작곡한 멘델스존은 어떤 사람이었을까요?

야코프 루트비히 펠릭스 멘델스존 바르톨디. 멘델스존의 긴 이름입니다. 그는 1809년 2월 3일 함부르크에서 유대인 명문가의 4남매 중 장남으로 태어났습니다. 할아버지 모세 멘델스존은 독일 계몽 시대 철학자이자 유대인 계몽주의 운동의 선구자였습니다. 미학자, 성서 번역자, 사업가이기도 했죠. 칸트는 독일의 소크라테스로 불리던 그를 철학의 새로운 시대를 인도할 천재라고 칭송했습니다. 아버지 아브라함 멘델스존은 은행을 경영하는 금융인이었습니다. 그가 일군 멘델스존 은행은 1938년 나치에 의해 강제로 폐쇄되기 전까지 운영되던 독일 유수의 은행이었습니다. 어머니 레아 잘로몬 역시 프리드리히 대왕의 궁정 은행가로 부를 쌓은 다니엘 이치크의 손녀로, 여러 언어에 통달하고 음악에도 재능이 있었습니다.

이런 대단한 집안의 아들로 태어난 멘델스존은 탄생과 더불어 모든 것을 소유한, 이른바 다 가진 남자였습니다. 부족한 게 없었죠. 우리가 아는 대부분의 음악가가 가난한 집안에서 출생해 어렵게 생활하면서 생계를 위해 귀족이나 교회에 몸을 의탁한 채 살았던 것과는 전혀 딴판입니다. 아마도 모든 음악가를 통틀어 그보다 더 좋은 환경에서 자라난 사람은 없을 겁니다. 모차르트나 슈베르트와는 정반대의 환경 속에서 자란 셈입니다. 멘델스존은 음악을 하지 않았다면 아버지의 사업을 물려받아 은행가가 되었을 겁니다. 당대 가장 특별한 가문 중 하나인 멘델스존가의 상속자였던 그가 돈 대신 음악을 선택한 것은 운명이었습니다.

사업상 베를린으로 이주한 멘델스존 일가의 집은 유명 인사들의 문화와 지적 생활의 중심이었습니다. 유럽을 대표하는 작가, 시인, 사상가, 음악가 등이 그의 집을 드나들었죠. 멘델스존의 아버지는 아이들을 학교에 보내지 않고 집에서 최고의 가정 교사를 고용해 교육했습니다. 수학, 역사, 지리학, 현대어, 고전어, 회화 그리고 음악과 체육까지 잘 짜인 프로그램대로 수업을 받았죠. 베를린 성악 아카데미 지휘자였던 첼터는 음악 담당 교사였습니다. 그는 헤겔과 실러의 친구였고 괴테와도 막역했습니다. 1821년 첼터는 열두 살이 된 멘델스존을 데리고 바이마르에 있는 괴테를 찾아갑니다. 멘델스존은 괴테 앞에서 몇 시간씩 피아노를 쳤습니다. 영국 출판사 편집장을 거쳐 프리랜서 작가 겸 출판 컨설턴트로 일하고 있는 닐 웬본은 자신의 책『멘델스존, 그 삶과 음악』에서 당시를 이렇게 묘사하고 있습니다.

"별다른 의미는 없었지만, 신나는 경험도 있었다. 명사들이 지켜보는 앞에서 알아보기 힘든 베토벤의 초고를 처음 보고 그대로 연주한 것이다. 이뿐만 아니라, 펠릭스는 악마가 돌진하는 것 같은 즉흥 연주를 해냈다. 그는 또 모차르트의 '피가로의 결혼' 서곡을 스스로 피아노로 편곡하여 연주했으며, 사신의 실내악곡 하나도 피아노로 옮겨 연주했다. 불과 열세 살이었을 때 일곱 살 난 모차르트가 연주하는 것을 프랑크푸르트에서 들었던 괴테는 망설이지 않고 펠릭스가 그보다 더 뛰어난 음악가라고 선언했다. 그는 첼터에게 이렇게 단언했다. '이 아이가 처음 보는 악보를 앉은 자리에서 연주하고 작곡하는 것은 거의 기적이라 할 정도군. (직접 보지 않았더라면) 저렇게 어린 나이에 이런 일을 해낼 수 있다는 걸 난 믿지 못했겠지. …… 자네 제자가 이미 이룬 성취를 당시의 모차르트와 비교하자면 다 자란 어른의 교양 있는 대화를 어린아이의 혀쨀배기소리에 비교하는 것과 같네.'"

멘델스존이 모차르트보다 더 뛰어나다는 괴테의 말에 그 자리에 있던 음악가들이 만장일치로 동의했다고 합니다. 가난뱅이였던 슈베르트가 보낸 악보를 그대로 되돌려 보내 마음에 대못을 박았던 괴테는 부잣집 아들인 멘델스존에게는 최고의 찬사를 아끼지 않았습니다.

아브라함 멘델스존은 유대인이었으나 유대교를 버리고 개신교로 개종했습니다. 따라서 자녀들도 세례를 받고 루터교 신앙을 갖게 되었죠. 야코프와 루트비히는 기독교식 이름이고, 바르톨디는 세례 성인으로 어머니 레아의 성입니다. 펠릭스는 '행운아'라는 뜻입니다. 부모의 재산, 명성, 교양, 신앙까지 물려받은 그는 말 그대로 행운아였습니다. 모차르트와 비교될 정도로 천재였던 그는 좋은 교육을 받아 박학다식했으며, 잘생긴 데다 사교성까지 뛰어났습니다. 시와 그림에도 재주가 있었죠. 그가 그린 소묘와 수채화는 대단한 수준입니다. 작곡가이자 피아노와 오르간 연주자인 동시에 지휘자였던 그는 영어, 이탈리아어, 그리스어, 프랑스어, 라틴어까지 자유롭게 구사했습니다. 요즘 말로 하면 진정한 엄친아였던 것이죠.

프랑크푸르트에서 만난 사랑 그리고 행복

멘델스존 가문의 어른들은 고민을 거듭했습니다. 멘델스존이 음악 천재인 건 확실하지만, 과연 음악을 직업으로 삼아도 될 것인가, 사업가보다 음악가가 더 성공적인 삶을 보장해 줄 것인가, 가문의 명예를 위해 어떤 것이 올바른 선택인가 확신이 서지 않았기 때문입니다. 그러는 동안에도 멘델스존은 창작열을 불태웠고, 유럽 각지를 여행했으며, 자신이 기획한 공연과 지휘한 연주 그리고 작곡한 곡의 발표 등 모든 방면에서 성공을 거두고 있었습니다. 가문의 걱정과는 별개로 그는 이미 전 세계에 걸쳐 자신의 명성을 차곡차곡 쌓아 가고 있었던 겁니다. 그의 환경만큼이나 그의 음악은 아름다운 가락과 밝은 음색이 넘쳐 났습니다.

1825년 멘델스존 일가는 라이프치히에 있는 궁전 같은 집으로 이사합니다. 여기서 멘델스존의 음악은 더 성숙해집니다. 그가 음악계에 끼친 영향 가운데 하나는 대중에게 멀어져 있던 선배 음악가들의 작품을 다시 세상에 소개한 겁니다. 그는 모차르트, 베토벤, 슈베르트의 음악을 무대에 올렸으며, 사라질 뻔했던 명곡을 발굴해 사람들 앞에서 연주했습니다. 먹고사는 데 얽매일 필요가 없었던 그는 자신이 소유한 부를 음악의 복원과 보급을 위해 기꺼이 사용했습니다. 1829년 3월 11일 바흐가 죽은 뒤 처음으로 베를린 성악 아카데미 연주회장에서 '마태 수난곡'이 울려 퍼졌고 결과는 대성공이었죠. 1835년부터 라이프치히의 게반트하우스 오케스트라 종신 지휘자를 맡은 멘델스존은 1839년 3월 21일 슈베르트의 마지막 제9번 교향곡 '그레이트'를 게반트하우스 청중들 앞에서 연주했습니다. 작곡가가 죽은 지 10년이 넘도록 발견되지 않았던 악보를 슈만이 찾아냈고 멘델스존이 처음 연주한 겁니다.

멘델스존은 연주와 여행을 겸해 뮌헨과 프랑크푸르트를 자주 들렀습니다. 그러다가 스물일곱 살 때인 1836년 5월 초 체칠리엔페라인의 음악 감독이 병이 나는 바람에 지휘를 대신하기 위해 프랑크푸르트에 갔다가 합창단원이던 열여덟 살 소녀 세실 소피 샤를로테 장르노를 만나게 됩니다. 그녀는 긴 금발에 사람을 홀릴 듯한 푸른 눈과 매혹적인 미소를 가진 빼어난 미인이었습니다. 그녀의 아버지는 저명한 위그노 가문 출신으로 프랑스 개혁 교회 목사였죠. 두 사람은 자주 만나 대화를 나누었고 멘델스존은 급속하게 사랑에 빠져들었습니다.

7월 24일 멘델스존은 여동생 레베카에게 쓴 편지에서 이렇게 고백했습니다.

"그녀가 날 좋아하는지 아닌지 잘 모르겠어. 하지만 한 가지는 분명해. 올해 내가 누린 첫 행복은 그녀 덕분이라는 것."

1835년 11월 19일 아버지 아브라함 멘델스존의 갑작스러운 죽음으로 커다란 상실감에 빠져 있던 멘델스존은 세실을 만나면서 비로소 불행의 늪에서 행복의 정원으로 빠져나왔습니다. 그는 어머니 레아에게 사랑하는 사람이 생겼다고 말했습니다. 그런 다음 9월 초 어머니에게 다시 편지를 보냈습니다. 그가 얼마나 애가 닳았는지를 잘 알 수 있는 대목입니다.

"저는 방금 세실리에 장르노와 약혼했어요. 오늘 겪은 일로 제 머리는 팽이처럼 빙빙 돌고 있어요. 이미 밤이 많이 늦었지만, 뭐라고 해야 할지 모르겠어요. 그래도 어머니께 편지를 써야겠어요. 인생이란 얼마나 풍요롭고 행복한 것인지."

그해 크리스마스 때 멘델스존은 라이프치히에 있지 않고 프랑크푸르트에 있었습니다. 장르노 가족과 행복한 시간을 보낸 겁니다. 그는 잠깐이라도 그녀와 떨어져 있기 싫었습니다.

1837년 3월 28일 멘델스존은 세실과 결혼식을 올립니다. 결혼식은 신부의 할아버지와 아버지가 목사로 일하던 프랑크푸르트에 있는 프랑스 개혁 교회에서 열렸습니다. 아직 '한여름 밤의 꿈'이 완성되기 전이었으므로 그가 만든 '결혼 행진곡'은 연주되지 않았죠. 그러나 음악이 없더라도 멘델스존은 춤을 추었을 겁니다. 그의 인생에서 세실은 절대적이었으니까요.

두 사람은 멘델스존이 새로 산 화려한 마차를 타고 거의 두 달 동안이나 신혼여행을 떠났습니다. 여행을 끝내고 프랑크푸르트로 다시 돌아온 뒤 그는 어머니에게 편지를 썼습니다.

"평생 이렇게 완벽하게 행복할 수 있을 거라고 정말 상상도 하지 못했는데, 지금이 그래요. 제 인생과 예술에서 지금은 너무나 복 받은 시간이어서, 하나님께 어떻게 감사해야 충분할지 모르겠어요. 새 작품을 위한 음악적 구상이 얼마든지 생겨나고, 옛날 음악은 제가 바라는 온갖 인상을 안겨 줘요. '성 바울'은 두 번 공연되었는데, 객석이 모두 꽉 찼어요."

멘델스존은 완벽하게 행복했습니다. 이 복 받은 부부에게서 다섯 자녀가 태어났습니다.

결혼식장에서 매일 마주치는 바그너와 멘델스존

1843년 10월 14일 포츠담 궁전에서 열린 극음악 '한여름 밤의 꿈' 첫 연주는 대성공이었습니다. 이 곡의 의미와 영향에 관해 닐 웬본은 위의 책에서 다음과 같이 서술했습니다.

"멘델스존이 쓴 '한여름 밤의 꿈'에 딸린 부수 음악은 그의 최고 작품 중에서만이 아니라 음악사 전체에서도 가장 놀라운 작업 가운데 하나다. 멘델스존은 열일곱 살인 1826년에 작곡했던 서곡에 열두 곡목을 추가하고 연극 자체에 어울리는 마법을 발휘하여 반평생 전에 방문했던 세계를 재창조했다. 새 음악은 서곡에서 악상을 가져와서 원작의 정신을 완벽하게 다시 포착하는 천의무봉 옷감으로 직조해 낸다. …… 무엇보다도 가장 유명한 곡목은 4막과 5막 사이의 간주곡이다. 멘델스존은 다른 어떤 곡보다도 더 많은 사람에게 더 큰 개인적 의미를 가져다주었을 곡목인 '결혼 행진곡'을 세계에 선사했다. 이 곡은 워낙 많이 알려졌기 때문에, 연극의 마지막 막에서 여러 쌍의 결혼식이 준비되는 장면인 원래 작품의 맥락에서 듣더라도 새로운 느낌을 받기는 힘들다."

셰익스피어의 『한여름 밤의 꿈』은 1594년부터 이듬해까지 쓰인 작품으로 추정됩니다. 5막으로 구성된 희극으로 진실한 사랑을 찾는 연인들의 한바탕 소동을 다룬 이야기죠. 데메트리오스와 결혼하라는 아버지 아이게우스의 기대를 저버리고 헤르미아가 선택한 사람은 뤼산드로스입니다. 두 사람은 몰래 오베론의 숲으로 달아나죠. 데메트리오스는 헤르미아를 좇아, 헬레나는 뤼산드로스를 좇아 오베론의 숲으로 들어옵니다. 한편, 요정의 왕 오베론은 여왕 티타니아를 골려 줄 심산으로 요정 퍽에게 심부름을 시킵니다. 그러나 퍽의 실수로, 헤르미아를 향했던 뤼산드로스와 데메트리오스의 마음이 일순간 헬레나에게로 향하게 되죠. 또한 티타니아는 당나귀 탈을 쓴 보텀에게 반해서 시중을 듭니다. 이렇듯 꼬여 버린 상황에서 떠들썩한 소동이 벌어지고, 마침내 다시 퍽이 개입해 세 쌍은 행복한 결말을 맞습니다.

멘델스존 음악에는 셰익스피어 희곡보다 더 많은 환상과 동심이 담겨 있습니다. 전체 열세 곡 중 서곡, 스케르초, 간주곡, 녹턴, 결혼 행진곡이 관현악곡으로 묶여 자주 연주됩니다.

서곡은 알레그로 디 몰토입니다. 매우 빠르게 연주되죠. 꿈속을 거닐듯 목관 악기의 나지막한 화음이 들려옵니다. 마법의 주문이 시작되는 것 같습니다. 이어서 가볍고 상쾌한 현악기가 등장합니다. 꿈에서 깰 만큼 웅장하지만, 곧바로 섬세한 리듬이 봄바람처럼 불어옵니다. 곳곳에서 요정들이 춤을 추는 것처럼 보입니다. 테세우스 공작과 그 궁정을 상징하는 호화로운 음악은 헤르미아와 뤼산드로스의 사랑을 묘사하는 부드러운 음악으로 옮겨 갑니다. 직공들의 흥겨운 춤곡이 나오고 나서 금관 악기가 당나귀 울음소리를 내기도 하죠. 달콤하게 낭만적이면서도 거침없이 화려한 음악이 극적인 분위기를 잘 표현하고 있습니다. 멘델스존의 연주를 들은 슈만은 이렇게 말했다고 하죠. "마치 요정들이 직접 연주하는 듯합니다."

몽환적인 서곡 뒤에 스케르초가 연결됩니다. '스케르초Scherzo'는 이탈리아어로 '해학 또는 희롱'이라는 뜻입니다. 익살스러운 빠른 곡이나 급격한 기분의 변화 아니면 괴짜 같은 취향을 반영해서 만들어진 곡이죠. 이 극음악의 스케르초는 알레그로 비바체, 즉 빠르고 생동감 있는 연주입니다. 연극에서는 2막 전에 연주되죠. 숲속 요정들이 춤추고 노래하는 모습을 표현했습니다. 목관 악기의 선율이 다채롭게 변화하면서 요정들의 갖가지 희롱을 떠올리게 하는 재미있는 악장입니다. 현실과 비현실을 넘나드는 아름다운 화음이 펼쳐집니다.

2막 끝에 연주되는 간주곡Intermezzo은 알레그로 아파시오나토입니다. 빠르면서도 열정적으로 연주하는 것이죠. 서로 사랑하면서도 아버지의 반대에 부딪혀 오베론의 숲으로 달아난 헤르미아가 뤼산드로스를 찾아 방황합니다. 싱그러운 숲의 정경과 애틋한 남녀의 사랑이 아련하게 그려집니다. 그러다가 퍽의 실수로 헤르미아를 향했던 뤼산드로스와 데메트리오스의 마음이 헬레나를 향하게 됩니다. 뤼산드로스가 헬레나를 찾아서 떠나자 헤르미아는 당황하죠. 이어 연극 연습을 하려고 숲으로 들어오는 직공들의 유쾌한 행진곡이 이어집니다.

　다음은 녹턴입니다. '녹턴Nocturne'은 고요한 밤에 어울리는 조용하고 감성적인 음악 장르를 가리킵니다. 그래서 '야상곡夜想曲'이라고도 하죠. 야행성을 뜻하는 단어 '녹터널Nocturnal'과 어근이 같습니다. 주로 피아노 독주나 작은 실내악으로 연주되는 곡입니다. 쇼팽과 가브리엘 포레의 녹턴 등이 유명합니다. 이 곡은 안단테 트란퀼로, 즉 느리고 조용한 연주입니다. 3막 끝에 연주되죠. 달콤한 호른 연주를 시작으로 점점 흥분이 고조되다가 이내 평온해집니다. 두 쌍의 청춘 남녀가 요정의 마법으로 숲속에 흩어져 잠이 든 겁니다.

　마지막은 그 유명한 결혼 행진곡Wedding March입니다. 4막 후에 연주되는 곡입니다. 빠르고 생동감 있는 연주, 즉 알레그로 비바체입니다. 행진곡에서 빠질 수 없는 악기가 트럼펫이죠. 트럼펫의 명징한 울림이 벅찬 기대와 희망을 품게 합니다. 무엇인가 잔뜩 꼬여 있던 것들이 한꺼번에 풀리는 느낌이죠. 잠들어 있던 네 명의 남녀가 꿈에서 깨어나 행복한 결혼식을 올립니다. 아테네의 테세우스 공작과 아마존의 히폴리테 여왕까지 합세해 세 쌍의 결혼식이 거행되고, 마을 사람들의 우스꽝스러운 연극이 상연됩니다. 모든 장애는 제거되었고, 환희만이 넘쳐 납니다. 중반부의 서정적인 현악기 연주마저도 행진곡처럼 느껴집니다.

　멘델스존의 '결혼 행진곡'을 이야기할 때 빠짐없이 거론되는 건 바그너입니다. 그가 작곡한 오페라 '로엔그린' 제3막에 나오는 '혼례의 합창'이 결혼식에서 멘델스존의 '결혼 행진곡'과 함께 연주되기 때문입니다. 대개 바그너의 곡은 신부가 입장할 때, 멘델스존의 곡은 신랑과 신부가 퇴장할 때 울려 퍼집니다. 두 작품 모두 음악을 사랑하던 영국의 빅토리아 공주가 1858년 1월 25일에 치러진 자신의 결혼식을 위해 직접 선택한 곡입니다. 당시 세기의 결혼식을 지켜본 많은 사람이 이를 따라 하면서 결혼식 음악의 전형으로 굳어지게 된 것이죠.

그런데 짚고 넘어가야 할 게 있습니다. '로엔그린'은 바그너의 반유대주의 사상이 잘 드러나 있는 작품이라는 사실입니다. 그는 유대인들을 경멸했고 유대교에 대해서도 누구보다 격렬하게 반대했던 인물입니다. 그래서 히틀러의 나치당은 바그너의 음악을 찬양했습니다. 더불어 유대인이었던 멘델스존의 음악은 철저하게 배격했죠. 바그너는 같은 독일인이자 선배 작곡가인 멘델스존을 비난했습니다. 멘델스존은 바그너에게 아무런 유감이 없었는데도 말이죠. 바그너가 스스로 열등감을 느끼고 다 가진 남자였던 멘델스존과 대척점에 선 겁니다.

바그너는 멘델스존이 세상을 떠난 지 3년 뒤에 '음악에서의 유대 정신'이라는 논문을 발표했습니다. 이에 관하여 그라우트는『서양 음악사』에서 학자로서의 소견을 밝혔습니다.

"가장 문제가 된 것은 1850년 가명으로 출판된 후 1869년 바그너의 이름으로 다시 출판된 공격적인 반유대주의 소책자『음악에서의 유대 정신』이었다. 그에게 이 글을 쓰도록 추동한 것은, 리스트에게 설명했듯이, 마이어베어에 대한 강한 반감이었다. 한때 바그너는 그의 음악을 존경했으며 마이어베어는 바그너를 돕기 위해 영향력을 행사하기도 했었다. 그러나 바그너는 비평가들이 자신의 음악에 미친 마이어베어의 영향력에 관해 쓰자 이 선배 작곡가에게서 등을 돌렸다. 자신의 독립성을 확보하기 위하여 마이어베어의 음악을 공격하면서, 마이어베어는 유대인이기 때문에 민족적 뿌리를 갖지 못하는 점이 취약점이라 주장했다. 민족적 뿌리가 없는 작곡가는 진정한 스타일을 가질 수 없다는 것이다. 바그너는 같은 문제가 멘델스존에게서도 나타난다고 넌지시 암시했다. 멘델스존은 자신이 젊은 시절 숭배했던 인물이었고, 기독교로 개종했음에도 불구하고 말이다. 이 글에서 바그너는 독일의 반유대주의 문화에 기대면서 동시에 그 경향을 강화했고, 자신이 마이어베어와 멘델스존에게 크게 빚지고 있음을 감추고자 했다."

멘델스존과 바그너는 여러 면에서 달랐습니다. 자라 온 환경뿐 아니라 인생관과 가치관도 뚜렷이 대비되었죠. 그렇지만 서로 개성을 인정하고 존중하면서 각자의 음악 세계를 추구해 나가면 됐을 텐데, 바그너는 자기 마음에 들지 않으면 상대가 누구든 거침없이 비판을 퍼부었습니다. 물론 멘델스존이 살아 있을 때는 입에 침이 마르게 칭찬을 늘어놓았지만 말이죠.

바그너의 음악은 매우 훌륭합니다. 그는 음악사에 큰 발자취를 남긴 인물입니다. 하지만 그의 음악이 결혼식장에서 연주되는 게 과연 적절한가는 생각해 봐야 합니다. '혼례의 합창'이 울려 퍼지는 가운데 로엔그린과 엘자는 결혼식을 올립니다. 그러나 이들의 믿음은 곧 깨지고 로엔그린은 엘자의 곁을 떠납니다. 엘자 역시 절규하다가 쓰러져 죽음을 맞이합니다. 비극적인 사랑의 결말이죠. 결혼을 축하하는 음악으로는 부적절합니다. 더군다나 바그너는 두 번 결혼했으나 형식적인 결혼 생활을 유지하면서 수없이 많은 여성과 염문을 뿌렸습니다. 사랑에 진실했고 가정에 충실했던 멘델스존과 달라도 너무 달랐던 바그너의 곡이 새로운 가정을 꾸려 첫출발하는 신랑 신부 앞에서 연주된다는 건 그리 적절한 것 같지는 않습니다.

수많은 청춘의 이야기, 한여름 밤의 꿈

모든 것을 다 가진 남자였던 멘델스존에게도 딱 한 가지 부족한 게 있었습니다. 시간입니다. 그의 천부적인 재능을 전부 펼쳐 보이고, 선한 영향력을 모두 확산시키기에는 그에게 주어진 시간이 너무 짧았습니다. 과로로 건강이 나빠져 고생하던 그는 평생 음악의 농지이자 안식처였던 누나 파니가 돌연 세상을 떠나자 힘겨워하다가 6개월 만인 1847년 11월 4일 저녁, 혼수상태에서 깨어나지 못한 채 가쁜 숨을 거두고 말았습니다. 사인은 뇌졸중이었죠. 38년의 짧은 삶이었습니다. 장례식 때는 그가 작곡한 '장송 행진곡'이 연주되었습니다.

그는 낭만주의가 풍미하는 시대를 살았지만, 고전주의 전통을 소중히 여겼습니다. 무엇이 정말 중요한지를 끝없이 질문하고 탐구했습니다. 세계 각지를 수시로 여행했던 자유인이기도 했습니다. 어느 한 시대와 사조와 지역에 얽매이는 걸 좋아하지 않았죠. 그런데도 그가 가장 편안하게 쉴 수 있었던 곳은 프랑크푸르트였습니다. 사랑하는 아내와 함께 처가에서 머물 때 온전한 쉼을 얻을 수 있었습니다. 프랑크푸르트에 갈 때는 뮌헨도 자주 들렀죠. 멘델스존과 세실은 옥토버페스트에서 맥주를 마셨을까요? 프랑크푸르트 거리를 거닐며 산책을 하고 벤치에 앉아 책을 읽었을까요? 그들이 꾸었던 한여름 밤의 꿈은 무엇이었을까요?

수많은 청춘의 이야기처럼, 제게도 프랑크푸르트는 한여름 밤의 꿈이었습니다. 30년 전 독일을 다녀온 뒤 직장 동료였던 한 여성으로부터 좋아한다는 고백을 받았습니다. 제 가슴은 뜨겁게 불타올랐습니다. 그러나 고작 데이트 몇 번 했을 뿐인데, 어느 날 갑자기 그녀가 이제 제가 싫어졌으니 그만 만나자고 하더군요. 뭐가 뭔지 잘 몰랐습니다. 만약 그녀가 독일에 가기 전 고백했더라면 결과가 달라졌을까요? 뮌헨에서, 프랑크푸르트에서, 저와 그녀는 멘델스존과 세실처럼 행복한 시간을 보낼 수 있었을까요? 오래전 일이라 기억도 가물가물하지만, 돌이켜 보면 그저 한여름 밤의 꿈이었는지도 모릅니다. 제가 정말 고백을 받은 건지, 제가 정말 차인 건지…… 누구에게나 짧지만 강렬했던 이런 기억 하나쯤 있지 않나요?

바라봐야 할 것은
뒤가 아니라
앞이다

한 번쯤 생에 가장 달콤하고
감미로운 순간이 온다
엘가의 **사랑의 인사**

세상에서 가장 멋진 프러포즈

사랑하는 여인이 생겼습니다. 그녀가 보고 싶어 아침에 눈을 뜨고, 종일 그녀 생각만 하다가, 내일 그녀를 만날 희망으로 잠자리에 듭니다. 사랑에 빠진 남자의 눈에는 아무것도 보이지 않습니다. 오직 그녀만 보일 뿐이죠. 이즈음 가장 고민되는 것은 그녀를 향한 내 마음, 세상 끝 날까지 함께하고 싶다는 간절한 바람을 어떻게 표현할까 하는 겁니다. 기가 막힌 프러포즈야말로 그녀의 마음을 사로잡을 수 있는 결정적 순간이기 때문입니다. 남자가 어떻게 프러포즈를 해야 여자가 좋아할까요? 여자는 남자의 어떤 프러포즈를 기대할까요?

영화나 드라마 혹은 소설을 보면 기발한 프러포즈들이 등장합니다. 붉은 장미 백 송이를 선물한다든가, 명품 가방이나 비싼 보석을 준비한다든가, 자동차 트렁크에 풍선과 케이크를 숨겨 놓는다든가, 호텔을 예약해 근사한 이벤트를 벌인다든가 하는 건 너무 많이 봤던 장면입니다. 인파로 가득한 광장에서 결혼해 달라고 소리치거나, 길에서 무릎 꿇고 사랑을 고백하거나, 사람을 동원한 기막힌 연출로 여자를 깜짝 놀라게 하면서 청혼하기도 합니다. 자동차 극장 프러포즈, 갤러리 프러포즈, 라디오 프러포즈, 캠핑 프러포즈도 있다고 하더군요.

제가 아내를 만난 건 1월 5일이었습니다. 6월 28일에 결혼했으니 연애 기간이 6개월이 채 안 됐습니다. 만나자마자 반했던 저는 아내도 나를 좋아하고 있다는 걸 확신한 날부터 프러포즈 계획을 짜기 시작했습니다. 책도 보고 선배들에게 조언도 구했죠. 그러나 이거다, 하는 뾰족한 방법이 없었습니다. 물량 공세를 벌이기엔 돈이 없었고, 낯 뜨거운 이벤트는 너무 유치해 보였습니다. 궁리 끝에 저만의 방식을 찾아냈습니다. 만난 지 100일째 되는 날 프러포즈를 하기로 하고, 100일 동안의 사랑 이야기를 일기 형식으로 적어 나간 겁니다.

문 닫힌 카페 앞에서 처음 만났을 때의 느낌, 연극을 보고 저녁 식사하던 날의 감상, 서툰 운전 솜씨를 들키지 않으려 초긴장 상태에서 다녀온 춘천 나들이 풍경, 덕수궁 전시회를 보며 나누었던 미술에 관한 이야기들, 생전 처음 가 본 남이섬에서의 이색적인 경험, 퇴근 후 함께 공원을 달리기 위해 생애 가장 비싼 운동화를 샀던 일…… 석 달 열흘 동안 겪었던 일들을 손글씨로 꼼꼼하게 기록했습니다. 옆에는 그날의 기억을 떠올릴 수 있도록 입장권, 명함, 사진 등을 풀로 붙여 두었죠. 그리고 맨 마지막에 '나의 청혼서'를 첨부했습니다. 지난 100

일의 시간이 꿈같았던 것처럼 앞으로 100년을 함께 꿈꾸고 싶다는 내용이었습니다.

4월 14일, 드디어 100일째 되는 날이었습니다. 파주에 있는 레스토랑에 가서 저녁을 먹었습니다. 그러고 나서 제가 쓴 일기를 건네주었습니다. 제목은 '100일간의 사랑 이야기'였고, 부제는 '프러포즈를 겸한 연애 리포트'였습니다. 한 장 한 장 읽어 나가는 아내의 얼굴에 환한 미소가 감돌았습니다. '나의 청혼서'까지 읽고 난 아내가 감격스러운 표정으로 청혼을 받아들인다는 표시를 했습니다. 반지도 목걸이도 없었습니다. 그런데도 아내는 한없이 기뻐했습니다. 돈은 별로 들지 않았지만, 정성과 진심이 가득했던 저의 프러포즈는 대성공이었죠. 노란 바인더에 담긴 20년 전 그 리포트는 지금도 제 서가에 곱게 꽂혀 있습니다.

글을 쓸 때의 마음은 열정과 희망으로 가득 차 있었지만, 돌이켜 보면 당시 자필에 담긴 저의 각오와 바람은 살아오는 동안 형체도 모르게 마모되거나 연기처럼 바람 속으로 날아가 버린 것들이 많습니다. 그런데도 어쩌다 다시 꺼내 읽어 보면 그날의 감동이 새록새록 살아납니다. 뜨거운 것이 울컥 올라오기도 하고요. 남자가 할 수 있는 가장 멋진 프러포즈는 자신의 진심과 정성을 있는 그대로 보여 주는 것 아닐까요? 이 외에 그 어떤 프러포즈가 더 감동적일 수 있을까요? 여자가 남자에게서 기대하는 프러포즈 역시 같을 거라고 믿습니다.

음악가 중에서 가장 멋진 프러포즈를 한 사람은 누구일까요? 저마다 의견이 다를 수 있지만, 저는 엘가라고 생각합니다. 축복받기 힘든 결혼, 주변 모두가 어려울 것 같다고 예상하는 결혼, 특히 사랑하는 여인의 집안에서 극심하게 반대하는 결혼을 하게 된 엘가는 자신의 온 마음과 정성과 재능을 모아 음악을 만들었습니다. 약혼녀 캐롤라인 앨리스 로버츠에게 지고지순한 사랑을 고백하기 위해 작곡한 '사랑의 인사'입니다. 그가 남긴 많은 곡 중에서 대중에게 가장 사랑받는 작품이죠. 엘가는 1888년 피아노 독주용으로 곡을 만들었지만, 이듬해 관현악곡으로 편곡했으며, 이후 이 곡은 바이올린, 첼로 등 다양한 악기로 연주되고 있습니다.

극렬한 반대를 이겨 낸 사랑

에드워드 윌리엄 엘가는 1857년 6월 2일 영국 잉글랜드 우스터에서 태어났습니다. 아버지는 성당에서 오르간을 연주하며 피아노 조율사로 일했습니다. 악보와 음악용품을 파는 가게도 운영했죠. 덕분에 엘가는 아버지로부터 피아노와 바이올린을 배우면서 독학으로 꾸준히 음악을 공부할 수 있었습니다. 열두 살 때 '청년의 지휘봉'이라는 곡을 작곡할 만큼 재능도 뛰어났습니다. 경제적으로 넉넉하지는 않았으나 음악적인 환경은 비교적 괜찮았습니다.

"음악의 흐름이 집이나 점포 안에 넘쳐 났기에, 저는 언제나 음악에 젖어 있었습니다."

훗날 엘가는 자신의 소년 시절을 이렇게 회상한 바 있습니다. 생활 속에서 자연스럽게 음악을 익힐 수 있었던 것이죠. 그러나 음악에 전념하기에는 그에게 주어진 삶의 무게가 녹록하지 않았습니다. 열여섯 살 무렵에 법률가가 되기 위해 런던의 한 변호사 사무실에 취직했습니다. 아버지의 권유에 따른 것이었죠. 하지만 음악에 대한 꿈을 접을 수 없었던 그는 다시 고향으로 돌아와 피아니스트, 오르가니스트, 바이올리니스트 등으로 일했습니다. 그러다 오케스트라를 지휘하게 되었고 악단을 위해 곡을 쓰기도 했죠. 1885년 아버지가 돌아가신 뒤에는 성 조지 성당 오르가니스트 자리를 물려받기도 했습니다. 이때까지만 해도 그는 남다른 재주는 있었지만, 두각을 나타내지는 못한 채 평범하게 살아가는 음악인이었습니다.

엘가의 인생에 결정적 순간이 찾아온 건 1886년 스물아홉 살 때였습니다. 학생들을 가르치며 가난하게 살아가던 시절, 한 아리따운 여인이 피아노를 배우겠다며 찾아온 겁니다. 그녀는 엘가보다 여덟 살이나 위인 캐롤라인 앨리스 로버츠였습니다. 두 사람 사이에는 나이 차이보다 더 도드라지는 신분의 격차가 있었습니다. 엘가는 평민의 아들로 태어나 제대로 된 교육을 받지 못했으나 캐롤라인은 명문가의 딸로 출생해 수준 높은 교육을 받고 자란 엘리트였습니다. 당시 그녀의 아버지는 육군 중장이었죠. 게다가 엘가는 가톨릭교회 신자였고, 캐롤라인은 개신교회 신자였습니다. 배경이나 환경, 경제적 여건 등 뭐 하나 어울리는 게 없었습니다. 그런데도 두 사람은 피아노를 가르치고 배우면서 깊이 사랑하게 되었습니다.

캐롤라인이 가난뱅이 피아노 선생과 사랑에 빠졌다는 사실이 알려지자 그녀의 집안은 발칵 뒤집혔습니다. 결혼은 물론이고 두 사람의 교제마저 결사반대였죠. 배신감을 느낀 아버지는 자신의 말을 듣지 않을 경우, 딸에게 한 푼의 재산도 물려주지 않겠다며 으름장을 놓았습니다. 엘가는 흔들렸습니다. 그에게는 사랑하는 여인을 지켜 줄 아무런 힘도 없었습니다. 그녀가 잡아 주지 않았더라면 그는 그녀를 포기했을지도 모릅니다. 그만큼 엘가는 의기소침한 콤플렉스 덩어리였습니다. 반면 처음부터 엘가의 능력과 자질을 알아본 캐롤라인은 흔들림 없이 사랑을 지켜 냈습니다. 그녀는 좋은 집안의 아들과 결혼해 편안하게 사는 것보다 가능성 있는 남자와 결혼해 그를 위해 헌신하는 것이 더 가치 있는 삶이라고 생각했습니다.

1888년 7월, 엘가와 캐롤라인은 약혼을 했습니다. 아무도 축하하는 이 없는 둘만의 약혼식이었죠. 마음고생이 심했을 겁니다. 엘가는 온갖 비난과 불이익을 감수한 채 자신을 선택해 준 캐롤라인에게 뭔가 보답하고 싶었습니다. 보석 반지나 목걸이를 살 돈은 당연히 없었겠죠. 그러니 오죽 창작열이 샘솟았겠습니까? 명곡 '사랑의 인사 Salut D'Amour'는 이렇게 탄생했습니다. 엘가가 캐롤라인 앞에서 이 곡을 연주했을 때 캐롤라인은 얼마나 감격했을까요? 아마 두 사람은 눈물을 흘렸을지도 모릅니다. 캐롤라인이 독일어에 유창했기에 엘가는 맨 처음 이 곡의 이름을 독일어로 지었으나 출판 과정에서 출판사가 프랑스어 제목으로 바꿨다고 전해집니다. 곡을 헌정 받은 캐롤라인은 '바람 부는 새벽 The Wind at Dawn'이라는 자작시로 화답했다고 하죠. 마침내 두 사람은 1889년 5월 8일 결혼식을 올렸습니다.

결혼식에서 신부가 입장할 때 엘가의 '사랑의 인사'를 연주하는 것도 썩 잘 어울립니다. 곡의 의미까지 생각한다면 더할 나위 없죠. 프리지어 향기가 풍겨 오는 듯한 음악입니다.

피아노 연주는 가슴을 설레게 합니다. 신중하게 들려오는 한 음 한 음이 조심스레 마음의 문을 두드리는 것 같습니다. "제 마음을 받아

주세요. 제가 얼마나 당신을 사랑하는지 잘 아시잖아요?" 아름답지만 너무도 간절합니다. 중간에 긴장이 고조되는 부분이 있네요. 힘들었던 시절을 떠올리게 합니다. 고비가 없는 사랑이 어디 있을까요? 그런 어려운 과정을 잘 견뎌내야 사랑의 꽃이 피어나는 거겠죠. 음악은 다시 처음으로 돌아갑니다. "지금까지의 눈물이 앞으로 우리 인생을 빛나게 해 줄 아름다운 추억이 될 거예요." 135년 전 엘가의 마음이 느껴지는 듯합니다. 사랑하는 이를 향한 고마움과 미안함과 지극함이 가득 담겨 있습니다.

바이올린 연주는 애절합니다. 눈물이 나올 것 같습니다. 사랑의 호소가 너무 절절한 까닭입니다. 현과 현을 잇는 길고 깊은 음의 연결이 심장에 사무칩니다. 건반 악기가 줄 수 없는 현악기만의 매력이죠. 피아노 연주에서 느끼지 못한 설렘과 긴장이 느껴집니다. 그러나 역시 주제 선율은 한없이 달콤합니다. 고음에서 저음으로 자유롭게 현을 오가는 활의 율동 속에서 한 편의 러브 스토리가 아른거립니다. 아스라이 사라져 가는 마지막 연주에 이르면 사랑의 인사는 절정에 달합니다. 이런 고백을 받고 그 누가 마음을 열지 않을 수 있을까요?

마흔 살 넘도록 무명이었던 시절

데이비드 맥클리리는 『클래식, 낭만 시대와의 만남』에서 엘가의 삶을 이렇게 평합니다.

"음악가로서 엘가는 거의 독학으로 음악을 깨우쳤다. 아버지가 우스터에서 음악용품 가게를 운영한 덕분에 엘가는 악기를 두루 익혀

볼 수 있는 기회를 누렸다. 작곡 기법을 배울 때도 런던의 일류 음악 학교에서 수업을 듣는 게 아니라 살던 지역의 아마추어 음악 단체가 연주할 곡을 쓰는 식이었다. 오랜 세월이 지나서야 엘가의 명성이 높아졌다."

결혼 전 엘가는 피아노 교습으로 근근이 먹고살던 무명 작곡가였습니다. 그러나 결혼 후 그의 인생은 달라집니다. 캐롤라인은 엘가가 자신감을 회복하도록 격려하면서 그가 가진 능력을 끌어내기 시작했습니다. 아내의 내조 덕에 그는 작곡에만 열중할 수 있었죠. 1890년 우스터에서 진행된 3대 합창단에 의한 음악제에서 엘가는 '프로와사르' 서곡을 연주해 좋은 반응을 얻었습니다. 이때부터 그의 작품이 종종 상연되면서 대중에게 알려지기 시작했죠.

그러나 작곡가로서 엘가의 명성이 뚜렷이 각인된 것은 1899년 그의 나이 마흔두 살에 발표한 '수수께끼 변주곡'을 통해서였습니다. 그는 새로운 악상이 떠오를 때마다 피아노를 치면서 자신이 구상한 음악을 아내에게 들려주었습니다. 그러고는 조언을 구했죠. 아내의 애정 어린 조언은 그의 음악을 완성하는 데 큰 도움이 되었습니다. 이 작품 역시 아내의 조언에 힘입어 탄생할 수 있었습니다. 어느 날 엘가는 피아노 앞에서 즉흥적인 선율을 연주했습니다. 캐롤라인은 이 선율이 마음에 들어 곡을 만들어 달라고 요청했죠. 엘가는 아내를 위해 선율을 여러 가지로 변주해서 곡을 완성했습니다. 열네 개의 변주곡은 그와 친한 친구들의 면모를 묘사한 것입니다. 그는 친구들을 즐겁게 하려고 이 곡을 만들었다고 했습니다. 주제 선율의 다양한 변주 속에 따뜻한 감정, 아름다운 선율, 생생한 유머가 녹아들어 있습니다.

1900년에는 존 헨리 뉴먼 추기경의 시를 토대를 쓴 오라토리오 '제론티우스의 꿈'으로 국제적인 인기를 얻게 되었습니다. 이 작품은 죽음에 이르러 하늘의 심판을 기다리는 내용의 대규모 합창 음악입니다. 제론티우스라는 사람이 현세에서 내세로 가는 여정에서 자신이 본 것들을 역동적으로 이야기하고 있죠. 가톨릭교회의 색채가 강하다며 거부감을 나타내는 이들도 있었고, 바그너의 신비주의에 물든 곡이라고 폄훼한 이들도 있었지만, 죽음은 인간이라면 누구나 맞닥뜨려야 하는 문제이기에 많은 사람에게 감동을 안겨 주었습니다. 영국은 물론 음악의 본고장인 독일에서도 커다란 성공을 거두었죠. 엘가가 작품에서 묘사한 주인공은 특정 종교인이 아니라 죽음 앞에서 두려워하고 슬퍼하는 우리와 똑같은 사람이었습니다.

"잘 가세요. 하지만 영원한 이별은 아니에요."

'제론티우스의 꿈' 마지막에 나오는 천사의 아리아입니다. 마치 아내와의 이별을 염두에 두고 한 말처럼 들립니다. 영원한 이별은 아니더라도 죽음은 견디기 힘든 이별이었습니다.

1900년에 그는 세계 최고의 대학으로 손꼽히는 케임브리지 대학교에서 명예 음악 박사 학위를 받았습니다. 집안 형편 때문에 제대로 된 학교에 다니지 못한 그로서는 감개무량한 일이 아닐 수 없었을 겁니다. 1904년에는 영국 음악의 위상을 높인 공로를 인정받아 기사 작위를 받았습니다. 평민 집안 출신인 그가 영국 최고의 영예인 '에드워드 엘가 경Sir'으로 불리게 된 것이죠. 이후 준 남작 작위를 받으며 귀족 가문을 이루게 되었습니다. 1905년에는 케임브리지 대학교와 쌍벽을 이루는 영국의 명문 대학 옥스퍼드와 미국의 명문 예일 대학교 등에서도 명예 음악 박사 학위를 받았습니다. 마흔 살 넘게 가난한 무명 작곡가였던 그가 오십 세를 목전에 두고 명예와 부귀를 한꺼번에 얻게 된 것입니다. 그의 결혼을 결사반대했던 처가 사람들 표정이 어땠을지 궁금합니다. 복덩이 사위라며 반기지 않았을까요?

내 생의 마지막 버킷리스트, BBC 프롬스

자기 마음에 드는 음악이 나오면 박수하며 뜨거운 환호를 보냅니다. 어떤 사람은 발로 바닥을 구르기도 하죠. 좌석이 없어 내내 선 채로 음악을 감상하는 청중도 있습니다. 영국을 상징하는 모자를 쓰거나 영국 국기를 흔들기도 합니다. 풍선을 천장으로 띄워 보내는 사람도 있네요. 심지어 무대 위로 종이비행기를 날려 보내거나 작은 축포를 쏘아 대는 사람도 보입니다. 모두 얼굴에 환한 웃음을 머금은 채 왁자지껄 한바탕 축제를 즐기는 중입니다.

대체 어떤 음악회일까요? 아마 팝 콘서트나 록 페스티벌이라고 생각할 겁니다. 그러나 이것은 1895년에 시작돼 영국인들은 물론 세계 음악 팬들의 사랑을 받아 온 클래식 음악 축제 'BBC 프롬스'의 모습입니다. 영국 지휘계의 아버지로 불리는 헨리 우드 경에 의해 시작된 이 축제는 매년 7월 중순부터 9월 중순까지 8주 동안 런던의 로열 앨버트 홀에서 열립니다. 1871년에 개관한 로열 앨버트 홀은 약 8천 명의 청중을 수용할 수 있는 영국 문화의 심장 같은 곳이죠. 1927년부터 공영 방송인 BBC가 축제를 주최하면서 중계방송을 담당하고 있습니다. '프롬스Proms'는 '산책'을 뜻하는 '프롬나드Promenade'의 준말로

'최고 수준의 클래식 음악을 더 많은 청중에게 소개한다.'라는 축제의 기본 정신을 반영한 말입니다.

BBC 프롬스의 하이라이트는 '프롬스 인 더 파크Proms in the Park' 와 '프롬스의 라스트 나이트Last Night of the Proms'입니다. '프롬스 인 더 파크'는 하이드 파크를 포함해 스코틀랜드, 웨일스, 북아일랜드 등지의 공원에서 열리는 야외 공연이며, '프롬스의 라스트 나이트'는 대략 9월 둘째 주 토요일에 열리는 마지막 연주회입니다. 분위기가 절정에 달하는 마지막 날은 오케스트라의 연주에 따라 청중이 다 일어나 영국의 비공식 국가인 '룰 브리타니아'를 따라 부릅니다. 우리 식으로 이야기하면 '떼창'이죠. 마지막 곡은 엘가의 작품 '당당한 위풍Pomp and Circumstance'입니다. '위풍당당 행진곡'으로 잘 알려져 있죠. 영국인들은 '희망과 영광의 나라Land of Hope and Glory' 트리오 부분을 합창하며 즐거워합니다. 한 곡의 음악이 국민 전체를 하나로 묶어 주는 진한 연대의 고리가 되는 것이죠.

이 행진곡의 1번이 발표된 1901년은 빅토리아 여왕이 서거하고 에드워드 7세가 즉위한 해였습니다. 10월 19일 초연이 이루어진 후 에드워드 7세는 해당 곡에 가사를 붙여 자신의 대관식에서 연주할 것을 부탁했습니다. 이에 엘가는 1번 곡 트리오 부분을 주제로 앞뒤에 선율을 붙인 다음 벤슨의 시를 붙여 완성했습니다. 그러나 대관식이 연기되자 이 부분에만 별도로 '희망과 영광의 나라'라는 이름을 붙여 1902년 6월에 발표했죠. 그 뒤 이 곡은 영국의 공식 모임에서 반드시 연주해야 하는 국가를 상징하는 곡이 되었습니다. 더불어 엘가는 영국을 대표하는 국민 작곡가로 부상했죠. '당당한 위풍'이라는 말은 직역하면 '화려한 의식'을 가리킵니다. 셰익스피어의 희곡 '오셀로' 제3 막 3장에 나오는 대사에서 따온 말입니다.

국가의 주요 행사 때마다 자신이 작곡한 곡이 연주되고, 해마다 BBC 프롬스에 모인 수많은 군중이 자신이 만든 노래를 따라 부르는 광경을 바라본 엘가의 심정은 어땠을까요? 벅찬 감격을 억누르기 힘들었을 겁니다. 그런데 저는 엘가보다도 캐롤라인의 심장이 더 요동 쳤을 것 같습니다. 모든 것을 버리고 지켜 낸 자신의 사랑이 정말 가치 있고 의미 있는 것이었음을 확인했을 테니까요. 그들 인생에서 아마 이때가 가장 행복했던 시기가 아니었을까 생각합니다. 사랑도 행복도 음악도 오직 두 사람을 위해 존재하는 것처럼 느끼지 않았을까요?

저는 아직 영국에 가 본 적이 없습니다. 당연히 런던도 BBC 프롬스도 구경해 보지 못했습니다. 언젠가 기회가 된다면, 여름 내내 런던에 머물며 BBC 프롬스에 푹 빠져 보고 싶습니다. 아내와 손을 잡고 매일 로열 앨버트 홀과 하이드 파크를 찾고 싶습니다. 마치 엘가와 캐롤라인이 된 것처럼 말이죠. 과연 그런 날이 올까요? 내 생의 마지막 버킷리스트입니다.

아내가 세상을 떠나자 사라져 버린 음악적 영감

고생을 극복하고 꽃길만 걷게 된 엘가에게 청천벽력 같은 일이 벌어졌습니다. 아내 캐롤라인이 폐암으로 세상을 떠난 것입니다. 1920년 4월 7일, 그녀의 나이 71세 때였습니다. 모든 것을 아내와 함께하고 의지했던 엘가에게는 헤어날 수 없는 충격이었습니다. 장례식 때 그는 왕실에서 하사한 아름다운 궁중 검을 아내의 관 위에 올려놓았다고 합니다. 아내가 없는 세상에 귀한 보물이 무슨 소용 있었겠습니까? 그는 입만 열면 자신의 모든 작품이 오로지 그녀의 공이었다고 말했습니다. 이후 그는 시골에 들어가 쓸쓸한 말년을 보냈습니다. 우울증에 빠진 그는 이렇다 할 작품 활동도 할 수 없었죠. 음악적 영감이 모두 사라져 버렸기 때문입니다. 엘가에게 캐롤라인은 인생의 전부였습니다. 최고의 친구이자 멘토이자 후원자이자 조언자였죠. 생전에 두 사람이 다투는 걸 봤다는 사람이 단 한 사람도 없었습니다.

새로운 곡을 쓸 수 없었으나 그의 인기는 여전했습니다. 국왕은 변함없이 호의를 보였고, 대중은 온갖 찬사를 보냈습니다. 그러나 모든 게 허망한 일이었죠. 인생의 낙을 잃어버린 채 몸이 점점 쇠약해진 엘가는 고향에 머물던 중 1934년 2월 23일 사랑하는 아내의 뒤를 따랐습니다. 향년 77세였습니다. 사인은 대장암이었죠. 영면에 든 그는 리틀 몰번의 성 불스타노 성당에 있는 아내 옆에 나란히 누웠습니다. 자녀는 외동딸인 카리스 아이린뿐이었습니다. 따라서 그의 작위는 아들에게 승계되지 못하고 그의 사망과 동시에 만료되었습니다.

"영국은 모든 유럽 국가 가운데 가장 비음악적입니다."

쇼팽이 한 말입니다. 쇼팽은 직접 말했지만, 말하지 않은 많은 사람도 이렇게 생각했습니다. 영국 음악의 아버지로 불리는 바로크 시대의 작곡가 헨리 퍼셀이 요절한 뒤로 영국에는 200년 넘게 이름을 내세울 만한 걸출한 음악가가 나오지 않았습니다. 다른 유럽 국가들에 비해 초라하기 짝이 없었죠. 헨델이 있었지만, 그는 영국에서 활동했을 뿐 독일인이었으니까요. 이때 등장한 인물이 엘가입니다. 두 세기

만에 나타난 클래식계의 슈퍼스타였죠. 그는 고전 형식을 존중하면서도 영국의 민속적 요소를 가미한 독자적인 양식으로 영국인들의 사랑을 받았습니다. 조국의 음악을 섬나라라는 고립성에서 벗어나게 했다는 평가를 받습니다. 그의 음악에 담긴 깊은 품격과 청아함은 어쩌면 캐롤라인에게서 나온 것인지도 모릅니다.

사랑하는 가족의 죽음으로 인한 심리적 충격은 상당합니다. 특히 동고동락을 함께한 배우자와의 사별이나 눈에 넣어도 아프지 않은 자녀와의 이별에서 오는 고통과 슬픔은 헤아릴 수 없이 크고 깊습니다. 주로 나타나는 증상은 내가 좀 더 잘해 주지 못했다는 죄책감, 죽음 자체에 대한 부정, 죽음을 불러온 원인에 대한 분노, 끊임없이 이어지는 비애감 등입니다.

이런 증세가 계속되면 우울증, 불안감, 불면증, 대인 기피증 등이 나타나면서 심각한 정신적 고통을 겪게 됩니다. 이를 당연한 슬픔이라 여기고 가볍게 생각하면 증상이 악화할 수 있습니다. 몇 달 정도라면 자연스러운 일이지만, 1년 이상 증상이 이어진다면 반드시 전문적인 치료가 필요합니다. 증상이 아주 심하면 복합 비애Complicated Grief, 사별 후 나타나는 정상적인 애도 과정을 벗어나 지속적인 심리적, 신체적 부적응을 일으키는 과도한 비애 반응 또는 외상 후 스트레스 장애Post Traumatic Stress Disorder, 생명을 위협할 정도의 극심한 스트레스를 경험하고 나서 발생하는 심리적 반응로 발전할 수도 있습니다.

바람직한 이별이란 어떤 것일까요? 적절한 애도哀悼 과정을 거치는 겁니다. 슬픔에 정면으로 직면하는 것이죠. 피하거나 도망치지 않는 것입니다. 애도Mourning란 사랑하는 사람을 잃어버린 후, 즉 내 인생의 유일한 혹은 커다란 의미였던 사람을 상실한 뒤 당연히 따라오는 분노, 혼란, 우울, 공허 등을 극복하고 마음의 평정을 회복하는 과정을 가리킵니다.

애도 과정을 제대로 거치지 않을 경우, 억압된 정서와 해결되지 않은 감정이 일시에 폭발하거나 대인 관계 회복과 일상생활 복귀를 어렵게 하는 장애로 작용할 가능성도 있죠.

스위스 출신으로 미국에서 정신과 의사로 활동한 엘리자베스 퀴블러 로스는 인간의 죽음에 관한 연구에 일생을 바쳤습니다. 미국 시사 주간지「타임」은 그녀를 '20세기 100대 사상가' 중 한 명으로 선정하기도 했습니다. 그녀는 분노를 다섯 단계로 나누어 설명했습니다. 인간이 죽음과 맞닥뜨렸을 때 이를 받아들이는 과정이 부정, 분노, 타협, 우울감, 인정의 단계를 거친다는 겁니다. 처음에는 이를 인정할 수 없어 강하게 부정합니다. 그러다가 왜 이런 일이 나에게 일어났는지 이해할 수 없다며 분노합니다. 이어서 타협하게 됩니다. 신이나 절대적 존재에게 살려 달라고 읍소하는 것이죠. 다음에는 모든 게 다 쓸모없는 일이라 여기고 우울한 상태로 접어듭니다. 그런 연후에야 자신이 직면한 죽음을 인정하게 되는 겁니다. 꼭 이 순서에 따라 진행되는 건 아니지만, 이와 같은 과정을 겪게 된다는 이야기죠.

엘리자베스 퀴블러 로스는 자신이 쓴 책『인생 수업』에서 이렇게 말합니다.

"많은 사람이 삶이 곧 상실이고 상실이 곧 삶이라는 것을 이해하지 못한 채 평생 상실과 싸우고 그것을 거부합니다. 상실 없이 삶은 변화할 수 없고, 우리도 성장할 수 없습니다."

힘겨운 상황 속에서도 절망에 빠지지 않고 희망의 요소를 발견해 내는 것을 '회복 탄력성Resilience'이라고 합니다. 크고 작은 역경과 시련을 오히려 도약의 발판으로 삼아 더 높이 뛰어오르는 마음의 근력을 의미합니다. 회복 탄력성이 좋으면 좋을수록 어려운 상황을 잘 헤쳐 나갈 수 있게 되죠. 어떤 상황에서든 부정보다는 긍정의 의미를 찾아내려 하고, 절망보다는 희망의 요소를 발견하려 애를 쓰는 게 중요합니다. 어느 방향을 바라보느냐 하는 것은 오직 우리의 선택에 달려 있습니다. 자꾸 뒤를 바라보면 미련과 후회와 집착에서 벗어나기 어렵습니다. 바라봐야 할 것은 뒤가 아니라 앞입니다. 달콤하고 감미로운 순간은 잠깐뿐입니다. 인생은 끝없는 상실의 연속이죠. 이를 인정하고 앞으로 뚜벅뚜벅 나아가야 합니다.

엘가의 '사랑의 인사'를 첼로 연주로 들어 보신 적 있나요? 피아노나 바이올린 혹은 오케스트라 연주와는 또 다른 감성을 전해 줍니다. 피아노가 막 사랑에 빠진 엘가와 캐롤라인의 설레는 마음을 표현하고 있고, 바이올린이 행복의 절정에 있는 엘가와 캐롤라인의 가슴 벅찬 심정을 표현하고 있다면, 첼로는 황혼 녘에 테라스에 앉아 붉은 노을을 바라보는 엘가와 캐롤라인의 넉넉하면서도 애잔한 마음을 표현하는 듯합니다. 마지막 여운 부분에서는 먼저 떠나 버린 캐롤라인을 그리워하는 엘가의 쓸쓸한 모습이 연상되기도 하고요. 여전히 피아노와 바이올린 연주가 아름답지만, 나이가 들면서 첼로 연주를 더 자주 듣게 됩니다. 비나 눈이 오는 날은 더 그렇고요. 이 곡을 들을 때마다 머릿속에 질문 하나가 떠오르곤 합니다.

"엘가 선생님, 요즘도 하늘나라에서 매일 아내와 사랑의 인사를 나누시나요?”

두 사람의 사랑은 참으로 애틋하고 지극했지만, 만약 엘가가 캐롤라인이 떠난 후 적절한 애도 과정을 거쳐 건강한 회복 탄력성을 발휘했다면 전성기에 작곡했던 명곡을 뛰어넘는 위대한 작품을 많이 남길 수 있었을 텐데 하는 아쉬움이 남습니다. 아마 먼저 간 캐롤라인도 그러기를 바라지 않았을까요? 그랬더라면 지금 우리는 더 많이 행복할 수 있었을 겁니다.

익숙함과 편안함을
떨쳐 버릴 수
있는 건 용기다

도전이 없으면
창조도 없다
드보르자크의 교향곡 제9번 **신세계로부터**

오지 않는 원고를 받아 내는 비법

출판계에 입문해 오랫동안 편집 일을 하면서 겪었던 여러 가지 어려움 중 하나는 약속된 날짜가 지나도록 원고가 들어오지 않는 것이었습니다. 저자가 집필한 원고와 역자가 번역한 원고가 제때 편집자 손에 넘어오지 않으면 다음 일을 진행할 수가 없습니다. 교정 교열은 물론 디자인, 제작, 홍보, 마케팅 등 어느 것 하나 계획대로 이루어지지 않습니다. 원고를 제때 받기 위해 편집자들은 저자와 역자에게 수시로 연락해 일의 진척도를 확인합니다. 마감을 잘 지키도록 다양한 방법으로 압력을 넣는 것이죠. 그런데도 원고가 들어오지 않으면 독촉도 하고 호소도 하고 압박도 해야 합니다. 원고도 넘기지 않은 채 갑자기 연락이 끊기거나 아무리 하소연해도 한 귀로 듣고 한 귀로 흘리는 저자와 역자는 정말 최악입니다.

들어 보면 저마다 사정이 있어 그런 것이기는 하지만, 기본적으로 약속한 마감 날짜를 지키지 않는 것은 불성실하든가 약속을 가벼이 여기는 태도라고 생각했습니다. 저는 마감이 지났는데도 원고를 주지 않는 저자와 역자를 제일 싫어했습니다. 그래서 그들 스스로 귀찮고 괴롭고 짜증 나서 빨리 원고를 넘기지 않으면 안 되도록 만들었습니다. 시도 때도 없이 전화하거나 부인이나 남편에게 연락해 부담을 느끼도록 했습니다. 전화도 팩스도 통하지 않을 때는 편지를 보내거나 직접 집이나 사무실로 찾아가기도 했죠. 최대한 예의를 갖추고 신사적으로 했음에도 여전히 원고를 주지 않는 경우는 저 또한 막무가내로 나가지 않을 수 없었습니다. 단호한 어조로 무섭게 대하면 대부분 밤을 지새워서라도 원고를 써 주었습니다.

1996년 지금은 고인이 된 세 저자와 함께 『김치 천년의 맛』이라는 책을 만들었습니다. 제일제당에서 1억 원의 지원을 받아 한글판 두 권, 영문판 두 권을 만드는 큰 프로젝트였죠. 식품 공학자인 김만조 박사는 김치의 역사와 과학에 관해, 조선일보 이규태 고문은 김치의 재료와 풍속에 관해, 이어령 전 문화부 장관은 맛의 기호론과 한국 문화에 관해 각각 글을 쓰기로 했습니다. 영문 번역은 한국인보다 한국말을 더 잘하는 미국인 게리 렉터가 맡았고요. 김만조 박사와 이규태 고문은 원고를 제때 보내왔습니다. 내용도 아주 좋았습니다. 이규태 고문의 글솜씨야 정평이 나 있었으니까요. 문제는 이어령 전 장관이었습니다. 워낙 하는 일이 많고 분주하다 보니 약속된 날짜가 한참을 지나도 원고는 감감무소식이었습니다.

저의 원고 독촉 본능이 꿈틀거리기 시작했습니다. 고문으로 있던 신문사에 전화를 걸고 팩스를 보내도 조금만 기다려 달라는 막연한 회신뿐이었습니다. 집으로 전화해 부인 강인숙 교수에게 읍소하기도 했습니다. 그래도 원고는 오지 않았습니다. 화가 났지만, 상대는 천하의 이어령이었습니다. 저는 마침내 최후의 수단을 꺼냈습니다. 집으로 팩스를 보낸 겁니다.

"○월 ○일까지 원고를 보내 주시지 않으면 댁으로 찾아가 원고를 주실 때까지 거실에서 꼼짝하지 않고 앉아 기다리겠습니다. 어차피 선생님께서 원고를 주시지 않으면 저는 회사에서 해고당할 테니 더 기다릴 수도 없는 처지입니다. 그럼 곧 선생님 댁에서 뵙겠습니다."

팩스 원본은 남아 있지 않지만 대략 이런 내용이었습니다. 본격적인 원고 수급 투쟁에 들어간 것이죠. 이튿날 출근해서 얼마 지나지 않아 이어령 전 장관에게서 전화가 왔습니다.

"너무 바빠 원고가 늦어져서 미안합니다. ○월 ○일까지 꼭 원고를 보내 드리겠습니다."

드디어 원고를 받았습니다. 눈물이 날 것 같았습니다. 두 저자의 원고가 아무리 좋아도 나머지 한 저자의 원고가 더해져야 비로소 책이 완성될 수 있었기 때문입니다. 그러나 제 눈에서 눈물이 떨어진 것은 원고를 한 자 한 자 읽어 나가는 순간이었습니다. 아무리 사전을 뒤적여도 다른 것으로 대체할 수 없는 명징한 단어의 조합들, 폐부를 훅 하고 찌를 것 같은 날카롭기 그지없는 의미들, 어떻게 이런 표현이 가능할까 탄성을 자아내게 만드는 신묘한 문장들이 가득 넘쳐난 까닭이었습니다. '과연 이어령'이라는 말이 입 속을 맴돌았습니다. 한바탕 황홀한 글 세례를 받고 나니 그동안 까칠하게 원고를 독촉했던 일이 괜스레 미안해졌습니다. 잘 만들어진 이 책은 그 뒤 편집과 디자인에 관한 상을 몇 차례나 받았습니다.

이후 이런저런 일로 이어령 전 장관을 여러 번 만났습니다. 원고 독촉할 일이 없었기에 아주 편안한 마음이었죠. 그때마다 그는 속사 포처럼 자기 생각을 쏟아냈습니다. 무슨 주제든 거침이 없었죠. 한번 말문이 터지면 끼어들 틈도 끊어 낼 재간도 없었습니다. 미술, 음악, 역사, 종교, 문학 등 잠깐 짬을 내 들려주는 이야기가 잘 정돈된 여느 석학의 강의보다 나았습니다. 마지막 강의를 들은 것은 그가 한중일 비교문화연구소 이사장으로 있을 때입니다. 다른 일이 있어 평창동 사무실로 찾아갔었는데, 그 일과 전혀 무관한 예술 강의를 들었습니다. 아직 병색이 드러나지 않을 때였지만, 그 방대한 지식과 통찰력은 정말 놀라웠습니다. 끝없이 도전하는 문인 정신이라고 할까요, 말 그 대로 그의 언어는 교양의 신세계였습니다.

새로운 시대에 대한 갈망과 호기심

도전, 모험, 호기심, 신세계…… 이런 단어를 접할 때마다 죽음의 그림자가 가까이 드리울 때까지 펜을 놓지 않았던 거인 이어령이 생 각납니다. 그는 새로운 것에 대한 갈망과 열정으로 넘쳐 났던 인물입 니다. 한국을 누구보다 사랑하고 이해했던 사람이지만, 동시에 세계 와 우주를 넘나드는 방대한 사유 체계를 가지고 있던 사람이죠. 시야를 클래식 음악 쪽으로 돌리면 비슷한 인물을 발견할 수 있습니다. 체코를 대표하는 작곡가 드보르자크입니다. 그는 유럽의 변방 작은 마을에서 태어나 가난하게 살았지만, 음악에 대한 목마름과 뜨거움으로 평생 창작의 불씨를 꺼뜨리지 않았습니다. 영국과 미국 등으로 늘 미지의 세계를 찾아 떠났죠. 조국을 사랑한 민족주의자였으나 이질적인 것을 수용할 줄 아는 국제주의자였습니다.

안토닌 레오폴트 드보르자크. 그는 1841년 9월 8일 보헤미아 왕국의 수도 프라하 근교에 있는 넬라호제베스에서 태어났습니다. 보헤미아 왕국은 오스트리아 제국에 속해 있었습니다. 그가 태어났을 때 체코라는 나라는 없었습니다. 보헤미아 왕국은 1918년 체코슬로바키아를 거쳐 1993년 체코와 슬로바키아로 분리되었죠. 약소민족의 일원으로 태어났으나 그는 보헤미아인의 정체성을 잃지 않고 살았습니다. 아버지 프란티셰크는 여관을 운영하면서 푸줏간에서 고기를 팔았습니다. 푸줏간 집 아들이니 어렸을 때 고기를 많이 먹고 자랐을 겁니다. 그의 외모를 보면 약간 벗어진 머리에 더부룩한 수염에 우락부락한 눈매 등이 좀 무섭게 생겼습니다. 아버지 뜻대로 가업을 물려받았더라면 영락없는 도축업자의 풍모입니다.

그러나 프란티셰크는 골무로 줄을 뜯어 음을 내는 현악기인 치터를 수준급으로 연주하는 아마추어 음악가였습니다. 그래서인지 아들이 제 밥벌이하는 사람으로 자라기를 바랐을 뿐 반드시 가업을 잇도록 강요하지는 않았습니다. 음악에 재능이 있다는 걸 알게 된 후로는 능력이 닿는 대로 자식 뒷바라지를 하려고 애를 썼죠. 어머니 안나 역시 마찬가지였습니다. 부모의 이런 성품은 드보르자크에게 많은 영향을 끼쳤습니다. 그는 종교, 음악, 가정 모두에 성실함과 지극함으로 일관했습니다. 어떤 환경에서도 자기 위치와 본분을 벗어나지 않았죠.

닐 웬본은 자신의 또 다른 역작 『드보르자크, 그 삶과 음악』에서 이렇게 말했습니다.

"그의 친가와 외가는 모두 대대로 농사를 짓고 살아온 집안이었다. 드보르자크는 자신의 뿌리에 대해 큰 자부심을 품고 있었고, 유럽 전역에 대단한 명성을 떨치게 된 뒤에도 오히려 자신과 배경이 같은 촌부들 속에 섞여 있을 때가 가장 마음이 편했다. 만년에 이르러서는 세상 사람들이 자신을 그저 소박한 체코 시골 사람으로 알아주었으면 하는 바람을 내비치기도 했다. 공식 리셉션 같은 엄격한 자리보다 이웃 일꾼들과 술잔을 나누는 편을 선호했고, 세계 최고 수준의 오케스트라 음악만큼이나 마을 풍각쟁이들의 연주를 만끽했다."

어린 시절 드보르자크의 큰 눈이 더 휘둥그레지는 일이 벌어집니다. 그가 여덟 살 때 프라하와 크랄루피를 잇는 철도가 건설된 것입니다. 이 노선이 넬라호제베스를 경유했죠. 마차보다 훨씬 빨리 달리는 존재가 등장했다는 건 충격이었습니다. 쇠로 된 거대한 물체가 많은 사람을 태우고 소리와 연기를 내뿜으며 질주하는 모습은 경이로운 것이었죠. 이전과는 다른 새로운 문명과 새로운 시대가 다가오는 중이었습니다. 드보르자크는 틈만 나면 기차를 구경하기 위해 내달렸습니다. 그의 기차 사랑은 한순간의 호기심이 아니었습니다. 어른이 되어서도, 세계 최고의 작곡가가 되어서도 변함없이 이어졌습니다. 기차에 관한 한 그는 전문가였습니다. 시간 날 때마다 기차역에 들러 메모를 하고 기관사들과 대화를 나누었죠.

"내가 기관차를 발명할 수만 있었다면, 내 교향곡 전부를 포기해도 아깝지 않았을 거야."

훗날 그가 제자 요제프 미흘에게 했던 말입니다. 아마 그의 진심이었을 겁니다.

드보르자크는 왜 이렇게 기차에 열광했던 것일까요?

기차는 부품 하나하나가 각기 있어야 할 곳에 있어야 하고, 저마다 맡겨진 역할을 충실히 수행해야만 움직일 수 있습니다. 작은 나사에서부터 커다란 바퀴에 이르기까지 모든 부품에는 목적이 있죠. 그 목적들이 합해졌을 때 놀라운 결과를 만들어 내는 겁니다. 드보르자크는 이 사실에 감탄했습니다. 음악도 마찬가지였으니까요. 음정, 박자, 음표, 쉼표, 악상 기호, 높낮이와 빠르기 등이 한데 어우러져 조화를 이루었을 때 멋진 하모니가 탄생하는 것이죠. 자신의 음악에 항상 불만이었던 그는 조금만 마음에 들지 않으면 악보를 난롯불 속으로 집어 던졌습니다. 인간의 삶에 획기적 전환을 가져다준 기차처럼 모든 사람에게 감동을 줄 수 있는 완벽한 음악을 만들고 싶었던 겁니다. 기차는 그가 꿈꾸는 이상이자 목표였습니다.

나이 오십을 넘어 신세계인 미국으로

드보르자크는 프라하 오르간 학교에서 바이올린, 비올라, 오르간 연주법을 배웠습니다. 이때부터 작곡을 시작했죠. 1860년대 중반에는 프라하 국민극장 부속 관현악단에서 비올라 단원으로 일했습니다. 당시 지휘자가 '나의 조국'으로 유명한 보헤미아의 영웅 스메타나였습니다. 그는 드보르자크의 재능을 알아보고 본격적으로 작곡 활동을 해 보라며 격려해 주었죠. 이에 힘입은 드보르자크는 창작에 열을 올렸습니다. 하지만 비올라 연주로는 생계유지가 어려워 아이들에게 피아노를 가르치며 근근이 살아가는 신세였습니다. 안정적인 도축업자의 길을 마다하고 선택한 음악의 길이었기에 어떠한 어려움도 스스로 돌파해야만 했습니다.

1865년 그에게 사랑이 찾아왔습니다. 금세공인 집 딸인 요세피나에게 피아노를 가르치다가 사랑에 빠진 겁니다. 그러나 요세피나는 빈털터리 음악가에게 마음을 주지 않았습니다. 결국 첫사랑에 실패한 그는 훗날 그녀의 동생과 결혼하게 됩니다. 하이든과 모차르트가 그랬던 것처럼 말이죠. 그렇지만 드보르자크는 선배들과 달리 형식적인 결혼 생활을 유지하며 바람을 피우거나 이 여자 저 여자와 염문을 뿌리지 않았습니다. 1873년 11월 17일 서른두 살의 드보르자크는 열아홉 살인 안나 체르마코바와 결혼식을 올렸습니다. 두 사람은 금실이 매우 좋았습니다. 유년기에 사망한 세 아이를 빼고도 여섯 명의 자녀를 낳아 길렀습니다.

행복한 가정을 꾸린 그는 특유의 성실과 끈기 그리고 경험해 보지 못한 것들에 대한 호기심으로 자신의 지평을 점점 넓혀 갔습니다. 체코를 넘어 유럽으로 그의 이름이 퍼져 나갔죠. 이에 결정적 역할을 해 준 사람이 브람스입니다. 브람스의 전폭적인 지원과 '슬라브 춤곡'의 성공으로 드보르자크는 일약 유명 인사가 됩니다. 사람들은 그의 악보를 사기 위해 상점으로 달려갔습니다. 마흔 즈음에 그는 이 같은 인기를 실감할 수 있었지만, 대중의 박수와 찬사에 일희일비하지 않았죠. 그에게는 돈과 명성보다 음악의 완성이 목적이었기 때문입니다. 그는 1884년부터 1891년까지 여덟 번이나 영국을 방문했습니다. 그 때마다 영국인들은 그를 열광적으로 환영해 주었습니다. 영국 언론은 그를 '보헤미아의 브람스'라고 불렀습니다.

쉰 살이 되던 1891년은 그에게 행운의 해였습니다. 케임브리지 대학교에서 명예 음악 박사 학위를 받은 데 이어 프라하 음악원에서 정교수로 일하게 된 겁니다. 그즈음 미국 뉴욕에서 전보 한 통이 도착합니다. 자네트 서버 여사의 전보였습니다. 엄청난 부자와 결혼한 그녀는 음악계를 비롯해 다양한 분야에서 자선 사업을 하고 있었습니다. 그녀가 주도해서 만든 단체가 미국 국립 음악원이었습니다. 그녀는 재능 있는 학생들을 선발해 체계적으로 교육함으로써 미국만의 민족 음악을 만들어 내길 희망했죠. 그래서 드보르자크를 원장에 초빙하려 한 것입니다. 조건은 파격적이었습니다. 연간 8개월 근무, 4개월 휴가, 연주회 10회 지휘에 연봉 15,000달러였습니다. 프라하 음악원에서 받기로 했던 연봉의 스물다섯 배였습니다.

게다가 미국은 자신이 전혀 알지 못하는 신세계였습니다. 유럽과는 다른 새로운 문화와 질서를 체험해 볼 좋은 기회이기도 했죠. 프라하 음악원과의 관계나 가족 문제 등 고민되는 부분도 있었으나 그는 과감하게 결단을 내렸습니다. 미국행 계약서에 서명한 것입니다.

그즈음 상황에 대해 닐 웬본은 이런 설명을 덧붙였습니다.

"절대다수의 유럽 음악가들에게 1892년 무렵의 미국은 여전히 '미지의 땅'이었다. 당시의 미국은 고유의 음악적 목소리를 찾아가는 과정에 있었다. …… 뉴욕은 메트로폴리탄 오페라 극장과 뉴욕 필하모닉 오케스트라라는 세계적 자랑거리를 가지고 있긴 했지만, 유럽 출신의 리더십이나 레퍼토리가 없다면 그들 단체의 존재 자체가 불가능한 구조였다. 1890년대 미국의 현실에 있어 많은 분야가 그러했듯, 음악 분야 또한 정체성의 위기를 극복하기 위한 노력이 한창이었다. …… 따라서 드보르자크의 미국 국립 음악원장 취임은 작곡가 본인에게는 새로운 출발을 알리는 전환점이요, 미국 음악계 전체로 보면 새로운 시대가 열릴 것임을 알리는 상징성을 지닌 사건이었다."

향수를 불러일으키면서도 너무나 이국적인

1892년 9월 27일 뉴욕에 도착한 드보르자크를 미국인들은 영국인들 못지않게 열렬히 환영했습니다. 달랐던 건 그에 대한 어마어마한 기대였죠. 이를 잘 알고 있던 드보르자크는 어떤 관습이나 편견에도 얽매이지 않고 혁신적으로 음악원을 운영했습니다. 인종 차별이 여전하던 때에 모든 미국 음악인에게 문호를 개방한 것입니다. 이에 따라 흑인과 아메리카 원주민 학생들도 얼마든지 입학할 수 있었습니다. 그는 이들에게서 흑인 영가나 아메리카 원주민 민요 등 미국 본래의 전통 음악을 발견했습니다. 이것이야말로 진정한 미국의 음악이라고 그는 생각했죠. 미국 작곡가들이 이 음악에서 영감을 얻어야 한다고 주장했습니다.

낯선 미국 땅이었지만, 그의 창작열은 식을 줄 몰랐습니다. 1893년 1월 10일부터 그는 교향곡 제9번, 즉 '신세계로부터'의 작곡을 시작했습니다. 약 4개월 뒤인 5월 24일에 곡을 완성했죠. 교향곡의 역사에 길이 남을 명곡의 탄생이었습니다. 이 곡은 보헤미아에서 나고 자란 이방인이 미국이라는 생소하고 이질적인 세계를 경험하며 느낀 감격과 희열 그리고 충격과 혼란을 그만의 시각과 방법으로 녹여 낸 작품입니다. 1893년 12월 15일 카네기홀에서 뉴욕 필하모닉 오케스트라에 의해 초연이 이루어졌습니다. 2악장 연주가 끝나자 객석에서 우레 같은 박수가 터져 나왔습니다. 지휘자가 작곡가가 앉은 좌석을 가리켰습니다. 청중 모두 드보르자크의 얼굴을 보기 위해 목을 길게 빼고 두리번거렸습니다. 4악장까지 연주가 끝나자 청중은 함성과 함께 그를 보기 위해 자리에서 일어섰습니다. 드보르자크가 몇 번이고 허리를 굽혀 인사했음에도 박수는 계속 커져만 갔고, 그가 홀을 떠날 때까지 그치지 않았습니다.

"활기차고 아름다운 작품. 미국 작곡가를 위한 강연이다."

뉴욕 타임스는 초연을 접한 후 이런 기사를 게재했습니다. 말이 필요 없다는 극찬이었죠.

"미국을 보지 않았더라면 이런 교향곡은 쓸 수 없었을 것입니다."

드보르자크 역시 이렇게 말했습니다. 미국의 광활한 자연과 활력 넘치는 도시, 아울러 새로운 문명을 주도해 나가려는 강력한 에너지를 맞닥뜨린 경험은 그의 음악적 영감의 원천이 되었습니다. 뉴욕 타임스가 지적했듯 이 곡은 미국의 정신을 느끼게 해 주기에 충분했고, 미국의 민족 음악이란 무엇인가 하는 질문에 대한 만족스러운 대답이었죠. 이 곡 하나만으로도 그의 미국행은 대성공이었으며, 그를 초빙한 자네트 서버 여사의 값진 성취였습니다.

1악장은 느리게 시작해서 매우 빠르게 진행됩니다. 첼로 선율로 조용히 출발하는 서주는 아침 해가 떠오르는 광경을 연상시킵니다. 뒤이어 호른이 힘차게 등장합니다. 점점 악상이 고조되죠. 당김음을 사용한 주제 부분은 아메리카 인디언의 음계를 떠올리게 합니다. 그 다음은 목관 악기가 부드럽게 이어집니다. 고향 생각이 나게 하는 애수 어린 선율이죠. 곧이어 트럼펫, 트롬본, 호른 등의 광대한 소리가 울려 퍼집니다. 오케스트라의 어울림이 시원하고 장쾌합니다. 마치 신세계를 처음 목격한 드보르자크가 깜짝 놀라며 흥분하는 것 같습니다.

2악장은 매우 느리게 연주됩니다. 짧은 서주에 이어 잉글리시 호른이 잘 알려진 선율을 들려줍니다. 너무나 유명한 멜로디죠. 훗날 드보르자크의 제자인 피셔가 이 주제를 바탕으로 만든 노래가 바로 '꿈 속의 고향Going Home'입니다. 초연 당시 고향에 대한 그리움을 가득 담은 이 선율을 듣고 많은 여성이 눈물을 흘렸다고 전해집니다. 이어서 클라리넷과 오보에가 자유로우면서도 사랑스러운 선율을 들려줍니다. 답답하고 삭막한 도시인 뉴욕에 거주하면서 아름다운 보헤미아의 전원을 그리는 드보르자크의 진한 향수가 녹아든 듯합니다.

3악장은 매우 활기차면서 위트 넘치는 악장입니다. 짧지만 강렬한 서주에 이어 플루트와 클라리넷이 주제 선율을 선보이고 현악기와 팀파니가 가세하며 점점 춤곡의 형태를 띠고 있죠. 보헤미아 농부들의 춤이 생각납니다. 몸은 뉴욕에 있지만, 마음은 보헤미아의 들판 위에서 흥겹게 춤을 추는 것 같습니다. 날카로운 터치와 생동감 넘치는 민요풍 리듬이 마음껏 드러나는 연주입니다. 트리오에서는 목관 위주로 해맑고 목가적인 주제가 이어집니다. 마지막 장면에서는 잠깐 정적이 흐르는 듯하다가 짧고 강력한 화음으로 악장이 마무리됩니다.

드디어 4악장입니다. 클라이맥스죠. 빠르고 격하게 연주됩니다. 폭풍 같은 서주가 등장합니다. "빠~밤 빠~밤 빠밤 빠밤 빠바바바~" 어디서 많이 들어 본 것 같지 않나요? 소리가 점점 빨라지고 높아집니다. 증기 기관차가 출발할 때 내는 소리에서 모티브를 얻은 장면입니다. 드보르자크의 기차 사랑이 여기에 반영된 것이죠. 트럼펫이 신세계로 가는 문을 열어젖힙니다. 호른과 트롬본이 이끄는 첫 번째 주제가 힘차게 이어지죠. 이 주제의 앞부분은 응원전 같은 데서 자주 들을 수 있는 선율입니다. 클라리넷이 두 번째 주제를 연주합니다. 애틋한 분위기를 첼로와 바이올린이 이어받습니다. 이어 전 악장에 나왔던 주제들이 한데 어우러져 화려하게 전개됩니다. 조용히 지난날을 회상하며 다가올 미래를 대비하는 듯한 단단함과 비장함이 느껴집니다. 관악기의 긴 화음과 더불어 음악이 아스라이 사라져 갑니다.

보헤미안의 낭만과 프라하의 봄

드보르자크는 원래 2년 예정으로 미국에 왔으나 여러 가지 사정이 겹쳐 1895년 4월까지 임기가 연장되었습니다. 미국에 머무는 동안 그는 교향곡 제9번 외에도 '현악 사중주 아메리카', '유머레스크', '현악 오중주', '성서의 노래', '첼로 협주곡' 등의 명작들을 만들어 냈습니다. 광장 공포증Agoraphobia이 있어 마음껏 활동하지 못한 채 고향을 그리며 산 시절이었지만, 창작의 양과 질 면에서는 그 어느 때보다 풍요로운 시기였죠. 그는 많은 미국인 제자를 길러 냈습니다. 하지만 그의 사임으로 미국만의 민족 음악을 정립하려던 자네트 서버 여사의 계획은 동력을 잃고 말았습니다. 얼마 후 국립 음악원마저 문을 닫기에 이릅니다.

1895년 8월 신세계 여행을 마치고 조국으로 돌아온 드보르자크는 미국으로 떠날 때보다 훨씬 유명해져 있었습니다. 좀 쉬면서 편안하게 말년을 보낼 수도 있었죠. 그러나 그의 사전에 '안주'나 '나태'는 없었습니다. 끝없이 새것을 탐구했고 창작에 몰두했으며 프라하 음악원에 복직해 제자들을 길러 냈습니다. 그는 첫 번째 영국 방문을 마치고 귀국하던 해에 프라하 서남쪽 고원 지대에 있는 산간 마을 비소카에 별장을 지었습니다. 이후 여름이면 주로 이곳에서 지내곤 했죠. 미국에서 돌아온 뒤에도 여기에서 머물렀습니다. 보헤미안적인 아름다움이 물씬 풍기는 시골에서 작곡의 생산성은 더 높아졌습니다. 1901년에는 탄생 60주년 기념식이 국가적 행사로 성대하게 치러졌으며, 프라하 음악원 원장에 추대되기도 했습니다.

1904년 들어 건강 악화로 활동을 중단하고 비소카에서 요양하던 드보르자크는 5월 1일 가족과 함께 점심을 먹던 중 창백한 낯빛으로 현기증을 호소하다가 의자에 주저앉아 그대로 숨을 거두고 말았습니다. 사인은 병석에 오래 누워 있는 동안 피가 굳어 생긴 혈전증 때문이었죠. 향년 63세였습니다. 프라하 국립극장에는 검은 장막이 뒤덮였습니다. 5월 5일 치러진 장례식 운구 행렬에는 수만 명의 조문객이 모여들었으며, 프라하 국립극장 발코니에서는 그가 작곡한 '레퀴엠'이 울려 퍼졌습니다. 그는 조국을 빛낸 영웅들이 묻혀 있는 비셰흐라트 묘지에 안장되었습니다. 그곳에는 1884년에 세상을 떠난 스메타나도 잠들어 있었습니다.

드보르자크는 멈출 줄 모르는 기차 같은 인물이었습니다. 보잘것 없는 고향을 사랑했고, 약소국인 보헤미아를 사랑했으며, 알아주지 않는 초라한 모국어를 사랑했고, 아내와 자식들을 변함없이 사랑했습니다. 무엇보다 자신의 존재 이유인 음악을 철두철미하게 사랑했습니다. 그의 음악이 전 세계에서 끊임없이 연주되는 이유는 단연 친근하고 아름다운 멜로디 때문입니다. 특히 현악기가 선사하는 우수에 가득 찬 목가적인 선율은 아무리 들어도 질리지 않죠. 누구나 이해하고 공감할 수 있도록 쉽게 글을 쓰고 말을 하는 게 어렵듯이 언제 어디서 들어도 귀에 쏙 들어오는 음악을 만드는 건 정말 어려운 일입니다. 신이 아닌 이상 드보르자크처럼 완벽을 위해 숙고와 수정을 거듭하고 또 거듭해야만 가능한 일이라 할 수 있죠.

그는 용기 있는 사람이었습니다. 이만하면 됐다고 안주하는 법이 없었죠. 적당히 하고 끝내자고 게으름을 피운 적도 없었습니다. 그가 기차를 좋아한 건 목적지가 정해지면 쉬지 않고 내달리는 우직함 때문이었을 겁니다. 익숙함과 편안함을 떨쳐 버릴 수 있는 건 용기입니다. 지칠 줄 모르는 도전이 없으면 신세계는 창조되지 않습니다. 오십 즈음이면 익숙함과 편안함에 물들 나이입니다. 위기죠. 그걸 벗어던지고 새로운 도전에 나서야 인생 후반전에 명곡을 쓸 수 있습니다. 지금의 86세대가 위기인 것은 자신들이 그토록 혐오했던 익숙함과 편안함에 너무 많이 찌들어 버린 까닭입니다. 그런 사람들에 의해서는 신세계가 창조되지 않습니다. 우리가 드보르자크의 교향곡 제9번을 들으며 가슴에 새겨야 할 것은 이것입니다.

드보르자크가 세상을 떠난 지 한참 뒤인 1969년 7월 20일, 사람들이 깜짝 놀랄 만한 일이 벌어졌습니다. 미국의 유인 우주선 아폴로 11호가 인류 최초로 달에 착륙한 것입니다. 선장 닐 암스트롱과 조종사 버즈 올드린은 달에 발을 내디딘 최초의 인류가 되었습니다. 이들이 탔던 달 착륙선에는 드보르자크의 '신세계로부터'가 담긴 카세트테이프가 실려 있었습니다. 두 사람은 이 음악을 들으며 신세계를 꿈꾸었고 마침내 신세계에 발을 디딘 것이죠.

'프라하의 봄'이라고 하면 1968년 체코슬로바키아에서 일어났던 민주 자유화 운동을 떠올립니다. 하지만 '프라하의 봄'은 체코 필하모닉 오케스트라 결성 50주년을 기념해 1946년부터 개최해 온 음악제 이름이었습니다. 매년 5월 12일에 시작해 6월 초에 끝나죠. 5월 12일에 음악제가 시작되는 것은 그날이 스메타나의 기일이기 때문입니다. 전통적으로 개막일에는 스메타나의 '나의 조국'이 연주되고, 폐막일에는 베토벤의 교향곡 제9번 '합창'이 연주됩니다. 물론 빼놓을 수 없는 음악은 드보르자크의 작품들이죠. 스메타나가 체코 독립의 상징이라면 드보르자크는 보헤미안의 자긍심입니다. 프랑스인들은 집시를 보헤미안이라고 불렀지만, 진정한 의미의 보헤미안은 조국과 음악을 사랑하며 낭만을 즐길 줄 아는 자유인이죠.

신세계를 꿈꾸는 사람이라면, 드보르자크가 남긴 다음 말을 오래도록 기억할 겁니다.

"오늘 찬사를 받은 작품일지라도 내일이 되면 조롱을 받기도 하는 것이 현실입니다. 그러니 이는 내가 아무리 큰 성공을 거두었다 하더라도 우쭐대며 자만심을 가질 수 없는 이유입니다. 다만 진실한 마음으로 곡을 쓰며 최선을 다할 따름입니다. 내가 가장 큰 만족을 느끼는 것도 바로 이러한 확신이 있을 때입니다. 만약 내가 후손을 위해 뭔가를 창조해 냈다면, 긴 세월 음악에 헌신하며 써낸 작품들이 가장 찬란한 목적을 달성했다고 할 것입니다."

오십 대를 위한 세레나데

내 삶의
전반전을
지탱해 준
클래식

인생 후반전, 강릉에서 시작하다

저는 바다가 좋았습니다. 바다 없는 고장에서 태어나 바다 없는 외지에서 살았지만, 늘 바다를 그리워했습니다. 언젠가 기회가 되면 꼭 바다 근처에서 살고 싶었습니다. 그러나 바닷가에서 사는 건 호락호락하지 않았습니다. 발목 잡는 일이 하나둘이 아니었죠. 그러다가 얼마 전 오랜 꿈을 이루었습니다. 20년 넘게 살던 일산을 떠나 강릉으로 이사하게 된 것입니다. 강릉은 아무 연고도 없는 타향이었습니다. 교직에서 명예퇴직한 아내는 공기 좋은 시골에 가서 살기를 원했고, 어디서든 글만 쓰면 되는 저는 당연히 한적한 바닷가에 가서 살고 싶었습니다. 집을 팔고 사는 일이 번거로웠지만, 우리는 바닷가 마을로 떠나왔습니다.

송정 해변 근처에 제가 사는 집이 있습니다. 아침이면 거실 창 너머로 태양이 떠오르는 광경이 보입니다. 붉은 해가 어른어른 온 바다를 용광로처럼 물들이죠. "보라 동해에 떠오르는 태양. 누구의 머리 위에 이글거리나." 김민기 작사, 송창식 작곡의 노래 '내 나라, 내 겨레'가 절로 흥얼거려지는 순간입니다. 동해에 일출만 있는 게 아닙니다. 일몰 장면도 압권이죠. 대관령으로 넘어가는 태양이 산과 바다를 곱게 비추면 동해는 다시 한번 꽃노을로 일렁입니다. 저녁밥 먹는 시간과 해넘이 시간이 일치할 때면 다른 반찬이 필요 없을 지경입니다. 태양이 바다 위로 뜨고 지듯이, 제 일상도 바다를 바라보며 시작되고 마무리됩니다.

집과 바다 사이에는 울창한 소나무 숲이 펼쳐져 있습니다. 매일 이곳을 맨발로 한 시간 넘게 걷습니다. 파도 소리를 들으며 해송 숲을 산책하는 시간은 달콤한 꿈 같습니다. 발바닥으로 모래와 돌과 흙과 마른 솔잎의 포근함과 아스라함이 전해집니다. 맑은 공기는 덤이고요. 비 오는 날은 우의를 입고 걷습니다. 비옷 위로 떨어지는 빗방울 소리가 어느 음악보다 청아하죠. 산책 후에는 따뜻한 커피를 마십니다. 강릉은 커피의 도시로 유명합니다. 해송 숲 주변에 예쁜 카페들이 많습니다. 바다와 소나무와 커피. 이 조합이 그렇게 잘 어울릴 수 없습니다. 소설가 한창훈이 왜 인생이 허기질 때 바다로 가라고 했는지 알 것 같습니다.

그런데 이사 전부터 한 가지 걱정이 있었습니다. 강릉에서 살면 서울 대형 콘서트홀에서 관람하던 음악회를 더는 보기가 어렵겠다는 것이었죠. 물론 유튜브를 보거나 CD를 들으면 되지만, 공연장에서 직접 체험하는 연주와는 차원이 다르니까요. 하지만 강릉으로 옮겨 오자마자 장모님이 돌아가신 데다 원고 마감까지 겹쳐 다른 데 신경 쓸 겨를이 없었습니다. 게다가 코로나 팬데믹이 한창이라 클래식 공연은 사람들 관심에서 많이 멀어져 있었습니다.

강릉에서 처음 맞는 여름이었습니다. 산책하다가 우연히 플래카드 하나를 보게 되었습니다. 집 앞에서 음악회를 한다는 것이었죠. '송정동 주민을 위한 찾아가는 음악회'였습니다. 2022년부터 상임지휘를 맡게 된 정민이 이끄는 강릉시립교향악단의 연주였습니다. 그는 지휘자 정명훈의 아들입니다. 해변 무대에서는 베토벤의 교향곡 제5번 '운명', 생상스의 '하바네라 E장조', 멘델스존의 교향곡 제4번 '이탈리아', 로시니의 '윌리엄 텔' 서곡, 브람스의 '헝가리 춤곡' 등 명곡들이 울려 퍼졌습니다. 2015년 퀸 엘리자베스 콩쿠르에서 우승한 바이올리니스트 임지영이 협연한 열정 넘치는 연주였죠. 한여름 밤의 깜짝 선물이었습니다.

바다와 소나무와 커피 그리고 클래식 음악

걱정이 감탄으로 바뀌는 데는 오랜 시간이 걸리지 않았습니다. 강릉은 음악의 도시였습니다. 강릉시립교향악단과 강릉시립합창단이 활발하게 활동하고 있었고, 강릉아트센터 또한 규모는 작아도 세련된 외형만큼 알차게 운영되고 있었습니다. 가을에는 '건반 위의 구도자'로 불리는 피아니스트 백건우의 연주회가 있었습니다. 스페인 출신 작곡가 엔리케 그라나도스의 피아노 모음곡 '고예스카스'가 연주되었죠. 겨울에는 강릉시향이 베토벤 교향곡 제9번 '합창'을 연주했습니다. 강릉시립합창단, 춘천시립합창단, 고양시립합창단이 한데 모여 4악장을 노래했습니다. 강릉에서 이런 기막힌 연주를 들을 줄은 꿈에도 생각지 못했습니다.

2023년은 대단했습니다. 바이올린의 거장 정경화와 1990년 쇼팽 국제 피아노 콩쿠르에서 우승한 케빈 케너의 콘서트를 시작으로 국립발레단의 '지젤' 공연이 이어졌습니다. 프랑스 작곡가 아돌프 아당의 작품인 '지젤'은 이루지 못할 사랑의 아픔과 죽음을 뛰어넘는 사랑의 영원에 관해 노래하는 로맨틱 발레죠. 강릉시향은 강릉시립합창단, 서울모테트합창단과 함께 구스타프 말러의 교향곡 제2번 '부활'을 연주한 데 이어 2022년 퀸 엘리자베스 콩쿠르 첼로 부문에서 한국인 최초로 우승한 최하영의 협연으로 베를리오즈의 '로마의 사육제' 서곡, 하이든의 '첼로 협주곡 제1번', 베를리오즈의 '환상 교향곡' 등을 연주했습니다.

7월에는 세계 최정상의 소프라노 조수미와 베를린 필 12 첼리스트의 공연이 있었습니다. 빌라 로보스의 '브라질풍의 바흐 제5번', 레오 들리브의 '까디스의 처녀들', 줄리언 로이드 웨버의 '러브 네버 다이', 아스토르 피아졸라의 '푸가와 신비' 등이 연주되었죠. 가히 천상의 목소리였습니다. 강릉시향과 피아니스트 조성진의 협연도 있었습니다. 베르디의 '운명의 힘' 서곡, 쇼팽의 '피아노 협주곡 제1번', 차이콥스키의 '교향곡 제5번'이 연주되었죠. 입장권 예매가 시작되자 조수미 공연은 6분, 조성진 공연은 2분 만에 매진되었습니다. 빛의 속도였죠. 다행히 조수미 공연은 볼 수 있었으나 조성진 공연은 예매에 실패하고 말았습니다.

예매 실패의 쓰린 마음을 달래 준 건 7월 3일부터 13일까지 강릉에서 열린 세계합창대회였습니다. 2000년에 시작되어 2년마다 개최되는 세계 최대의 합창 경연 대회였죠. 이번에는 34개국에서 온 324개 팀이 참여했습니다. 국경과 인종, 종교와 세대를 뛰어넘어 음악으로 하나가 되는 시간이었습니다. 강릉아트센터를 비롯해 경포 해변과 강릉의 명동 격인 월화거리 등에서는 국립 합창단과 강릉시립합창단을 비롯해 오스트리아 그라츠 합창단, 홍콩 교구 합창단, 미국 아이싱 실리콘 밸리 합창단, 호주 뉴캐슬 체임버 합창단, 벨기에 아마란테 합창단, 미국 뉴욕시립 청소년합창단 등이 연주하는 다양한 합창 공연이 매일 이어졌습니다.

특히 조국이 전쟁의 포화 속에 있는데도 불구하고 참여한 우크라이나 보그닉 소녀 합창단은 아름다운 하모니로 평화를 노래해 가슴 뭉클한 감동을 선사했습니다. 더욱이 소녀 합창단은 지난봄 강릉에 발생했던 산불 피해 지역을 찾아 이재민을 위로하는 연주를 들려주기도 했습니다. 모든 악기 중 최고의 악기는 사람의 목소리이며, 음악이 주는 감동과 위로는 그 어떤 것으로도 대체할 수 없다는 사실을 깨닫게 해 주었죠. 강릉 전체가 음악으로 짙게 물든 나날이었습니다. 공연은 전 좌석이 매진되었지만, 미처 예매하지 못한 시민들은 혹시 빈자리가 생기면 입장하기 위해 강릉아트센터 1층에서 3층까지 길게 줄을 서야 했습니다. 클래식 음악을 사랑하고 즐길 줄 아는 강릉 시민들의 열기를 생생하게 확인할 수 있었습니다.

강릉에서 자동차로 30분가량이면 갈 수 있는 평창 알펜시아에서는 매년 여름 평창대관령음악제가 열립니다. 2022년에는 피아니스트 손열음이 예술 감독을 맡아 '마스크'를 주제로 다채로운 음악을 들려주었습니다. 광활한 대자연 속에서 수많은 명곡이 울려 퍼졌죠. 저는 뮤직 텐트에서 진행된 개막 연주와 콘서트홀에서 공연한 프랑스 출신 세 명의 연주자로 구성된 트리오 반더러의 연주를 관람했습니다. 2023년 여름에는 스무 번째로 평창대관령음악제가 열렸습니다. '자연'을 주제로 새 예술 감독에 취임한 첼리스트 양성원의 색깔이 입혀진 프로그램이 선보여졌습니다. 원고 마감으로 쫓기는 와중에도 저는 스페인 출신 기타리스트 호세 마리아 가야르도 델 레이의 섬세하면서도 극적인 연주와 원주시립교향악단의 하이든과 베토벤 교향곡 연주를 감상했습니다. 쾰른 서독일 방송 교향악단에서 활약 중인 호르니스트 유해리가 협연한 리하르트 슈트라우스의 '호른 협주곡 제1번' 연주도 인상적이었습니다.

오십 대, 나만의 세레나데를 불러야 할 시간

돌이켜 보면 참 치열하게 살아온 시간이었습니다. 어릴 때는 부모님 손에 이끌려 여기저기 옮겨 다니며 살아야 했고, 청춘일 때는 가난과 싸우며 공부하느라 정신없이 살아야 했으며, 삼사십대 때는 직장에서 인정도 받아야 하고, 집도 장만해야 하고, 결혼도 해야 하고, 늦기 전에 사업도 한번 해 보고 싶어 한눈을 팔 겨를이 없었습니다. 그렇게 아등바등 살다 보니 어느새 오십 대 끝자락에 서게 되었습니다. 인생의 전반전이 눈 깜빡할 사이에 지나 버린 듯합니다. 죽기 살기로 앞만 보고 달렸지만, 별로 내세울 것도 성취한 것도 없어 허전합니다.

그러던 차에 익숙한 자리, 낯익은 공간을 박차고 일어나 강릉으로 왔습니다. 처음에는 모든 게 낯설고 생경했죠. 그런데 살다 보니 마음이 편안해졌습니다. 생각해 보면 복잡할 일도 괴로울 일도 아쉬울 일도 없더군요. 가끔 지난날을 돌아볼 수는 있지만, 미련을 갖거나 후회하지는 않기로 했습니다. 중요한 건 흘러간 시간이 아닌 남겨진 시간입니다. 인생의 전반전은 잊거나 훌훌 털어 버리고 인생의 후반전에 집중하기로 했습니다. 황홀한 자연과 아름다운 클래식 음악과 은은한 커피 향기를 친구 삼아 나만의 명작을 만들어 볼 생각입니다.

'세레나데Serenade'는 이탈리아어로 '저녁의 음악'이라는 뜻입니다. 사랑하는 사람의 집을 찾아가 창가에서 사랑을 고백하며 부르는 노래를 가리키죠. 집 밖에서 열리는 파티에서 여흥을 돋우기 위해 연주하던 가볍고 유쾌한 곡이었는데, 세월이 흐르면서 음악회에서 정식으로 연주하는 악곡으로 발전했습니다. 여러 작곡가의 작품 중에서도 하이든, 모차르트, 슈베르트가 작곡한 세레나데가 특히 유명합니다. 누구나 흥얼거릴 정도로 익숙한 곡들이죠.

이미 은퇴했거나 은퇴를 앞둔 오십 대에게 필요한 것은 지난 세월에 대한 자책의 소나타도, 불투명한 미래에 대한 불안의 아리아도 아닌 자신만을 위한 흥겨운 세레나데입니다. 불러 줄 사람이 없다면 스스로 부르면 됩니다. 그동안 애썼다고, 정말 잘 살아왔다고, 참고 견디며 사느라 수고했다고 위로의 세레나데를 부를 시간입니다. 앞으로 더 멋진 일이 있을 거라고, 인생은 전반전이 아니라 후반전에 결정되는 거라고, 이제부터 다시 시작이라고 응원의 세레나데를 부를 시간입니다. 오전에는 미숙했고, 더운 한낮에는 나를 돌아볼 틈이 없었지만, 선선한 저녁이면 땀도 적당히 흘렀으니 제대로 승부를 걸어 보기 좋은 시간입니다.

자신의 인생 전반전이 베토벤 같았다거나 파가니니 혹은 슈베르트와 닮았다고 생각하는 사람이 있을 겁니다. 무척이나 고단하고 힘겨웠겠죠. 하지만 어제 일은 강물에 흘려보내고 오늘부터 매일 한 발짝씩 앞으로 더 나간다면 인생 후반전에는 그들과 같은 명곡을 쓸 수도 있습니다. 바흐, 하이든, 베르디가 오래도록 기억되는 것은 그들이 인생 후반전까지 진지한 태도로 새로운 것에 도전했기 때문입니다. 그들은 보통 사람 같으면 이겨 낼 수 없는 무수한 고난을 딛고 완벽에 가까운 화음을 만들고 악곡의 형식을 건축했습니다. 니체가 말한 아모르 파티Amor Fati, 자신의 운명을 사랑하라는 의미로 자기 삶에서 일어나는 고난과 어려움까지도 기꺼이 받아들이는 적극적인 삶의 태도를 뜻한다란 바로 이런 삶을 가리키는 거라고 할 수 있습니다. 아름다운 음악은 몇몇 천재들이 만들었지만, 아름다운 인생은 누구나 만들 수 있습니다. 인생 후반전은 자신만의 명곡을 쓰기 위해 주어진 최적의 시간입니다.

참고 도서

『나를 위로하는 클래식 이야기』 진회숙 지음, 21세기북스, 2009년

『나를 지키는 심리학』 조장원 지음, 중앙북스, 2021년

『드보르자크, 그 삶과 음악』 닐 웬본 지음, 이석호 옮김, 포노, 2015년

『모차르트, 그 삶과 음악』 제러미 시프먼 지음, 임선근 옮김, 포노, 2010년

『미성년』 도스토옙스키 지음, 이상룡 옮김, 열린책들, 2010년

『멘델스존, 그 삶과 음악』 닐 웬본 지음, 김병화 옮김, 포노, 2010년

『바흐의 생애와 예술 그리고 작품』 J. N. 포르켈 지음, 강해근 옮김, 한양대학교 출판부, 2005년

『밥벌이의 지겨움』 김훈 지음, 생각의나무, 2003년

『브람스 평전』 이성일 지음, 풍월당, 2017년

『베르디 오페라』 박종호 지음, 풍월당, 2021년

『베토벤의 생애』 로맹 롤랑 지음, 임희근 옮김, 포노, 2020년

『사랑에 대하여』 페터 라우스터 지음, 전영애 옮김, 아침나라, 1999년

『서양 음악사』(제7판 상) 도널드 J. 그라우트 외 지음, 민은기 외 옮김, 이앤비플러스, 2007년

『서양 음악사』(제7판 하) 도널드 J. 그라우트 외 지음, 민은기 외 옮김, 이앤비플러스, 2007년

『쇼팽 노트』 앙드레 지드 지음, 임희근 옮김, 포노, 2015년

『슈만, 내면의 풍경』 미셸 슈나이더 지음, 김남주 옮김, 그책, 2014년

『슈베르트 평전』 엘리자베스 노먼 맥케이 지음, 이석호 옮김, 풍월당, 2020년

『악마의 바이올리니스트, 파가니니』 베르너 풀트 지음, 김지선 옮김, 시공사, 2003년

『영혼의 자서전』 니코스 카잔차키스 지음, 안정효 옮김, 열린책들, 2008년

『우리말로 부르는 베토벤 교향곡 9번 '자유의 송가'』 구자범 지음, 영음예술기획, 2023년

『인생 수업』 엘리자베스 퀴블러 로스 지음, 류시화 옮김, 이레, 2006년

『철학자의 음악 서재, C#』 최대환 지음, 책밥상, 2020년

『클래식, 낭만 시대와의 만남』 데이비드 맥클리리 지음, 김형수 옮김, 포노, 2012년

『쾌락이 질병이 되는 순간』 전형진 지음, 스노우폭스북스, 2023년

『하이든, 그 삶과 음악』 데이비드 비커스 지음, 김병화 옮김, 포노, 2010년

『90일 밤의 클래식』 김태용 지음, 동양북스, 2020년